Siri, who am I?

지리, 나는 누구지?

Siri, who am I?

치리, 나는 누구지?

샘 치타 장편소설
허선영 옮김

위즈덤하우스

일러두기

· 본문의 각주는 모두 저자 주다.
· 본문 중 굵게 표시된 구간은 원서에서 이탤릭체나 대문자로 강조한 부분이다.

엄마가 이 책을 쓰느라 바쁠 때 묵묵히

수많은 냉동 피자를 먹어준 릴라에게,

그리고 마카로니 치즈와

기막힌 스크램블드에그 요리법을 터득한 대프니에게

이 책을 바칩니다.

사랑한다, 딸들아!

1

깨어나 보니 '나'라는 사람은 화요일 밤에 칵테일드레스격식을 차리는 사교 행사 때 입는 드레스—옮긴이를 입은 채 신분증도 없고, 친구도 하나 없이 병원에 실려 왔던 것 같다. 의사 말로는 내가 영화 「당신이 잠든 사이에」의 등장인물 피터 갤러거처럼 지난 이틀간 가벼운 혼수상태에 빠졌었다고 한다. 그 영화 대사라면 토씨 하나 안 빼놓고 줄줄 외는데, 정작 내 이름은? 갈피조차 못 잡겠다. 다만 내 헤어스타일이 마음에 들지 않는다는 것만은 아주 잘 알겠다. 아마 혼수상태 스타일(침대에 뭉개져 부스스한 머리)이라 그렇겠지만 그래도 좀 너무하지 않은가. 의료진은 신부 들러리의 머리 장식처럼 내 머리카락에 박힌 빵 부스러기나, 하다못해 피도 닦아주지 않았다. 주간 근무 간호사인 브렌다는 "여긴 스파가 아니에요, 아가씨. 우린 의사의 지시가 있을 때만 바람을 쐐 불순물을 털어낼 뿐이라고요"라고 말하며 웃는다. 그러고는 물이 담긴 큰 컵을 건네주면서 마치 처음 알아차렸다는 듯 내 헤어스타일을 보고 "머리 귀여운데요, 뭐"라고 덧붙인다. 나는 그냥 예의상 하는 말이려니 하고 생각한다. 정말 귀엽든지,

브렌다의 미적 취향이 별로든지 둘 중 하나겠지. 하지만 수술복 입은 모습만 봤는데 미적 취향을 무슨 수로 알겠나.

의사는 기억상실을 제외하고는 내 건강에 별 이상이 없다고 말하지만, 그런 것 같지가 않다. 내 느낌으로는 틀림없이 죽었다 살아났다. 저승에서 나를 환영하는 친척들을 본 건 아니지만, 설령 봤다고 해도 입증할 수 없다. 내가 누구인지도 기억하지 못하는데, 어떻게 친척들을 알아보겠나? 아마 이러지 않았을까. 신이 천국으로 나를 태워 오라고 아무개 삼촌을 보냈는데, 내가 삼촌이 변태라는 걸 알아차리고 그 차를 타지 않은 거다.

정황뿐이기는 하지만, 남은 증거로 미루어볼 때 살해당할 뻔한 게 확실하다.*

- 머리 뒤쪽에 둔기에 의한 외상이 있음. (내 헤어스타일이 엉망인 이유가 이거라면 좋겠다.)
- 칵테일드레스. (이것도 고려해야 할 요인이라고 생각한다.)
- 혈중알코올농도가… 정확히 수치가 얼마였는지는 모르지만, 술의 종류는 주로 그레이 구스 고급 보드카 브랜드—옮긴이였다. 내가 뭘 마셨는지는 알면서, 어디 사는지는 모른다는 게 웃긴다. #주소파 악이급선무

---

* 나는 변호사일까?

— 사고가 난 뒤 누군가가 구급차를 불렀지만, 함께 구급차에 타서 손을 잡아주거나 깨어날 때까지 옆에서 기다리지는 않았다.

누군가가 나를 죽이려 했다. 기분이 딱 그렇다. 버려졌다는 느낌까지 더하면 체감하는 통증 지수는 10점 만점에 8점이다. 그냥 넘어져서 내 실수로 다친 거라면, 정말로 실망할 것만 같다.

깨어난 이후부터 병실에 놓인 자그마한 TV로 줄곧 몰아보고 있는 「4차원 가족 카다시안 따라잡기」를 중간쯤 봤을 무렵, 의료진이 들어온다. 그들에게서 손 소독제 냄새가 난다. 최근 연구 결과에 따르면 주로 세균을 퍼뜨릴 확률이 높은 사람은 의료진이라고 한다. 며칠간 씻지도 못했으니 여기서 금방 나가지 못하면 엉망인 헤어스타일보다 더 큰 문제가 생길지도 모른다. 하지만 내게 세균공포증은 없는 것 같다. 게다가 퇴원할 수 있을 만큼 심리적 안정을 찾은 것 같다. 젠장, 그래봐야 누가 알겠나? 아니, 애초에 '안정됐다'는 건 무슨 뜻일까? 차라리 모든 종류의 음악을 다 좋아한다고 말하는 편이 낫겠다. 컨트리 음악까지도. 하지만 아무도 컨트리 음악을 좋아하지 않는다.**

"아가씨는 왠지 채식주의자 같아요"라며 글루텐이 없는 특별 채식 식단을 주문해준 브렌다가 신경과 전문의 파텔에게 그 사실을

** '졸린미국의 컨트리음악 가수 돌리 파튼의 노래—옮긴이'만 빼고.

설명한다. 그는 신경과 전문의 같은 인상을 풍기지 않았더라면 더 매력적으로 보였을 것 같다. 만약 「퀴어 아이」 손에 맡겨졌다면 출연진들은 파텔에게서 구겨진 헌 옷을 벗겨내고, 섹시한 형광 핑크색 셔츠와 그의 실제 사이즈에 딱 맞는 슬림핏 바지를 입혔을 텐데. (당신 바지 사이즈는 34가 아니에요, 닥터 파텔.)•

"환자분이 자기 이름을 기억 못 하시는 것 같아요." 브렌다가 말한다.

킴, 클로이, 코트니, 크리스, 케이틀린, 카네이, 켄들, 카일리, 그 외의 온갖 이름들… 나는 그 이름들을 모두 알고 있다. 하지만 '나'는 대체 누굴까?

파텔이 립라인 문신에 관해 말하고 있는 TV 속 킴 카다시안의 말을 끊고 무표정한 얼굴로 인사한다. "좀 어떠세요?"

파텔이 말을 거는데도 나는 왜 킴의 말을 무시하지 못할까? 마치 뇌가 킴에게 집중하라고 프로그래밍된 것 같다. 그녀가 예뻐서? 그녀의 고민이 내 고민보다 더 바보 같고, 덜 힘들어 보여서? 아니면 그녀의 엉덩이 때문에?

"초점 잡기가 어려워요. 저 같은 경우에는 그게 정상인가요?" 파텔에게 묻는다.

파텔은 그제야 차트에서 고개를 들고 나를 올려다본다. "시간이

• 나는 패션 전문가일지도 모른다.

해결해주겠지요. 검사 결과를 설명하기 전에, 머리를 직접 살펴봐도 되겠습니까?"

기억이 돌아온 것은 아니지만, 어쩐지 전에도 그 질문을 받았던 것 같다.

"물리적 외상에 관해서는, MRI와 CT상으로 두개 내 출혈의 징후는 보이지 않습니다. 깨어나신 걸 보면 뇌가 부풀어 올랐던 증상도 가라앉은 것이 분명합니다. 두통은 적어도 일주일 안에는 사라질 겁니다."

"제 기억은요?"

"환자분의 기억은…." 그가 휴대폰에 들어오는 문자를 보려고 잠시 말을 멈춘다.**

"환자분은 '외상 후 기억상실'이라는 걸 앓고 있는데, 상처가 회복되면서 기억도 자연히 돌아올 확률이 높습니다. 하지만 언제쯤일지 구체적으로 말하기는 어려우니, 한동안은 좀 힘드실 겁니다."

어지러운 느낌이 다시 엄습하면서 시야의 가장자리가 흐릿해지기 시작하자, 몸을 뒤로 기대면서 눈을 감는다. 기절하면 안 돼.

"우선, 최대한 예전의 삶을 되찾으려고 노력하셔야 합니다. 오래 몸에 밴 일상으로 조금이라도 돌아갈 수 있다면, 기억을 떠올릴 가능성이 커집니다. 일단 집으로 돌아가서 익숙한 얼굴들과 함께 지

** 아니면 건강 관련 앱인 웹메드를 보고 그냥 읽는 걸까?

내고, 다시 직장에 출근하면 기억이 돌아올지도 모릅니다."

집이라니. 일상이라니. 이 사람은 내 말을 안 듣고 있었나? 나는 내 이름조차 모르고, 누가 내 머리를 잘랐는지도 모른다고!

· · ·

"아가씨, 힘을 내요. 좋은 소식을 갖고 왔어요." 내 담당 간호사 브렌다가 말한다.

"제발 치료법이 있다고 말해줘요." 아니면 자신의 소파에 눌러앉아 살아도 된다는 초대라든지. 그러면 어느 쪽이든 받아들일게요.

"의사들이 해줄 수 있는 어떤 치료보다도 확실히 더 좋을걸요?" 브렌다가 나의 열렬한 관심을 기다리며 올려다본다.

"말해봐요."

"음, 나는 여전히 아가씨가 채식주의자라고 생각해요. 그러니까 우선 처리해야 할 일이…."

"그걸 어떻게 알아요?"

브렌다는 고개를 흔들면서 계속 질문해봤자 절대 이해하지 못할 거라는 표정으로 말한다. "내가 아가씨 휴대폰을 충전했으니까요. 영양 간호사 선생님은 휴대폰이 망가졌다고 했지만, 내가 확인을 좀 해봤어요. 금이 가긴 했어도 작동은 되더라고요." 그리고 휴대폰을 내민다.

엉망으로 금이 가고 쪼개진 아이폰이다. 화면 상단의 3분의 1 정도에 있는 앱은 하나도 작동하지 않았지만, 다행히도 그 자리에는 금융과 날씨 앱밖에 없다. 가장 중요한 앱은 모두 엄지손가락이 닿는 아래쪽에 있다.

휴대폰 배경 화면은 내 사진이다. 사진 속에서는 헤어스타일이 멋지다. 매혹적인 가수이자 영화계 글래머 스타인 그웬 스테파니처럼 한쪽은 긴 금발이고, 반대쪽은 아주 짧게 깎은 머리다. 솜씨를 보니 미용실에서 손질한 머리가 틀림없다. 아무리 봐도 희미한 욕실 조명 아래서 손수 깎은 듯한 분위기는 풍기지 않는다. 휴대폰을 브렌다에게 내밀면서 묻는다. "이 헤어스타일이 어쩌다 시도해본 어색한 선택 같아요, 아니면 평소 내 모습 같아요?"

브렌다는 뜻밖의 질문이라는 듯 헛웃음을 터뜨리더니 대답한다. "약간 이상하긴 해요. 놀랄 정도는 아니지만."

"뭔들 안 예쁘겠어요. 브렌다는 나를 좋아하잖아요."

브렌다가 눈썹을 치켜올린다. "아가씨는 퀴노아를 좋아하죠."

"같이 점심을 먹으러 나가봐요. 그러면 알게 되겠죠."

휴대폰 화면을 본다. 내 가족, 친구들 전부와 나를 이어줄 생명줄이니, 이 안에 든 모든 것이 다 중요하다. 이메일, 문자메시지, 페이스북, 트위터, 인스타그램… 내 기억이 머릿속에 없다는 사실이 중요할까? 중요한 것은 전부 휴대폰 안에 있는데. 하드디스크 데이터와 디지털 증거들이 몽땅.

심지어 내 이름까지도….

2

얼굴 인식 소프트웨어가 내 이목구비를 캡처하자마자 휴대폰 화면이 열린다. (드디어 누군가가 나를 알아봤다!) "시리, 내 이름이 뭐야?"

"안녕하세요, 멋쟁이. 당신의 이름은 미아입니다."

"시리, 엘리자베스가 아니고?" 나는 미아보다는 더 세련된 이름을 가졌으리라 생각했다. 미아라는 이름은 플루트를 연주하거나 배구를 할 것 같은 이미지다. 아니면 여름방학마다 베이비시터 아르바이트를 해서 250달러를 버는 학생이나, 딸기 아이스크림을 좋아하고 항상 머리를 포니테일로 묶는 사람 같은 느낌이다. 한편 엘리자베스는 국회의원이나 의사가 될 잠재력이 있는 젊은 여자 이름 같다고나 할까. 화요일에 칵테일드레스를 입고 어딘가에 갔다면, 나는 중요한 사람이 틀림없다.

"아닙니다, 멋쟁이. 당신의 이름은 미아입니다."

나는 휴대폰을 보면서 인상을 찌푸린다. "미아… 미아." 혼잣말로 이름을 되뇌어 본다. "어떻게 생각해요?" 희망에 부풀어 브렌다를 올려다본다.

브렌다가 내 손을 토닥인다. 커피를 마신 후 입 냄새를 가리려고 먹은 페퍼민트가 거의 제구실을 하지 못한 채 커피 냄새와 뒤섞여 풍긴다. "오늘이 남은 인생의 첫 번째 날이에요, 미아."

다정한 브렌다는 정말로 나를 자기 소파에 재워줄지도 모른다.

"시리, 내 성은 뭐야?"

"모릅니다, 멋쟁이."

"왜 쟤는 계속 나를 멋쟁이라고 불러요?"

브렌다가 히죽히죽 웃는다. "아가씨가 멋쟁이라고 자기 별명을 지었나 보죠."

나는 자신감이 넘치는 편이었나 보다.

다른 간호사인 신디가 백지상태인 내 기억의 업로드 상황을 알고 있다는 표정을 짓고 방으로 어슬렁거리며 들어온다. 내 이야기는 병원 4층의 가십거리 중 이번 주의 하이라이트나 마찬가지겠지. "잘 생각해봐요. 당신은 뭐든지 될 수 있어요. 아마 의사나 변호사, 혹은 배우, 그것도 아니면…." 신디는 나를 위아래로 훑어본다. "나는 왠지 환자분이 항공사에서 일할지도 모른다는 생각이 드네요."

"아, 고마워요…?" 이건 칭찬인가? 이 간호사들은 기억상실이 뭔지 하나도 이해하지 못하는 것이 분명하다. 참다못한 내가 설명한다. "여러분, 제가 인생을 다시 시작할 기회나 뭐 그런 걸 잡은 게 아니에요."

"뭐, 마찬가지죠. 이틀간 기절했다가 깨어나 보니 내가 로켓 과학자나 슈퍼모델이라면, 그러니까…." 신디는 마치 그것이 자신에게 일어난 기적 같은 일인 듯 손을 허공으로 들어 올리며 말한다. 아무도 내 상황을 위기라고 생각하지 않는 것도 당연하다. 다들 자기가 누군지 잊고 싶은 모양이니까.

"어쩌면 당신은 왕족일지도 몰라요. 미국에 방문했다가 왕실 수행단을 따돌린 공주처럼요. 왜냐하면 응급실에 실려 올 때 티아라를 쓰고 있었거든요. 메건 마클─전직 배우이자 영국 해리 왕자의 부인─옮긴이이 폴로 시합 후에 열리는 사교 모임에 쓰고 갈 것 같은, 약간 절제된 티아라이긴 했지만요."

오케이. 이 간호사들은 TV를 너─무 많이 보는 게 틀림없다. 내 생각에는 사회보장번호를 알아내는 순간 신용카드 빚과 산더미 같은 학자금대출이 있음을 깨닫게 될 확률이 높아 보인다. 왜냐하면 나는 미국에서 태어났으니까. 그래도 아직 희망의 끈은 있다. 내가 최소한 대학은 졸업했기를 바라고 있다. 그렇지 않더라도 티아라는 보통 주인의 중요도와 부를 나타내니까, 어쨌든 중요한 사람인 건 잘 알겠다.

반짝이는 검은 거울 같은 아이폰을 보다가 문자메시지 아이콘을 클릭하지만, 메시지가 아예 없다. 앱에 남아 있는 대화가 단 하나도 없다. 어떻게 그럴 수가 있지?

내가 이 어이없는 상황을 간호사들에게 보여주자, 신디가 말한다. "오, 당신은 그런 부류로군요."

"어떤 부류요?"

"모든 메시지를 싹 지워버려야만 속이 시원한, 엄청난 강박장애가 있는 부류요."

"내가 왜 그랬을까요?"

신디는 「로 앤 오더」에서 '던던'이라는 효과음으로 끝나는 도입
부의 대사를 읊기라도 하려는 듯 극적으로 말한다. "아마 숨길 것이
있었나 보죠." 그러더니 웃음을 터트리면서 덧붙인다. "공주가 아니
라면, 남자랑 주고받은 야한 사진과 동영상이겠죠. 하지만 공주라
면, 사적인 대화가 파파라치 수중에 들어가서 『데일리 미러』영국의 조
간신문으로 선정적인 사건이나 가십을 다루기로 유명함―옮긴이에 실리고 만천하에
드러나는 건 원치 않을 테니까요."

그냥 내가 효율적인 사람일 것이다. 오래된 대화가 휴대폰 저장
공간을 몽땅 차지하게 내버려 두는 게으른 사람이 아니라, 더 중요
한 것들을 위해 공간을 남겨두는….

연락처를 연다. "어디부터 시작할까요?"

"그건 쉽죠. '남자친구'라고 되어 있는 연락처를 확인해봐요." 신
디는 휴대폰 배경 화면에 있는 내 헤어스타일을 힐긋 보더니 덧붙
여 말한다. "아니면 여자친구?"

"남자친구가 나을 것 같아요."

남자친구라. 내게 남자친구가 있다면, 아마 애칭이 아니라 실명
으로 기재했을 것이다. 다시 말해 존재하지 않는 편이 낫다는 뜻이
다. 만약 정말로 존재한다면 헤어져야 할지도 모른다. 내 머리가 박
살이 날 때 그는 대체 어디서 뭘 하고 있었지? 손가락에 반지를 끼
지 않은 것으로 보아 남편은 없는 것 같다. 게다가 칵테일드레스와

그레이 구스는 기혼자랑은 거리가 멀지 않은가.

브렌다가 손을 허리께에 대고 옆에 서서 크게 말한다. 내가 의사나 록 스타로 판명될 거라고 예상하지 않았던 게 분명하다. "엄마랑 아빠를 찾아봐요. 아가씨에게 지금 당장 필요한 분들이니까요."

오, 정말 이성적인 브렌다! 내가 공주나 의사일 리가 없지 않은 가. 만약 의사라면, 아마 가짜 학위를 가지고 원하는 사람 아무에게 나 약을 만들어줬으리라. 브렌다의 확고한 얼굴이 그렇게 말하고 있다.

알파벳으로 정렬된 연락처 목록을 M까지 내린다. '엄마.' 빙고! 심호흡을 하고 눈을 감는다. 엄마는 아마 걱정하고 있을 것이다. 벌 써 실종자 신고까지 했을지 모른다. 엄마에게서 애플파이 냄새가 날지, 아니면 요리를 싫어해서 린 퀴진미국의 냉동식품 브랜드—옮긴이만 먹 고 살지 궁금하다. 엄마가 내 인생을 구해줄는지도.

엄마가 전화를 받길 기다리는 동안 심장이 요동친다. 이제 곧 기 억상실증 환자라면 누구나 바랄 로또에 당첨될지를 알게 될 것이 다. 나는 속으로 기도한다. 어서 받아요, 빅 메리! (아니면 빅 머니인가?) 신이시여, 엄마가 저를 살리게 해주세요. 그러자 문득 이런 생각이 든다. 나는 신을 믿을까?

한 번, 두 번, 세 번, 네 번 신호가 가는 동안 뭐라고 메시지를 남길 지 생각하고 있다. "엄마, 저예요, 미아. …지금 병원에 있는데, 전 괜 찮아요." 엄마가 내 나머지 정보를 채워주면 좋겠다. 이를테면 SAT 점수, 제일 좋아하는 음식, 전 남자친구들과 베스트 프렌드, 그리고 내 차가 어디에 있는지도.

자동 음성메시지가 생각의 고리를 툭 끊어버린다. "죄송합니다. 입력하신 번호는 현재 없는 번호입니다."

젠장!

브렌다와 신디는 기대에 찬 눈빛으로 나를 바라본다. "엄마 번호가 잘못 입력됐나 봐요." 나는 마치 그 일이 커다란 적신호가 아닌 듯 태연히 말한다. 내가 엄마에게 접근하기 힘든 상황이라면, 예를 들어 관계가 소원해졌거나 돌아가셨다면 이해가 된다. 하지만 애초에 잘못된 번호를 입력했다면? 그건 이상한 일이지 않은가.

"시리, 집으로 전화해줘."

연세 지긋하신 할머니가 떨리는 목소리로 전화를 받는다. "넬슨네 집입니다. 여보세요."

나는 캔자스에 있는 우리 집과 엠 이모『오즈의 마법사』의 주인공 도로시가 캔자스 시골에서 함께 살았던 친척—옮긴이를 떠올려본다. "저 미아예요."

"메리?"

"아니요, 미—아요."

"미안하지만, 아가씨, 잘못 거신 것 같수."

내게는 제대로 된 인간관계가 하나도 없었나? 내가 밀레니얼 세대인 것은 분명하지만, 밀레니얼 세대도 엄마는 있지 않은가.

한 번만 더 해보자. 연락처에 있는 사람 중 누군가는 틀림없이 나를 알고 있을 것이다. 최근에 발신한 '크리스털'이라는 이름의 번호로 통화 버튼을 누른다. 아마 그녀는 친구이거나 동생이거나… 어쨌든 나를 알고 있는 사람이겠지. 알아야만 한다. 통화 기록에 의하면 며칠 전에 3분하고도 28초나 통화를 했으니까.

크리스털은 첫 신호가 가자마자 전화를 받는다. "여보세요?"

"안녕, 나는…." 말을 멈춘다. 내 이름을 입에 올리려니 기분이 이상하다. 이름이 마음에 들지 않아서가 아니라, (사실이지만) 내 이름인데도 완전히 낯설게만 느껴지기 때문이다. 자기 고양이 이름으로 '킷캣'이 아닌 '마멀레이드'가 입에 딱 붙기까지 실제로 몇 달이 걸리는 것과 마찬가지다. 그런데 가만히 생각해보니 고양이 이름으로 '킷캣'이 더 어울리긴 한다. 그렇다고 내가 고양이나 뭐, 그런 동물을 길렀던 기억이 떠오른 것은 아니지만…. (나는 고양이 집사였을까?) "나 미아야." 차라리 '킷캣'이 더 낫겠다. "네가 날 기억할지 모르겠지만." 이렇게 말하고 나니 눈물이 한 방울 뚝 흐른다.

0.5초 만에 크리스털이 대답한다. "왜 전화했어? 더 할 말 없다고 했잖아."

전화가 뚝 끊겼다. 이런, 빌어먹을. 나는 인생을 엉망으로 산 처참한 실패자였고, 화요일에 칵테일드레스를 입은 채 혼자 응급실에 실려 오리라고 누구나 예상할 만한 사람인 것이다. 무릎에 휴대폰을 떨어뜨리고는 어느 컨트리음악의 가사처럼 너무 절박해 보이지 않으려고 애쓴다. 브렌다는 나의 유일한 감정적 버팀목이 되어야 한다고 느끼는 것 같고 사실 전적으로 그렇기도 하지만, 나는 그녀의 도움이 필요한 사람처럼 보이고 싶지 않다.

"괜찮아요. 크리스털과 저는 별로 친하지 않았나 봐요." 올해의 절제된 표현으로 뽑힐 만하다. "좀 쉬어야 할 것 같아요." 머리를 심하게 다친 직후 깨어난 젊은 여자가 어떻게 이렇게 많은 거절을 한 번에 감당할 수 있겠나?

브렌다가 시계를 본다. "점심시간이에요. 어때요, 뭐 좀 주문할래요?" 대답하지 않자 그녀가 말한다. "여기 에그 샐러드가 나쁘지 않아요. 햄버거만큼 맛있지는 않지만…." 브렌다는 마치 말을 아끼는 것처럼 끝을 흐린다.

이런 타이밍에 누가 에그 샐러드를 먹고 싶겠는가?

"정말 맛이 좋아요, 아가씨."

신디도 동의한다. "듣기에는 좀 역겨워 보이지만, 다들 좋아해요."

"거기 양파도 들어 있어요?"

브렌다가 고개를 젓는다.

브렌다를 위해서라면 뭐든지 좋다. "좋아요. 에그 샐러드로 주세요. 그리고 아무나 「카다시안 가족」을 다시 틀어주실래요?"

• • •

「카다시안 가족」 한 시즌을 거의 다 봤을 때, 문에서 노크 소리가 들려 고개를 든다. 닥터 파텔이 이번에는 머리를 단정히 빗고 몇 시간 푹 잔 듯한 얼굴로 들어온다. 나는 정보를 더는 캐낼 수 없는 휴대폰을 내려놓는다. 휴대폰에는 그저 날씨 앱, 금융 앱, (거의 쓰지 않는 듯

한) 페이스북과 알려지지 않은 데이팅 앱이 깔려 있다.*

"미아, 원무과에 퇴원 서류를 준비하라고 지시했습니다."

"퇴원 서류요?"

의사가 고개를 끄덕인다. "네. 의학적으로는 저희가 더 해드릴 것이 없습니다. 이제 환자분이 스스로 치유할 시간을 갖는 것이 중요합니다. 말씀드렸듯이 익숙한 사람들과 환경 속에서 지내시면서요."

"선생님, 나는 나에 대해 하나도 모른다고요." 내 이름만 빼고. 심지어 내 성도 모른다. 인스타그램 아이디에는 성 대신 '4Realz'라고 적혀 있을 뿐이다. 등신같이 모든 앱에 실명 대신 깜찍한 닉네임을 사용한 탓에 구글에서조차 나를 확인할 수가 없다. 내 휴대폰은 그야말로 디지털 쓰레기통이다. 아무에게도 전화가 걸려오지 않고, 갈 곳 하나 없어서 이 병원 침대만 빼면 오늘 밤 잘 데도 없다. "하루만 더 여기서 지낼 방법이 없을까요?"

두 시간 후, 브렌다가 나를 태운 휠체어를 밀고 도로 연석까지 나온다. 나는 병원에 실려 올 때 입었다는 레몬옐로색 칵테일드레스를 입고 있다. 드레스는 프라다**인데, 윗부분은 꼭 끼는 스타일로 반짝이가 흩뿌려져 있고, 가는 어깨끈에 길이는 짧다.

---

* 러시라고? 틴더는 대체 어쩌고? 어쨌든 내게는 데이트가 필요 없다. 어서 음식과 묵을 곳을 찾아야 한다. 🍷

** 나는 부자일까, 아니면 렌트 더 런웨이의류 대여 회사로 일정 금액을 매달 지불하면 원하는 옷을 빌릴 수 있음―옮긴이 회원일까?

신발과 망토(잘못 들은 게 아니다)는 같은 색깔로 매치했다. 엄밀히 따지자면 어깨 망토인 그것은 한쪽 어깨 위에서 크고 헐렁한 나비 모양으로 끈을 묶게 되어 있다.

신디를 위해 티아라는 간호사 휴게실에 남겨두고 왔다. 신디가 그걸 보면 엄청나게 황홀해하겠지. 원래부터 가지고 있었던 라인석 모조 다이아몬드—옮긴이 단추 장식 클러치는 내 휴대폰을 넣기에 딱 알맞다. 휴대폰 이외에도 생수를 산 영수증, 헤어핀이 있고, 토끼 발 열쇠고리에는 '어디 열쇠인지 아무도 모를' 열쇠 두 개가 달려 있다. 내 립스틱은 '해적Pirate'이라는 이름의 새빨간 샤넬(!)이다. (고마워, 샤넬. 마침 필요했던 참이야.)

내 옷차림은 핏자국만 빼면 꽤 괜찮아 보인다. 핏자국은 망토 단 끝에 색이 바랜 얼룩으로 남아 있는데, 다행히 너무 섬뜩해 보이지는 않는다. "미안해요, 미아. 세탁을 못 했어요. 드라이클리닝을 해야 해서요." 브렌다가 말한다.

휠체어에서 일어나 크게 심호흡한다. 지나가는 차들이 흐릿해 보인다. 내가 움직이는 기차 지붕 위로 점프하려는 슈퍼히어로라면 좋겠지만, 그저 삶에 올라타려는 평범한 여자에 불과하다. (내 생각에는 그렇다.)

결국 나는 망토의 매듭을 푼다. 출혈의 흔적이 가장 많이 남은 망토가 없으니, 드레스는 거의 완벽해 보인다. 한숨을 쉬면서 망토를 근처에 있는 쓰레기통에 버린다. 쓰레기통은 패스트푸드 컵으로 흘러넘치고 있어서 망토를 그 안으로 밀어 넣어야만 했다. 잘 가, 디자이 너 망토야.

"미아, 당신은 해낼 수 있어요." 브렌다가 말한다.

뭘 해? 하지만 바보 같은 짓이라도 뭔가를 해야만 한다. 온종일 병원 앞에 앉아 있을 수는 없을 테니.

"내 번호 줄게요. 어디를 가든 도착하면 문자 보내요." 브렌다가 나를 껴안자 항균 소독제 냄새가 난다. 덩치가 산만 한 그녀의 포근한 품에 안기니 영원히 이대로 머물고만 싶고, 그래서 내 신세가 더 처량해진다. 브렌다에게는 진짜 가족이 있겠지. 내가 물어는 봤나?

"고마워요. 브렌다가 없었으면 어쩔 뻔했는지 모르겠어요." 가장 이상한 퇴원 인사라고 생각한다. 브렌다는 내 이름과 내가 채식주의자일지도 모른다는 것만 알 뿐인데도, 누구보다 나를 잘 알고 있다. 그 동정심 많은 여자도 그렇게 생각해서인지 책임감을 느끼는 것 같다.

마지막 작별 인사를 하려고 어깨 너머로 병원 쪽을 힐긋 보니, 미닫이문 너머에서 신디가 내 티아라를 쓰고 로비를 활보하고 있다. 브렌다가 신디에게 그만하라는 손짓을 하고 있다. 다시 달려가서 간호사 휴게실에 머물면 안 되겠냐고 조르고 싶은 마음이 굴뚝같지만, 그럴 수가 없다. 이제 나와 내 휴대폰만 덩그러니 남았다.

• • •

문득 번뜩이는 아이디어가 떠올라 우버 앱에서 마지막 행선지를 찾아본다. 롱비치 미술관. 중요하게 들리는 장소이지 않은가, 꼭 나처럼.

그 앱은 운전기사를 만나야 할 장소를 점으로 표시해 알려준다. 레이저포인터를 쫓아가는 고양이처럼, 점을 쫓아 몇 블록 걸어 내려가다 길을 건넌다.

내 우버X가 등장한다. 검은색 반짝이는 자동차로 랜덤 업그레이드를 받았는데, 운전기사는 얼굴에 점이 없는 것만 빼면 가수 엔리케 이글레시아스를 꼭 닮았다. 말이 나와서 말인데, 어떻게 엔리케 이글레시아스의 얼굴에 난 점*은 기억하면서, 내 성은 기억 못 할 수가 있지?

"멋진 드레스네요." 그가 물 한 병을 건네면서 말한다.

엔리케는 편안하게 대화를 이어가고, 나는 자리를 잡자마자 자연스럽게 인스타그램을 연다. (근육이 기억하는 걸까?)

그리고, 거기에 내가 있다.

@Mia4Realz…

얼굴에 반짝이를 뿌린 내 사진, 우유가 담긴 욕조에 몸을 담근 내 사진이 있다. 이 엄청나게 화려한 인스타그램 피드가 사실일까? 내 프로필 이름이 사실이라고 말하고 있기는 하지만 4Realz(for real)이 '사실' 이라는 뜻임—옮긴이.

---

* 2003년 이후로는 그에게 점이 없다! 내 이름만 빼고 나한테 뭐든지 물어보시라.

내가 왜 우유 목욕을 하고 있는지는 일단 제쳐두고(멀—리 제쳐두고), 사진에 보이는 다른 모든 것들은 엄청나게 좋아 보인다. 기재된 프로필은 별 도움이 되지 않는다. @Mia4Realz. SoCal남부 캘리포니아— 옮긴이 4evah. GoldRush.

게시물 네 개를 넘기자 내 집이 나타난다. #사랑스러운나의집은 야자수가 늘어선 거리에 자리 잡고 있고, 사랑스러운 파스텔 톤 벽돌로 된 쌍둥이 주택이다. 나는 파란 벽돌 건물에 살까, 아니면 핑크색 건물에 살까? 내 생각에는 핑크인 것 같다.

"기사님, 목적지를 바꾸고 싶어요." 미술관은 언제든 자세히 살펴볼 수 있다. 일단 집을 찾는 게 중요하고, 그러면 우유 목욕도 할 수 있다. 점이 없는 엔리케는 핑크색 벽돌 건물을 알아보지는 못하지만, 알아내려는 투지를 보인다. "다른 인스타 게시물을 확인해서 삼각 측량을 하는 게 어때요?" 내가 제안한다.

내가 문제 해결에 소질이 있는 것 같다는 점은 주목할 만하다. 엔리케조차 방금 '삼각 측량'이라는 용어를 사용한 것에 놀라는 눈치다. 내가 학교를 졸업한 것은 분명하다.

엔리케는 뮤직 센터 바로 맞은편, 오션 대로가 갈라지는 지점을 배경으로 택배 상자를 들고 찍은 사진과 엽서로 팔아도 될 수준의 야자수를 배경으로 찍은 스냅 사진을 근거로, 오션 대로를 따라 우리 집 정문이 나올 때까지 남쪽으로 내려가기로 한다. "어떻게 자기가 사는 집을 모를 수가 있어요?" 그가 묻는다.

"말하자면 길어요. 게다가 그 긴 이야기의 대부분을 나도 몰라요.

기억을 잃었거든요."낯선 사람에게 이런 얘기를 해도 될까? 고맙게도 엔리케는 내게서 연쇄살인마 같은 느낌을 받지는 않은 것 같다.

"어쩌다가요?"

"그것도 몰라요."누가 나를 죽이려 했다고 90퍼센트쯤 확신하면서도 그렇게 대답한다. 나는 아무래도 호들갑 떠는 스타일은 아닌 것 같다. 그런 스타일이었다면 훨씬 더 과장된 기억상실 드라마를 써 내려갔을 것이다.

"손님의 기억은 언제 돌아올까요?"

"창문 좀 내려도 되죠?"나는 눈을 감고 신선한 공기를 들이마신다. 가벼운 산들바람이 부는 완벽한 날씨다. 롱비치는 살짝 오줌 냄새가 난다 해도 상쾌하다. 엔리케가 인기 차트 상위 40위 곡들을 재생하자, 당신의 음악을 재생해도 좋다고 말하고 싶은 충동을 느낀다. 진짜 엔리케 이글레시아스가 아닌 줄은 알지만… 혹시 맞을 수도 있지 않을까? 세상에서 내가 잊혀진 것처럼 그도 잊혀진 후에 입에 풀칠이라도 하려고 우버 운전기사가 됐는지도 모른다. 함께 후원 단체라도 만들까?

"기억이 언제 돌아올지 잘 몰라요."대답하며 재미있다는 듯 웃는다. 진짜 감정은 오히려 억누르고 있는 것 같다. 확실히 호들갑 떠는 스타일은 아니다.

엔리케는 백미러로 내가 완전히 미쳤는지, 아니면 그냥 기분 좋게 불안정한 상태인지를 확인한다. (그런 게 있다면.)

퇴원하기 전에 닥터 파텔이 한 말을 떠올린다. "기억상실에는 종종 심리적인 요인이 있습니다. 환자분이 다쳤을 때 정서적, 심리적으로 힘든 일을 겪었기 때문에 지금 자아를 파악하는 데 어려움을 겪고 있는지도 모릅니다."

닥터 파텔의 진단은 기억상실이 정체성 위기의 한 형태일 수도 있다는 말인가? 윽. 그런 생각을 하니, 심리적인 트라우마를 입힌 캘리포니아에 오만 정이 떨어졌다. 그가 빅서에서 명상 수련을 하라고 팸플릿과 아로마 오일을 줬다면 어딘가에 흘려버렸을 것 같다.

닥터 파텔은 설명했다. "기억상실은 치료하거나 이해해야 하는 병이 아닙니다. 기억은 시간이 흐르면서 변합니다. 어떤 기억은 희미해지고, 어떤 기억은 더 강해지기도 하죠. 사람들은 같은 사건을 겪고도 저마다 다른 기억을 지니고 있습니다. 기억은 우리가 자신에게 하는 이야기일 뿐이지, 객관적인 진실이 아닙니다. 그래서 기억에 의존하는 환자분의 자아 인식도 흔들리거나 변할 수 있는 겁니다."

"그러니까, 기본적으로 내 삶에 관한 새로운 이야기를 만들어내야 한다는 말인가요?"

"음, 꼭 그렇지는 않지만… 네. 적어도 예전 이야기를 기억할 때까지는요."

그나마 인스타그램이 있어서 정말 다행이다. 나를 위한 이야기를 이미 써놓았으니까. 별로 예쁘지는 않다고 해도 말이다.

엔리케는 핑크색 문 앞에 차를 댄다. 충동적으로 "같이 들어가실래요?"라고 묻는다.

그가 의심스러운 눈초리로 나를 본다.

"부담 갖지 마세요." 가는 하이톤으로 말한다. "저 혼자 들어가도 돼요. 어차피 우리 집이니까요, 그렇죠?" 엔리케가 의심스럽게 곁눈질하자 나는 어색하게 웃는다.

우버가 엔리케에게 팁을 주고 싶은지를 묻자, 그렇다고 대답한다. 그가 나를 완전히 사이코패스라고 생각하지만 않는다면 말이다. 어쨌든 그는 나를 그냥 버리고 갈 수도 있었지만, 결국 집까지 데려다 주었으니까.

라인석 클러치에서 열쇠를 꺼내 열쇠 구멍에 넣어보자 그중 하나가 딱 들어맞는다. 여기는 진짜 내 집이다. 미친 듯 질주하는 기차의 마지막 종착역인 셈이다. 너무 초조해진 나머지 열쇠를 돌리기 전에 잠시 멈춰서, 공연 직전 막 무대에 오르려는 배우처럼 다독이는 말을 한다. 여기는 내 집이고, 내 안식처이며, 내 전화를 바로 끊어버릴 사람들의 집이 아니다. 깊이 호흡하면서, 열쇠를 돌려 문을 연다.

집은 「프로퍼티 브라더스」부동산 전문가인 형과 인테리어 전문가인 동생이 시청자 가족의 새집을 구매하고 꾸미는 것을 돕는 캐나다 리얼리티 TV 프로그램―옮긴이가 다녀간 곳 같다. 전체적인 구조는 #자연광이 어마어마하게 들어오는 #오픈컨셉으로, 그냥 이렇게만 말해두겠다. 그리고 나는 소형 쿠션을 너무너무 좋아하나 보다. 뒤쪽에는 뜰로 이어지는 프렌치 도어가 열려 있고, 분수에는 소름 끼치게 생긴 님프와 천사 조각상이 있다. #예수를찬양하라

그보다 훨씬 더 좋은 점은, 주방 테이블에 어떤 남자가 있다는 것

이다. 안경을 쓰고,「스타 트렉」의 등장인물인 스팍 사진이 박힌 티셔츠를 입은 섹시한 흑인 남자다. 셔츠에는 '너 자신을 **여행하라** TREK YOURSELF'라고 쓰여 있다. 이 남자가 내 남자친구인가? 그렇다면, 사고가 났을 때 이 남자는 어디 있었지? 기가 막히게 섹시하다고 너그러이 봐줄 것 같아? 그는 나를 보고 화들짝 놀라더니 뭐라고 해야 할지 모르는 것 같다. 내가 죽지 않은 것을 확인하지 못한 게 당황스러운 것이 틀림없다. 얼마나 잘생겼는지는 신경 쓰지 않을 테다. 그러니 당신, 쓸 만한 변명거리나 생각해두는 편이 좋을 거야….

"미안해요." 그가 말한다.

나는 '당연히 미안해야지'라고 쏘아붙이고 싶다. 하지만 그게 우리 관계의 다음 장을 열 좋은 방법인지는 잘 모르겠다.

"전 맥스라고 합니다. JP가 다른 사람이 열쇠를 갖고 있다고는 말하지 않았거든요." 아! 그러니까… 이 남자는 내 남자친구가 아니로군. 그가 일어나서 내 쪽으로 걸어온다.

"JP가 누군지는 모르겠지만, 난 여기 사는 게 맞아요." 내가 매우 자신감 넘치는 어조로 말한다.

그는 의심의 눈길을 보낸다. 내 칵테일드레스와 피가 엉겨 붙은 머리카락을 훑어보더니, 이렇게 말한다. 나는 아마 누군가와 밤새 뒹굴다가 오는 길에 살인을 저지른 사람처럼 보이겠지? "그렇다면 JP가 왜 집을 봐달라고 저를 고용했을까요?"

맙소사, 그가 그 질문의 답을 기대하지 않았으면 좋겠다.

그는 강조하는 어구를 덧붙여 같은 질문을 되풀이한다. "여자친구가 집에 올 줄 알았다면, JP는 왜 집 봐주는 사람을 고용했을까요?" 매우 섹시하다는 칭찬은 취소해야겠다. "그런데, 성함이 어떻게 되시죠?"

"미아예요."

"그는 분명히 당신을 언급하지 않았어요."

머릿속이 하얘진다. 나는 천재처럼 머릿속에서 '왜냐하면'을 잠시 공중에 매달아놓은 채, 선택할 목록을 빨리 훑어본다.

- JP는 내 남편인데, 내가 자그마한 다육 식물과 소형 쿠션을 돌보지 못하는 것을 걱정할까 봐 사람을 고용했다.
- JP는 나도 먼 길을 떠났다고 예상했다. (어딘지는 묻지 마라. 너무 뻔하니까.)
- 내가 원래 집을 봐주는 사람이고, 이 남자는 최근에 나 대신 뽑았다.

즉흥적으로 대답한다. "음, 나도 휴가를 갈 계획이었는데… 취소할 수밖에 없었어요. 왜냐하면…." 몸을 뒤로 돌려 머리카락을 들어 올리고는 의사들이 의료용 스테이플러로 고정한 흉측한 상처를 보여준다. "사고가 있었거든요." (내 연기력은 메릴 스트리프 뺨친다.)

맥스의 눈이 휘둥그레진다. "우와. 사고 얘기 좀 해봐요."

이제야 제대로 끼어들 타이밍이 왔다. 맥스는 착한 사람이라서, 다친 여자를 JP의 집에서 쫓아내 길거리로 내몰지는 않을 것이다. (여전히 내 집일 수도 있지만, 그럴 확률이 높아 보이지는 않는다.)

"무슨 일이 있었죠?"

"잘 몰라요. 무슨 일이 있었든, 내 기억을 모조리 빼앗아버렸거든요. 한 시간 전에 병원에서 나왔어요."

"그리고 곧장 이리로 왔어요?" 그의 얼굴에 혼란스러운 표정이 역력하다. "누가 당신을 병원에서 여기까지 태워다 줬죠? 당신이 여기 산다고 확신하던가요?" 그는 방을 둘러본다. "어쨌든, 그 사람들은 어디로 갔어요? 기억상실증 환자를 별일 아니라는 듯 그냥 내려주고 가버렸다고요?"

상황이 이런 식으로 흘러가자 씁쓸해진 나는 어이가 없다는 듯 웃는다. "우버를 타고 왔어요. 기사님이 엄청 친절하셔서, 이 집 주소 찾는 걸 도와줬어요."

"뭘 사용해서요?" 맥스가 어리둥절한 표정으로 묻는다.

그 질문은 못 들은 척한다. 인스타그램을 뒤져서 정보를 캐냈다는 것은 아직 밝히고 싶지 않다. "말이 나와서 말인데, 그 기사님한테 리뷰를 달아줘야겠어요. 업무 이상의 일을 해주셨으니까요."

"음, 확실히 별 다섯 개는 주셔야겠네요. 하지만… 어떻게…?"

"난 완전히 괜찮아요." 내 불확실한 상태를 부정하고 그를 안심시킨다. "난 그냥… 나 자신을 여행하면 돼요"라고 말하며 활짝 웃는다. "게다가 내 본능이 내가 여기 산다고 말하고 있어요." 정말로, 이 장소는 나랑 딱 맞는다. 벽에 걸린 드가의 그림은 마트에서 산 포스터처럼 보이지 않는다. 이런 곳이야말로 디자이너 망토를 입는 젊은 여자가 살 법한 집이다. 나는 자신을 너무 열심히 여행하고 있다.

맥스가 자기 셔츠를 내려다본다. "어… 이 셔츠에 쓰인 말이 그런 뜻인 것 같지는 않지만, 당신을 포함해 다른 어떤 것도 이 집에서 내보내지는 않을 겁니다." 그가 너무 진지한 눈빛으로 나를 빤히 바라보고 있어서, 믿지 않을 수 없다. "하지만 이 집이 당신 집인지는 잘 모르겠어요."

오케이. 나는 맥스를 믿는다. 하지만 디테일은 그만 물고 늘어졌으면 좋겠다. 그냥 어서 드러눕고 싶다. 하지만 그가 여전히 이 문제를 따지고 싶어 하는 것이 눈에 훤하다. "당신은 열쇠가 있군요. 그건 전에도 여기 왔었다는 뜻이긴 하지만, 그렇다고 여기 산다는 말은 아니죠."

"아니에요. 여기가 내 집이라고 확신해요." 나는 근거 없는 자신감을 한껏 부풀린다.

"당신은 메이드일 수도 있지요." 맥스는 마치 우리가 수학 교실에 있고, 세상 모든 일을 논리적으로 설명할 수 있다는 듯 지적한다.

"나는 병원에 실려 갈 때 티아라를 쓰고 있었어요." 칵테일드레스를 가리키며 덧붙인다. "그리고 이 옷도요. 오히려 내가 메이드를 고용하겠지요." 내가 제니퍼 로페즈는 아니지만 이건 딱 「러브 인 맨해튼」 상황인데, 아무래도 이 남자가 그 영화를 봤을 것 같지는 않다.

"그렇다고 쳐요. 나는 집 열쇠가 있지만, 확실히 여기 살지는 않는다고…."

주방에 놓인 스툴 중 하나에 털썩 주저앉아 두 손으로 머리를 감싼다. "이봐요. JP는 내 남편일지도 몰라요." (적어도 미아 버전에서는.)

"누가 알아요, 이게 내 집이고 JP가 내 비서일지."

그 말에 맥스가 박장대소한다. "당신이 JP에게 전화해서 비서인지, 남편인지 물어볼 때를 고대할게요."

어쨌든 JP가 나보다 훨씬 더 중요한 사람인 것은 분명해 보인다. 도무지 이해가 안 된다. 그때 나는 바로 앞에 놓인 조리대 위에서 우편물 더미를 발견한다. 맥스의 곁눈질을 무시한 채 뻔뻔하게 우편물을 획획 넘겨보기 시작한다. 하나같이 JP 앞으로 온 우편물이다. 내 앞으로 온 것은 하나도 없다.

맥스는 다시 TV로 시선을 돌리며 말한다. "저기, 그쪽이 여기 살든 안 살든, 오늘 밤 잘 곳은 필요하잖아요. 그냥 나랑 「우리의 먹거리 시스템」이나 볼래요? 여기서 하룻밤 묵는 게 나을 텐데요." 그는 반쯤 먹다 만 테이크아웃 피자를 가리키며 말한다. "배고프면 마음껏 드세요."

"그냥 초콜릿이나 몇 개 먹을래요." 조리대 위에 놓인 볼에는 '자콜릿Jacques-o-late'이라는 이름의 초코바가 가득하다. 이 초콜릿은 요즘 어디를 가나 볼 수 있다. '일단 자콜릿을 맛보시면, 다시는 예전 입맛으로 돌아갈 수 없습니다'가 그 회사의 광고 문구다. 그 광고에는 초코바를 깨물며 얼굴 가득 오르가슴을 만끽하는 여성들이 나온다. 내 입에는… 뭐 괜찮은 것 같다. 남기지 않고 다 먹을 정도면. 뭔가 살짝 빠진 것 같기는 한데, 그게 뭔지 꼬집어 말할 수는 없다.

맥스에 관해 더 많이 알아내고 싶다. 그러니까, 그가 거짓말을 하고 있다면? 그가 실제 JP인데 나를 데리고 장난치고 있는 거라면?

만약 내가 JP인데 맥스와 직접 만난 적이 없어서 내 생김새를 모르고 있다면? 그를 믿어도 될까? 평소에 사람을 믿는 내 기준은 무엇이었을까? "당신 설마 연쇄살인마는 아니죠?"

그가 하품을 한다. "그런 질문에 누가 그렇다고 하겠어요? 특히 진짜 연쇄살인마라면."

"맙소사. 당신은 진짜 연쇄살인마가 맞군요."

맥스는 토핑 대 치즈의 비율이 이상적이라서 제일 먹음직한 피자 조각을 천천히 집어 들고는 말한다. (나라도 그 조각을 집었을 것이다.) "난 흑인이에요, 미아. 통계적으로 내가 연쇄살인마일 확률은 제로라고요. 그쪽이 신고하는 바람에 경찰이 잘못 쏜 총알만 맞지 않는다면, 당신은 무사할 거예요."

하긴, 살인범이라기에는 피부색이 너무 검고 귀엽다. 게다가 피자까지 나눠주고 있지 않은가.

소파로 이동하기 전에 TV를 힐긋 본다. TV에서 방영 중인 다큐멘터리는 어떻게 인간이 옥수수 시럽과 질산염으로 자신을 죽이고 있는지에 관한 내용이다. 지금으로서는, 극소량의 뭔가를 식품에 넣어서 천천히 죽게 하는 것은 내 관심에서 가장 동떨어진 문제다. "나 피곤한데. 안방이 어딘지 알려줄래요?" 최대한 자연스럽고 경쾌하게 말한다. 그가 '절대 안 돼요'라고 딱 자르고는 나를 소파에서 재우지 않기를 바라면서.

그는 잠시 망설이다가 내 머리 부상을 힐끔 보더니 말한다. "좋아요. 내일 아침에 이게 다 무슨 일인지 알아봅시다." 협박조가 아니라 안심시키는 말투다. 이 친절한 남자가 너무 사랑스럽다.

맥스가 유리잔을 싱크대로 나르는 동안 자콜릿을 와삭와삭 씹으면서 태연하게 책꽂이를 살펴본다. 모두 예쁜 가죽 책이거나 초판본뿐이고, 사진 몇 장이 보기 좋게 진열되어 있다. 어두운 빛깔의 머리카락을 옆 가르마로 넘기고, 백마 탄 왕자님 같은 턱선을 지닌 매력적인 남자가 가족처럼 보이는 사람들과 함께 찍은 사진들이다. 이 남자가 JP?

나는 사진 속 어디에도 없다.

맥스는 원본인 것 같은 예술 작품에 미술관 스타일로 조명을 설치한 복도를 따라 나를 이끌더니 캘리포니아 킹사이즈 침대가 들어갈 만큼 널찍한 안방으로 안내한다. 나는 크라운 몰딩이 되어 있고 마음을 차분하게 해주는 하늘이 그려진 돔 형태의 천장을 살펴본다. 침대는 구름을 탄 듯 푹신하고, 방 전체에서 라벤더 향기가 난다. 짙은 남색 벽지와 멋진 그림 몇 점(당연히, 진품이겠지)이 스파 숍 분위기에서부터 유럽풍 분위기까지 띤다. 남자 방 같기도 하고 여자 방 같기도 하다. 롱비치도 물론 멋진 곳이지만, 이곳은 라구나나 말리부, 아니면 심지어 프랑스 같기도 하다.

맥스가 내 반응을 살핀다. "이곳이 너무 많이 그리웠어요." 나는 애석해하는 미소를 띠면서 이렇게 말한다.

맥스가 웃음을 터트린다. 하기야 누군들 웃지 않을 수 있겠나?

그가 떠난 후 침실에서 내가 여기 산다는 흔적, 여기가 JP만의 방이 아닌 '우리'의 방이라는 것을 증명할 단서를 찾는다. 침실용 탁자에 있는 콘돔과 욕실에 있는 두 번째 칫솔(내 건가?), 남자가 입기에는 너무 작아 보이는 티셔츠 두어 벌. (JP가 꼭 끼는 스타일을 얼마나 좋아하는지에 달려 있지만.) 아마도 침대에서 내 자리였을 것 같은 쪽에 놓인 침실용 탁자가 희망을 준다. 『US 위클리』는 틀림없이 내 것일 테고, 섹시한 뱀파이어가 나오는 책은 더 확실한 증거인 것 같지만, 누가 알겠나? 유명인과 뱀파이어는 다들 좋아하지 않는가?

그냥 집에 왔다고 말하고 싶지만, 과연 그럴까?

3

금요일 아침, 고급스러운 여러 겹의 이불과 베개에 둘러싸인 채 사람을 통째로 삼킬 것만 같은 침대에서 깨어난다. 침대는 여느 매장 전시실에서나 볼 수 있는 스타일이다. 「리얼 하우스와이브스」미국 상류층 주부들의 생활을 다루는 리얼리티 TV 프로그램—옮긴이에 나오는 주부들처럼 진열 중인 제품들을 세트로 구입한 게 분명하다.*

창을 통과해 들어오는 햇살이 사진을 찍어도 좋을 만큼 완벽한 조명으로 모든 것을 밝히고, 부드러운 산들바람에 얇은 커튼이 흩날리고 있다. 잠시 후에야 나는 자메이카에 있는 커플 전용 리조트에 있는 것이 아님을 깨닫는다. 여기는 오션 대로에 있는 핑크색 집이고, (연쇄 살인마가 아니길 바라는) 집을 봐주는 귀여운 남자가 있다. 그리고 누구인지 모를 내가 있다.

침대 위 JP의 자리에서 평화롭게 자는 휴대폰에 손을 뻗은 후 가

• 나는 진짜 주부일까?

볍게 두드려 아침 인사를 한다. 휴대폰은 아무 대답이 없다. 문자도 없고, 알림도 없다. 내 휴대폰은 너그러운 사랑꾼이 아니다. 나는 나를 알고, 내 사회보장번호를 알고, 귀여운 신발을 모두 어디에 뒀는지 아는 사람이 필요하다. 그런데 내 휴대폰은 기를 쏙 빨아먹고는 아무것도 되돌려주지 않는 짝사랑 상대 같다. 내게도 과거에 그런 사람이 두어 명 있었다는 강한 확신이 든다. 이름은 기억나지 않지만, 그 상처는 느낄 수 있다.

못된 짝사랑 상대를 좋아할 때와 마찬가지로, 나는 포기할 수 없다. 아무것도 없다는 사실을 알면서도 문자 앱을 연다. 그러다 새로 받은 이메일 세 통을 확인하는 순간, 벌떡 일어나서 휴대폰을 꽉 움켜쥔다. 바로 이거야! 나를 아는 누군가가 메시지를 보냈다.

아니다. 이메일 중 두 개는 유기농 생리대 스타트업 회사에서 온 것으로, 여성이라면 누구나 가지고 있는 생리 관련 문제를 해결해주는 상품을 택배로 배송해준다는 안내였다. 남은 이메일은 자콜릿에서 온 것이었다. '일단 자콜릿을 맛보시면, 절대 예전 입맛으로 돌아갈 수 없습니다.' 제목란에 그렇게 쓰여 있다. 자콜릿은 새로 출시하는 맛인 '화이트초콜릿'을 먹어보기를 바라는 모양이다. 하! 이 등신들은 자기네가 꽤 재미있다고 생각하나 보다.

나는 내 습관이라고 추정되는 행위에 발맞추어 위의 메일들을 모두 삭제한다. 받은 메일이 '0'이다. 지금까지의 삶에서 이룬 첫 번째 성과다. 문자메시지까지 삭제해놓은 것은 약간 이상하지만, 아마 곤마리 정리법설레게 하는 물건만 남기고 주변을 정리하는 방법—옮긴이으로 삶을 정리했던 것이 틀림없다. 그리고 솔직히, 이 전자 의사소통이 즐거움을 유발하지는 않잖아? 메시지를 다 없애버렸다는 것은 내가 매우 진화된 사람이며, 세상 사람들처럼 휴대폰에 얽매이는 타입이 아니라는 사실을 가리키고 있다.

하지만 불필요한 정보라고 해서 죄다 없애는 것은 기억상실 상황에서는 좋은 습관이 아니다. 삶의 모든 흔적을 지워버리기 전에 적절한 타이밍으로 돌아가 자신에게 충고 한마디를 할 수 있다면, 기억상실 이전의 내 귀에다 이렇게 말해주고 싶다. "어이, 아가씨. 효율적인 건 뭐 인정하지만, 언젠가는 그 정보들이 필요할 거야. 네가 어떤 와인을 원하는지 알고 있는 MIT의 두 아가씨에게 온 저 이메일 보이지? 그건 놔둬…. 아니면, 네가 만난 사람에게서 온 이메일 하나라도."

다행스럽게도 나는 인스타그램은 정리하지 않았다. 자, 당신이 어떤 부류의 남자인지 봅시다, JP…. 내 프로필 페이지에 있는 사진 중 몇 장은 JP와 찍었다. 책꽂이에서 본 사진 덕분에 그를 알아볼 수 있다.

- JP 혼자 찍은 사진이 있는데, 맞춤 정장을 입은 모습이 참을 수 없이 잘생겼다. 사진 밑에 이런 글도 달려 있다. 게다가 **프랑스어 억양**까지!! 😵
- 와인 양조장에서 포도 덩굴을 배경으로 손에 와인 잔을 들고 둘이 함께 찍은 셀카도 있다. 그 밑에는 나와 남친 🍸 🖤 이라고 쓰여

있다.

- 마지막으로, 클럽에 가려고 차려입은 섹시한 젊은이들 무리 속에 우리가 있다. 나는 소매가 어마어마하게 부풀려졌으며 간신히 엉덩이를 가릴 정도로 짧은 최고급 드레스를 입고 있다. JP는 나를 감탄하는 눈빛으로 보고 있다. 사진 밑에 달린 글은 없다. 그의 표정이 모든 것을 말하고 있으니까. 나를 원한다고.

그래서… 인스타그램에 따르면 JP는 남자친구고 나한테 빠졌거나, 적어도 내 엉덩이에 푹 빠진 것이 분명하다. 나는 머리를 다쳤지만, 사진에서 우리 관계에 변화가 있다는 사실 정도는 알아차릴 수 있다. 모두 안심이 되는 정보이자 평범한 연인 관계의 징후들이다.

문자가 들어오면서 '핑' 하는 소리가 나자 심장이 미친 듯이 뛰어 목구멍까지 올라오는 것 같다. 내가 받은 첫 번째 문자다. 이름이 '프렌치프랑스 사람—옮긴이'라고 뜬다.

보고 싶어.

프렌치에게 나도 보고 싶다고 말할 수가 없어서 그냥 🐾라고 응답한다.

점 세 개가 나타났다 사라지기를 몇 번 반복하는 것으로 보아 그가 문자를 입력했다가 지우고 있나 보다. 뭐라고 해야 할지 모르는 것 같다. 마침내 그는 당신 괜찮아? 아직도 나한테 화났어? 라고 보낸다.

이제 정말로 이 남자가 누구이며 나는 무엇 때문에 화를 내야 하는지 알고 싶다. 살인미수 때문에?

미안하지만 누구신지요? 제가 휴대폰을 잃어버리는 바람에 연락처가 몽땅 사라졌어요.

저런! 근데, 자기가 전화하지 않은 이유가 있었다니 안심이야. 😄

그의 고민이 해결됐다니 다행이지만, 여전히… 그쪽은 누구신지요?

🌀 당신 인생의 유일한 사람이지.

그렇다면 너는 대체 어디 있었니?! 하지만 장난으로 받아들여지기를 바라며 이렇게 쓴다. 그게 누구일까요?

프렌치는 TV 드라마에서 의사 역할에 딱 어울리는 잘생긴 얼굴로 비웃는 표정을 짓고 있는 셀카 사진을 대답 대신 올린다. 그러자 이전까지 했던 탐정 놀이가 즉시 성과를 올린다. 프렌치가 JP라는 것은 두말할 필요도 없거니와 그가 (뉴스 속보) '내 인생의 사랑'이라니! 내가 그의 집에 내 물건을 하나도 남기지 않았다는 게 이상하지만, 그 문제는 나중으로 미뤄둬야겠다.

지금 어디야?

스위스. 자기도 알면서… 당신 괜찮아?

아차. 막 일어나서 그래. 아직 잠이 덜 깨서. 그럼 언제 돌아와?

일요일. 보고 싶어.

아무런 감정의 동요도 없이, 우리가 나눈 대화를 스크롤해서 다시 읽는다. JP는 나를 그리워한다. 그가 나를 정말로 사랑하나? 나는 누군가에게 속해 있다. 이 아름다운 새 둥지 같은 침대가 있는 여기 속해 있다. 분실물처럼 지역 병원 응급실에 보관되어 있다가 다음 진료 예약도 없이 길거리로 내쫓긴 것이 아니라. 젊고 아주 멋질 뿐만 아니라, 잘생기고 부자인 남자와 편하고 사치스럽게 동거하고 있다. 계속 그렇게 살아야 한다.

하지만 그는 누구인가? 우리는 어떻게 같이 살게 되었지? 내가 애교가 많나? (그런 것 같지는 않지만, 혹시?) 머리를 다친 나도 좋아해줄까? (세상을 다시 살게 된 첫날인데도, 나는 웬 남자가 나를 어떻게 생각할지나 궁금해하고 있다.) 나는 그 생각을 중학생 시절의 불안정한 자아가 갇혀있는 옷장 안에 밀어 넣고 다 큰 어른의 팬티를 입는다. (레이스가 달리고, 밑위길이가 짧고 꽉 붙는 팬티다. 고마워, 기억상실 이전의 자아야.)

이 대화를 더 진행하기 전에 조수에게 문의한다. "시리, JP 하워드가 누구야?"

JP 하워드. 자크 피에르Jacques-Pierre의 줄임말. (울랄라!) 출생연도는 1983년이고, 그러면 나이가… (달력 앱을 연다.) …2020-1983=37. 프랑스식 이름의 서른일곱 살 먹은 부유한 남자. 지금까지는 너무 좋은데?

게다가 그는 위키피디아에도 등재되어 있다.

바로 이 순간, 초콜릿을 입에 넣으려다가 멈칫한다. 내 남자친구인 자크 피에르는 자콜릿의 창업자이다. '일단 자콜릿을 맛보시면…'이 머릿속에 떠오른다.

이런 삶은 메건 마클로 깨어나는 것보다 더 좋다.

웹사이트에 따르면 자콜릿은 다크, 라이트, 미디엄, 캐러멜, 화이트 다섯 가지 맛으로 나온다고 한다. 초코바에는 모두 견과류가 들

어 있고, 크기는 킹사이즈밖에 없다.•

또한 그는 열대우림을 살리고 있기도 하다. 자콜릿은 온두라스, 에콰도르, 도미니카공화국과 트리니다드 토바고에서 온 공정무역 원두만 사들인다. 항상 시장가격의 세 배를 지불하고, 이익의 20퍼센트는 열대우림을 되사는 데 쓰인다. 웹사이트에 박스 모양으로 삽입된 영상은 어떤 위엄 있는 노인과의 인터뷰를 담고 있다. 거기서는 그를 자콜릿 농부라고 부른다. 그는 "자콜릿이 내 인생을 살렸습니다"라고 한다.

게다가 JP는 대문자 B로 시작하는 '베첼러Bachelor'가 거의 될 뻔했다. 인터넷에 따르면, JP는 「베첼러」남자 한 명이 여러 여자와 데이트하며 결혼 상대를 찾는 연애 버라이어티 프로그램—옮긴이에 그를 출연시키고 싶어 안달인 ABC 간부에게서 겨우 벗어났다고 한다. 그 이후로 「베첼러」에서는 시즌마다 JP를 섭외하려고 공을 들였지만, 그가 거절해왔다고 한다.

눈이 휘둥그레진 나는 휴대폰에서 고개를 든다. 베첼러가 나를 선택했다고? 마치 동화 속에서 깨어난 것 같다. 신디가 이 소식을 들으면 열광하겠지. 병원 중환자실에 들러 내가 자콜릿 창업자이자 베첼러가 될 뻔한 남자랑 사실상 결혼한 셈이라고 알려야겠다. JP가 돌아오면, 둘이 함께 브렌다와 신디를 위해 호화로운 파티를 열

• JP는 초코바로 페니스 콤플렉스를 극복하고 있는 걸까? 🫢🤭

어야지.

「꿈의 보트—섹시한 요트 애호가를 위한 팟캐스트」라는 팟캐스트에 달린 링크를 클릭한다. 그 링크는 전에 클릭한 적이 있었던지 빨간색이 아니라 보라색이다. JP는 '최고의 요트맨들!'이라는 에피소드의 게스트였던 것 같다. 에피소드 제목에 별다른 숨겨진 의미는 없어 보인다. 재생 버튼을 누르자 도입부 음악과 함께 사회자가 인사를 하고 이어서 진행한다.

"오, 마이 갓. 여러분, 오늘은 제가 늘 만나고 싶었던 분을 여기 모셨습니다. JP, 저는 당신의 열혈 팬이에요. 자콜릿이 나오기 전부터 당신을 팔로잉하고 있었거든요."

"아, 감사합니다. 출연하게 되어 영광입니다, 제시카."

"그렇다면 당신의 보트에 관해 얘기해주세요⋯."

"음, 제 보트는 60피트 길이로⋯."

사회자가 웃으면서 그를 말린다. "농담이에요. 저는 당신 보트에 아무 관심이 없어요."

JP가 혼란스러워하며 묻는다. "이건 보트에 관한 쇼 아닌가요?"

"순진하시기는. 보트는 그냥 핑계에 불과해요. 당신 이야기를 해주세요. 자콜릿에 관해 말해주시죠." 누구나 그러하듯, 그녀는 '자콜릿'이라는 단어를 자기 연인의 귀에 대고 속삭이듯 말한다.

진심으로 우쭐해하며 말하는 그의 모습이 귀엽다. 그는 자신감이 넘치지만 역겹지가 않다.

"당신은 어떤 여자를 원하시나요?" 제시카가 묻는다. "알고 있어야 우리 모두 그런 사람인 척하지요." 그러더니 킬킬거리며 웃는다.

JP는 정중하게 웃으면서 대답한다. "아닙니다, 그러지 마세요. 저는 모든 남자와 똑같은 걸 원합니다. 평범하게 내 모습을 있는 그대로 보여줄 수 있는 사랑스러운 사람을요."

"음." 사회자는 못 믿겠다는 듯 대꾸한다. "이제 말하기 껄끄러운 이야기를 해볼까 합니다. 초코바 이야기는 접어두고…."

"그게 뭔데요?"

"당연히, 당신의 은행 계좌 이야기지요. 『포브스』가 당신의 순자산을 23억 달러라고 발표했어요."

"세상에, 제게 그 정도의 재산이 있다고요? 제 지갑에는 60달러밖에 없는데요."

"그런 말씀 마세요, JP. 당신이 상표도 없는 맥앤치즈를 먹지는 않을 거 아니에요."

지금까지의 JP는 괜찮아 보인다. 부자에, 잘생겼고, 초콜릿을 좋아하고, '내 인생의 사랑'이다. 그게 나를 사랑한다는 말과 정확히 같은 뜻은 아니지만, 거의 비슷하지 않나. 나는 대답할 준비가 됐다.

나도 당신이 보고 싶어!

왜 머리를 다친 얘기부터 꺼내지 않았는지 묻지 마시라. 나는 그에게서 저택 이상의 것을 바라고 있는 것 같다. 상황을 고백하기 전에 어떤 사람과 이야기하고 있는지부터 알고 싶다. 그는 잘생기고 부유한 남자. 뇌가 없는 사람이라 해도 그 말이 무슨 뜻인지는 잘 알 것이다. JP는 무슨 일을 저질렀든 쉽게 빠져나갈 수 있다는 뜻이다.

휴. 아직도 화나 있을까 봐 걱정했어.

허… 다시 첫 번째 적신호로 돌아간다. 내가 화내야 해?

화를 낸 이유가 새로 살 요트의 크기를 두고 벌인 지극히 평범한 논쟁이었기를 바란다. 그게 아니라면, 우리가 걱정해야 할 일이 달리 뭐가 있겠나? 이 방에 있는 소형 쿠션만 해도 틀림없이 천 달러 정도의 값이 나갈 것이다. JP와 내가 어떤 고급 가구점에 갔었든, 나는 아마 계산대 앞에 있는 민트 사탕을 사듯이 그 소형 쿠션들을 카트 안에 던져 넣었을 것이다.

화낼 필요 없어, 자기야. 내가 다 보상해줄게. 사진 보여줄까?

페니스 사진? JP는 그런 부류의 남자일까?

괜찮아. 사진은 됐어. 당신 애타게 뜸 좀 들이고.

딱히 그런 사진을 싫어하는 것은 아니지만, 나는 진짜 선물이 더 좋다.

당신을 위해 준비한 선물이 거의 당신 인품만큼 반짝거린다고만 해둘게.

맙소사, 반짝거리는 인품?! 차라리 그냥 사진이나 보내. 그럼 거짓말은 내가 맡아서 할 테니. 아, 브렌다가 있다면 이 어색한 대화를 잘 풀어나갈 수 있을 텐데.

문자를 보낸다. 🍸 혹시 저 아세요?

그가 대답한다. 🍸🍸🍸 ❤ 당신도 좋아할 거야. 당신 헤어스타일에는 어울리지 않을지도 모르지만. 🙈

손을 뻗어 내 머리를 만진다. 프랑스 황태자처럼 생긴 그의 눈에는 언더 컷윗부분은 길게 하고 아랫부분은 훨씬 짧은 헤어스타일―옮긴이 스타일이

거슬릴지도 모른다. 그리고 한마디 덧붙이자면, 이 스타일은 의료용 스테이플러 자국을 가리는 데도 별 도움이 되지 않는다.

다행히 그는 오래 얘기할 시간이 없는지, 그만 가야 해. 나중에 얘기해. 😥라고 메시지를 보내온다.

재빨리 xoxo라고 답장한다. 좀 혼란스럽다. 그를 기억하고 싶고, 내 심장에 사랑이라는 불이 붙는 걸 느끼고 싶지만, 아무 일도 일어나지 않았다. 휴대폰을 내려놓기 전에 와인 양조장에서 찍은 인스타그램 사진을 다시 본다. 그날의 일이나 우리가 왜 사진 속에서 웃고 있는지 기억나지 않는다. 하지만 그것이 그리 중요하지 않다고 꽤 확신한다. JP는 확실히 다시 사랑에 빠져도 좋을 부류의 남자니까. JP와 나는 "우린 두 번이나 사랑에 빠졌어요"라고 말하는 사람들이 될 수 있다. 어쨌든 일요일까지는 준비할 시간도 있고.

거실로 나오니, 겨우 오전 8시를 넘긴 시간인데도 맥스는 이미 다섯 시간쯤 노트북에 열심히 타이핑하고 있었던 것처럼 일하고 있고, 어제와 다른 셔츠에는 이해할 수 없는 말이 쓰여 있다. '그건 네 변연계가 아니라, 내 거야.'*

헐렁한 대학원생 같은 옷을 입은 모습이 귀여워 보였고, 그러자 맥스는 정말로 대학원생일지도 모른다는 생각이 들었다. 만약 맥스가 피자 배달도 한다면 열 번 중에 한 번 정도는 한 조각 먹고 가라

---

* 맥스, 네 셔츠를 이해하려면 정말 박사학위라도 있어야 하니?

고 초대하지 않을까? 그리고 내가 피자를 먹고 가라고 했다면, 정말 피자만을 말하는 거다.

"굿 모닝." 살짝 포즈를 취하며 인사한다. 마치 옛날 시트콤 세트장 같은 무대에 등장해 관중들이 손뼉 칠 여유가 있도록 다음 대사에 뜸을 들이는 배우처럼.

맥스는 손뼉을 치지는 않았지만, 컴퓨터에서 고개를 들어 나를 올려다본다. "헤이. 몸은 좀 나아졌어요?"

"약간요." 아직도 이틀 전에 크게 다친 머리가 욱신거리지만, 아파봐야 얼마나 아프겠나? 이렇게 근사한 집에서 깨어나고, 평생 먹을 만큼의 자콜릿이 쌓여 있고, 순자산이 23억 달러인 남자친구가 있는데.

"음, 밝은 대낮에 정식으로 만나서 반가워요, 미아." 그가 손을 내밀자 우리는 둘 다 잘 모르는 엄청나게 돈 많은 남자의 집이 아니라 네트워킹 행사에서 만난 것처럼 악수한다.

"커피 좀 있어요?" 이 질문이 머릿속에서 다시 곱씹기도 전에 입 밖으로 튀어나온다. 뇌 속 저 아래에서는 나에게 무엇이 필요한지를 아는 모양이다.

"방금 남은 커피를 다 마셨는데, 더 만들면 되죠." 맥스는 그렇게 말하며 자리에서 일어나 커피를 찾아 주방 물품들을 이리저리 뒤지기 시작한다. 그가 백조가 그려진 커피 봉지를 열자마자 이탈리안 에스프레소 향기가 강렬하게 훅 끼친다. JP와 문자메시지를 나눌 때나 이 집 문을 처음 열었을 때보다 더 강렬하다. 나는 내가 누구와 가장 오래 사귀고 있는지 알 것 같다고, 그와 함께하는 많은 설탕과 크림도 기꺼이 받아들이겠다고 말한다.

내 귀여운 표현이 무슨 뜻인지 알아차린 맥스가 말한다. "JP가 이탈리아에서 이 커피를 보내줬어요. 세계 최고의 커피일 거예요. JP가 살 정도면, 틀림없어요."

나는 맥스가 잠시 비운 자리에, 그의 노트북 바로 앞에 앉는다. 깜빡이는 구글 채팅창에서 페이라는 사람이 보낸 마지막 메시지를 힐긋 본다.

맥스, 넌 거짓말쟁이야.

우와. 어느 면으로 보나 아주 강렬한 펀치다.

염탐하는 것을 알아차린 맥스가 조리대에 손을 뻗어 노트북을 닫는다.

"당신 상사예요?"

"그 여자는 그렇게 생각하고 싶겠죠." 그가 99퍼센트 빈정대는 어조로 대꾸한다.

"아하, 여자친구." 그 역학 관계를 이해하는 데 기억 따위는 필요 없다.

"전 여자친구지만, 아직도 같이 일하고 있어요."

"어이쿠. 어떤 일인데요?" 그를 대충 훑어보고 추측한다. "문신 업소?"

맥스가 웃음을 터트린다. "비슷해요. USC서던 캘리포니아 대학교―옮긴이에서 연구하는 신경과학자예요."

그래서 그런 티셔츠를 입었구나. "그게 뭔데요? 신경과학자는 무슨 일을 하죠?"

"음, 뇌 속 시스템이 어떻게 인지와 행동에 영향을 미치는지를 연구해요."•

그와 대화를 나누면서 '신경과학자의 연봉'을 검색한다. 근사한 직업 같은데, 왜 그가 남의 집 봐주는 아르바이트를 하는지 이해가 되지 않는다. 구글은 8만 2,240달러라고 대답한다. "좋은 직장 같은데요. 그냥 이 집을 사면 안 돼요?"

맥스는 고개를 흔든다. "그게 흔한 오해예요. 나는 박사 후 과정인데, 아직도 수련 중이라는 뜻이죠. 나중에는 연구실도 갖고 싶지만, 그 정도 수준에 도달하려면 몇 년이 걸리고 논문 발표랑 기금 모금도 많이 해야 해요. 그때까지는 계속 돈을 벌어야 하고요. LA에 살려면 돈이 얼마나 많이 드는지는 말 안 해도 알겠죠?"

그 말은 믿을 만하다.

"내 연구 목표는 더 좋은 거짓말 탐지 시스템을 생각해내는 거예요." 그가 묻지도 않은 말을 한다. 나는 자리에 앉아 앞으로 다가올 장황한 연설을 대비한다.

"오….."

"거짓말탐지기 테스트는 다 헛소리예요. 탐지기로는 증가한 심

• 그런데도 전 여자친구가 왜 화를 내는지는 이해하지 못한다고?

장박동과 호흡만 측정할 수 있는데, 그건 거짓말보다는 불안감하고 관련이 있어요. 근데 불안감은 어떤 원인으로든 발생할 수 있거든요."

"그래서 연구는 어떻게 돼가고 있어요?"

"페이랑 나는 심문 과정에서 사용할 수 있는 이동식 뇌 영상 진단 시스템을 연구 중이에요. 실험 대상이 거짓말을 하면 뇌의 아주 특정한 부분이 빛을 내는데, 그때 뇌를 스캔하면 그 말의 진실 여부를 거짓말탐지기보다 훨씬 잘 파악할 수 있죠."

"그러니까 당신은 '진실'에 쏙 빠진 거네요?"

"모두가 그렇지 않나요?"

나는 어깨를 으쓱한다. "나는 내가 어디에 빠졌는지 아직 몰라요. 지금으로 봐선 주로 인스타그램인 것 같네요."

나에 관해서는 그 정도 지식이면 충분하다. "그래서 말인데요, 맥스. 내가 이제 집에 있으니까…." 정말로 그 가설을 받아들이고, 마침내 인정하면서 말한다. "아시다시피, 집을 봐주는 사람이 필요 없을 것 같아요."

맥스는 조기 해고를 당연하게 받아들이면서 고개를 끄덕인다. "그런데 떠나기 전에 JP랑 얘기하고 싶어요. 그 사람은 일을 처리하는 방식이 매우 명확했거든요."

흐음. 맥스가 JP에게 내 얘기를 해도 괜찮은지 잘 모르겠다. 만약 내가 JP와 동거 중인 게 아니라면, 이제부터 여기 들어와 살 거라고 JP에게 말하는 사람이 맥스일 필요는 없으니까.

"그냥 신경 쓰지 마세요. 당신이 머무는 게 더 나을지도 몰라요.

며칠간은 바쁠 테니까요." 그렇게 말하고 나자, 정말로 약간 안심이 된다. 나는 이미 브렌다를 잃었다. 아마 맥스만은 옆에 두고 싶었는지도 모른다.

"그래서 오늘은 뭘 할 건데요?" 그가 내 스테이플러 자국을 힐긋 보면서 묻는다. "병원에 가서 다음 진료나 뭐…." 맥스가 말끝을 흐린다.

나는 고개를 젓는다.

"정말요? 병원에서 그냥 당신을 퇴원시켰다고요?" 맥스는 그 상황을 이해하지 못하는 것 같다. "하지만 당신은 자기가 누군지도 모르잖아요."

"내 삶을 알아내기만 하면, 괜찮을 거예요." 나는 남자친구와 #사랑스러운우리집을 찾았지만, 아직도 찾아야 할 것이 많이 남아 있다. 내 직업, 친구들, 가족과 아파트까지. "내가 인스타에 게시물을 많이 올려놨어요. 내 발자취를 따라가다 보면 정확히 내가 누구인지, 적어도 중요한 것들은 모두 알아낼 수 있을 거예요."

"인스타에서 쓰는 이름은 뭐예요?" 내가 대답하자 그는 곧바로 검색해서 "여기 있네요"라고 말하더니 내 프로필을 크게 읽는다. "Mia4Realz. Socal 4evah. GoldRush. '골드러시'가 뭐예요?"

"알래스카에 있는 금광에 관한 다큐멘터리요." 구글로 검색해서 안전모를 쓰고 턱수염을 기른 남자들 사진을 보여준다. 이 다큐멘터리가 왜 중요한지 모르겠다. 혹시 내가 영화 촬영에 관여했을까? 어쨌든 여기는 LA니까.

내 프로필을 보고 이해하는 사람이 있을까 궁금해할 때, 휴대폰에서 '핑' 소리가 난다. @BlackEinstein314가 방금 나를 팔로잉했다는 인스타그램 알림이다. 나는 맥스를 향해 미소를 지으며 그를 맞팔로우하고, 이거나 같이 하자는 의미로 고개를 끄덕인다. 나는 자신을 잘 모르지만, 그가 나와 보조를 맞출 수 있을까 싶다. 특히 인스타그램에서는.

그의 프로필에는 'USC. 신경과학 박사 후 과정. 진실은 그곳에 있다'라고 쓰여 있다. 지금껏 본 것 중에 가장 사랑스러운 프로필이다. 하지만 '흑인 아인슈타인BlackEinstein314'라고? 그의 자아에 물음표를 남긴다. 아마 특대 사이즈의 자아인가 보다.

고급 현미경 앞에서 미소 짓는 그의 사진 한 장을 발견하고, 피드를 거슬러 올라가다가 예쁜 여자 사진 몇 장을 더 발견한다. 사진 밑에 쓰인 설명이 더없이 건조하다. 시카고에서 열린 2019 신경과학 콘퍼런스에서 페이와 나. '거짓말을 할 때 두정엽의 역할'이라는 포스터를 설명하는 페이.* 셀카는 거의 없다. 내 게시물의 90퍼센트는 나인데, 대개 다른 섹시한 여자들과 함께 있다. 그게 나랑 무슨 관계인지 모르겠다.

내 프로필로 돌아간다. "최근 게시물 네 개를 잘 봐요. 그게 무슨 뜻인지 알아내려고 애쓰는 중이거든요." 네 개의 사진은 이렇다.

---

* 나한테 남기는 메모: '두정엽' 검색하기.

- 크레마에 하트가 소용돌이치는 라떼 한 잔. (그다지 흥미롭지는 않지만, 나는 그 가게의 단골일지도 모른다.)
- 요트에서 수병 모자를 쓰고 비키니를 입은 내 사진. 마찬가지로 세일러 복장을 한 멋진 여자가 내 어깨 위에 팔을 걸치고 있다.
- 해변에서 찍은 셀카.
- 어느 고급 파티에서 큐피드 얼음 조각상에 키스하는 내 사진.

맥스가 그 게시물들을 대강 훑어본다. "첫 번째 사진에 나온 카페는 바로 이 앞 모퉁이에 있어요. 컵을 보니 거기가 맞네요."

"내가 여기서 시간을 많이 보낸다는 더 분명한 증거네요."

"나머지 사진들은 어때요?"

"모르겠어요. 하지만 더 자세히 알아보려면 차가 필요한 건 확실하네요."

"자동차가 있어요?"

나는 어색하게 미소 짓는다. "JP는 틀림없이 있겠죠."

맥스가 걱정스러운 표정으로 나를 바라본다. "심각한 뇌진탕에 기억상실, 게다가 추가 진료도 없는데. 페라리를 타고 LA를 돌아다니는 게 좋은 아이디어인지 잘 모르겠어요. 스트레스는 줄이고 잠은 더 자는 게 오히려 추천할 만한 치료법인데요."

나는 어깨를 으쓱하면서 대답한다. "달리 뭘 하겠어요? 기다린다고 내 인생이 알아서 찾아오지는 않을 텐데요. 의사 선생님도 내가 평범한 일상으로 돌아가야 한다고 말했어요. 일상이 뭐였는지 모른다면 그렇게 할 수가 없잖아요."

"어느 길로 돌아다녔는지는 기억이 나요?"

"요즘은 아무도 길을 외우고 다니지 않잖아요. 구글이 다 알려주니까. 내 뇌는 상관없어요." 그건 사실이다. 모두 '빅 브라더'의 등장을 걱정했지만, 실제로 나타났을 때는 모두 일거수일투족을 감시당하는 데 동의한다고 서명하면서 그 없이는 살 수 없다고 인정하고 말았다. 순전히 자발적으로 말이다. 미안해요, 조지 오웰! 그런데, 나는 조지 오웰은 기억하면서 왜 우리 아버지는 기억을 못 하지?

"내가 신경과학자라는 걸 확실히 알고 하는 말이죠?"

"알다마다요." 동정하듯 고개를 끄덕이며 말한다. "안됐네요. 그래도 DVD를 팔지는 않잖아요."

"맞아요. 그건 더 힘들 거예요. 내 직업에 관해 말이 나왔으니 말인데…."

"난 내가 일하던 곳을 얼른 알아내고 싶어요." 내 일이 명청한 것은 아니었으면 좋겠다.

"미아, 누가 전화해서 당신을 찾았어요?"

"아니요, 하지만 좋은 직장이 있었으리라 믿어요. 아마 사장이었을지도 몰라요. 그러니까 내 상사가 전화하지 않았겠죠." 나는 프라다 드레스를 가리키며 말한다. "그리고 고급 커피를 마시잖아요." 이렇게 말하며 지난주에 마셨던 예쁜 라떼 사진을 제시한다. "JP의 커피는 잊어버리고, 출근하기 전에 라떼나 마시러 가요."

JP의 집에는 내가 입을 만한 옷이 많지 않다. 다행히도 내 칵테일드레스는 낮이고 밤이고 두루두루 입을 수 있고, 이번 주 초반에 그 옷을 입고 구급차를 탔다는 점을 고려하면 매우 상태가 좋은 편이다. 그 위에 청 재킷을 걸쳤는데, 걸치고 보니 내 것인지도 모른다는 생각이 든다. 내 입으로 말하지는 않겠지만, 나는 80년대 록 스타처럼 보인다. 롱비치를 배회하는 다른 사람들과 꽤 비슷하다. 스케이트보드와 관절 보호대가 없는 것만 빼고.

입을 옷이 없는 것으로 보아, 나는 JP의 집에서 동거하지는 않는 것이 분명하다. 겨우 집에 칫솔을 놓아둘 정도로만 진지한 사이인 것 같다. 그런 사이는 결혼에 이르기까지의 과정 중 몇 번째 단계일까? 어쨌든 그의 양말 서랍에서 발견한 현금을 쓸 만큼은 가깝겠지. 그 돈을 클러치에 담고 뒷문으로 향한다. 커피는 JP가 쏘는 거다.

자동차에 쉽게 혹하는 스타일인 듯한 맥스에 따르면, JP의 페라리 550 마라넬로는 빨간색이라고 한다. 실제로 차는 내 립스틱과 똑같은 '해적 레드'색이다. 라인석 클러치를 손에 들고, 스마트 키의 열림 버튼을 누른다. (문 옆 열쇠고리에 자동차 키를 놓아둬서 고마워요, JP!) 자동차가 '삐' 하면서 인사를 하자 나는 운전석에 올라탄다. "당신도 갈 거죠, 맥스?" 추파를 던지듯 미소를 지으며 말한다.

오늘은 내 삶을 찾고야 말 것이다.

• • •

오션 대로와 린든 대로가 만나는 지점에 최신 유행 스타일의 카폐 커퍼 커퍼가 있다. 카운터 뒤에 있는 여자가 나를 아는 듯 인사한다. "안녕하세요! 평소랑 같은 거 드려요?"

나는 그녀가 백만 달러랑 강아지를 원하느냐고 묻기라도 한 듯 대뜸 "네"라고 대답한다.*

나는 정말로 단골이다! 동네가 떠나가게 소리라도 치고 싶다.

바리스타는 효율적으로 기계를 작동시키고는 내가 평소에(!) 먹는 음료에 넣을 우유 거품을 만들기 시작한다. 그건 그렇고, 나는 부자가 틀림없다. 왜냐하면 늘 먹는다는 음료가 8달러짜리 메이플 라떼니까. 그 메이플 시럽은 퀘벡 지방의 메이플 나무에서 공급되었고, 벌목꾼의 항문에 숨겨져 국경 너머로 밀수됐을지 모른다. 아니, 아니다. 나는 정상적으로 거래된 물품을 구매할 것이다. 우유 거품을 내는 동안 혼돈의 시간이 끝나자, 카운터로 더 가까이 다가가 바리스타에게 말한다. "저기, 이런 질문이 이상하게 들릴 줄은 알지만, 내가 며칠 전에 사고를 당해서 기억을 잃었어요."

그녀가 깜짝 놀라며 손으로 입을 막는다. "세상에! 제가 며칠 전에도 손님을 봤는데, 그땐 멀쩡했어요!"

흥분이 거품처럼 끓어오른다. "아는 대로 말해주면 정말 고맙겠어요." 나는 커피를 보며 덧붙인다. "제 자신에 대해 아는 거라고는 메이플 라떼를 마신다는 것밖에 없거든요."

• 나는 애견인일까?

"죄송하지만, 저도 손님을 잘 몰라요. 자주 오셨지만, 그냥 앉아서 휴대폰을 보고 있었어요. 가끔은 밖에 나가서 통화도 하고요." 그녀는 잠시 생각하더니 말한다. "가끔 친구도 만나더라고요."

"혹시 그 친구 중에 아는 사람 있어요?"

그녀가 고개를 흔든다. "이번이 우리가 가장 길게 나누는 대화라서요. 손님이 휴대폰을 잃어버려서 찾는 걸 도와드렸을 때 빼고는요."

저속 촬영한 꽃이 활짝 피어나는 속도로 내 가슴속에서 희망이 피어오른다. 그녀는 뭔가를 알겠지.

"휴대폰은 화장실에 있었어요."

희망이 꽃이 저속 촬영에서 죽는 속도보다 훨씬 빨리 시든다.

맥스가 끼어든다. "일단 뭘 좀 먹읍시다. 그러면 기분이 나아질 거예요. 혈당은 낙관적 예측하고 직접적으로 관련이 있으니까요."

"아, 꺼져, 맥스!" 무심결에 내뱉고 만다. 내 딴에는 장난기 넘치는 말이었다는 걸 그가 알까?

그가 웃으며 "방금, 재밌었어요"라고 받아친다. 속으로 크게 안심한다. 나는 개성 있는 사람인 모양이다.

정면 카운터에 붙은 광고 표지판에서 퀴노아를 곁들인 단백질 샐러드를 발견하자 내 심장이 쿵쾅거린다. "단백질 샐러드 하나 주실래요?"

"물론이죠. 치킨 올려드릴까요?"

"음… 저는 채식주의자예요." 나는 브렌다의 의견을 존중해 그렇게 말한다.

맥스가 우습다는 표정으로 나를 본다. 바리스타의 표정도 마찬가지지만, 그러거나 말거나.

"그냥 추측이에요." 맥스에게 털어놓자, 그가 웃는다.

"다시 찾은 인생에서 가장 좋은 음식을 왜 제외하려고 해요?"

"사람들은 연간 27.43마리의 닭을 먹는데, 그게 엄청난 환경적 영향을 불러올 거라고 확신해요. 닭 소비는 열대우림의 파괴로 이어질지도 모르는데, 바로 그게 JP와 내가 맞서 싸우고 있는 문제예요." 어떻게 그걸 생각해냈는지 묻지 마시라.

그는 내 엉터리 통계를 지적하지 않고, "나는 그보다 닭을 더 많이 먹는 것 같은데요. 그보다 두 배는 많이요"라고 말한다.

"나는 닭들이 땅 위를 자유롭게 걸어 다니게 내버려 둘래요." 내 뒤에서 빛나는 후광이 느껴진다. 깨어난 이후로 내린 결정 중 가장 긍정적이다. 사심 없이 말한 것도 이번이 처음이다.

뒤쪽 테라스에 놓인 테이블에 앉아 퀴노아를 한 입 먹는다. 브렌다의 말대로 먹어보니 나는 퀴노아를 좋아한다. 퀴노아는 푸짐하고 풍미가 좋으며, 먹고 있으니 성스러운 느낌까지 든다. "우리 퀴노아에 관해 더 얘기해볼까요?"

맥스는 커피를 한 모금 홀짝이더니 코에 작은 거품을 묻힌다. "당신은 자기 정체성보다 퀴노아에 관해 아는 게 더 많아서 이러는 것 같아요. 하지만 말하고 싶으면 해봐요."

잠시 생각할 겨를도 없이, 테이블 너머로 몸을 기울여 그의 얼굴에 묻은 거품을 닦아낸다. 그러고는 맥스가 보는 것도 아랑곳하지 않고 내 손가락을 핥자, 그의 눈이 내 입에 머무른다. 그가 혹시…? 그 생각을 애써 떨쳐버리고 선언한다. "내 생각이 맞았어요. 나는 전혀 세균공포증 환자가 아니었어요."

"당신이 원래 이렇게 산만했었는지가 궁금하네요. 의사가 회복 과정에 관해 뭐라고 하지 않았나요?"

"그런 말 못 들었는데요." 나는 거짓말한다.

혼란스럽고 쉽게 지칠 것이다. 스트레스를 피해라. 푹 쉬고 일상 을 고수해라. 닥터 파텔은 내가 활력이 넘치고 푸드 시스템에 호기 심이 있을 것이라고는 말하지 않았다.

"그래서 퀴노아가…" 기억을 스캔한다. "지구상에서 가장 영양분 이 풍부한 음식인 것은 당연하고, 곧 은하계에서도 가장 영양분이 풍부한 음식이 될 거예요. 나사NASA가 저 우주에 퀴노아 농장을 만 든대요. 들은 적 있어요?"

맥스가 나를 의심스럽게 바라본다. "정확히 어디요?"

"우주 정거장에요, 아마도. 아니면 화성일 거예요."

"의회가 우주 프로그램 예산을 삭감하자 뭐라도 해야 한다고 생 각했나 보네요." 그가 무미건조하게 말한다.

"UN도 우주 퀴노아 농장이 지구를 살릴지도 모른다고 말했어요."

"정말 온종일 퀴노아 얘기만 할 수도 있겠네요." 그가 심드렁하게 대꾸한다. "하지만… 우선 집으로 돌아가서 쉬어야 할 것 같아요. 낮 잠을 자고 나면 기억이 돌아올 확률이 높아질지도 모르잖아요. 온갖 종류의 새로운 정보로 스트레스를 받는다면 어떻게 뇌가 기억을 떠올리기를 기대할 수 있겠어요?"

퀴노아에 관한 정보가 스트레스가 될 수 있나? 퀴노아 때문에 좌절한 사람이 있을지 궁금해졌다. 그 질문을 하자마자 나오는 대답은 명백히 '예스'겠지. "당신 말이 맞아요, 맥스. 퀴노아 얘기는 그만하면 충분하죠. 어쨌든 너무 2013년 같네요. 나는 나한테 초점을 맞춰야 해요. 하지만 먼저 질문이 있어요."

그는 주의를 기울이며 기다린다. 아주 잠깐 나는 맥스가 무엇을 회피하는 중인지 궁금해졌다. 그에게는 지금 당장 해야 할 일이 있는 게 틀림없지만, 여기에 앉아 인내심 있게 내가 퀴노아에 관해 지껄이는 말을 듣고 있으니까.

"JP에 관해 아는 게 좀 있어요?" 인스타그램으로 휴대폰 화면을 넘긴다. 내 머리는 유행하는 스타일이다. 그 사진은 헤어스타일이 멋져 보였을 때 찍은 귀여운 셀카로, 언더 컷 스타일의 멋진 금발 웨이브 머리다. 한쪽은 최신 유행하는 스타일이고, 다른 쪽은 그레이스 켈리 같은 스타일이다. JP는 그레이스 켈리 쪽에 서 있다. 그걸 보니 그가 늘 내 민머리 쪽은 피했는지 궁금해진다. 그는 그레이스 켈리 스타일을 좋아하는 남자가 아닐까 싶다.

"별로 없어요. 실험실에 있는 동료 중 하나가 소개해줘서 만나게 됐어요. 늘 그 친구가 JP의 집을 봐주는데, 이번에는 사정이 생겨서 직전에 취소해야 했어요. 하지만 그 친구는 돈도 필요하고 JP를 실망시키고 싶지 않았죠. 그래서 제가 대타를 해줬는데, 왜냐하면…."

"알겠어요." 맥스는 연구실 동료를 돕겠다고 발 벗고 나서는 엄청 착한 남자이다. 그는 브렌다를 빼면 내가 만난 사람 중에 가장 친절하다.

"게다가 JP는 돈을 후하게 쳐주고, 그의 커피도 내 커피보다 좋은 게 분명하니까요."

"그래요. 달콤한 부업이겠네요. JP를 만나는 봤어요?"

"한 번 우연히 만났어요. 자기 스카치위스키 컬렉션을 자랑했죠. 내가 신경과학자라는 걸 알고 난 후에는 뇌에 관해 아는 걸 모조리 말했어요." 맥스는 즐거운 표정으로 말한다. "JP를 많이 안다고 할 수는 없어요. 돈이 많다는 점과 뇌의 인지에 관해 자기 생각만큼 많이 알지는 못한다는 점 빼고는요."

나는 샐러드 볼 안에 있는 음식을 이리저리 뒤적인다. 아보카도는 이미 갈색으로 변하고 있다. "내 퀴노아 샐러드에 뭔가 빠진 것 같아요."

"치킨." 그가 말한다. 그러고는 한참 뜸을 들인 후에 덧붙인다. "당신은 치킨보다는 몸을 아끼는 데 더 집중해야 해요, 미아."

갈변하고 있는 아보카도에서 시선을 떼고 그의 눈을 들여다본다. 그는 정말로 내가 위험하다고 생각하는 걸까? 왜? 인생을 통째로 잃어버려서? 누군지 모르는 사람이 내 뒤통수를 갈겨서? 아니면 머리를 다친 후에 적절한 후속 치료를 받지 못해서? 그런 건 결국 중요하지 않다. 내가 누구인지, 무엇을 두려워해야 하는지조차 모른다면 절대 나 자신을 돌볼 수 없을 테니까.

4

나는 맥스에게 연구실까지 태워다 주겠다고 말한다. 아마 나는 차가 없는 친구를 바래다주는 사람이었을 테니까. 명품 차에 계속 머물고 싶기도 하고. 게다가 차를 타고 시내를 돌아다니면 뭔가 기억하는 데 도움이 될 것이다. 구글 맵으로 보니 맥스의 사무실인 헤드코 신경과학 빌딩이 엎어지면 코 닿을 거리다.

"110번 도로를 따라가야 해요. 알았죠?" 맥스가 말한다.

"넵." 쿨하게 대답한다.

차에서 나는 다음과 같은 사실을 알게 된다.

- 맥스는 항상 신경과학자가 되고 싶었다고 한다. 그 말을 듣자 나는 맥스의 엄마가 그런 생각을 심어줬으리라고 짐작했다. 어떤 아이도 혼자서 그런 생각을 했을 리가 없기 때문이다. 그의 부모는 약간 고압적이긴 해도 매우 자상하며 자식에게 정성을 쏟는 분들이 틀림없다. 결국 '내 부모는 대체 어디 있는 거야?'라는 생각에 이른다. 이제 그만 다음으로 넘어가면….

- 그는 모든 것이 명쾌하게 이해되고, 논리적으로 설명될 수 있다고 믿는다.•
- 그가 가장 좋아하는 영화는 「매트릭스」이다. 내 말을 오해하지 마시길. 나는 키아누 리브스를 좋아하지만 「엑설런트 어드벤처」에서의 그를 더 좋아한다. 사실, 나도 2020년으로 시간 여행을 온 기분이다. 테드가 없는 것만 빼고. 아니면 빌이든가. 키아누 리브스가 둘 중 누구였는지는 기억나지 않지만, 그건 중요치 않다. 그들은 나와 키아누를 주인공으로 영화를 다시 만들어야 한다.

헤드head의 스펠링을 잘못 적은 것처럼 보이는 '헤드코Hedco' 빌딩 앞에 주차한 후에 묻는다. "저기 어떤 미친 과학자가 있다든가, 최면에 걸린 원숭이를 봤다든가, 뭐 재미나는 일 있어요?" 그 건물은 아르데코 양식으로 지은 멋진 붉은 벽돌 건물로, 내가 상상했던 뇌 연구 센터의 모습과는 전혀 달랐다. 겉모습은 대체로 캠퍼스에 있는 여느 건물과 똑같아 보였지만, 여기는 유전자 이식을 한 쥐에 관해 논쟁을 벌이면서 데이트를 하는 매력적인 과학자들로 가득하다. 카메라를 설치하고 드라마를 찍어야 할 것 같다.

"원숭이는 없어요. 그냥 데이터뿐이죠. 하지만 재미있고, 흥미진진한 데이터예요."

• 정말 귀엽지 않나! 물론 그 생각에는 정중히 반대하지만.

흥미진진한 데이터? 맥스는 좀처럼 속내를 드러내지 않는다. 나는 일부러 캐묻는 사람이 되고 싶지는 않다. "복수심에 불타는 전 여친하고 재미나게 연구하세요."

"난 항상 재미있게 연구해요." 그가 '나중에 봐, 자기야'라고 하는 듯한 말투로 대답한다.

"난 기억을 찾으러 가야겠어요. 해변에 두고 왔을지도 몰라요." 거기는 내 모든 인스타그램 게시물이 찍힌 곳이니까.

얼굴 가득 걱정스러운 표정을 지으며 그가 말한다. "도움이 필요하면 언제든 전화해요. 뭐든지요."

그의 쓸데없는 걱정에 미소를 지으며 고개를 끄덕인다. 맥스, 드라마 같은 연애사가 펼쳐지는 연구실이랑 당신 걱정이나 해요. 나는 내 삶에 잘 대처하고 있다고요.

"당신은 머리를 심하게 다쳤고, 자기가 누군지도 모르잖아요. 몹시 지치고 혼란스러울 때가 있을 거예요. 갑작스러운 메스꺼움과 구토도 있을 수 있어요."

나는 오늘 아침에 찍은 셀카를 게시했고 이미 220개의 '좋아요'를 받았다. 그게 거의 다 회복했다는 증거가 아니라면, 달리 무엇이 증거가 되겠나? "괜찮아요, 맥스. 게다가 내게는 시리가 있어요. 내디지털 조수가 나를 보호해줄 거예요." 그는 지금이 2020년이라는 사실을 이해하지 못하는 것 같다. "당신은 당신 일을 해요. 뇌 연구가 다 끝나면 데리러 올게요." 꾸물거릴 시간이 없다. 조사해야 할 게시물이 두 개나 된다. 섹시한 해변 셀카 하나, 요트에서 찍은 셀카

하나.

맥스를 내려준 후, 휴대폰이 울린다. 하늘에 계신 우리 아버지, 아버지의 이름을 거룩하게 하시며, 아버지의 나라가 오게 하시며, 아버지의 뜻이 이루어지게 하소서. (나는 가톨릭 신자일까?) 문자를 보낸 사람은 '코브라'이다.

어이 이쁜이. 크리스털이 내 문자에 답이 없어.

나도 그래. 내가 어떻게 "왜 전화했어? 더 할 말 없어"라던 크리스털을 잊을 수 있겠나? 아는 크리스털이 수십 명 있는 게 아니고서야.

내가 다시 확인해볼게. 오늘 밤에 개인 보트를 타고 카탈리나섬에 갈 계획이거든. 크리스털이 꼭 같이 가면 좋겠어.

와우! 크리스털은 좋겠다.

다 그녀의 복이지. 💰🐍

힘내, 코브라. 🖤🐍

오, 나는 크고 못된 뱀이라고. 🐍

나는 코브라가 트레일러 주차장에 살면서, 맥주병을 따다가 이가 한두 개는 빠졌을 법한 남자이리라 짐작한다. 그래도 문자로 보기에는 괜찮은 것 같다…. 적어도 내 생각으로는.

크리스털이랑 잘해봐, 친구!

나는 코브라랑 실제로 아는 사이일까? 그와 크리스털과 나는 매우 친한 삼총사일지도 모른다. 인스타그램 친구에서 코브라를 검색하니…

그가 있다. @TheBigSqueeze562. 프로필 사진에서 거의 벗은 채 자신의 거대한 문신을 제대로 과시하고 있다. 몸통에 똬리를 튼 실물 크기의 비단뱀이 팔을 타고 내려가 손목에서 끝이 난다. 뱀의 턱이 입을 쩍 벌리고 있어서 마치 코브라의 손이 그 뱀의 입에서 나오고 있는 것처럼 보인다. 기가 막힌 문신이야, 친구.

그의 게시물은 대부분 LA 갱처럼 정면을 보고 있거나, 문신을 클로즈업한 사진들이다. 멀리서는 줄무늬처럼 보이는 것을 더 자세히 확대하니 성경 구절의 일부였다. '뱀은 여호와 하느님이 지으신 들짐승 중에 가장 간교하니라.' 그러고는 더 직접적으로 '내가 사탄이다. 빌어먹을 사과를 따라, 이브야'라고 쓰여 있다.

성경의 변형에 관해서라면, 그를 지지한다. 오싹하지만 더 분명하고 이해하기 쉽지 않은가. 창세기를 현대에 맞게 변형한 좋은 예라고 생각한다.

그의 인스타그램 약력에는 실제로 '뱀 부리는 사람. 전도사. 여성분들, DM 보내세요'라고 쓰여 있다.

그의 전화를 받지 않는다니 크리스털은 제정신이 아닐지도 모른다. 아니면 코브라가 실제로는 문신만큼 강렬하지 않아서일 수도 있다. 문신한 남자들 중에는 그런 사례가 많은데, 사실 만나보기 전까지 알 수 없는 일이다. 온라인 프로필을 절대로 믿어서는 안 된다.

나와 내 셀카 얘기로 다시 돌아와서…

태그에 따르면, 내 해변 셀카는 롱비치에서 찍었다고 한다. 섬을 배경으로 인명구조요원 제3초소가 옆에 있다. 롱비치는 여느 캘리포니아 해변과 비슷하다. 섬 바로 앞바다가 너무나 단순해서, 마치 값싼 레고 세트처럼 보인다는 점만 빼고는. 덜렁 야자수 한 그루, 유리 빌딩 한 채, 그리고 사람은 아무도 없다. 너무 오싹하다.

캘리포니아 지도의 울퉁불퉁한 끝에 위치한 그 해변은 롱비치 시의 나머지 지역처럼 사람들로 가득하다. 샤워하면 더 말쑥해 보일, 마약중독자처럼 생긴 젊고 아름다운 사람들이 넘쳐난다. 패서디나만큼 번듯하거나 세련되지 않고, 웨스트 할리우드만큼 돈이 많지도 않으며, 선셋 스트립만큼 화려하지도 않다. 게다가 온갖 마약이 적나라하게 보인다.

내 셀카에서는 산들바람이 완벽하게 염색한 내 머리칼을 헝클어놓았고, 옆으로 넘긴 앞머리가 마릴린 먼로처럼 한쪽 눈을 가렸다. 근처에 있는 인명구조요원 초소를 보니 「베이워치—SOS 해상 구조대」 세트장에서 찍었을지도 모른다는 생각이 든다. 패드를 넣은 비키니 상의는 원래의 기능뿐 아니라 그 이상의 역할까지 하고 있다.

제3초소를 찾아 해변을 따라 터벅터벅 걷는다. 누군가를 찾을 수 있을 거라고는 기대하지 않지만, 이 수사에 있어서는 100퍼센트 「베로니카 마스」고등학생 탐정 베로니카 마스의 활동을 다룬 TV 시리즈와 영화—옮긴이가 되어 발자국 하나라도 놓치지 않을 작정이다. 아마 나는 사설탐정이나 형사였나 보다! 누가 알겠나. 사진을 찍었던 곳까지 가보니 공중화장실이 바로 앞에 있다. 화장실 앞에는 심하게 금단증상을 보이는 듯한(아마 필로폰에?) 어떤 노숙인 남자가 집처럼 생긴 반영구적인 구조물을 지어놓았다. 내가 정말로 이 남자 바로 앞에서 하와이로 휴가라도 온 사람처럼 미소를 짓고 있었을까? 아마 그건 셀카가 아니었을지도 모른다. 이 남자나 그 같은 누군가가 내 사진을 찍어줬을지도. 어쩌면 내 눈에는 노숙자들이 **보이지** 않았겠지. 노숙자들은 늘 부자들에 관해 그렇게 말하지 않나. 나는 주위의 고통받는 사람들에게 무관심한 채 살아온 사람이었을까?

남자는 귀에서 초소형 이어폰을 빼더니 내게 다가온다. "어이, 미아. 2달러 있어? 버스비가 필요해서 말이야."

"뭐라고요?" 나는 입이 떡 벌어진다. "저를 아세요?"

"허."

"어떻게요?" 내가 무료 급식소에서 자원봉사를 하나? 아니면 걸인들에게 푼돈을 주기적으로 갖다주었나?

"나를 모른다고?"

"모르는데요."

"저 교회에서 목요일마다 주는 무료 점심 말이야." 그가 눈을 가늘게 뜨고 나를 노려본다. "오늘은 여기서 뭐 하세요?" 내가 노숙자들을 위해 급식 자원봉사를 했구나! 하느님, 제 자신이 너무 사랑스러워요. "버스 요금은 뭐 하시게요?"

그에게 양말 서랍에서 챙긴 돈 중에 10달러를 준다. 나는 그런 사람이니까.

그는 내게 주먹을 맞대고는 "고마워"라고 인사하더니 실제로 나를 나중에 보리라고 확신하는 말투로 "또 보자고"라고 말한다.

휴대폰을 꺼내서 조사할 다음 게시물을 확인한다. 내 요트는 해안가를 따라 내려가다 보면 나오는 롱비치 마리나에 있다. 아니면 친구 요트일 수도 있고, 내가 일상생활에서 자주 이용하는 요트들 중 하나일 수도 있다. 나는 그 사진에 #멋진인생이라는 태그를 달았다. 아마 요트 이름이겠지? 내가 그 이름을 골랐을까?

'멋진 인생'은 찾기 어렵지 않았다. 요트는 첫 번째 선창의 끝에 정박해 있었다. 아니면 부두인가? 나도 모르겠다.

요트가 눈에 들어왔을 때, 나는 생기와 흥분이 끓어오르는 걸 느꼈고 배의 아름다움에 숨이 멎는 것 같았다. 신디가 나더러 꿈같은 세상이 펼쳐질 수도 있다고 말했을 때는 비웃었지만, 그녀가 옳았다. 나는 꿈꾸던 삶을 살고 있다. '멋진 인생'은 아마 이 부두에서 최고급 배일 것이다. 여러 층의 갑판이 있는 크고 하얀 배는 여느 좋은 배가 그렇듯 구명 도구보다 많은 마티니 잔을 구비하고 있다. "아마 내가 사고를 당한 게 여기였을 거야." 갑판을 훑어보며 말한다. 나는 「환상의 커플」여자 주인공이 요트에서 떨어져 기억상실증을 겪는 영화—옮긴이을 그대로 재현했을 수도 있다.

인스타그램 게시물을 다시 한번 연구한다. 나는 태그를 달아놓지 않아 누구인지 모르겠는 여자와 함께 있다. 우리는 유쾌한 시간을 보내고 있는 모델처럼 보이는데, 솔직히 말해, 유쾌하지 않을 이유가 있나? 젊고, 아름답고, 부자에다 요트를 타고 있는데. 이보다 더 바랄 게 뭐가 있겠나?

보트에 올라 한 바퀴 돌며 모든 방향의 풍경을 감상한다. 너무 아름답다. 내가 보트를 갖고 있다는 사실이 믿기지 않는다?! 음, 맥스처럼 의심 많은 사람은 믿지 않을 수도 있지만 나는 믿는다. 왜냐하면 나는 인생의 즐거움과 경이로움에 마음을 열었으니까. 절반이나 찬 유리잔처럼 내 마음도 차올랐다. 하이힐을 차듯이 벗어버린다. 하이힐은 보트의 잔잔한 흔들림이나 해변가의 모래와 불협화음을 일으킨다. 곧 내 옷장을 찾아낼 테니 무엇이든 아깝지 않다. 찾지 못한다 해도, 체크카드를 찾아서 신발을 더 사면 된다.

선실이 열려 있어서 이리저리 돌아다닌다. 냉장고는 치즈와 올리브, 내가 좋아하는 것들로 채워져 있다. 올리브 통을 열어 네다섯 개를 먹는다. 이 배의 주인은 내가 초콜릿을 좋아하는 줄 어찌 알았는지 유리병 가득 담아 놓았다. 비싼 탄산수 한 병을 열고 간식도 조금 접시에 담아서 갑판 위로 들고 나온 다음 의자에 드러눕는다. 강한 햇볕이 내 피부를 건포도로 바꾸려는 듯 위협하고 있던 차에, 운 좋게도 선실 안에서 모자 하나를 발견했다. 아는 게 하나 있다면, 바로 주름을 원치 않는다는 것이다. 모자를 쓰고 탄산수를 한 모금 들이킨다. 주름에는 물이 답이다. 물은 아무리 마셔도 충분하지 않다.

나는 이 순간을 맥스와, 그리고 내가 모르는 모두와 나누고 싶다. 내 사진을 인스타에 게시하고, 같은 사진을 맥스에게도 보내면서 이렇게 쓴다. 내 보트를 찾았어요. 맘에 들어요. 이제 여기서 낮잠을 잘 거예요. 쿨쿨~ 나중에 봐요.

부드럽게 흔들리는 보트, 햇볕, 올리브…. 곧 나는 '멋진 인생' 위에서 잠의 세계로 빠져든다. 왜 보트를 샀는지 알 것 같다. 부모님이 주셨거나 상속받은 것일 수도 있지만. 깜빡깜빡 졸면서, 나중에 정박지 사무실에 가봐야겠다고 기억해둔다. 그들이 요트 열쇠를 찾을 수 있게 도와줄 것이고, 그러면 나는 이 배를 몰고 버여로 갈 수도 있겠지. 아니면 선장의 이름을 알려줄 것이다. 틀림없이 내가 고용한 선장이 있을 테니까.

백만 년이 지난 듯 느껴졌을 때, 어떤 남자 목소리가 신경을 건드리며 내 잠을 깨운다. "이봐요!" 다정한 인사가 아니라, 네가 누군지 설명해보라고 따지는 듯한 인사다.

눈을 떠보니 '내가 이 배 주인이야!'라고 소리치는 듯한 옷차림을 한 중년의 백인 남자가 보인다. 다른 쪽으로 도망갈까 싶었지만, 이미 코너에 몰렸다. 그가 '멋진 인생'에 올라타서 위에서 나를 노려보며 바로 앞에 서 있다.

휴대폰에 손을 뻗어 911을 누를 준비를 한다. 이상한 남자가 내 공간에 침입했어요. 전광석화처럼 해치울 자신이 있다.

"올슨 가족을 아시오?"

"어…." 나는 아무도 모르는 게 분명하지만 이렇게 대답한다. "네." 그편이 진실을 말하는 것보다 쉬우니까.

그는 약간 긴장을 푼다.

"다행이오. 그 부부가 없는 동안 내가 대신 지키려고 애쓰는 중이라오."

"이 보트를요?"

"그렇소. 애리조나 출신의 데이브와 맬러리 올슨 말이오."

"올슨 씨 부부는 떠난 지 얼마나 오래됐나요?"

"몇 달 됐소."

어쩌면 내가 새 주인인지도 모른다. 이 남자도 다 알지는 못하는 것 같다. 아니면 올슨 부부에게 이십 대 딸이 있을지도 모르지.

"누군지 지난주에 갑판에서 파티를 열었지 뭐요."

나는 내 인스타그램 게시물을 힐긋 본다. 지난 일요일에 올린 사진이다. "그 파티가 12일, 일요일이었나요?"

그는 잠시 생각하더니 고개를 끄덕인다. "그쯤 된 것 같소."

"그럼 그 파티를 연 게 나였어요. 잠깐 들르시지 그랬어요."

그는 나에게 '정말로?'라고 묻는 듯한 표정을 짓는다. 내가 떳떳하기 때문에 그리도 자신만만한지 아니면 그냥 몹시 뻔뻔한 사람인지를 알아내려고 애쓰는 것이 역력하다. 어쩌면 핫한 요트 클럽의 가십거리를 모으는 중인지 모른다. 내게서 정보를 꼬치꼬치 캐내려고 올슨 가족과 친구인 척하는 것일지도. 한 가지는 확실히 알겠다. 이 남자는 올슨 가족과 그다지 친하지 않다.

"그건 내 보트 구매 축하 파티였어요." 누가 알겠는가, 정말 그랬을지. "저기, 혹시 올슨 씨 번호 가지고 있어요? 제가 휴대폰을 잃어버려서 연락처를 업로드할 수가 없었거든요." 무슨 뜻인지 충분히 생각도 하기 전에 거짓말이 입에서 술술 나온다. 너무 쉽다.

그가 올슨 가족의 전화번호를 주자 나는 미소를 지으며 미모 유지를 위해 낮잠이나 계속 자야겠다는 뜻으로 손을 휘젓는다. 그가 올슨 가족에게 연락할지도 모르지만, 그보다 내가 먼저 할 것이다.

전화를 걸고 그들에게 메시지를 남긴다. "저 미아예요. '멋진 인생'에 관한 일이니 전화 좀 주세요. 물어볼 게 몇 가지 있어서요."

그들이 지금 자정 무렵인 스위스에 있어서 전화를 받지 않는 걸지도 모른다. 이번 주에는 누구나 스위스에 있는 것 같으니까.

'참견하기 좋아하는 이웃'이 정박지 사무실로 향하는 것이 보인다. 나는 딱히 답을 모르는 질문에 대답하고 싶지 않고, 정말로 보트를 소유하고 있는지 100퍼센트 확신이 들지 않는다. 약 75퍼센트 정도는 확신한달까. 이제 그만 다음 게시물로 이동해야겠다. 내 사랑스러운 요트에 작별 인사를 하고 부두를 따라 다시 해변 쪽으로 내려간다.

다음 게시물은 미술관에서 얼음 조각 큐피드에 키스하는 사진이다. 시간이 화요일 밤 11시 11분으로 찍혀 있는 것으로 보아, 이곳이 아마 병원으로 실려 가기 전에 마지막으로 있었던 장소일 것이다.

맥스에게 문자를 보낸다. 현황 보고: 나는 요트를 소유하고 있고, 노숙자에게 배식하는 자원봉사를 했음. 나만큼 당신도 일을 잘하고 있으면 좋겠어요.
☺ 점심 같이 먹을래요?

만약 예전의 기억과 삶이 있다면 맥스에게 이렇게 수시로 현황 보고를 하는 것이 이상하겠지만, 지금은 베스트 프렌드나 마찬가지다.

5

인스타그램 프로필을 '페라리 몰면서 문자 보내기'로 바꿀까 한다. 지금 그렇게 하고 있으니까. 음, 정확히 말해 문자를 보내는 건 아니고, 신호에 멈췄을 때마다 휴대폰 알림을 확인하고 있지만. 그래서 뭐 그게 어쨌다고? 젠장, 그만 미워하라고. 누구나 신호 대기 중일 때는 문자를 하잖아. (누가 물으면 내가 그랬다고 하시라.) 어쨌든, 나는 거의 죽을 뻔했던 장소인 미술관으로 가는 중이다.

가장 최신에 받은 알림으로 가보니…

알림을 클릭하자 @Mia4Realz에게서 온 게시물이 뜬다. 이건 대체 뭐지? 처음에는 '1년 전 오늘'처럼 추억을 떠올리는 글인 줄 알았지만, 아니다. (그건 그렇고, 추억이라도 있으면 좋겠다. 빌어먹을!)

이 글은 오늘 날짜로 되어 있다.

하지만 나는 글을 게시하지 않았다. 이 사진은 익숙하지 않다.

그 게시물을 보자마자 심장이 쿵쾅거리면서 무중력 상태에 빠진 듯 느껴진다. 아드레날린이 온몸으로 솟구치면서 뇌는 뒤에 남겨둔 채 근육만 달릴 준비를 하는 것 같다. 마치 워너 브라더스의 만화에 나오는 로드 러너의 몸이 머리보다 훨씬 앞에 있는 것처럼. 누군가가 나를 음해하고 있다.

자, 현실의 나는 아직 페라리 안에 있다. 뒤에서 경적 소리가 들리자 나는 녹색 신호인데도 출발하지 않았음을 깨닫는다. 경적을 울린 남자가 내 오른쪽으로 지나간다. 그가 내 쪽으로 차를 붙이더니 소리친다. "휴대폰에서 손 떼, 이년아!"

휴대폰을 내려놓고 일단 미술관에 도착하는 데만 집중한다. 미술관은 두 블록 앞 좌측에 있다. 누군가가 온라인에서 그저 나를 음해하기만 하는 게 아니라 일거수일투족을 감시하는 기분이 든다. 그런 생각을 하니 붐비는 도로에서 좌회전하는 것조차 감당하기 버거울 정도로 힘들다.

마침내 미술관 주차장에 도착해서 휴대폰 화면을 빤히 바라본다. 내 계정이 해킹당한 것 같다. 이게 무엇이든, 나는 분명히 이 글을 게시하지 않았다.

그건 홍보 사진이었다. 사진 속의 나는 '내게는 비밀이 있어요'라는 표정이고, 하나 덧붙이자면 완전히 부풀린 헤어스타일이다. 사진 아래 글에는 '개봉 박두!'라고 쓰여 있다.

오싹해진다. 어떤 소름 끼치는 인간이 이런 짓을 하는 걸까? 내 뒷머리를 후려갈긴 사람이 방대한 스케일로 나랑 게임을 하고 있나보다. 어쩌면 원하는 게 있을지도 모른다. 그렇다면, 그냥 나와서 말하면 좋을 텐데. 그들은 아마 기억상실증 환자를 괴롭히고 있는 줄도 모를 확률이 높다.

하지만 식겁한 사람은 나뿐인 것 같다. 내 팔로워들은 즉시 열광한다.

오오! 말해줘요. 😍 🖤 🙂

누군가가 나를 협박하려는 걸까? 백만 달러를 요구하면서 돈을 주지 않으면 세상에 알리고 싶지 않은 더러운 비밀을 폭로하겠다는 협박 문자를 금방이라도 받을 것만 같다. 긍정적으로 생각하자면 그들이 내 더러운 비밀을 폭로하면 적어도 나는 나에 관해 뭔가를 알게 되겠지. 기분 전환으로는 그것도 괜찮지 싶다.

하지만 나는 손쉬운 목표물이 되고 싶지 않다. 젠장, 이건 뭘까요?라는 적절한 메시지와 함께 맥스에게 문자로 이 게시물을 공유한 후 (이건 베스트 프렌드와 공유해야 하는 뉴스니까), 문제를 어떻게 해결할지 알아낸다. 내 앱에서 '신고하기'와 '계정 해킹 피해'를 찾은 후 문제를 설명한다. (그 자체로도 베로니카 마스처럼 뭔가를 해낸 듯 느껴진다.) 제 계정이 해킹당했어요! 살려주세요! 기타 등등, 기타 등등. 사람과 직접 통화하지 않아도 되는 아주 만족스러운 문제 해결법이다.

러닝 머신 위에서 이메일에 답장하는 여자들처럼 할 일 목록에서 처리한 일들을 지운다.

· · ·

롱비치 미술관은 해변에 놓인 채 썩어가는 백만 달러짜리 집에 자리 잡고 있다. 미술관은 어느 하우스 플리퍼부동산을 구매한 후 이익을 챙기고 빨리 되파는 사람—옮긴이의 몽정처럼 보인다. 살 때는 백만 달러에 구매했다가, 떨어져 나간 페인트를 다 손보고 다시 천만 달러에 되팔겠다는 몽정 말이다. 그런 사람들은 캘리포니아에만 10만 9천 명이라는 상당히 많은 노숙자가 해변에서 노숙하고 있다는 사실은 개의치 않는다.

JP의 양말 서랍에서 꺼낸 돈이 티켓을 사느라 너무 많이 나갔다. 입장권 판매대에 있는 남자는 미술관에서 일하는 사람에 관한 선입견에 걸맞게 영양실조 환자처럼 마르고 창백한 모습이었다.[*] 어디서 마약을 사는지 알고 싶을 때만 빼고는 믿을 만한 목격자 같아 보이지 않지만, 그래도 기회를 준다. "혹시 화요일에 여기서 열린 파티 기억하세요?"

그는 오만한 표정을 지으며 말한다. "특별 전시에 입장하고 싶으신가요?" 그리고 계속 그 전시에 관해 이야기했는데, 자화상의 진화를 다루는 전시회로 어쩌고저쩌고…. 그 전시회의 이름은 '나의 셀카'였다.[**]

내가 셀카 이야기를 했을 수도 있다는 강한 확신이 밀려온다.

"그래서 화요일 말인데요. 그날 여기서 일하셨어요?"

- 나는 예술계에 종사하지 않는 것이 분명하다. 예술계 인사에 관해 뿌리 깊은 선입견이 있는 것 같으니.
- 내가 그 이름을 생각해냈을 수도 있다. 아마 나일 것이다. 여기서 일했는지를 알아봐야겠다.

"화요일이라….." 그는 펜을 두드리면서 눈을 가늘게 뜬다. "화요일… 음, 그날은 일하지 않았어요. 하지만 누가 일했는지 알아볼 수는 있지요." 그는 생각을 하느라 말을 멈춘다. "아마 벤인가? 잘 모르겠네요. 혹시 그날 일어난 일에 관해 묻는 거예요?"

"무슨 일이요?" 맥박이 빨라진다. 어쩌면 이 남자는 입장료를 내기도 전에 도움을 줄지도 모른다.

"'나의 셀카' 오프닝 날에 고급 파티가 있었어요. 어떤 미스터리한 젊은 여자가 파티에서 구급차에 실려 갔답니다."

그건 나였다.

그때 어린 여자아이가 비명을 지르기 시작한다. 단서를 찾은 내가 얼마나 흥분하고 있는지를 표현한다면 아마 저런 소리가 아닐까? 아이는 그저 주스를 한 팩 더 먹으려고 고군분투 중이지만, 내 눈에는 그렇게 보이지 않는다. 아이 부모는 마치 아이 입에 카프리썬을 물리지 않으면 세상이 끝날 듯이 다급하게 기저귀 가방을 뒤지고 있다. 아이가 비명을 멈추기만 하면 드디어 무슨 일이 일어났는지를 알아낼 수 있으리라.

감사하게도, 아이 엄마가 마침내 자기 휴대폰을 아이에게 넘겨주고 문제를 해결하자 남자가 다시 말을 시작한다. (스티브 잡스, 언제나, 앞으로도, 영원히 감사할게요.)

"우리 상사가 아주 식겁을 했어요. 그 여자가 그 일로 미술관을 고소라도 할까 봐요."

"무슨 일이 있었는데요?"

그가 어깨를 으쓱한다. "처음 스토리는 그 여자가 그냥 미끄러져서 난간 아래로 떨어졌다는 것뿐이었는데, 이제는 관장의 내연녀와 와이프가 초밥 테이블에서 주먹다짐했다는 소문이 돌아요. 최근에 듣기로는 둘 다 임신했었다네요."

그가 충격에 휩싸인 내 표정을 보더니 이렇게 말한다. (내연녀? 임신?) "정말로 무슨 일이 있었는지 누가 알겠어요. 어쩌면 행위 예술이었을지도 몰라요." 그는 미소를 짓는다.

배를 만져보지만, 아무래도 임신한 것 같지가 않다. 임신했다면 이 프라다 드레스가 꼭 맞을 리가 없다. 두말할 필요도 없이 닥터 파텔도 내가 임신 중이라고 분명히 확인해주었을 것이다. 나는 결단코 임신하지 않았다.

그는 중요한 비밀 얘기를 하듯이 나와 눈을 맞춘다. "누가 나를 그 파티에 초대해줬다면 좋았을 텐데요. 나는 사실 배우거든요."

째려보고 싶은 마음을 간신히 억누른다. "그럼 혹시 손님이나 기부자 명단 없을까요?"

"나는 작년에 광고에도 나왔어요. 아마 보셨을 텐데…."

맙소사. "무슨 광고였어요?" 이를 악물고 묻는다.

"헌팅턴 비치에 있는 서핑용품점 광고였지요." 그는 컴퓨터에서 파티 손님 명단을 찾으면서 자신이 '광고에 출연했지만 왜 주인공은 아니었는지'에 관해 이야기한다. 나는 굳은 표정으로 미소를 지으며 그를 노려본다. "누굴 찾아드릴까요?" 드디어 그가 묻는다.

내가 거기 있었던 것은 분명하지만, 그래도 확인해본다. "명단에

'미아'라는 이름이 있나요?" 나는 틀림없이 이 동네의 단골 초대 손님이자 단골 기부자이리라.

"성은 뭔데요?"

"음, 잘 모르겠어요. 그렇게 잘 알지는 못해서요." 올해의 절제된 표현상은 떼놓은 당상이다.

"어⋯." 그는 명단을 훑어보더니 말한다. "미아라는 이름은 없네요."

좌절이 내 낙천적 성격에 먹구름을 드리우겠다고 위협하지만, 어깨를 쫙 펴고 글자 그대로 턱을 치켜든다. 혼수상태에서 깨어난 지 겨우 24시간이 조금 넘었을 뿐이다. 반드시 찾아내고야 말겠다.

"JP 하워드는 있나요?"

그가 다시 명단을 훑어본다. "오, 그분은 항상 명단에 있죠. 작년에 렘브란트 그림인지 뭔지를 기부하셨거든요. 얼마짜리인지는 모르지만, 엄청나게 비쌀 거예요." 그는 크게 한쪽으로 처진 미소를 얼굴에 드리운다. "그리고 우리 멋쟁이가 있군요." 그가 감탄하며 고개를 끄덕이자 나는 화면에서 프레더릭 몽캄이라는 이름을 본다.

"당신의 멋쟁이요?"

"내 상사 말이에요. 여자를 둘이나 임신시키고 주먹다짐하게 만든 사람. 나도 나중에 그런 사람이 되고 싶어요."

나는 다시 베로니카 마스*가 되어 남자 옆으로 살금살금 다가간다. 그 주소를 꼭 알아내야만 한다.

"음… 여기서 뭐 하세요?"

나는 어느새 데스크 건너편까지 들어가 있었다. 그가 멋지다고 생각하는 자기 상사처럼 여자들이 원하는 남자가 될 기회를 주겠다는 듯이 유혹하는 미소를 짓는다. 남자가 내 행동이 플러팅인지 고민하는 동안, 나는 더 가까이 접근해 명단을 훑어본다. 프레더릭 몽캄은 라구나 비치의 발보아 거리에 산다.

그가 휴대폰을 꺼내 유튜브로 자기가 출연한 광고를 보여주려 하지만, 그걸 무시하고 살짝 빠져나온다. "저기요"라는 대답 없는 메아리가 휑한 로비에 울려 퍼진다. 나는 이미 전시실 안으로 들어가버렸다.

나는 행복해야 한다. 내가 누구인지 알아내는 데 한 발짝 더 가까이 다가갔으니까. 하지만 내 존재에 대한 두려움이 불확실한 행복의 너덜너덜한 끝자락을 조금씩 갉아먹고 있다. 나는 초대받지 않았던 어떤 파티에서 머리를 가격당한 이름 없는 여자에 불과하다. 나는 아마 JP가 데려온 '외 1명'이었나 보다. 그건 뭐 별일 아니지만… 도대체 나는 누구일까? 하워드 부인으로 불리면서 남편 그늘에 사는 1950년대식 주부는 아닌 것 같다. 나는 어느 정도 인스타그

• 사랑해요, 크리스틴 벨! #마시멜로 베로니카 마스 팬들의 별명―옮긴이 #베로니카마스

램 팔로워가 있고 언더 컷 스타일을 한 밀레니얼 세대다.

자화상 전시회의 팸플릿을 집어 든다. 팸플릿에는 예술가가 자화상을 통해 자기 작품의 관객이 되는 것이 어떤 기분인지를 적나라하게 늘어놓은 헛소리가 가득했다. 자기 작품의 관객이 되는 것은 곧 자기 고통의 관객이 되는 것이기 때문에 매우 상처받기 쉽다고 쓰여 있다. (예술이란 원래 그런 거지 않나? 무형의 고통을 유형의 물체로 표현하는 것.)

이 등신들은 아무것도 모르면서 지껄이고 있다.

전시회 팸플릿은 계속해서 자화상이란 예술가가 예술적 성장의 원동력을 넘치게 충전할 방법이라고 말한다. 창작자가 되는 동시에 관객이 되는 것은 창의적인 뇌를 위한 아드레날린과 같다나.

너무 허세 부리는 거 아니야? 나는 그저 굿즈 숍에서 귀걸이를 파는지가 궁금하다고. 아니면 스카프든지.

이 예술가들을 질투 나게 하고 싶지는 않지만, 나는 지금 이 순간 그들보다 더 많이 자기표현에 애쓰는 중이다. 내 하잘것없는 존재의 관객이 되는 것은 유리 위에 자기 모습을 그려 벽에 걸어놓은 남자의 고통보다 훨씬 더 고통스럽다. 하지만 무엇보다도, 지금 당장 샌드위치를 먹지 않으면 죽을 것 같다.

감사하게도 미술관 안에 레스토랑이 있다. '클레어스'라는 식당은 해변이 내려다보이는 테라스에 노란색 파라솔을 놓았고, 고급스러워 보인다. 게다가 #현지에서재배한 재료로 모두가 열광하는 멕시칸 요리를 내놓는데, 요리 위에는 장식으로 히말라야 소금을 뿌려놓았다.

여기가 파티가 열렸던 곳이고, 내가(내연녀인가?) 미술관 관장의 아내와 싸우고 기억을 잃었던 곳이겠구나. 하지만 이 이야기는 사실처럼 들리지 않는 데다 나는 이미 임신했을 리 없다고 확실히 결론 내렸다. 아니, 닥터 파텔이 그런 사실을 그냥 놓칠 만큼 허술할 리가 없지 않은가.

파티가 열렸던 행사장은 박물관 뒤편이 틀림없다. 그곳은 보체잔디에서 하는 이탈리아 볼링─옮긴이를 하면서 레모네이드를 마시기 적당한 교외의 뒤뜰처럼 보이지만, 사실은 해변과 항구가 내려다보이는 절벽 위에 있다. 지금쯤 버스를 타고 10달러로 갈 수 있는 어딘가로 가고 있을 필로폰 중독자 옆에서 사진을 찍었던 곳과 멀지 않다. 바로 앞에는 리조트처럼 보이는 섬이 있는데, 아까 해변에서 보았던 그 섬이다.

어떤 여자가(더 정확히 말하면 종업원이) 이쪽으로 걸어온다. "저 섬이 항구에 있는 유정이라는 거 아세요? 호텔처럼 보이게 하려고 유정 주위에 유리로 탑을 쌓아 올리고는 옆에다 야자수도 심었대요."

"정말요?" 종업원을 쳐다본다. 그녀는 흰색 셔츠와 얕은 사각형 주머니가 두 개 달린 앞치마를 입고 있다. 주머니 하나에는 계산서를 담을 테고, 다른 하나의 용도는 모르겠다. 포크? 아마 나는 식당 종업원을 해본 적이 없는 것 같다.

"듣고 보니 너무 섬뜩하네요." 그 섬을 보면서 말한다. 그녀의 언급 때문인지 이제는 그곳이 값싸게 위장한 정유 공장이란 게 다 보이는 것 같다. 항구는 이런 가짜 섬들로 가득하다. 대형 선박 몇 척이

거대한 정유 공장인 롱비치 부두의 갑문 안으로 진입하고 있다.

나는 까다로운 사람이 아니다. 가짜 풍경도 좋아 보이니까.

"테이블 하나 드릴까요?"

항구를 빤히 바라보고 있던 내가 몸을 돌려 그녀를 보면서 "고맙지만, 좌석은 됐어요"라고 말할 때, 재미있어 하는 표정이 그녀의 얼굴을 스친다. 그녀는 나를 잠시 빤히 바라보더니, 뭔가 떠올랐는지 소리친다. "세상에! 무사해서 너무 다행이에요! 당신이 죽었을지도 모른다고 생각했거든요."

잽싸게 차렷 자세를 취한다. #목격자다. 이 사람은 증인석에 설 준비가 되어 있는 것 같다. 그녀의 이름표를 확인한다. 어제일리어.

어제일리어가 놀란 토끼 눈으로 나를 이리저리 살펴본다. 놀랄 만도 하지. 나의 등장은 오늘 그녀에게 일어난 일 중에 가장 흥분되는 일인 것이 틀림없다.

"난 괜찮아요. 근데 무슨 일이 있었어요? 그날 밤 기억이 하나도 없어서요."

"어머나! 그렇게 많은 피는 난생처음 봤어요." 그녀가 손을 가슴에 대고 말한다.

어제일리어는 분명히 과장하고 있다. 나는 대학살이 일어났다는 그날과 똑같은 드레스를 멀쩡하게 입고 있기 때문에, 그렇게 심하게 피 칠갑을 했을 리가 없다. 망토는 좀 심해 보이긴 했지만. 이 여자에게 그걸 갖다 줘야 할까 보다.

"저는 별로 본 게 없어요. 하지만 싸우는 소리는 들었죠." 그녀가 낄낄거리며 말한다. "음, 근데 다들 그 소리는 들었을 거예요."

"뭐 때문에 싸웠는데요?"

"어떤 남자 얘기를 하던데요. 그리고 누군가가 '골드러시'라고 말한 걸 들었어요."

"골드러시요?"

"있잖아요, 돈 많은 남자를 위한 데이팅 앱이요."

그러니까 '골드러시'는 알래스카에 있는 광산이 아니라, 싸울 만한 가치가 있는 무언가군. 그래도 여전히 들어본 적은 없는 것 같다.

"뭐 때문에 싸웠는지는 모르지만, 누군가가 '골드러시!'라고 소리지르는 걸 듣고서 재미있다고 생각했어요. 저랑 고등학교를 같이 다녔던 친구 소식을 막 읽은 참이었거든요. 걔가 글쎄, 아이오와 출신의 어마어마한 억만장자랑 약혼했다지 뭐예요." 백만장자 약혼자가 없는 그녀는 감정이 치받칠수록 목소리가 캘리포니아식으로 날카로워진다. "세상에, 아이오와라니!" 파마만 한다면 드라마 「실리콘 밸리」에 출연해도 좋을 것 같다. "둘이 골드러시에서 만났대요. 나도 가입할까 진지하게 생각 중이었어요. 말하자면 복권에 당첨되는 거잖아요. 사실은 능력으로 따낸 거지만요."

아이 메이크업 대회라면 능력으로 따낸 게 맞겠지. 더 중요한 점은 아마 나도 그렇게 백만장자를 만났다는 사실이다. 머릿속으로 나중에 '골드러시'를 조사해봐야겠다고 기억해둔다. 일단 얻을 수 있는 모든 정보를 빼내야 한다.

"어쨌든, 누가 외치는 소리를 듣고 달려오면서⋯ 들고 있던 쟁반을 완전히 떨어뜨렸지 뭐예요. 내 상사가 알았다면 엄청 화를 냈을 거예요. 비명이 들리는 곳까지 도착하기도 전에, 당신이 얼음 조각 상으로 떨어지는 모습을 봤어요. 순식간에 조각상 위로 툭 하고 떨어져서 땅바닥에 큰대자로 뻗어버리더라고요."

"얼음 조각상이요?" 내 마지막 인스타그램 게시물에서 키스하고 있던 큐피드를 말하는 것이 틀림없다. 진짜로 죽지 않았다니 다행이다. 만약 죽었다면 엄청나게 소름 끼치는 일이고, 내 인스타 사진은 버즈피드뉴스 및 엔터테인먼트 웹사이트─옮긴이에 '그녀가 죽기 전에 올린 마지막 게시물'이라는 이름으로 실릴 만하겠지.

"네, 귀여운 큐피드 조각상이었어요. 인제 와서 생각해보니, 화살이 너무 뾰족했던 것 같아요."

"누가 나를 큐피드로 밀었나요, 아니면 혼자서 떨어졌나요?"

"누가 밀었어요. 나는 당신이 뒤로 밀려서 조각상으로 떨어지는 것만 봤어요. 그건 확실하지만, 누가 밀었는지는 몰라요. 한바탕 소동이 있었고, 누구인지는 몰라도 범인이 도망가버렸죠."

누군가가 나를 큐피드의 화살로 밀어버렸다. 이렇게 혼란스러울 수가! 나를 공격한 사람은 일부러 그 조각상을 선택했을까, 아니면 그저 우연히 상징적 의미가 담긴 큐피드 위에 떨어진 것일까?

"저, 일하러 가야 해요." 그녀가 말한다.

"좋아요. 그런데 우리 번호나 뭐 그런 거 교환할 수 있을까요? 제가 물어볼 게 더 있을지도 모르니까요."

그녀가 휴대폰 번호를 알려준다. "저를 검색하고 싶으면 인스타에서 @TheRealChicaBonita를 찾아봐도 돼요."

어제일리어의 휴대폰 번호를 내 연락처에 입력한다. 내 폰에 있는 사람 중에서 실제로 아는 사람이 한 명 더 생겼다. 만약 내가 곧 결혼한다면, 그녀가 신부 들러리를 해줘야만 할 것이다. 내가 아는 사람은 딱 두 명인데 다른 한 명은 맥스니까.

어제일리어가 일하러 돌아가는 것을 지켜본다. 내 결혼식 사진에 있는 그녀는 멋져 보일 것 같다. 그녀는 사랑스럽고, 나보다 예쁘기까지 하다. 나는 경쟁심이 심한 못된 년은 아닌가 보다. #걸파워

주차장에서 그녀의 인스타그램을 스크롤한다. 화요일에 눈물이 그렁그렁한 눈으로 찍은 셀카를 올렸는데, 애잔하고 예쁘게 보이면서도 유별난 속눈썹에 이목을 집중시키기에 적당한 양의 눈물이었다. 그 속눈썹이 자연산일 리는 없겠지? 그리고 이건 무슨 필터지? 상승? 정말 사진을 돋보이게 해주네? 사진 아래의 글을 읽는다. 오늘 밤에 어떤 여자가 죽는 걸 봤어요. 사랑하는 이들을 더 꼭 안아주세요. 언제든 우리의 마지막이 될 수 있어요. 🙏 💀

어제일리어, 정말이지 너무 속단하는 거 아니야? 나는 죽지 않았다고. 나는 사진 아래 댓글에도 눈을 흘긴다.

맙소사 지지! 넌 무사하길 바라! 내 모든 🖤을!!!!!

굳세게 버텨!!!! 💪 💪

🖤 🖤 🖤

그 외에도 약 20개의 댓글이 더 있다.

저기요. 나는 꽃도 못 받았다고요. 누구 하나 병원에 찾아와 나를 위로하지도 않았다고요. 이 게시물은 내 사망 소식인데, 마치 어제 일리어가 주인공 같다.

내가 죽었다고 추정한 다음 날 아침, 그녀는 타이트한 청바지를 입은 자기 엉덩이 사진을 게시했다.

어제일리어는 결혼식에서 확실히 제외다.

그만 나가고 싶은데, 박물관 밖으로 나가려면 새로운 전시회인 '나의 셀카'를 통과해야만 한다. 다들 엿이나 먹어라. 예술가의 고통도 엿이나 먹어라. 나는 그들에게 빌어먹을 자화상을 줄 것이다. 셀카 부스에는 자화상의 현대 버전인 셀카에 관해 다분히 박사 분위기가 풍기는 설명이 쓰여 있다. 과거에는 부자들만이 자화상을 시도해볼 수 있었지만, 요즘에는 모든 멍청이가 하루에도 어마어마하게 많은 자화상을 찍을 수 있다고 몇 문장으로 요약해놓았다. 이것이 '자기 집착의 민주화'였나? 다른 얘기긴 한데, 민주화에 관한 이 말은 아껴뒀다가 다음에 맥스 앞에서 사진을 찍을 때 그가 잘난 체하면 제대로 써먹어야겠다.

자신을 세상에 어떻게 보여줄지를 선택하는 천부적 힘에 관한 그 말이 현실과 일치하는지는 잘 모르겠다. 자화상의 벽은 하트 왕관을 쓰고 바비 인형처럼 예뻐 보이려는 사람들 사진으로 도배되어 있다. 얼굴에 고양이 수염을 달아주고, 귀를 반짝이게 하고, 여드름을 지워주는 스냅챗사진 및 영상 메신저 어플리케이션—옮긴이 필터가 사람들에게 힘을 주는 걸까? 가짜가 되기로 선택하고 나서도 힘이 있을까? 그럼 현실에 순응하기로 선택할 때는? 온라인에서는 누구나 이상적인 사람처럼 보일 수 있지만, 그건 온라인에서만이다.

전시회 한켠에 십 대들의 꿈이 널린 채로 제멋대로인 이기심을 부추기는 셀카 부스가 있다. 부스에서는 배경과 소품과 모자, 베네치아 가면과 파티 목걸이를 고를 수 있다. 한 대학생 인턴 도우미가 부스 옆에 배치되어 있다. 어떤 컴퓨터 배경 화면(열기구라든지 솜사탕 그림)도 내게는 어울리지 않는다. 귀여움 떨 기분이 아니라서, 텅 빈 벽 앞에 서서 어떤 소품도 없이 가짜 웃음조차 짓지 않은 채 사진을 찍는다. 영락없는 머그 샷범인 식별용 얼굴 사진—옮긴이이다.

"우아, 손님 사진 찍는 방식이 맘에 들어요. 아주 우울한 주파수로 군요."

그는 마치 내 기분이 의상의 일부라도 되는 듯 말한다. "안 좋아요, 아주. 정말로 세상을 증오하고 있어요. 혹시 검은 펜 좀 빌릴 수 있어요?"

그가 고개를 끄덕인다. "어떤 기분인지 알죠. 세상은 똥통이니까요."

인턴의 뒷주머니에서 아우디 차 열쇠가 보인다. 그의 세상은 사탕 가게이겠지만, 뭐 그러거나 말거나.

그는 검은 펜을 찾아 이리저리 돌아다닌다. 인쇄된 우울한 주파수 사진에 '이 여자에 관한 정보를 알고 계신 분은 인스타그램에서 @Mia4Realz로 메시지를 보내주세요'라고 쓴다.

"의미가 참 깊은데요. 정말로 심오해요."

나는 반쯤 미소를 지으며 그 사진을 다른 셀카들의 한가운데에

건다. 내 사진은 사랑스럽고 젊은 여자들의 바다에서 유일한 머그 샷이다. "난 진지해요. 그저 정보를 원할 뿐이에요. 내가 누군지 말해줄 사람들이 필요하거든요." 사진이 떨어지지 않도록 추가로 압정을 꽂는다. "최대한 빨리요."

"우리 모두 그렇지 않나요?" 그는 내 말뜻을 제대로 알아듣지 못한 채 대답한다. 그의 방식대로 표현하자면, 내가 '내 기분을 입고(레이디 가가가 저민 고기 드레스를 입을 때보다도 더 힘들게)' 퇴장할 때 그가 인사한다. "전시회 즐겁게 보셨기를 바랍니다."

내 자아가 과장됐는지도 모르지만, 나는 내가 전시물 자체인 것 같다.

마침내 맥스의 답장이 온다.

점심 좋아요. 난 언제라도 오케이.

필요 이상으로 그 문자를 오랫동안 빤히 바라본다. 마치 니콜라스 스파크스의 영화에 나오는 병 속에 담긴 편지처럼. 다들 그 말이 무슨 뜻인지 알 것이다. 그냥 점심 먹자는 문자일 뿐이지만, 내게는 생명줄이나 마찬가지다. 나는 그에게 어제일리어의 인스타그램을 보여줘야 하고, 함께 '골드러시'를 찾아봐야 하며, 내 요트를 보여줘야 한다. 맥스는 이 셜록 님의 왓슨으로 막 발탁되었으니, 마음의 채비를 단단히 해야 할 것이다.

구글은 연구실까지 도착하는 데 39분이 걸릴 예정이라고 말한다. 그에게 답장한다.

25분 후에 데리러 갈게요.

6

　차가 밀려서 맥스의 연구실까지 한 시간이 넘게 걸렸지만, 나름 대로 빨리 도착한 것 같다. 본능을 따르면 진정한 자아를 더 일찍 찾을 것이라는 이론에 따라 나는 페라리를 장애인주차구역에 세운다. 무작위적인 충동 하나하나가 내가 누구인지를 구성하는 핵심일 테니까. 우리는 모두 하루 중 대부분의 시간을 근육이 기억하는 대로 보낸다. 생각하지 않고 몸이 시키는 대로 한다면, 진정한 자아에 도달할 수 있을지도 모른다.

　자, 그 결과가 여기 있다. 주차 가능한 공간이 다섯 군데나 있지만, 장애인주차구역에 떡하니 주차된 페라리. 내가 늘 이렇게 성미가 급한가? 립스틱을 다시 바르고 건물 안으로 걸어 들어간다. 인도에 닿는 하이힐 소리가 딸깍거린다. 악마는 해적 레드를 좋아할지 모른다. 그리고 나는 망토를 입는 사람이었다. 나 같은 사람이 있다면, 나도 그런 사람과 친구가 되고 싶을 것이다.

　건물 내부는 온갖 과학 콘퍼런스에서 보낸 포스터로 가득하고, 복도를 걷는 사람들은 목적의식과 소속감으로 충만해 보인다. 맥스

는 이곳에 완벽하게 들어맞는다. 나도 이렇게 어떤 장소에 딱 들어맞을 수 있을까?•

나를 향해 다가오는 맥스를 발견하고 숨을 내쉰다. 요트, 미술관, 고속도로…. 지금까지 얼마나 이를 악물고 있었는지 미처 깨닫지 못했다.

그의 옷이 꽤 구깃구깃한 것을 알아차린다. 마치 한 자세로 너무 오랫동안 현미경을 들여다보고 있었던 것처럼. 그가 쇼핑몰에 가서 머리를 좀 손보고 쇼핑을 한다면, 틀림없이 도와줄 수 있을 텐데.

"할 얘기가 많아요."

그러고 나서 그의 얼굴을 본다. 뭔가 매우 끔찍한 일이 지난 몇 시간 동안에 일어난 것이 틀림없다. 마치 의회가 우주 프로그램의 재정 지원을 두 번째로 철회했다는 소식을 들은 사람 같았다.

"무슨 일이에요?"

"어. 곧 말해줄게요. 일단 내 물건을 연구실에서 빼야 해요. 며칠 간 떠나 있어야 해서요."

나쁜 일이 분명하다.

맥스를 따라 연구실로 들어간다. 첨단 병원과 사무실 빌딩이 혼합된 분위기를 풍기는 연구실은 멋지고 깨끗하며, 회색빛으로 칠해

• 구내에는 칵테일드레스를 입은 사람이 나 말고는 아무도 없다. 망토를 입은 사람이 하나 있지만, 더 차분한 분위기다. 그걸 입은 사람은 아마 '외투'라고 부르지 않을까 싶다.

진 로비의 모습을 그대로 옮겨놓았다. 밈특정 메시지를 전하는 그림이나 사진─옮긴이과 만화, 재미있는 그림들과 벽에 꽂힌 테이크아웃 메뉴들이 그나마 지루한 분위기를 벗어나게 한다. 그걸 보는 것만으로도 이 이십 대 천재들과 농담을 하고 중국 배달음식을 먹으면서 같이 어울릴 수 있을 것 같다. 연구실이라고 어떻게 시트콤 같은 상황이 없을 수 있겠나? 아니면 맥스를 주인공으로 한 오피스 로맨스 드라마든지. 한 번에 몰아보면 딱 좋은 TV 드라마가 될 것 같다.

정말로 신경과학자가 맞는지 의문이 들 만큼 귀여운 여자 동료 둘이 말한다. "세상에, 맥스! 우리도 나쁜 소식 들었어. 페이는 정말 못된 년이야." 그들의 센 악센트가 「실리콘 밸리」의 등장인물 같은 분위기를 풍긴다.

"에릭이 너를 해고했다니 믿을 수가 없어."

맥스는 한숨을 내쉰다. "나도 그래."

페이가 그 무리 쪽으로 다가온다. (그녀의 구글 챗 프로필 사진을 본 적이 있어서 한눈에 알아봤다.) 직접 보니 훨씬 예쁘다. 그녀와 맥스는 장차 노벨상 수상과 모델 계약을 동시에 해낼 커플이었을 것이다.

"왜 떠나는지 모르겠어, 맥스. 나는 내 생각을 밝힌 것뿐이야."

맥스가 씁쓸하게 웃는다. "그냥 생각이 아니잖아. 그건 노골적인 방해였어."

"너 너무 예민하구나. 그렇다고 직장까지 때려치울 필요는 없잖아. 그냥 그 빌어먹을 소프트웨어나 고치면 된다고."

나는 몹시 흥분한다. 네가 뭔 짓을 했는지나 말해, 페이!

맥스는 상자를 내려놓는다. 마치 이제부터 하려는 말이 무엇이든, 그 말을 하려면 모든 신경을 집중해야 해서 상자 하나도 들 수 없다는 듯이. "네가 한 짓 때문에 우리 모두 해고라고 에릭이 분명히 말했어, 페이!"

페이도 맥스가 한 짓을 얘기하며 버럭 화를 내기 시작한다. 나는 연구소 직원에게 에릭이 누군지 묻는다.

"연구 책임자예요. 우리 상사죠."

나는 상황을 꿰뚫어 본다. 페이는 맥스와 헤어진 것에 앙심을 품고 어떤 과학적 사기를 치는 데 이르렀고, 그로 인해 페이와 맥스는 둘 다 해고된 것이다.

페이는 허리께에 손을 올린 채 맥스를 뚫어지게 노려본다. "미리 호들갑 떨지 마, 맥스. 소프트웨어를 고치지 못하면, 그때 해고되는 거야."

맥스가 몹시 화난 채로 말한다. "내가 뭘 고쳐야 하는데? 2년이나 공들인 우리 연구를 망쳐놓고 나더러 잘리지 않으려면 며칠 만에 그걸 고쳐내라고? 다 끝났어, 페이."

"아직 시도조차 하지 않았잖아, 맥스."

나는 그녀가 일 얘기만 하는 것은 아니라고 생각한다. 그는 과학자로서 일할 때만큼 남자친구로서는 열심히 노력하지 않았겠지.

맥스가 박스를 집어 든다. 할 말을 다 했다는 그의 표정을 알아차린다. 그는 갑작스러운 직장의 변화와 사무실에서 벌어지는 드라마를 처리할 시간이 필요해 보인다.

페이는 내 쪽을 바라보더니 나를 평가한다. "드레스 예쁘네요. 난 맥스 동료 페이라고 해요."

"이전 동료겠지." 맥스가 말한다.

페이는 나랑 악수를 하면서 맥스에게 눈을 흘긴다. "이전 동료가 사실 맞는 말이죠."

"미아는 내 새 여자친구야."

"음." 나는 맥스에게 쭈뼛쭈뼛 다가가서 그가 매력적이라는 듯(사실이긴 하지만) 그에게 기대면서 몸을 흔든다.

페이는 우리 둘을 번갈아 가며 바라본다. "그 남자랑 잘해봐요, 미아." 매우 침착한 말투로 미소를 띠면서 이어 말한다. "맥스는 엄청난 거짓말쟁이거든요."

이 신경과학 연구실은 「카다시안 가족」보다 더 재미있다.

"난 평생 거짓말을 해본 적이 없어. 그건 네가 더 잘 알잖아, 페이."

페이는 실크 같은 포니테일을 어깨 너머로 휙 넘기고는 눈썹을 치켜뜬다. "소프트웨어를 고치면서 곰곰이 생각해봐."

맥스가 내 머리 위에 키스하며 말한다. "갑시다, 미아." 그는 딱히 누구에게라고 할 수 없는 인사를 크게 외친다. "난 이만 간다."

"이게 다 무슨 일이에요?"

"페이가 우리 소프트웨어에 수작을 부려서 많은 버그를 심어놨어요. 나한테 뭔가를 보여주려고요. 에릭은 우리가 고치지 못하면 해고라고 했어요. 도대체 무슨 짓을 했는지 모르겠는데, 페이는 입을 다물고 있어요. '내가 정말로 자기를 안다면 고칠 수 있다'고 말하면서요. 이게 다 믿어져요?" 그는 페이가 저지른 미친 짓에 관한 내 반응을 확인하려고 나를 쳐다본다. "페이 게임에 놀아날 수는 없어요."

"페이가 만든 게임을 하느니 직장을 잃고 꿈을 포기하겠다고요?"

"그래요."

맥스는 너무 완고하다. 이 일로 경력을 통째로 날려버린다 해도 상관없어 보인다.

"빈둥거리지 않는다는 걸 증명할 때까지 우린 해고예요."

하지만 그들은 빈둥거리고 있고, 나는 그게 좋다. 거짓말 탐지 시스템이 뭐든 간에 그보다야 이 상황이 훨씬 재미있다. 이런 이야기는 절대 맥스에게 하지 않을 테지만.

"왜 페이가 당황하지 않는지 잘 모르겠어요."

"자기가 한 짓이 자랑스러운 거예요." 그녀가 한 짓을 밝혀내고야 말리라.

건물 밖으로 나가는 길에 맥스는 '하나만 더' 처리해야 한다고 한다. 그는 복도를 따라 걸어가 고성능 자석에 관한 경고 문구가 문밖에 많이 붙은 방으로 나를 데려간다. '시계, 휴대폰을 안으로 반입하지 마시오'라는 경고문이 보인다. 요즘 누가 시계를 차고 다닌다고. "fMRI기능적 자기공명영상—옮긴이에 피실험자가 한 명 있어요. 이 자료는 이제 사용하지 않을 거니까, 내보내는 게 좋을 것 같아요."

휴대폰을 문밖에 있는 바구니에 남겨놓고 맥스를 따라 방 안으로 들어간다. 방 한가운데에는 끈 넥타이를 목에 걸고 반바지를 입은 채, 머리에 엄청나게 큰 금속 헬멧을 쓴 여자가 있다. 헬멧은 최초의 스쿠버다이빙 장비처럼 생겼는데, 그녀의 목이 그걸 버텨낼 만큼 튼튼해서 다행이다. 맥스는 뇌 사진을 보여주는 커다란 컴퓨터 화면을 가리킨다.

"저 사람 거예요?"

"맞아요. 거짓말을 하는 동안 뇌를 찍고 있죠." 그는 화면에서 편도체를 가리킨다. "추가로 보이는 하얀 물질들 덕분에 피실험자가 거짓말쟁이라는 걸 알아낼 수 있어요. 이 뇌는 빠르게 연결 짓는 걸 잘해요. 좋은 거짓말쟁이가 되려면 꽤 똑똑해야 하거든요."

"돈은 얼마나 줘요?"

"시간당 20달러요. 여기 온 지 벌써 두 시간 됐어요."

나는 고개를 끄덕인다. 내가 대신 실험을 해도 괜찮을 것 같다. 40달러라면 헬멧을 쓰고 거짓말쯤은 충분히 할 수 있다. 프로젝트가 이대로 끝나는 건 너무 안타깝지 않은가. 어차피 양말 서랍에서 꺼낸 돈은 곧 떨어질 테니까.

"도와줘서 고마웠어요, 클라리스." 맥스는 피실험자에게 현금으로 40달러를 건네주면서 말한다.

"오늘 틀림없이 좋은 자료를 건졌을 거예요. 실험 내내 '범블'이라는 가짜 온라인 프로필을 만들었거든요. 진짜로요. 그래서 앞으로 그 이름을 쓸 거예요."

나는 잠시 그 말을 곱씹는다. "난 잘 모르겠어요. 온라인에서 하는 거짓말도 거짓말이에요?"

맥스는 그 의견에 충격받은 듯 보인다. "당연히 거짓말이죠."

"모르겠어요. 데이팅 사이트에서 과장은 꽤 당연하게 여겨지거든요."

맥스는 눈썹을 치켜뜬다. "좋은 지적이네요. 잠재적 파트너에게 좋은 인상을 주려는 과장은 정확히 말해 거짓말이 아닐 수도 있지만…. 좀 쉬어야겠어요." 그는 중간에 생각의 흐름이 끊긴 것 같다. 아마 자신이 과학을 포기하고, 이 모든 걸 남겨두고 떠난다는 사실이 막 떠올랐나 보다. "타코나 좀 먹을래요? 아니면 맥주?"

나는 보통 인간이라 타코가 너무 당긴다. "식당에 채식 식단이 있으면요." JP가 올해의 베첼러일지는 모르지만, 지금까지는 브렌다가 내 인생의 진정한 사랑이다.

"좋아요. 오늘 아침은 어땠어요? 무슨 소식이라도 있어요?"

"엄청 많아요. 혹시 '골드러시'라는 데이팅 앱 들어봤어요?"

"오늘 아침엔 그게 알래스카의 광산에 관한 다큐멘터리라면서요." 그가 책상 위의 물건을 집으면서 나를 의심스러운 눈길로 바라보더니, 이내 실험실 밖으로 안내한다.

"알고 보니 내가 틀렸더라고요. 미술관에서 만난 어떤 아가씨가 그게 데이팅 앱이라고 알려줬어요."

맥스는 나오는 길에 실험실 문을 일부러 '꽝' 하고 닫지는 않았지만 제법 큰 소리가 나면서 닫히게 내버려 뒀는데, 그에게는 엄청나게 '꽝' 닫는 것과 다름없어 보였다. 주차장에 도착했을 때, 주차된 페라리를 본 맥스가 외친다. "미아, 장애인주차구역에 주차했네요.

그러면 벌금이 200달러나 나올 수도 있어요!"

"이런, 몰랐어요." 내가 본능대로 행동하면서 진정한 자아를 발견하는 중인 것을 맥스가 굳이 알 필요는 없다. 게다가 다시 생각해보니, 그리 좋은 아이디어 같지 않다. 항상 충동대로만 행동한다면, 치토스 봉지를 바닥까지 게걸스럽게 먹는 자신만 발견하게 되지 않을까?

"맥스, 당신은 우리가 기본적으로 모든 나쁜 습관의 혼합물일 뿐이라고 생각해요?"

"음… 다른 행동을 하지 않거나 더 많은 것들을 열망하지 않을 때만요."

신호에 걸려 우리 옆에 멈춘 기아 자동차의 운전대를 잡은 남자가 나를 곁눈질한다. 나는 두어 시간 동안 페라리를 운전하고 있을 뿐이었는데(적어도 내 기억으로는), 서부 해안도로에서는 서행할 사람들이 어디선가 난데없이 나타나 엔진회전속도를 높이며 LA 한복판에서 경주를 하자고 도전한다. 내게는 경주를 벌일 만한 테스토스테론이 없어서, 혼자 버몬트 거리를 타이어에 불이 나게 달리도록 내버려 둔다.

"이 차는 여자가 아니라 머저리들을 끌어들이는 자석 같아요." 맥스가 풍자적으로 말한다.

그 말을 JP에게 적용하면 무슨 뜻일까? 내가 여름 원피스를 입은 채 손톱을 다듬거나, 성취감을 주는 직장에 출근하거나, 그에게 빌붙어 지내려고 자신의 희망과 꿈을 포기한 다음 내심 원망하고 있는 동안 그는 페니스 콤플렉스를 극복시켜 주는 차를 타고 온종일 머저리처럼 돌아다닌다는 말일까?

조수석에 앉아 여름 원피스를 입고 손톱을 다듬는 것도 괜찮지 싶다. 우리가 버여로 휴가를 떠나거나 그런 비슷한 일들을 즐긴다면. 테라스에서 멋진 점심을 먹을 수도 있다. 나는 내 보트 이름처럼 #멋진인생을 살고 싶다.

"그래서 '골드러시' 말인데요. 당신은 그걸 사용해본 적이 없다는 거죠?"

"난 직장 동료랑 데이트하는 게 더 좋아요."

나는 그 말에 웃음을 터트린다.

그는 연구실에서 5~10분 정도 떨어진 피게로아 거리에 있는 타코 트럭으로 가자고 한다. USC의 대학 캠퍼스에서 빈민가까지 걸리는 시간은 여자들이 셀카를 찍고 필터를 고르는 시간보다도 짧다. 타코 트럭은 울타리가 있는 주차장과 일자형 상가 사이에 끼워져 있다. (무장한 경비원과 가시 돋친 철제 담장이 있다. 어이쿠!) 일자형 상가에는 식품 잡화점, 가발 가게, 멕시코산 옥수수를 파는 가게가 있다. 가발 몇 개는 귀여워 보였는데, 그러고 보니 내 스테이플러 자국을 가려줄 것도 같다.

"여기예요." 맥스가 '렘파이어 타코스L'EMPIRE TACOS'라고 직접 쓴 간판이 앞에 걸린 타코 트럭을 가리킨다.

코를 찡그리며 묻는다. "여기 채식 메뉴가 있는 게 확실해요?" 이 타코 트럭을 보고 있노라니, 두 가지가 분명해진다. 타코 트럭은 빈

민가에 있다. 그리고 여기는 채식 메뉴가 있을 리 없다. 채식한다는 건 꽤 부르주아적인 일이다. 브렌다는 나를 본 순간 알아차렸다. 내가 닭의 복지를 걱정하고 패션 스타일을 위해 안경을 쓰는 부류의 사람이라는 것을.

더러운 타코 트럭 밖에 줄이 길게 늘어서 있어서, 잠시 페라리에서 앉아 기다린다. 우리 차는 주차장에서 유일한 페라리라 눈에 확 띈다. 고급 차가 우리 차뿐이라는 말이 아니라, 마약상들의 차량이 아닌 차 중에 유일하다는 뜻이다. 향긋한 고기와 향신료 냄새(빌어먹을) 때문에 자꾸 입에 침이 고인다.

"저 냄새가 안 느껴져요?" 맥스는 페인트 깡통이라도 흡입하듯 공기를 들이마신다.

"느껴져요. 야채 굽는 냄새가 너무 좋네요." 맡을 수 있는 야채 냄새라고는 마늘 냄새뿐이고, 그것도 아마 돼지고기 양념장 냄새겠지만 일단 그렇게 말한다. 채식주의자가 되는 것은 내가 내린 최악이자 유일한 결정이다. 적어도 브렌다가 내게 순결 서약을 했다거나 헌신적인 사이언톨로지교도라고 하지 않아서 다행이다.

맥스는 타코를 먹기 전에 듣기 적당한 플레이리스트를 휴대폰으로 재생한 후에 시트에 몸을 기대고 선글라스를 낀다. 점심 행렬이 줄어들 때까지 기다리는 동안 나는 구글 검색을 시작한다. 얼음 조각에 거의 찔리기 직전에 '골드러시'에 관해 논쟁을 벌였다면, 중요한 단서임이 틀림없다.

인터넷은 '골드러시'가 백만장자들(최소 기준으로)에게 '장기적이며 진지한 연인 관계에 관심을 가지는 교양 있는 엘리트 캘리포니아인들'을 찾아주는 데이팅 앱이라고 말한다. 기본적으로 어제일리어가 했던 말과 같다.

나는 웃으며 말한다. "맥스, 당신이 '골드러시'를 들어보지 못한 것도 당연하네요. 행사에 데리고 다닐 여자를 찾는 엄청나게 돈 많은 남자들을 위한 앱이거든요."

"가난한 남자를 찾는 엄청나게 돈 많은 여자들은 없어요? 있다면 당장 신청할 텐데. 나는 이제 혼자고 가난해지기 일보 직전이니까요."

"그런 건 없어요."

"성차별적 생각이군요. 음, 나도 파티에 데리고 다닐 남자가 될 수 있는데."

"당신도 물론 파티에 데리고 다닐 수 있죠." 내가 확언한다. "그럼 불만을 접수해봐요, 담당자한테…." 순간 내 입이 떡 벌어진다.

"뭔데요?"

오 마이 갓, 오 마이 갓, 오 마이 갓, 오 마이 갓, 오 마이 갓, 오 마이 갓, 오 마이 갓, 오 마이 갓, 오 마이 갓, 오 마이 갓, 오 마이, 오 마이, 오 갓, 오 마이, 갓 오, 갓 마이, 마이 갓, 오 오 오 오 오, 갓 오, 갓 오, 갓 오, 갓 오, 마이 오, 마이 오, 마이 오, 마이 갓, 마이 갓, 마이 갓.

지나치게 흥분한 탓에 신경전달물질이 생각을 말로 연결하지 못한다. 마침내 나는 한마디로 "오 마이 갓"이라고 내뱉는다.

"머리가 아파요? 뇌졸중이에요? 미아, 괜찮아요?"

간신히 머리를 굴려 대답한다. "괜찮아요. 그냥⋯ 내가 '골드러시'의 주인이라네요. 인터넷에 따르면요." 나는 소칼SoCal 라이프 스타일 웹사이트에 올라온 '롱비치의 30세 이하 기업인 톱10'이라는 매우 흥미로운 기사를 맥스에게 보여준다. 그 기사는 지난주에 게시되었고, 그 열 명 안에 내가 있다. 나는 남부 캘리포니아의 핫뉴스인 셈이다.

롱비치에 거주하는 미아 윌리스*는 '골드러시' 데이팅 앱을 시작했다. 그녀는 '골드러시'를 만든 이유를 이렇게 설명했다. "캘리포니아의 가장 중요한 자원은 사람들, 특히 섹시한 여자들이지요. 슬프게도 이 자원이 캘리포니아 공립학교를 졸업하고 타코 트럭에서 일하면서 헤로인을 파는 루저들에게 낭비되고 있어요. 제가 나서서 이 문제를 해결해야겠다고 결심했어요. '골드러시'는 캘리포니아에서 가장 훌륭하고 똑똑한 여자들을 그들에게 걸맞은 남자들과 연결해줍니다. 스위스와 일본 출신의 순자산이 높은 사람들이 주 고객인데, 사실 출신지는 롱비치를 제외하면 어디든 상관없습니다." 윌리스 씨의 아이디어는 단숨에 고객들을 사로잡았다. 사업을 시작한 지 2년 만인 현재 그녀는 25만 달러라는 어마어마한 금액으로 첫 번째 약혼을 성사시키기 일보 직전이다. 그녀는 지금까지 만 달러에서 3만 5천 달러의 금액으로 무수한 데이트를 성사시켰다. 롱비치의 젊은 독신 여성들에게는 좋은 소식이 아닐 수 없다.

———

• 내 성을 찾았다, 드디어! 😄

이제 공식적으로 확인되었다. 나는 최고의 인생으로 깨어난 것이다. '멋진 인생'(보트와 인생 둘 다)은 확실히 내 것이라는 생각이 먼저 떠오른다. 좋은 소식을 듣기도 했지만, 현실적인 이유로도 은행 계좌에 접속해야 한다. 내 재산이 얼마인지 얼른 보고 싶어 미치겠으니까. JP의 집으로 돌아가자마자 와인 한 잔, 자콜릿 바 몇 개와 함께 넷플릭스를 켜놓고 계좌를 열어봐야겠다.

맥스가 그 기사를 훑어본다. "우아. 그 집이 당신 집이 아니라 JP의 집인 건 확실해요?"

어깨를 으쓱한다. 그걸 알면 얼마나 좋겠나. 정황상으로 저택을 소유할 여유가 되는 것은 분명해 보인다.

"타코는 내가 낼게요." 지갑이나 신분증, 혹은 신용카드가 없기 때문에 사실 JP가 내는 거다. 하지만 내게도 어마어마한 돈이 있는 건 확실하니까.

어떻게 롱비치에서 가장 핫한 사업체 중 하나의 CEO가 됐는지 기억이 나면 좋겠다. 궁금한 게 너무 많다. '골드러시'에 얼마나 많은 고객이 있고, 어느 정도까지 도움이 필요할까? 사무실은 있나? 나는 어떻게 사업을 경영하지?!

"짝을 찾아주려면 고객들에게 시험을 보게 하나요, 아니면 양초를 밝혀놓고 우주와 접촉을 시도하나요?" 맥스가 묻는다.

"알면 좋게요, 제길." 내게 데이트를 주선하는 능력이 있다니, 그건 내게도 빅 뉴스다.

"당신이 어떻게 자기에 관한 사실만 잊어버렸는지 정말 흥미로워요. 왜 그런 것 같아요?"

"당신이 전문가잖아요. 어떻게 생각해요?"

"내 생각에는, 기억상실의 패턴을 보면 확실히 심리적인 문제 같아요."

"아니에요, 맥스. 누군가 나를 얼음 큐피드로 밀었어요. 어제일리어가 그렇게 말했어요."

맥스는 굳이 다음 질문을 하지 않는다. "비록 물리적 트라우마에 의해 유발되었다고 해도, 지금 보이는 증상은 심리적 요인 때문이라고 생각해요."

젠장. 내가 모두에게 그렇게 미친 사람처럼 보이나? "병원에서 의사도 그렇게 말하긴 했어요."

"일종의 트라우마를 겪고 있다는 의미일 뿐이에요. 계기는 무엇이든 될 수 있어요. 내가 말할 수 있는 건 그 트라우마가 당신이 감당하기에는 버겁다는 거죠. 근본적으로 당신의 뇌는 기억을 차단하는 평계로 트라우마를 사용하는 거예요."

트라우마와 심리에 관한 강의를 듣노라니 불편해진 나는 실제로 휴대폰을 하지도 않으면서 멍하니 바라보고만 있다. 내 삶이 사실상 모든 면에서 완벽하다면, 나를 차단 모드로 몰고 갈 만큼 나쁜 일이 무엇일까?

답은 분명하다. 아꼈던 누군가가 나를 그 얼음 조각상으로 밀어버렸다.

7

살인미수 문제는 나중에 따져도 될 일이다. 그 문제와 은행 계좌에 대한 환상을 한쪽으로 제쳐둔다. 현실의 삶이 나를 부르고 있으니까. JP가 내게 영상통화를 걸었다! 맥스와 나는 여전히 뱀파이어 타코스 근처, 더러운 주차장과 가발 가게 사이의 시멘트 블록 위에 앉아 있고, 이번에는 타코를 쥐고 있다. (줄이 정말 지긋지긋하게 길었다!) 맥스와 나란히 대형 쓰레기통 앞에 앉아 있으니까 마치 빈민가의 어느 섹시한 남자와 데이트를 하고 있는 것처럼 보인다.• 게다가 메이크업을 확인하지 않은 지 대략 다섯 시간이 지났다. 패닉 상태에 빠진다. 남자친구가 전화를 했다는 건 좋은 뉴스다. 그는 머리를 다치기 전의 나를 알고 있는 유일한 사람이다. 나를 무료 급식소에서 만났다던 해변의 노숙자만 빼고.

내 물리적 현실은 온라인 현실보다 훨씬 엉망이다. 이제는 식은

• 정말 그런가?

땀이 나기 시작하면서 살짝 과호흡 증후군이 오는 것 같다. "예정된 결혼식 전날에 미래의 배우자를 처음 만난다면 딱 이런 기분일 것 같아요."

"JP와 얘기를 나누어봐요. 당신 남자친구니까요"라고 맥스가 말한다. "게다가, 그는 당신의 삶에 관한 뭔가를 알고 있어요. 최소한 정보 제공자는 되잖아요."

"하지만 겁이 나요."

그는 신중하게 그 정보를 잠시 이해하려 한다. "내 생각에는, 아마 JP가 당신의 거의 모든 것을 알고 있기 때문에 당신이 그에 관해서는 다 잊어버린 것 같아요. 그리고 JP가 당신 남자친구인 건 확실하지만, 어떤 종류의 관계를 맺고 있었는지 누가 알겠어요?"

맥스 말이 옳다. JP와 나는 그냥 섹스만 하는 관계일 수도 있고, 정말로 사랑에 빠졌을 수도 있다. 아마 우리는 결혼의 상업적 속성 때문에 재산의 가치가 하락할까 봐 결혼하지 않았을지도 모른다.

양말 서랍에서 꺼낸 돈 중 남은 잔돈을 주머니 속에서 만져보고는 JP에게 문자를 보낸다.

10분 후에 전화할게. 😨

JP는 크고 하얀 엄지손가락을 보낸다.

턱에 살사소스를 묻힌 채로 그와 통화할 수는 없다. 일단 마음을 가라앉히고, 타코를 다 먹은 후에 얼굴을 보여줄 것이다. 게다가 타코는 확실히 다 먹어야 할 만큼 맛있었고, 퀴노아보다 훨씬 맛있는 것도 같다. 아무 생각 없이 타코를 포장지 위에 내려놓고는 휴대폰을 꺼내 사진을 찍는다. 이 정도면 근육이 기억하는 습관이라 해야겠다.

맥스가 휴대폰을 집는다. "지금 이걸 올리면 안 돼요. 간섭이라 해도 어쩔 수 없어요."

"왜요? 아침에 일어난 후로 거의 아무것도 올리지 않았다고요." 사실은 JP 때문에 패닉 상태이면서, SNS 속에서 타코를 먹으며 즐거운 척해봐야 아무 소용이 없다는 걸 안다. 어쨌든 나는 즐거운 척하고 싶지만, 맥스가 무슨 말을 하는지도 알겠다.

"게다가 계정이 해킹됐다면서 사진을 게시해야겠어요?"

"잘 모르겠어요." 어떤 결과가 올지 아직 모르는데, 어떻게 걱정할 수 있겠나? 근본적으로 지구라는 행성이 직면한 모든 문제들도 마찬가지다. "해커가 당분간 나와 같은 계정을 공유해야겠죠."

그는 생떼를 쓰는 나랑은 상종도 하기 싫다는 듯한 눈빛으로 쳐다보면서 말한다. "얼른 JP에게 전화해요."

"사진 하나만 더 찍고요." 내가 조른다. 맥스가 말릴 새도 없이, 타코 트럭 앞에 있는 그의 사진을 찍는다. 맥스는 내 휴대폰에 손을 뻗는다. 만약 그가 데이팅 앱 프로필을 위해 사진을 찍어야 한다면, 이 사진이면 충분할 것이다. 맥스는 가식 없고 귀여워서, 겉모습만 보면 어떤 여자라도 데이트하고 싶은 남자다. 게다가 그는 지금 내 위기의 일부가 되어 즐겁다는 듯 행복한 표정이다.

"왜 전화를 미루는 거예요? 그냥 해치워버려요."

그가 옳다. 나는 전화를 미루고 있다. 이 영상통화에 대해 치과 진료 수준의 불안감을 느끼고 있다.[*] JP는 내 삶의 중요한 조각인데도 그를 믿어야 할지 모르겠고, 내게 문제가 있다는 것을 알아차릴까 봐 걱정이 된다. "솔직히, 그가 스위스에 있는 동안 그 집에서 계속 살고 싶어요."

맥스가 웃는다. "누군들 안 그러겠어요."

"전화하기 전에 JP를 한 번 더 검색해볼래요."

몇 초 후에, 시리가 편안한 로봇 어조로 대답한다. "JP 하워드에 관해 다음 정보를 찾았습니다." 팝업창으로 뜬 구글 결과 중에 어제 아침에 훑어봤던 것들 이외의 파일 하나가 눈에 띈다. 비활성화된 골드러시 프로필이다. "JP도 골드러시 회원이었나?"

맥스와 나는 한 손에 와인 잔을 들고 미소를 지으며 다른 곳을 응시하는 JP의 사진을 본다.

헤드라인에는 '여기저기 여행 다니는 것만큼 머무는 것도 좋아하는 여자, 삶의 환희뿐 아니라 조용한 순간도 공유할 여자, 자콜릿을 사랑하는 여자를 찾습니다'라고 쓰여 있다.

오케이, 그에게 전화를 걸 준비를 한다….

그 외에도 억만장자이며 나이는 서른일곱이라는, 몇 가지 (이 시점에서는) 오래된 뉴스가 있다. 그리고 취미가 스키와 열대우림 구하기라고 되어 있다. 정말로. 지금까지 먹은 자콜릿만으로도 델라웨어

---

[*] 진정제를 맞는 편이 확실히 더 낫겠다.

크기의 열대우림은 구했다고 확신한다.

"나도 어딘가에 자콜릿 티셔츠가 있어요." 맥스가 말한다.

물론 그렇겠지.

"그를 미워하고 싶지만, 밉지 않네요."

"지금까진 아주 좋아 보여요." 나는 자세를 바로 하고 숨을 깊이 들이마신다. "감당할 수 있을지 잘 모르겠어요." 프로필을 가리키며 말한다. "그는 너무, 너무… 완벽하잖아요." 마치 사고 싶지만 사면 안 되는 흰 드레스 같다. 드라이클리닝 전용의 샹티 레이스⁻프랑스 샹티 지방에서 생산되는 전통 수공예 레이스ㅡ옮긴이는 내가 감당할 수 없을 테니까.

"그것참 웃기네요. JP는 여기저기 여행을 다니는 억만장자인데, 당신은 머리에 상처를 입고 막 퇴원해서 자신이 누구인지도 몰라요. 오히려 그 남자가 당신을 이용할까 봐 걱정해야 된다고요."

"그래도 너무 완벽해요. 내가 그 사람을 망치면 어떻게 해요?"

맥스가 코웃음을 친다. "그가 정직한지 누가 알겠어요?"

거짓말탐지기 검사를 통과한 사람만 믿는, 그것도 보통의 거짓말탐지기가 아닌 자기가 발명한 기계라야만 믿는 맥스다운 말이다. 페이가 **맥스**를 거짓말쟁이라고 한 것 자체가 웃기다. 아마 진실은 기억과 같아서 관점에 따라 달라지는 게 아닐까. 페이의 진실과 맥스의 진실이 다를 수도 있는.• 한 가지는 확실하다. 맥스는 자기가

• 내가 이렇게 말했다고 맥스에게 얘기하지 마시길.

진실의 잘못된 쪽에 있을 수 있다는 것을 믿지 않는다.

"이제 전화해요." 그가 말한다.

나는 페이스타임 앱을 열어서 JP에게 전화한다. 화면에 내 얼굴이 뜨자, 그제야 코에 묻은 살사소스 얼룩을 닦아내고 서둘러 립스틱을 다시 발라야겠다는 생각이 든다. 추가로, 얼굴이 더 예뻐 보이는 각도로 휴대폰을 조정한다. 코를 위로 들어 올리는 각도는 JP에게는 금물이다.

"여보세요?" 처음에는 졸린 목소리만 들리다가 곧 얼굴이 보인다. 연약한 어린 소년 같은 모습을 보자마자 내 몸이 그에게 반응하는 것 같다. (비록 이전에 사귀었던 남자들이나 그들의 잠에서 깬 얼굴이 떠오르지는 않지만.) 머리가 엉망으로 헝클어졌지만 그런 모습이 매력을 더하는 것 같다. 헝클어진 머리칼과 까칠하게 수염이 자란, 백마 탄 왕자님의 턱선이라니. 「왕좌의 게임」에서 존 스노우 역할을 했던 남자가 떠오른다. JP는 거기에다 프랑스어 억양이 있고 관자놀이 쪽에 희끗희끗한 흰머리가 올라오기 시작하는데, 그 흰머리 때문에 왠지 더 신뢰감이 간다. 그는 성숙한 프랑스 버전의 존 스노우다. 제정신이 박힌 여자라면 누구나 그 남자 옆에서 깨어나고 싶을 것이다.

하지만 동시에 그 편안한 매력이 불공평하다는 생각을 하지 않을 수 없다. 왜 남자들은 아침에 소년처럼 귀여워도 되는데, 여자들은 눈을 뜬 순간 섹시하게 보여야만 하는가?

"깨워서 미안해. 스위스는 지금 몇 시야?"

"걱정하지 마. 자기 얼굴 보니까 나는 그냥 좋아, 미아." 그가 몸을 일으켜 한쪽 팔꿈치로 얼굴을 괸다. 그는 셔츠를 입지 않았다. 오, 신이시여. 기억을 잃기 전에 내린 결정들이 하나같이 이렇게 완벽할 줄이야.

그는 졸린 눈을 비벼 잠을 쫓고는 거북이 등껍질 무늬의 뿔테 안경을 쓴다. 안경을 쓴 모습은 왜 더 섹시할까? 그의 시력이 2.0/2.0이 아니라서 안경을 쓰는 모양인데, 어쨌든 그런 흠결 덕분에 내 것이 됐는지도 모른다.* 게다가 안경을 쓴 그는 똑똑해 보이고, 두말할 나위 없이 섹시하다. "그날 출국한 건 미안했어. 내가 바보 같았어. 그렇게 떠나기는 싫었는데."

"괜찮아." 우리가 무엇 때문에 싸웠든, 아마 내 잘못이었겠지. JP는 나보다는 분명히 더 나은 사람이고, 수경재배되어 해충이 없는 환경에서 자랐을 것이다. 무조건적인 사랑과 합당한 기대를 받으며 양육되어 모든 선함과 내면의 아름다움을 갖춘 사람이니까. 최고의 마리화나가 그런 것처럼. (오 마이 갓, 이런 말은 다 어디서 나오는 거지? 나는 마리화나 중독자일까?)

"오늘 아침 당신 목소리는 여전히 화난 것 같았어."

"난 그냥 돈으로 매수되는 게 싫었어."

그가 웃으면서 말한다. "내가 그 말을 믿을 것 같아?"

나는 미소 짓는다. 나도 내가 다이아몬드로 구슬려지는 사람이라

---

* **#클라크켄트** 슈퍼맨의 평소 캐릭터. 뿔테 안경을 쓴 기자—옮긴이

고 생각한다. 나는 나 자신보다 JP랑 보낸 시간이 더 적지만, 어쩐지 JP는 이해하기 쉬운 것 같다.

맥스가 오르차타'추파'라는 덩이줄기를 갈아서 설탕, 물과 함께 먹는 스페인 음료— 옮긴이를 홀짝이자, 나도 손을 뻗는다. 갑자기 목이 몹시 탔다.

JP가 "지금 누구랑 같이 있어?"라고 묻자 어리석은 짓이었음을 깨닫는다.

휴대폰을 움직여서 맥스를 보여주며 "그냥 집 봐주는 사람이야"라고 말한다.

그는 눈을 휘둥그레 뜨고 말한다. "정말? 맥스?"

맥스가 고개를 끄덕인다.

JP는 눈 하나 깜짝하지 않는다. 집 봐주는 사람쯤은 경쟁 상대로 여기지 않는 것이 분명하다. "그런데 자기 왜 소노마에 있지 않아?" 그가 갑자기 떠오른 듯 묻는다. "고객의 데이트 상대를 물색하러 다니는 줄 알았는데."

나는 고개를 흔든다. "많은 일이 있었어…." 모든 일을 설명하려 할 때 그가 말한다. "너무 미안한데, 자기야. 잠시 후에 다시 전화해도 될까? 제롬이 계속 전화를 하네." 그는 몹시 화가 난 말투로 숨을 몰아쉬며 말한다. "이 슈프륑글리스위스 취리히에 있는 케이크와 페이스트리 전문 상점—옮긴이 경영자들을 사인하게 하려면 몇 번이나 더 예쁘다고 말해줘야 하는 걸까? 자기들도 자콜릿이 필요하다는 걸 알 텐데."

제롬, 슈프륑글리 경영자들. JP는 엄청나게 중요한 사람 같다. "물론이지." 기억을 잃었다는 말은 나중에 하지 뭐. "나도 골드러시에

급하게 꺼야 할 불이 몇 건 있어."

그가 웃는다. "어련하시겠어." 그러고는 더 부드러운 목소리로 말한다. "당신이 화내지 않아서 기뻐, 내 사랑." 그는 곧 맥스가 거기 있다는 사실이 떠올랐는지 덧붙인다. "오, 그리고 집을 봐줘서 고마워요, 맥스. 일이 힘들지는 않은지 모르겠네요." 그는 손으로 키스를 불어 날리고 전화를 끊는다.

매력적인 억만장자가 방금 사랑한다고 말했다. 나는 대체 누구일까?

맥스와 나는 몇 초간 조용히 앉아 있다. 지상에 내려온 신인 JP가 비운 신성한 공간을 채우기가 힘들다. 그 순간을 충분히 음미하는데 달리 무슨 말이 필요하겠는가? 대신 나는 그의 완벽함을 음미하고자 인스타그램에서 우리의 커플 사진을 모두 스크롤한다. 우리는 아름답고 완벽하다. 파티에 데리고 다니는 가짜 연인이 아니라 진짜 커플이다. 나는 합법적인 사업가와 데이트하는 합법적인 커리어 우먼이다.

맥스가 한숨을 쉰다. "겉보기에는… 좋아 보이네요."

매우 절제된 표현이다.

"슈프륑글리에 대한 존중만 빼고는요. 거기는 300년 전통이 있는 초콜릿 회사라고요. 자콜릿이라니, 자기가 뭐라고 생각하는 걸까요?" 그는 감자칩을 살사소스에 찍어 먹더니 이내 눈에 눈물이 그렁그렁해서는 오르차타를 뺏어다가 단숨에 들이켠다.

"저기요!" 내가 항의한다. "그건 내 거라고요."

"모두가 JP처럼 신사가 될 수는 없어요." 그가 씁쓸한 말투로 내뱉는다.

"JP를 질투하지 마요!"

"질투하는 게 아니에요." 그가 너무 완강하게 말한다. "어쨌든, 내 생각은… JP는 당신의 데이팅 서비스에 가입했고…."

"그런 것 같네요."

"그런데 당신은 자신을 소개했고요?" 그는 내 속셈을 알겠다는 말투로 말한다.

나는 들켰다는 제스처로 양어깨를 으쓱한다. "아무도 나한테 바보 같은 짓을 했다고는 하지 않았어요."

"바보 같은 건 확실해요."

그의 말에도 일리가 있다. 골드러시의 회원 중 누구라도 내가 JP를 가로챘다는 것을 알게 된다면, 아마 내 뒤통수를 후려갈기고 죽게 내버려 뒀을 것이다. 이 생각을 맥스에게 그대로 얘기한다. 어떤 추정보다 썩 괜찮은 이론인 것 같다. 용의자 목록을 만들어본다.

- 미술관 관장의 아내.
- JP를 차지하고 싶은 다른 여자.
- 마지막 남은 매운 참치 롤을 두고 나와 싸움을 벌인 불만스러운 미술품 수집가.

"사실이 뭔지는 모르지만, 세 번째 용의자는 아닌 것 같네요."

"박사학위를 갖고 있는 당신 말이 맞겠죠."

"그렇다면 관장의 아내이거나 화가 난 여자겠군요."

그러자 문득 내 살인미수범을 잡는 것과 핫한 사업을 경영하는 것 사이에 해야 할 일이 꽤 많이 있으리라는 생각이 든다. 말이 나왔으니 말인데, 나는 어떻게 사업을 경영하는지도 모른다. 내가 놓친 전화나 이메일이 있을까? 내게도 직원들이 있을까?

"맥스, 나한테 비서나 뭐 그런 사람이 있다고 생각해요?"

"모르죠. 하지만 그랬다면 당신에게 전화를 하지 않았을까요?"

"그들이 뒤통수를 갈긴 게 아니라면요. 아니면 내가 출근하라고 전화하지 않아서 신났을지도 모르죠? 어디 숨어 있을지도 몰라요." 어쩌면 그렇게 행동하는 게 당연한 듯 보인다. "나는 내가 누군지 알아내지도 못했는데, 사업이란 게 뭔지 알아내서 경영해야 해요."

맥스는 수심에 잠겨 나를 바라본다. "인턴을 뽑으면 되죠."

나는 웃는다. 터무니없는 말이다.

무기력한 소녀처럼 속눈썹을 치켜뜨고 위를 올려다본다. 그러다가 "오늘 오후부터 당신은 일자리가 필요하니까"라고 지적한다.

그가 헛기침을 하지만, 나는 계속 이어 말한다. "그리고 나는 수백만 달러를 벌어들이는 데이팅 기업의 소유주라는 걸 방금 알아냈고요." #약간의과장 "이러면 어때요? 당신이 새로운 연구소를 찾을 때까지, 아니면 내가 완전히 자립할 수 있을 때까지 잠시만 나를 위해 일해줄래요?"

맥스가 웃기 시작한다. 태양이 그의 얼굴을 비추자, 피부는 거의 구릿빛으로 빛나고 눈은 밝고 따스하게 반짝인다. 아름답다. 그를 고용할 일이 아니라 앱에 등록시킬까 보다.

"음, 미아. 나더러 남들의 연애 상대 찾는 걸 도우라고요? 당신도 내 최근 연인 관계가 어떻게 재앙으로 끝났는지 막 봤잖아요. 나는 유전자 염기 서열 분석은 온종일 할 수 있지만, 이 분야에서는 의지할 사람이 못 돼요. 대체로 데이트에 관심이 없다는 건 말할 필요도 없고요."

아주 짧은 순간 나는 그가 말하는 소위 '무관심'이 방어기제라는 것을 간파한다. 신경계는 이해해도 여성을 이해하지는 못한다는 걸 그도 알고 있다. 그저 내가 그 사실을 아는 걸 원치 않을 뿐이다.

"데이트 상대를 찾을 필요는 없어요. 그냥 내가 사업을 속속들이 이해하도록 도와주기만 하면 돼요. 게다가 이건 좋은 학습 기회잖아요. 무엇 때문에 여자들이 불평하는지 알아낼 수 있을 거예요."

"대체 왜 내가 그런 걸 모른다고 생각하죠? 나는 어쨌든 원하는 여자를 다 사귈 수 있는데."

"하지만 그 관계를 유지할 수 있어요? 가장 오래 사귄 사람은 얼마나 사귀었어요?"

그의 얼굴이 시무룩해진다. "나는 페이가 '내 사람'이 될 줄 알았어요. 페이가 날 버리기 전까지 1년이나 사귀었거든요."

"왜 그런지 알아요?"

"잘 몰라요. 우리 관계는 완벽하다고 생각했어요. 우린 학계에서 유명한 커플이 되고, 나중에는 연구소를 같이 운영하면서 노벨상을 탈 수도 있다고 생각했어요."

"당신이 페이라는 사람 자체보다 당신만의 환상에 사로잡혀 있었던 건 아니에요?" 내가 이유를 제시한다.

그가 고개를 흔든다. "아니에요. 우리는 같은 걸 원해요. 우린 둘 다 진실을 향한 연구에 의욕을 불태우는 우등생이라고요."

나에게 그가 필요한 만큼 그에게도 내 도움이 필요하다. "당신을 고용할게요. 아마 뇌에 관한 수업을 듣는 것보다 이번 골드러시 인턴직으로 더 많이 배울 수 있을 거예요."

그는 지금껏 받은 것 중에 가장 재미있는 제안이라는 듯 웃는다. "싫어요. 하지만 달콤한 제안이긴 하네요."

"그럼 그 말을 '싫지만 생각해볼게요'로 받아들일게요."

맥스가 마음을 바꾸기를 기다리는 동안, (틀림없이 그럴 것이다.) 휴대폰으로 시선을 돌려 다른 인스타그램 알림을 본다. 으윽. 배너와 빨간 배지를 보면서도 이제 엔돌핀이 솟구치지 않는다. 빅맥을 먹은 뒤 만족을 느끼는 동안은 '좋아요'와 댓글이 계속되지만, 배 속이 감자튀김 기름으로 코팅되고 후회가 밀려들면 만족감도 시들해지기 마련이다. (음. 나는 분명히 어느 시점에는 육식을 했던 것 같다.)

알림은 인스타그램의 담당 직원에게 온 메시지였다.

@Mia4Realz님, 인스타그램은 고객님이 걱정하시는 부분을 살펴보았으나 어떤 해킹도 발생하지 않았다는 결론에 이르렀습니다. 언급하신 게시물은 고객님께서 2주 전인 5월 31일에 예약해놓으신 것으로 파악됩니다. 다른 문제가 있으면 저희에게 알려주십시오. 인스타그램에 게시물을 올리는 데 도움이 필요하

시면, help.instagram.com에서 인스타그램 고객 센터를 방문해주십시오.

이건 해킹당한 것보다 훨씬 더 나쁘다.

"맥스, 인스타그램에서 답장이 왔어요. 그 '개봉 박두' 게시물 알죠? 그게 미리 예약된 거래요." 나는 마치 방금 재판에 져서 1급 살인이나 탈세처럼 뭔가 나쁜 죄로 유죄판결을 받은 듯이 말한다.

맥스가 잠시 생각하더니 말한다. "다른 게시물도 더 예약이 잡혀 있대요? 진짜 발표할 게시물도 있을지 몰라요."

그거 좋은 생각이다. 내 손가락은 미리 예약한 게시물로 가는 길을 알고 있고, 금세 내일 정오에 등장하기로 예약된 게시물을 하나 발견한다. 이게 그건가?

"뭐 있어요?" 맥스가 묻는다.

뭐라고 말로 설명하기가 어렵다. 마치 기억상실 이전의 자아가 기억상실 이후의 자아를 괴롭히고 있는 것 같다. "막 이륙하려는 열기구 안에 있는 내 사진이에요." 요트에서 같이 있던 여자랑 또 함께 있다. 내 하트 모양 안경과 배꼽티는 최근에 유행하는 패션 스타일이다. 사진에는 글이 달려 있다. #맞혀봐 #골드러시걸즈

맥스는 사진을 바라보면서 두어 번 눈을 깜빡인다.

"나한테 묻지 마요." 어깨를 으쓱한다. "이전에 찍어놓은 열기구 사진이 너무 많아서 사람들한테 나눠주려고 하는 걸까요?"

맥스는 열기구 사진의 정체를 곰곰이 생각하는 듯 눈썹을 찡그린다. "당신은 이게 진짜 발표라고 생각해요?"

나는 건성으로 들으면서 마지막 감자칩으로 남은 타코를 퍼 올린

다. "솔직히 잘 모르겠어요. 하지만 이 게시물을 예약해두었을 때는 틀림없이 이유가 있었겠죠." 골드러시를 광고하려고? 열기구 타는 곳에서 행사가 있나? 이제껏 봐온 것 중에 가장 얼빠진 해시태그를 달아놓은 나 자신을 얼음 조각으로 확 밀어버리고 싶다. '#맞혀봐'라고? 그게 정말 발표하겠다는 뜻이었을까?

같이 있는 여자는 아마 크리스털일 것이다. … 누구든지 간에 그녀에게 태그를 달지는 않았지만, 베스트 프렌드처럼 보인다.

"맥스, 도움이 필요해요. 이렇게 사정할게요."

그는 내면 깊은 곳에서 130킬로그램 정도의 '예스'를 물리적으로 끌어올리려는 듯 우스운 신음 소리를 낸다. 그러다 마침내 완벽히 끌어내고는 말한다. "좋아요, 미아. 할게요. 하지만 먼저 직함부터 고민해봅시다."

맥스의 승낙을 듣는 것이 내가 회사를 가지고 있다는 걸 알아냈을 때보다 훨씬 좋다. 그의 도움을 받으면 실제로 사업을 유지할 수 있을지도 모른다. "고마워요, 맥스."

"저를 컨설턴트라고 불러주세요."

"인턴보다 컨설턴트가 좋아요?"

"최적화 컨설턴트가 더 낫겠네요."

"직함을 뭐라고 부르든 하는 일은 같을 거예요."

"그래도 직함이 중요해요, 미아."

"그러면 부사장은 어때요?"

그는 받아들이겠다는 듯 고개를 끄덕인다.

"부사장인데… 연애부 부사장." 나는 그의 얼굴 표정을 보려고 덧붙여 말한다. 바보 같은 일을 두고 심각해 보일 때가 너무 귀엽다.

"미아." 그가 갑자기 시트콤에 나오는 아버지 목소리로 훈계하듯 말한다. "그냥 부사장."

"정말요? 당신은 어떤 분야에서든 부사장이 될 수 있어요. 심지어 섹스의 부사장이 될 수도 있지요. 연애랑 관계되는 거라면 뭐든지요."

맥스가 내 말을 무시하며 진지한 표정으로 말한다. "우리 상호 간의 의무를 명시하는 계약서를 쓰는 게 어때요?"•

상호 간의 의무라. 아무래도 사람을 제대로 고용한 것 같다.

인터넷에서 계약서 작성법을 알아낸다. 시간 낭비라고 생각하지만, 이렇게 해서 그가 안전하게 느낀다면야 얼마든지….

구글 검색 결과 중 맨 위에 있는 글을 참고해서 이렇게 문서 제목을 단다.

골드러시 고용 계약서

다음 단계, 쌍방을 정확히 명시하라. 다행히도 몇 분 전에 내 성을

• 내가 상호 간의 오르가슴에 관해서는 농담하지 않았다는 걸 주목하시길. 고맙다는 말은 넣어둬, 맥스.

알아냈으니 이 서류를 합법적으로 완성할 수 있다. 이어서 입력한다. 미아 월리스는 맥스 찰스를 고용하는 데 동의하며…

다음, 수행해야 할 일을 설명하라. "음…." 입력하면서 글자를 크게 읽는다. "맥스는 미아가 회사를 이해하고 경영하는 일을 돕는다. 구체적인 업무로는 상대 물색, 데이트, 회계 등이 포함되며…." 말을 멈추고 올려다본다. "잘 모르겠어요. 어떻게 생각해요?"

맥스가 자신의 평생을 다시 돌아보는 듯한 표정이라, 대답을 기다리는 대신 이렇게 쓴다.

미아 월리스는 데이트 주선 사업과 지원 업무에 맥스 찰스를 고용하는 데 동의한다.

맥스는 매우 불만스러운 말투로 말한다. "그 말대로라면 내가 양초에 불을 붙이고 와인도 따라야 할 것 같은데요."

"그것도 넣을 거예요." 그를 짜증 나게 하고 싶어서 일부러 덧붙인다. "계약 기간으로 넘어갑시다."

"맙소사. 기간이 얼마가 됐든 내가 이 일에 헌신할 준비가 돼 있는지 잘 모르겠어요."

나는 이런 말 꺼내기 싫지만 어쩔 수 없다는 표정을 하고 말한다. "아마 그게 페이와의 문제였을지도 몰라요."

"어이가 없어서. 그냥 한 달이라고 써요. 연구소의 상황을 바로잡는 데 적어도 그 정도는 걸릴 테니까요."

"자, 이제 거의 다 했어요. 보수는… 뭐가 필요해요?"

그는 잠시 생각한다. "월세로 2천 달러가 필요한데. 에릭이 나를 해고했으니까, 이제 빈털터리예요."

나는 그가 영리하게 대답을 받아치기를 기대하고 있었다. 진지하게 임금을 협상하는 게 아니라. "4천으로 해요." 그 정도는 아마 내게 껌값이겠지. 나는 맥스에게 최종 버전을 보여준다.

골드러시 고용 계약서

미아 월리스는 맥스 찰스를 고용하는 데 동의하며, 업무는 데이트 주선 사업과 지원 업무로서, 양초에 불 붙이기와 와인 따르기도 포함한다. 한 달이 끝나는 시점에 미아는 맥스에게 미국 화폐로 4천 달러를 지불한다.

계약 종료 암호: 자콜릿

"저건 내 암호가 아니에요."

맥스는 그렇게 말하더니 손에 얼굴을 묻고 벼랑 끝에 내몰려 정신줄을 놓은 사람처럼 미친 듯이 몸을 흔들며 웃기 시작한다.

"뭐가 그렇게 웃겨요?"

"약 5분 전에 자기 성을 알게 된 여자랑 막 고용 계약을 협상했으니까요. 당신은 합법적으로 뭔가에 사인할 능력이 있을까요?"

"병원에서 나를 퇴원시켰어요. 그건 내가 사업할 준비가 됐다는 뜻이라고요, 맥스." 그리고 더 진지하게 덧붙여 말한다. "그래야만 하고요."

맥스도 그걸 알고 있다. 그는 똑바로 앉아서 남은 오르차타를 먹더니 말한다. "그럼 이제 직원 오리엔테이션 시간이네요."

"나더러 당신의 오리엔테이션을 하라고요?" 오늘 아침 일어날 때만 해도 내가 사업을 하는지조차 몰랐는데?

"당신 폰이요. 골드러시를 확인해보자고요."

맥스가 내 휴대폰에서 골드러시 앱을 찾았는데, 알고 보니 프로필을 검색하고 회계에 접근할 수 있는 운영자 버전의 프로그램이었다. 그는 내 패스워드를 바꾼 후에, 자기 휴대폰에도 운영자용 앱을 다운로드한다. 그러고는 낮은 휘파람을 분다. "이런, 미아. 당신 참 손이 크네요."

"무슨 말이에요?"

"당신네 골드러시 여자들이요. 당신은 그들에게 데이트 한 건당 5천 달러를 지불해요. 나도 돈을 더 불렀어야 했는데. 이 여자들은 어떤 자격을 갖춰야 하죠?"

"교양 있는 엘리트라고 묘사했던 것 같아요." 이건 누가 봐도 절제된 표현이다.

"틀림없이 어마어마하게 특별한 여자들이겠죠."

"당신만큼은 아니에요, 맥스." 그의 뺨에 키스한다.

"고마워요."

8

렘파이어 타코스를 막 떠나려고 할 때, 인스타그램이 다시 울리면서 다른 알림으로 나를 유혹한다. 내면의 자아가 움찔한다. 나 자신에 대한 다른 무엇을 또 발견하게 될까?

속옷만 입은 아주, 굉장히, 대단히 매력적인 남자가 나오는 게시물에 내가 태그된 것이 보인다. 그의 닉네임은 @Jules_In_Brief사각팬티를 입은 줄스─옮긴이로, 그가 참을 수 없이 섹시하다는 뜻이기도 하다. 표정으로 보건대, 그도 그 사실을 아는 것 같다. 카메라를 야릇한 눈길로 보면서 입술을 움직이는데, 그걸 보니 더 많이 원하게 된다. 뭘? 물론 사진이지.

그가 나를 희롱한다는 것을 알면서도, 나도 모르게 감탄사를 내뱉고 만다. 내 마지막 섹스는 언제였을까?

그제야 나는 그 이미지에 포토샵으로 삽입된 생각 말풍선을 확인해본다. 얼굴에 반짝이를 붙이고 우유 목욕을 하던 내 프로필 사진이 그 말풍선 안에 붙어 있다. 그가 내 생각을 하고 있는 것이다!

그 광경에 그만 아찔해진다. 어찌 그러지 않겠는가? 나는 얼굴 가득 미소를 띠고 볼이 상기된다. 내가 지금 배란기인 걸까, 아니면 그냥 기분이 우쭐해진 걸까? 아마 둘 다겠지.

"뭘 보고 웃고 있어요?" 맥스가 묻는다. 앞으로 성큼 다가와 내 환상을 건드린 것이 무엇인지 보려고 안달이다.

당연히 나는 낄낄거리며 말한다. "오, 아무것도 아니에요." 하지만 몰래 훔쳐보는 데 성공한 맥스의 표정이 완전히 혼란스럽고 짜증이 나 있다. "그게 무슨…."

그가 왜 그러는지 잘 알겠다. 내게 온통 빠져 있는 스위스 백만장자와의 통화를 막 끝냈는데, 이제는 @Jules_In_Brief가 속옷을 입은 채 인스타그램에서 나를 생각하고 있단다.

맥스가 역겨운 표정을 지으며 말한다. "대체 남자친구가 몇 명이에요?"

"당신 여자친구 수보다 두 명은 더 많은 것 같네요. 이 남자도 부자일까요?" 나는 맥스를 약 올리려고 덧붙여 말한다.

"그는 사람도 아니에요, 미아. 아마 사기꾼일 거예요. 당신에게 DM을 보내서 계좌 정보를 요구하고 이제 곧 당신의 사회보장번호 마지막 네 자리까지 달라고 할 거예요."

1초 후에 정말로 @Jules_In_Brief에게서 DM이 온다. 나는 '꺄악' 하고 소리를 지른다.

맥스가 나를 노려본다. "뭐예요?"

평소보다 상기된 목소리로 내가 말한다. "줄스가… 문자를 보냈어요. 그가 누구든, 맥스, 그는 나를 알아요. 그가 아는 걸 나도 알아야겠어요."

맥스가 허리를 곧추세운다. "미아, 그거 열지 마요. 나 심각해요. 이 사람이 누구든 당신이 아는 사람이 아니에요. 엄마 차고에 숨어 당신 돈을 훔치려는 여드름투성이의 십 대일지도 모른다고요."

맥스에게 미소 짓는다. 어떻게 @Jules_In_Brief의 DM을 무시할 수가 있나?

"뭘 해도 좋지만, 링크는 절대 클릭하지 마요."

아름다운 사기꾼에게 환심을 사는 것이 잘못은 아니다. (우리는 캘리포니아에 있으니까.) 내 게시물 아래 달린 댓글의 타래에서 우리가 나누었던 대화를 발견해서 너무 반갑다. 줄스와 내가 어떤 관계를 맺고 있었다는 게 분명해진다. "난 줄스를 아는 게 틀림없어요. 그가 내 게시물에 백 번쯤은 댓글을 달았으니까요." 나는 맥스를 약 올릴 구실을 모으고 있다. 그가 완전히 당황하면서 신경을 곤두세울 때 너무 귀엽다.

"사기꾼과의 관계겠죠." 맥스가 반박한다.

"당신, 질투하는군요."

맥스가 계속 노려본다.

다른 메시지가 또 뜬다. 어디 있어?

내가 답한다. 타코 트럭. 넌 어디?

너 깜빡했구나!

뭘 깜빡해??!! 내가 실수로 문자를 다 지워버렸어!

줄스는 우리가 이전에 나눴던 대화의 스크린샷을 보낸다.

그는 이렇게 썼다. 6월 16일. 라구나 비치에서 3시. 거기에 나는 이렇게 답했다. 좋아. 그때 봐. 👤🐝⛺️

나는 맥스를 올려다본다. 지금 비키니를 입고 라구나 비치에 있어야 한다. 나는 @Jules_In_Brief와의 데이트를 깜빡한 것이다. 그가 누구인지는 모르지만, 더 많이 알고 싶다. 거기로 가고 싶다. 지금 당장!

재빨리 답장을 한다. 오 마이 갯!! 지금 갈게! 🏃😄

줄스의 답장이 온다. 👍🏃 촬영장이긴 한데, 그래도 얘기는 할 수 있어.

줄스가 내게 어떤 존재인지 모르지만, 꼭 알아내야 한다. "맥스, 나 라구나로 가야 해요. 지금 당장 줄스랑 있어야 한다고요."

"미아, 미쳤어요? 그 남자 만나면 안 돼요. 누군지도 모르잖아요."

"기억을 잃기 전에 데이트를 잡았어요. 그러니까 괜찮을 거예요."

그가 너무 짜증 난다는 표정으로 말한다. "그 남자는 소름 끼치는 변태일지도 몰라요. 혼자 가면 안 돼요."

"음, 기분 나쁘라고 하는 말은 아니지만, 당신이 따라오면 그게 더 이상할 것 같아요. 나는 어른이고, 그는 내가 아는 사람이잖아요. 내 게이 베프거나 고객일지도 몰라요."

"그럼… JP는 어떡하고요?" 맥스가 핑곗거리를 찾으며 묻는다.

"JP가 뭐요? JP랑 내가 무슨 사이였는지 아직 모르지만, 기억상실 이전의 자아가 줄스를 만나는 게 괜찮다고 생각한 건 분명해요. JP랑 데이트를 하는 중에도요. 그녀를 믿어야만 해요."

맥스는 발끈 성이 난 얼굴이다.

"나도 정말 같이 가고 싶지 않아요. 이상하고 가부장적인 사람처럼 보이기 싫다고요. 하지만 당신은 혼수상태에서 막 깨어났잖아요. 당신이 속옷 입은 자기 사진을 보낸 낯선 사람이랑 만나겠다고 계속 고집을 부린다면, 나도 가야겠어요. 혹시라도 당신이 죽었을 때 자책하고 싶지 않으니까요." 그가 고개를 흔든다. "나중에 뉴스에 살해된 당신 얼굴이 나온다면, 그 죄책감을 끌어안고 살 자신이 없거든요."

"좋아요. 이 남자랑 싸우지 않겠다고 약속하면요." 맥스가 화내는 모습을 조금 더 보고 싶어서 덧붙여 말한다. "아무리 질투가 샘솟는다고 해도요."

그는 그 제안에 짜증을 내며 말한다. "난 질투하는 게 아니에요. 그냥 걱정하는 거라고요."

"질투해도 괜찮아요. 난 말하자면 당신의 여자친구이자 보스이기도 하니까. 당신 하고 싶은 대로 해요."

맥스가 그냥 화난 정도를 넘어선 듯 보이자, 이제 그만해야겠다고 생각한다. 약 올리는 게 너무 재미있긴 하지만.

"어쨌든 그 인스타그램 모델은 대체 뭐예요?"

맥스의 표현으로 보아 그는 그 콘셉트를 이해하지 못할뿐더러 오히려 그 때문에 화가 나는 것 같다. "누구나 인스타그램 모델이 될 수 있어요? 그러니까, 그냥 사진을 찍어서 온라인에 올리기만 하면 되는 거죠, 맞죠?"

"그렇기도 하고 아니기도 해요." 맥스는 전에는 인스타그램을 제대로 해본 적이 없는 것이 분명하다.

"나도 인스타그램 모델이 될 수 있어요?"

나는 웃음을 터트린다. "말하는 게 꼭 할아버지 같네요."

"내 말은, 그가 속옷 모델이 될 수 있다고 누가 결정하죠? 아무나 그냥 자기가 천재나 모델이나 의사라고 말할 순 없잖아요. 다른 누군가가 그걸 입증해야 한다고요. 승인을 받지 못하면 대학교가 될 수 없는 것처럼요."

처음 깨어났을 때 브렌다와 신디가 하던 말이 기억난다. 아마 당신은 자기가 영화배우나 로켓 과학자라는 걸 깨닫게 될지도 몰라요. 그 무엇도 그들이 나 대신 원대한 꿈을 꾸는 걸 막을 수는 없었다. "기본적으로, 그냥 세상에 당신이 누군지만 말하면 돼요. 그래서 인터넷이 그렇게 강력한 거라고요. 누구나 뭐든지 될 수 있으니까."

맥스는 눈썹을 찡그린다. "그렇게 볼 수도 있겠네요." 그는 자기 휴대폰을 꺼내서 앱을 열고 빠르게 타이핑한다. "음, 그 남자는 위키피디아에 등재되어 있을 정도로 유명하긴 하네요. 줄스 스펜서… 1987년 6월 11일 출생… 대부분의 인스타그래머처럼 일단 셀카를 많이 올려서 처음 시작했고… 매일 속옷 입은 사진을 게시하기 시작하면서… 그의 셀카를 보려고 기다리는 팔로워가 3천만 명으로… 인스타그램으로 매월 사각팬티를 배송해주는 서비스인 '줄스 브랜드'를 출시했고… 「분노의 질주」 리메이크작에 출연하며… 사생활은 세간의 이목을 끄는 연애와 이별의 연속이네요." 그는 나를 보며 만족스럽다는 듯 미소 짓는다. "이렇다네요."

"「분노의 질주」를 리메이크한대요?" 잠시 산만해진 나는 그렇게 묻는다. "아직도 속편을 만들고 있는 줄 알았는데."

맥스가 나를 빤히 쳐다본다. "당신은 그 남자의 데이트를 주선하려던 게 확실해요."

수줍은 미소를 띠며 말한다. "아니면 차세대 폴 워커랑 데이트할 계획이었을지도 몰라요." 갑자기 머릿속에서 내가 남동생이나 아빠랑 「분노의 질주」 시리즈를 전부 봤다는 사실이 떠오른다. 혼자 봤을 것 같지는 않지만 본 것만은 확실하다. 오늘은 새로 태어난 미아의 세 번째 날이다. 언제쯤 섹시한 남자가 아닌 사람이 찾아올까? 부모님은 어디 계시며, 나는 왜 엄마 전화번호를 갖고 있지 않을까?

• • •

라구나는 모든 것을 갖췄다. 롱비치처럼 아름답고, 항구에 유정이 없다. 모래사장에도 의심스러운 검은 웅덩이가 없다. 서부 해안 도로를 지나가는 버스도 이렇게 아래까지는 오지 않아서, 마약 중독자와 부랑자들이 많지 않다. 여긴 마리화나와 오줌 냄새 대신 돈 냄새가 난다.

"JP는 왜 롱비치에 살까요, 여기 살지 않고?" 정말로, 이쪽에 사는 게 더 일리가 있어 보인다. 여기는 돈이 모이는 곳이니까.

논리적인 남자인 맥스가 말한다. "나라면 롱비치에 살겠어요. 음식도 더 좋고, 할 일도 많고 다양하니까. 더 재미있잖아요. 게다가 라구나는 너무 멀어요."

나는 마법의 노란 드레스와 어울리는 선글라스 하나와 플립플롭을 산다. 어쩜 이리 딱딱 맞아떨어지는지, 모든 게 의도된 일인 것 같다. 맥스는 모래가 가득한 로퍼를 신고 있다. 그는 새로운 직업을 얻었는데도, (내 생각에는 그래서 신날 것 같은데.) 여전히 그의 로퍼처럼 모래로 가득한 태도다. 줄스 때문에 심적으로 타격을 입은 모양이다.

줄스가 위치를 알려주는 인스타그램 메시지를 몇 개 보낸다.

사진작가 일행을 찾아봐.

나는 성조기 사각팬티를 입었어.

한눈에 보일 거야.

나는 금방 갈게, 자기야!!!라고 답장을 보낸다.

맥스가 눈을 흘긴다. "젠장. 이런 일이 나한테 일어나다니 믿을 수가 없네."

미국 성조기 팬티를 입은 줄스를 발견하자, 미소가 온 얼굴에 번진다. 맥스를 봐서 미소를 억누르려고 하는데도 어쩔 수가 없다. 이건 너무 재미있다. "얼른 와요, 맥스. 사진 촬영 현장에 가본 적 있어요?"

바라건대 줄스에게 차가 있어서 맥스를 먼저 돌려보낼 수 있으면 좋겠다. 빠르면 빠를수록 좋다.

"줄스!" 나는 맥스와 무인도에 오도 가도 못하게 갇힌 사람처럼, 그러다 셔츠도 걸치지 않은 선원 중 한 명에게 막 구조되는 사람처럼 손을 흔든다.

"미아! 베이비!" 크게 소리치는 그의 모습이 죽이게 멋있다. 그는 자기에게 관심을 보이는 무리에서 빠져나와 내 쪽으로 다가온다. 등장할 때 배경음악을 깔아달라고 맥스에게 신호를 보낼 생각이었지만, 줄스는 이미 라이브 연주단을 데리고 있었다. 셔츠를 입지 않은 채 봉고를 연주하던 드러머가 땋은 머리를 자기 어깨 너머로 휙 넘기면서, 줄스가 걸어올 때 당김음을 연주하려 몸을 앞으로 기울인다. 줄스의 완벽하게 태닝한 피부에 곱게 모래가 뿌려져 있다. 그가 햇빛에 데워진 피부를 내 피부에 맞대며 꼭 껴안자, 약간 어지럽다. 아름답고 카리스마 있는 사람들과 가까이하면 최면 효과가 있는 게 분명하다.

"멋지네! 그 노란 드레스. 음, 자기 맛있어 보인다."

내가 지나치게 흥분한 코커스패니얼처럼 꼬리를 흔드는 동안, 맥스가 우리 사이에 끼어든다. "안녕하세요, 저는 맥스라고 합니다."

"오." 줄스는 우리 둘을 번갈아 쳐다본다. 그러더니 나에게 고개를 끄덕이고는 말한다. "만나서 반가워요, 맥스. 난 줄스예요. 맥주나 물이나 뭐 마실래요? 세트장에 아이스박스가 있어요."

맥스는 근처에 놓인 직원용 음료 테이블에서 맥주를 집어 들고 내게는 물을 건네준다. "맥주 하나 드릴까요?" 맥스가 줄스에게 묻는다.

"아뇨. 난 안 마셔요." 그가 자기 얼굴을 가리키며 말한다. "이 빛나는 얼굴을 위해 수분을 유지해야 해서요."

"저기, 줄스." 사진작가가 외친다. "서핑보드랑 함께 사진 한 장 찍을까요?"

줄스가 고개를 끄덕인다. 그러더니 바닥으로 엎드려 팔굽혀펴기를 여러 번 하고, 다음에는 몸을 벌떡 일으켜 앉아서 윗몸일으키기를 한다. "사진 촬영 전에 근육을 펌핑해야 하거든."

그는 빠른 걸음으로 걸어가더니 서핑보드 옆에서 포즈를 취한다. 허리밴드를 더 아래로 당기고 마치 파도가 부르는 듯 먼 해변을 응시하면서. 나는 줄스를 지그시 바라본다. 맥스는 그냥 짜증이 난 얼굴이다.

줄스가 몸을 풀고 포즈를 취하는 모습을 30분 정도 보고 있자니 너무 편안해진다. 내가 나를 모른다는 게 뭐 중요할까? 부모님, 직업, 친구들, 골드러시… 누가 그딴 걸 신경 쓴다고! 스태프가 비치체어와 파라솔을 가지고 온다. 줄스는 스태프에게 다과를 가져다주라고 말한다. 나는 비치 체어에 앉아 산펠레그리노의 리모나타를 빨대로 홀짝인다. 맥스는 의자를 거부하더니 긴장한 듯 서성거리고 있다. "이건 정말 시간 낭비야." 그가 중얼거린다. 바로 이 시점에 그의 티셔츠에 쓰인 '그건 네 변연계가 아니라, 내 거야'라는 슬로건이 딱 어울릴지도 모르겠다. 아직도 변연계가 뭔지 모르지만, 내 건 완벽하니까 그건 그의 것이 틀림없겠지.

"줄스가 나를 죽일 것 같지는 않은데요. 그러니까 집에 가고 싶으면…"

"우린 아직 당신이 여기 왜 왔는지 모르잖아요. 그러니까 있을래요."

줄스는 물줄기를 맞고 온갖 응석을 다 부리면서 사진작가가 바라는 대로 근육을 최대한 뽐낸 후에 내 옆에 놓인 빈 의자에 털썩 주저

앉는다. "자, 이제 일 얘기를 하자고. 크리스털과 이번 데이트는…."

아아아. 그는 내 게이 베프가 아니다. 내 두 번째 남자친구도 아니다. 그는 내 고객 중 한 명이고, (아싸!) 크리스털과 데이트를 원하는데, 크리스털이라면… 내 전화를 끊었고 코브라랑 데이트할 예정인 그 여자? 잠시 얼빠진 표정이 된다. "생각하고 있는 걸 말해봐…."

"얼른 크리스털을 만나고 싶어. 그녀는…." 그는 TV에 나오는 어떤 요리사처럼 자기 손가락에 키스를 하고는 불꽃처럼 확 펼쳐 보이며 "완벽해"라고 말한다.

지구상에 있는 모든 남자가 크리스털을 좋아하나? 처음에는 코브라, 이제는 줄스. 이 여자는 집에 데리고 가서 가족들에게 소개하고 싶은 포르노 스타인 게 틀림없다. "크리스털은 정말 완벽하지." 나는 붙임성 있게 대꾸한다. 그래야만 하니까.

"누군가를 사귀어본 지가 너무 오래됐어."

"필요한 걸 말해봐." 나는 내가 어디 사는지, 내 가운데 이름이 뭔지 아는 사람처럼 매우 전문가답게 말한다.

줄스는 몸을 뒤로 기댄다. 얼굴 표정으로 보아 이미 분위기에 흠뻑 빠진 것 같다. "눈에 확 띄면서, 정말로 인상적인 뭔가가 필요해. 오성급 레스토랑이나 스카이다이빙 같은 거 말이야. 크리스털에게 기가 막힌 옷을 입혀줘. 최고급 레스토랑에 어울리면서 해변에서 산책할 때도 쉽게 분위기를 전환할 수 있는 옷이면 좋겠어." 그는 우리가 하려는 일에 대해 알고 있는 것처럼 말한다.

나는 메모 앱을 열어서 프로페셔널하게 톡톡 두드리기 시작한다.

"오, 그리고 그녀에게 내가 인스타를 엄청나게 많이 할 거라고 말해줘. 어느 시점에는 라이브로 데이트를 방송할지도 몰라. 그러니까 너무 대담한 무늬의 옷은 피하라고 해줘. 수수한 패턴이 보통 화면발이 제일 나아."

반쯤 농담으로 묻는다. "옷을 입긴 할 거야?" 그가 옷을 입은 적이 있었나?

"그럼. 파란 셔츠를 입을 거야. 그러니까 크리스털도 거기 잘 어울리는 색으로 입어야 할 거야."

줄스가 원하는 것을 모두 적었지만, 그중 어느 것도 어떻게 준비해야 할지 갈피조차 못 잡겠다고 느끼며 말한다. "어서 이 데이트가 성사됐으면 좋겠네!"

"일요일 8시. 훌륭한 데이트가 될 거야."

나는 얼어붙는다. 그가 방금 일요일이라고 했나? 지금으로부터 이틀 후에? 아무리 용을 써도 이 일을 성사시킬 방법이 젠장, 빌어먹게도 없다. "이거 너무 신나는걸! 마지막 순간까지 세세히 챙겨서 마무리하려면 지금 가는 게 좋겠어." 어깨 너머로 맥스를 바라보자, 맥스는 직원용 음료 테이블로 어슬렁거리며 다가가더니 맥주 한 병을 더 딴다. "어이 맥스, 갈 준비 됐어요?"

그는 막 개봉한 맥주를 물끄러미 바라보더니 오랫동안 꿀떡꿀떡 마시고는 반쯤 남은 병을 몇 피트 떨어진 쓰레기통에 던진다. 맥주병이 길게 아치를 그리며 날아가면서 근처에 있는 어떤 모델에게 맥주 방울이 튄다. 맥스는 나를 향해 돌아서며 말한다. "네."

차로 돌아가면서 맥스에게 불평한다. "어떻게 저 남자가 원하는 것을 들어줄지는 모르겠지만, 그가 이 데이트를 위해 진행비를 쳤다고 추정하고 있어요."

"진행비가 얼마인데요?"

"3만 5천 달러."

맥스가 휘파람을 분다. "데이트 날짜를 조정할 수 있어요?"

"줄스 스케줄 때문에 일요일이어야만 해요. 다른 촬영을 위해서 피지로 날아간다나 봐요."

"크리스털이 누구인지는 알아요?"

고개를 끄덕인다. "안다고 해야죠. 그 여자는 나랑 말도 안 하려고 해요. 사고가 나기 전에 무슨 일이 있었나 봐요."

"음."

요전 날 코브라와 나눴던 문자가 기억난다. 코브라와는 얘기를 했을지도 모른다. 그 남자는 크리스털을 위해 카탈리나행 보트 여행을 계획했었다. 크리스털은 성경 구절을 인용한 그 문신을 보고서도 나보다 그를 더 좋아하는 것이 틀림없다. 그는 악마처럼 보이지만, 아마 온종일 욕이나 하면서 엑스박스로 게임을 할 전형적인 마초 머저리일 것이다. 확실히 내 백만장자 고객 중 한 명처럼 보이지는 않는다. 거액의 신탁 자산으로 먹고사는 놈팡이거나 더 포괄적인 개념의 부자에 속할지는 모르지만. 나는 코브라에게 절박한 문자를 보낸다.

크리스털이랑 연락했어?

몇 초 후에 그가 답한다. 아니, 꼬시기 엄청 어렵네. 그래서 귀여운 것 같아.

그러더니,

신경 쓰지 마. 그녀는 정말 귀여우니까. 할리 베리급 재치에 가슴은 더 크지. 크리스털 주소가 어디야? 가서 깜짝 놀라게 해주고 싶어.

역겨워! 코브라의 말이 완전히 소름 끼치게 들리기 시작한다. 나는 크리스털을 모르지만 그녀를 대신해서 몸이 움찔한다. 빌어먹을 코브라.

크리스털한테 네가 찾는다고 전해줄게.

아니다. 갑자기 섬뜩해져서 휴대폰을 과격하게 밀어버린다. 마치 그러면 코브라를 내 인생에서 떼어낼 수 있다는 듯이.

"맥스, 내 직원으로서 첫 번째 임무를 줄게요. 골드러시 앱에 코브라는 이름의 남자 프로필이 있는지 봐줄래요? 참고로 말하자면, K로 시작하는 코브라예요."

"잠시만요…. 코브라, 코브라, 코브라. 좋아요, 찾았어요. 국제무역업을 한다는데요." 그는 휴대폰에서 시선을 떼고 나를 올려다본다. "그게 무슨 의미 같아요? 코브라는 UN에서 일할까요, 아니면 중국으로 물건을 보내고 받는 수상한 수입업자나 수출업자일까요?"

코브라가 UN에서 일한다는 생각에 웃음이 절로 난다. 그의 전신에 새겨진 비단뱀 문신을 설명한다.

"또 다른 거 뭐 있어요?" 맥스가 묻는다.

"원래 플로리다 출신이래요. 근데 왜 그런지 낯이 익어 보여요…. 어딘가 다른 데서 본 것 같아요."

"같은 학교를 다녔거나 뭐 그런 거 아닐까요?"

나는 어깨를 으쓱한다. "그럴지도."

그가 누구든, 크리스털이 내 데이트 주선 기량에 흥분했으리라 생각한다. 어쨌든 백만장자 두 명을 연결시켜 줬으니 말이다. 비록 그 상대가 코브라였다고 해도, 부자가 아닌가. 게다가 그녀는 코브라와의 데이트로 5천 달러를 받았고, 일요일에 줄스와의 데이트로 돈을 받기로 되어 있다. 이틀 밤에 만 달러라니! 카다시안 가족도 그 정도 금액이라면 나올지도 모르는데, 그렇다면 크리스털이… 잘은 모르지만 상속녀라도 되나?

맥스가 자기 휴대폰에서 고개를 들고 올려다본다. "어떻게 생각해요? 코브라는 우리가 크리스털을 찾도록 도와줄까요?"

나는 고개를 젓는다. "코브라랑은 끝이에요. 그 남자 어딘가 나사 하나가 빠진 것 같아요. 합법적인 고객인지 그냥 크리스털을 스토킹하는 건지 알아내고 싶어요. 그의 도움 없이도 크리스털을 찾을 수 있을 거예요."

맥스가 말한다. "있잖아요, 난 크리스털이 당신에 관해 알고 있을지도 모른다는 생각이 들어요."

나는 웃음을 터트린다. 물론 좋은 의미의 웃음은 아니다. 만약 크리스털이 나를 정말로 아는 유일한 사람이라 해도, 그게 별 도움이 되지는 않을 테니까. "크리스털은 나를 꼴도 보기 싫어해요."

차로 가려고 모래 언덕을 기어오를 때 맥스가 손을 내밀어 나를 끌어올려준다. "난 당신을 알아요, 미아. 누구도 당신을 미워할 순

없어요."

이전의 내 의견을 수정한다. 맥스는 진실에 관해 남들보다 더 높은 기준을 가졌기 때문에 거짓말탐지기를 만들려는 것이 아니다. 거짓말탐지기가 없으면 아무런 단서조차 느끼지 못하기 때문이다. 그는 진실이 그의 얼굴을 후려쳐도 못 알아볼 것이다. 정말로 키스를 하고 싶을 만큼 너무 귀엽다.

라구나를 떠나기 전에 한 군데 더 들르고 싶다. 이유를 설명하기는 싫지만, 깊이 호흡을 하고는 그 말을 내뱉는다. "맥스, 미술관에 갔을 때 거기 직원이 오프닝 행사에서 내가 어떤 여자와 싸웠다고 했어요. 내가 그녀의 남편하고 자서요. 사실이 아닌 것 같지만, 확인해볼 가치는 있다고 생각해요."

맥스가 나를 주의 깊게 살펴본다. "좋아요…."

"그가 라구나에 산대요. 우린 그냥 진짜 빨리 들르기만 할 거예요. 그러면 음…."

"그 집에 사는 누군가가 당신을 죽이려 하는지 보려고요?"

"맞아요. 그 가능성을 제외하려면 잠깐 들르기만 하면 될 거예요." 나는 희망 사항을 말한다.

9

프레더릭 몽캄의 집은 서부 해안도로가 내려다보이는 언덕의 기울어진 꼭대기에 금방이라도 넘어질 듯 솟아 있는데, 마치 젓가락 위에 받쳐놓은 유리 신발 상자처럼 보인다. 모퉁이를 세 번 돌기 전부터 이미 집이 눈에 들어왔다.

맥스가 휘파람을 분다. "우와, 미아. 여긴 저번 집보다 더 부자인데요."

"무슨 말을 하겠어요? 난 아마 난잡한 여자인가 봐요." 나는 이 순간에도 남자친구 농담을 쉽게 하고는 있지만, 프레더릭 몽캄과 혹시라도 불륜일까 봐 마음이 심란하다.

맥스가 경멸하듯 손을 휘젓는다. "당신은 아마 이 남자랑 아내를 엮어줬을 거예요. 당신이 성공한 거죠. 사람들이 두고두고 당신 이야기를 할 거예요."

그는 '싫어할 사람은 싫어하라지'라는 말을 하고 싶은 것 같다.[•]

"당신 말이 맞았으면 좋겠어요. 내가 엄청나게 난잡한 년이란 걸 알게 되면 나도 실망할 거예요."

정문 앞에서 어깨를 쫙 펴고 깊게 숨을 들이마시고는 인터폰 박스에 있는 버튼을 누른다. "프레더릭이 집에 있나요? 저 미아예요." 나는 맥스를 소개할 수도 있었지만, 응답하는 사람이 누구든 "미아, 이 못된 년!"이나 "어서 들어와요." 중에서 뭐라고 하는지 보고 싶었다.

아무 말도 없이 '윙' 하는 소리와 함께 문이 열리자 차를 돌릴 수 있는 지점까지 페라리를 몰고 들어간다. 가사 도우미가(당연히 가사 도우미가 있겠지!) 우리를 집 안으로 안내해 프레더릭에게 데려간다. 프레더릭은 무릎 위에 담요를 덮고서 손에는 반쯤 끝낸 십자 퍼즐을 쥐고 있는데, 머리카락은 없다. 남성 호르몬이 과다한 유형의 대머리가 아니라, 노화 때문에 머리카락을 포함해서 모든 체내 시스템이 제 기능을 못한 결과이다. 그는 족히 아흔은 됐을 성싶다.

내가 이 남자랑 사귀고 있었을 리가 없다. 그러다 주위를 둘러보니 아마 이 집과는 사귀고 있었을지도 모른다는 생각이 든다. 이 경치를 즐기는 대가로 그에게 종종 구강성교를 해줬을까? 나는 늙은 변태로부터 자신을 보호하려는 듯 가슴을 껴안는다. 어쩌면 아름다운 경치를 위해 늙은이에게 구강성교를 해주었을 내 안의 악마를

• 나는 테일러 스위프트 팬인가? 가수 테일러 스위프트의 노래 '셰이크 잇 오프' 가사―옮긴이

억누르고 싶었는지도 모른다. 속으로 신에 대한 두려움을 느끼며 맥스를 바라보고는 소리 없이 입 모양으로 말한다. '나는 안나 니콜 미국의 모델 겸 배우로 이십 대에 팔십 대의 석유 재벌과 결혼했다—옮긴이 일까요?'

그는 진심 어린 미소를 지으며 대답한다. '아닐 거예요.'

정말로 아니었으면 좋겠다. "몽캄 씨." 그는 졸고 있다가 내 목소리에 잠이 깬다.

그는 잠시 사방을 둘러본다. "안녕, 여보. 집에 일찍 왔구랴."

제기랄. 나를 알아보다니.

맥스가 손을 내민다. "안녕하세요, 어르신. 저는 맥스 찰스라고 합니다. 만나서 반갑습니다."

"자네도 예술가인가?"

프레더릭은 나를 예술가라고 생각한다. 스냅챗 하트들이 뇌 속에서 튀어나와 동화 속 공주들의 화관처럼 머리를 감싸는 것 같다. 내가 깨어난 이후로 받은 오해 중 가장 마음에 쏙 든다.

선종 불교 같은 차분한 방의 기운이 내게도 스며든다. 아흔 살 연인을 만나고 있을지 모른다는 사실을 고려하니 더욱 차분해진다.

한숨을 내쉬고는 100퍼센트 정직하게 나가보자고 마음먹는다. 그렇지 않고서야 어떻게 진실을 알아낼 수 있겠는가? "너무 죄송한데요, 프레더릭. 저를 아세요? 제가 기억을 잃었어요."

그가 웃음을 터트린다. "당신은 너무 재미있단 말이야."

젠장. 내가 진짜로 이 영감탱이랑 사귀고 있었던 말이야? 나는 패닉 상태에 빠진 얼굴로 맥스를 바라본다.

프레더릭은 손에 들고 있던 십자 퍼즐을 내려놓는다. "제릭의 신 작을 어떻게 생각하는가? 내가 보기엔 너무 뻔한 것 같아. 뻔한 주 제는 싫거든."

나는 그를 빤히 보고 있다. 나는 이 남자랑 연애하는 예술가일까? 그건 아무래도 내가 알아낸 다른 모든 사실들과 들어맞지 않는다.

"로렌, 내 말 듣고 있는가?"

나는 대답하지 않는다. 그냥 뭐라 말해야 할지 모르겠다.

"로렌?"

맥스가 묻는다. "몽캄 씨, 이 여자가 누구라고 생각하세요?"

프레더릭은 당황한 표정으로 맥스를 보며 대답한다. "그야 당연 히 내 아내지."

이럴 수가. 나는 글자 그대로 알츠하이머병 환자에게 내가 누구 인지 알아내게figure out 도와달라고 했던 것이다. #인물figure

요가 자세를 하고 있는 액자 속 금발의 중년 여자 사진을 얼핏 본 다. 틀림없이 저 사람이 로렌이다.

그 사진을 가리키며 맥스에게 속삭인다. "저기 저 여자가 나를 죽 이려고 했던 게 분명해요." 그녀 내면에 있던 모든 평화가 격렬한 분 노로 폭발했겠지. 사람에게는 자신이 인정하려고 하는 것보다 더 자주 그런 일이 발생한다. 잠시라도 사이드플랭크 자세를 유지하려 면 엄청나게 차오른 분노가 필요하겠지.

"그래서 내가 누군지 전혀 모른다고요?" 내가 다시 묻는다.

"텔레비전 좀 켜주겠나, 로렌? 요리랑 영국식 악센트가 나오는 그 프로가 보고 싶어." 이번엔 그의 목소리에 날카로움이 묻어난다. 로렌이 로렌 아닌 척해서 넌더리가 난다는 듯.

장담컨대 로렌은 프레더릭의 돈을 물 쓰듯 쓰면서 요가 자세로 물구나무서기를 한 채 변호사와 상속법에 관해 상의하고 있겠지.

맥스가 프레더릭과 현대 예술이나 그의 아내에 관한 얘기를 나누고 있을 때, 나는 내가 노리고 있었을지도 모를 집을 한 바퀴 둘러보기로 한다. 그 집은 아름다운 사람들을 접대하기 위한 오픈 콘셉트 구조로 최신 캘리포니아 스타일에 걸맞게 매끈하고 섹시하다. 바다를 향한 면은 전망을 최대한 이용하기 위해 바닥부터 천장까지 통유리로 되어 있다. 빽빽하게 걸린 현대 미술품들 때문에 벽의 공간이 좁게 느껴질 정도다. 아름답긴 하지만, 곧장 아래를 내려다보면 절벽 아래로 금방이라도 굴러떨어질 것만 같다. 정말 목숨을 걸 만한 전망이 아닌가.•

식당 방의 바다 전경 맞은편에 있는 넓고 흰 벽 위에 시선을 끄는 그림이 한 점 있다. 온통 열대 지역 바다 색깔인 파란색과 초록색으로 가득한데, 수면 아래에 어두운 형체가 숨어 있다. 상어 같은 전형적인 암시는 아니다. 부풀린 드레스를 입고 있는 어떤 여자의 윤곽처럼 보인다. 꼭 익사하는 것 같다. 그림 아래 놓인 플래카드에 '로렌 몽캄이 그린 「해변의 예술가」'라고 쓰여 있다.

• 이미 내가 호들갑스럽지 않다고 결론 내렸다.

익사하는 여자를 보자 내 머릿속이 이상해진다. 벽에 기대어 천천히 바닥으로 주저앉는다. 머릿속 통증에 맞서 눈을 감자 로렌이 보인다. 그녀는 태평양이 내려다보이는 통유리창 앞에 서 있다. 파란색과 초록색 그림을 등지고 있다.

"미아, 여기서 뭐 하고 있어?" 그녀는 화가 나 있다.

"돈이 필요해요."

"넌 여기 오면 안 돼."

로렌 몽캄… 왜 그녀에게서 돈을 받으려고 했지? 그 돈은 내가 그녀의 결혼을 방해하지 않고 떠나는 대가였을까? 나는 어느 착한 부인에게서 최대한 많은 돈을 뜯어내려는 꽃뱀이었을까? 아흔 살 먹은 남자와 결혼한 기분이 어떤지를 표현하는 그림을 그리고 요가를 하는 착한 여자에게서?

나는 못돼먹고 난잡한 여자일까?

방의 한구석에는 마티니 셰이커와 진 한 병이 있다. 내가 누구인지는 모르지만 그 셰이커로 무엇을 하는지는 안다. 백만 번쯤 해본 것처럼 서둘러 마티니를 만든다. 아마 '멋진 인생'에서 칵테일을 마시는 백만장자들을 즐겁게 해주려고 만들었던 모양이다. 프레더릭이 구석에서 말하기 시작한다. "여보, 칵테일 만드는 소리가 들리는데? 나도 한 잔 만들어주겠나?"

"물론이죠, 여보." 나는 새틴 드레스를 입은 채, 옛날 할리우드 영화의 대사처럼 말한다. 그게 프레더릭의 현실일 테니까. 적어도 그가 로렌에게 말하는 방식으로 보면.

불쌍한 로렌.

은쟁반에 마티니 세 잔을 따라서 프레더릭이 좋아하는 듯 보이는 아늑한 소파로 가져간다. 그곳에서는 진입로가 내려다보이는데, 나는 이 전망이 더 좋다. "프레더릭?" 그에게 마티니 잔을 건네준다. 그는 잔을 받으며 말한다. "우리를 위해 건배."

"우리를 위해 건배." 나도 잔을 들어 올리며 따라 말한다. 여기서 우리가 누구든지 간에.

맥스는 조용히 마지막 마티니 잔을 받는다. 지금 당장은 프레더릭의 망상에 동조하는 편이 더 낫다는 걸 이해하는 것 같다.

프레더릭은 마티니를 몇 번 홀짝이더니 다시 졸기 시작한다. 맥스가 자유롭게 돌아다니는 동안 로렌의 사진을 힐끗 돌아본다. 인정하기는 싫지만 그녀는 나를 죽일 수도 있을 것 같다. 고기를 피하는 것 말고 이제 운동도 해야겠다.

맥스와 나는 마티니를 다 비운 후, 어디 있는지 코빼기도 보이지 않는 가사 도우미가 치울 수 있게 쟁반 위에 잔을 내려놓는다. 밖으로 나가기 전에 나는 마지막으로 태평양을 힐끗 본다. 태평양은 1평방피트당 만 달러는 족히 나갈 전망을 우리 앞에 펼쳐놓고 있다. 내가 로렌에게서 프레더릭을 뺏으려 했다는 게 상상이 가지 않지만, 지금까지는 내 육감과 반대로 가는 편이 이기는 전략인 듯하다.

"맥스, 나 뭔가가 기억났어요. 전에 이 집에 와본 적이 있어요."

"무슨 일이 있었어요?"

"별일 아니에요." 나는 거짓말한다. "그냥 집 안에서 로렌을 봤어요. 화를 내고 있었는데, 이유는 모르겠어요." 그에게 내가 돈을 요구하고 있었다는 말은 하고 싶지 않다.

"음. 가끔은 떠오른 기억이 사실이 아닐 때가 있어요. 만약 어떤 사람이 뭔가를 암시하면 당신은 실제로 그 기억에 대한 환영을 가질 수도 있지만, 많은 경우 단지 암시 때문에 그런 거거든요."

나는 고개를 끄덕인다.

"어릴 적 오빠나 언니한테 일어났던 사건을 들은 적이 있어서 그 사건을 겪었다고 생각하는 거나 마찬가지예요. 미술관에서 만난 남자가 의도치 않게 기억을 심었을지도 몰라요."

"역시 똑똑하셔."

"당신은 아마 프레더릭과 로렌을 연결시켜 줬거나, 아니면 이 집에서 개최하는 파티에 갔을 거예요."

최악의 내 모습을 생각하기 싫어하는 맥스가 사랑스럽다. 어느새 내 마음도 따뜻해진다. 하지만 나는 최선의 모습을 생각하기가 점점 더 어려워진다. 내가 많은 사람을 이용하고 있었다고, 남자들과 동침하는 대가로 정상까지 오르는 중이었다고, 잘 알려진 범죄자들과 관련되어 있었다고 믿는 편이 차라리 더 쉬울 것 같다. 게다가 맥스에게 모든 것을 털어놓지도 않았다. 나는 맥스의 선한 관점을 포기할 수 없다. 내가 맥스가 생각하는 여자일 수만 있다면 얼마나 좋을까….

"이 차 운전해볼래요, 맥스?" 혈기 왕성한 미국 남자 중에 어느 누가 해안도로를 따라 빨간 페라리를 몰고 싶지 않겠나? 나는 맥스에게 적어도 그 정도는 빚이 있다.

"정말이요? 이건 JP의 차인데요"라고 말하는 그의 얼굴에는 간절함이 가득하다.

"정말이고말고요."

• • •

해안도로를 절반쯤 달렸을 무렵, 맥스가 바다가 내려다보이는 경치 좋은 지점에 차를 세운다.

"난 괜찮아요, 맥스. 굳이 세울 필요 없어요."

"난 걱정하지 않아요. 그 늙은 남자랑 잤을지도 모른다고 생각하겠지만, 그랬을 리가 없어요. 아까 당신 눈빛을 보고 그 남자가 안됐다고 생각했어요. 나는 그렇게 심하게 거절당한 적이 없었거든요."

나는 깔깔거리며 말한다. "당연히 거절당한 적이 없겠죠." 어떤 여자라도 맥스를 거절하기 전에 두 번은 생각할 테니까. "어쨌든, 당신은 너무 낙관적이에요." 나는 로렌에게서 돈을 갈취하려던 사건에 관해 맥스에게 말하려다가, 최악의 사실은 숨긴다는 내 정책에 위배되어 입을 다물었다.

맥스는 페라리 밖으로 나가서 자갈이 깔린 유턴 지점까지 걷는다. 그곳에는 가드레일이 없는 가파른 절벽이 있다.

"할 일이 많아요, 맥스! 경치나 감상할 시간이 없다고요." 바람을 맞으며 소리친다. 크리스털을 찾아야 하고, 사업을 경영하는 법도 배워야 하고, 일요일이 되기 전에 나를 폭행했던 사람도 찾아야 한다. "게다가 정말로 당신 직업을 완전히 포기하고 싶어요?"

맥스는 그 얘긴 하지 말자는 눈길을 보낸다. "나는 이 벤치에 내 시꺼먼 궁둥이를 붙이고 앉아서 바다를 볼 거예요. 바다 볼 시간은 언제나 있으니까요."

나는 그만 포기하고 자동차 밖으로 나와서, 반항하듯 쉬고 있는 맥스 앞에서 발끝으로 자갈을 찬다.

"저기 저 집이 좋아요. 저 노란 집 엄청 비싸 보이잖아요." 나는 맥스의 말이 무슨 뜻인지 알아차린다. 좀 느긋하게 마음먹고 같이 죽이는 경치나 즐기자는 프롬프트인 셈이다.

나는 고개를 끄덕인다. "네, 좋아 보이네요." 나는 그 바보 같은 집에는 아무래도 관심이 가지 않지만, 맥스에게는 신경이 쓰인다. 그런데 문득 내가 맥스에 관해 거의 아는 바가 없다는 사실이 떠오른다. "당신은 어디 출신이에요?" 그에게 고향이나, 그 외의 어떤 것도 물어본 적이 없다니 믿기지가 않는다.

"미네소타주, 덜루스요."

"어떻게 그럴 수가 있어요?" 나는 그 옆에 앉으며 묻는다. "덜루스에 있는 사람은 전부 스웨덴 사람이나 뭐 그런 거 아니에요? 지구상에서 가장 백인들만 살 것 같은 곳인데요."

그가 웃는다. "꽤 그런 편이죠. 부모님은 두 분 다 미네소타 대학의 수학 교수님이세요. 나는 보통 어디를 가든 유일한 흑인 아이였어요. 대학에 가기 전까지는요. 대학에 가고 나서는 완전히 문화 충격이었죠."

"교수님들이라. 좋았겠어요." 내 부모님의 직업이 무엇일지 궁금해진다. 최소한 부모님이 살아계시기는 한 건지도.

"좋았어요. 나는 호수가 내려다보이는 주거 지역의 개조된 낡은 집에서 자랐죠. 어린 시절 기억은 온통 하키랑 과학 박람회랑 방과 후에 먹은 핫초코뿐이에요."

"호수가 내려다보인다니." 내가 따라 말한다. "꽤 부르주아처럼 들리는데요." 하지만 전망에 관한 냉소적인 태도는 맥스와 함께 있으니 차츰 사라진다. 언덕 꼭대기에서 세상을 내려다보는 것이 심리적으로 치료 효과가 있나 보다.

"왜 경치는 이렇게 사람을 차분하게 할까요?"

"적이 다가오고 있는 것이 보이니까요. 생물학적 원리죠."

그가 옳다. 나를 큐피드로 밀어버린 사람이 언덕 위로 달려오고 있다면, 나는 얼른 다른 쪽으로 달아날 것이다. 아니면 그냥 한 걸음도 물러나지 않거나. 맥스는 너무 똑똑하다.

"덜루스는 이 경치의 중산층 버전이에요. 슈피리어호는 바다만큼 넓지만, 잿빛이고 연중 절반은 얼어 있어요."

갑자기 맥스에게 질문을 백만 가지쯤 하고 싶다. 형제자매가 있어요? 어렸을 때 금요일 밤에는 뭘 했어요? 졸업 파티에는 누구를 데려갔어요? 하지만 내 생각은 인스타그램 알림 때문에 뚝 끊기고 만다. 줄스에게서 온 것이라 생각했지만 @JennyBeans11561에게 온 메시지다.

안녕하세요, 미술관에서 당신 셀카를 봤어요. 너무 귀여워요! 😍😄 어쨌든, 난 파티가 열린 날 밤에 거기서 일했어요. 당신 여자친구는 미쳤더군요. 100퍼센트. 그 여자가 정확히 이렇게 말했어요. "내 근처에 다시 얼씬거리면, 죽여버릴 거야!"

내 여자친구? 나는 이 정보를 파티에서 어떤 여자와 싸운 게 분명하다는 확인으로 받아들인다.

답장을 쓴다. 고마워요, @JennyBeans11561님! 다른 게 기억나거든 또 알려주세요. 프로필 사진 예쁘네요! xoxo.

그 메시지를 맥스에게 크게 읽어주었지만 맥스는 큰 감흥이 없다. "@JennyBeans11561라는 사람이 믿을 만한 정보원인지 잘 모르잖아요."

"인스타 닉네임으로 사람을 판단하면 안 돼요. 당신 닉네임은 @BlackEinstein314면서." 조롱하듯 말한다. 삶의 어느 시점에서는 나도 @JennyBeans11561였던 적이 있다고 꽤 확신하기 때문에 저절로 방어적이 된다.

"그게 뭐가 문제예요? 나는 흑인이고 똑똑한 게 자랑스럽다고요. 더 많은 흑인 남자들이 길에서 하는 짓거리에 관한 허풍이나 떠는 대신에 자신을 자랑스럽게 생각해야 해요."

나는 두 손을 번쩍 든다. "오 마이 갓. 이딴 얘기에 인종 문제까지 들먹일 필요는 없잖아요. 그냥 당신 닉네임이 잘난 척한다고 느꼈을 뿐이에요. 그게 다예요." 과장된 미소를 띠자 그가 웃음을 터트린다.

"당신한테 들을 말은 아닌 것 같은데요? 하는 일이라고는 셀카 찍는 것밖에 없으면서."

"다들 그렇게 해요, 맥스. 셀카를 찍지 않는다는 게 당신이 나보다 더 낫다는 의미는 아니라고요."

"음, 그런 의미일지도 모르지요."

나는 그의 팔을 찰싹 때리고는 '나의 셀카' 전시회에서 들었던 말을 떠올리려고 애쓴다. 셀카가 세상을 더 민주적으로 만들어서….

"내 말은 인스타그램에서 누군가가 당신에게 한 말은 걸러서 들어야 한다는 뜻이에요. 그 여자가 법정에서 증언한 건 아니니까요."

"하지만 그게 인스타그램의 미덕이에요, 맥스. 온라인에서는 누구든 될 수 있어요. 얻고 싶은 어떤 외모로든 바꿀 수 있고, 원하는 대로 분위기를 설정할 수 있는 필터가 있어요."

맥스가 눈을 흘긴다. "내 말은, 겉으로 드러나는 것에만 관심이 있는 건 좋지만, 그건 결국 가짜예요. 당신 삶이 실제로는 거지 같은데, 플로리다에 사는 어떤 여자가 당신 사진을 좋아한들 무슨 상관이겠어요? 나는 사람들이 정말로 중요한 것에 주의를 기울여야 한다고 생각해요."

나는 고개를 젓는다. "대체 몇 살이세요, 여든?" 요즘 같은 시대에 그가 어떻게 살아남았는지조차 모르겠다.

"내 요점은 온라인에서 만나는 사람을 모두 믿어서는 안 된다는 거예요."

"맥스." 그를 바라본다. "진실을 말하는지 알아내려고 모든 사람들의 머리에 뇌 스캐너를 연결할 필요는 없잖아요."

그가 나를 보면서 웃기 시작한다. "오, 날 믿어봐요. 도움이 된다니까요. 나라면 들고 갈 수 있는 곳은 어디든 뇌 스캐너를 들고 다닐 거예요."

"그렇다면 더 날렵하게 만들어야겠네요. 당신은 어떤 말이 진실인지 거짓인지를 진짜로 늘 알고 싶어요?" 바다를 배경으로 스냅사진을 몇 장 더 찍는다. 정확한 각도에서 완벽한 사진이 나올 때까지 다섯 장을 찍었다. 그 사진을 클래런던 앱으로 필터링하자 바다는 더 푸르러지고 내 눈은 더 커 보인다. 결과물을 맥스에게 보여준다. 나는 어느 잡지의 표지 모델처럼 보인다. "이게 며칠 전에 누군가 나를 죽이려 했고, 내가 누구인지도 모르는 현실보다 더 멋있지 않나요?"

맥스가 고개를 끄덕인다. "맞아요. 멋있어 보여요, 진짜 모델처럼. 아름다운 풍경 앞에 선 아름다운 여인이라니. 하지만 뭔가 빠져 있어요." 그가 눈을 번뜩이면서 자기 옆 의자를 두드린다. "이리 와봐요."

나는 웃기 시작한다. "오, 뭐가 빠져 있다고 생각하는지 알 것 같아요." 그도 웃으면서 휴대폰을 뺏고는 내 어깨에 팔을 두른다. 그는 우리 앞쪽으로 카메라를 들고 바다가 아닌 자갈로 된 유턴 지점을 배경으로 사진을 찍는다. "이제 됐어요. 바로 이게 좋은 사진이죠."

그 사진을 자세히 살펴본다. 두 사람의 머리가 가까이 맞닿아 있다. 그는 '치—즈'라고 말하듯 소리 없이 활짝 웃고 있고, 나는 웃음을 터트리는 중이다. 우리는 행복해 보인다.

"사진이 정확히 이 순간을 포착하고 있네요. 이게 바로 내가 기억하고 싶은 거예요."

"정말로 귀엽긴 해요. 하지만 다시 찍는다면, 나는 바다를 배경으로 찍어서 필터를 사용할 거예요. 그리고 내 드레스가 온전히 다 나오는지 확인할 거고, 사진에다는 #love나 #첫데이트 아니면 #내남친이라고 쓸 거예요."

맥스가 고개를 흔든다. "이대로도 완벽하잖아요. 우리 표정이 모든 걸 말해주고 있어요."

맥스는 우리 표정이 무엇을 말한다고 생각하는 걸까? "그러면 당신이 나 대신 해시태그를 달아야 할 거예요."

맥스가 웃는다. "내가 뭐라고 쓸지 추리해봐요." 그의 팔을 여전히 내 어깨에 두른 채, 우리는 내가 다시 휴대폰을 꺼내기 전까지 (한 1분 정도) 석양을 바라본다.

• • •

롱비치로 돌아오는 길에 크리스털에게 전화한다. 그녀는 전화를 받지 않는다. 마음속 어딘가에서는 언어적 괴롭힘을 피할 수 있으니 다행이라고 안심한다. 그와 함께 내 과거의 삶을 들여다볼 수 있는 창까지 사라지는데도 말이다. 만약 3만 5천 달러가 걸려 있지 않다면, 그리고 줄스가 꿈에 그리던 (사실은 입이 거친) 그녀를 기다리고 있지만 않다면, 나는 크리스털을 내 연락처에서 삭제했을 것이다.

하지만 코브라에 관해 경고를 하거나, 적어도 문자 정도는 남겨야겠다는 생각이 든다. 어쩌면 코브라는 괜찮은 사람이고 그저 그녀와 데이트를 다시 하고 싶어서 안달이 났을지도 모른다. 하지만… 또 어쩌면 그는 겉모습만큼 무서운 사람인지도 모른다.

크리스털의 음성사서함 메시지는 친근하면서도 귀엽다. "나야. 메시지 남겨줘." 그녀는 자신에게 전화를 거는 모든 사람들이 베스트 프렌드인 듯 말한다.

나는 내면의 베스트 프렌드에게 주파수를 맞춘다. "크리스털!! 나야, 미아. 굉장한 사람이랑 데이트 약속을 잡았어. 일요일이야. 전화줘!" 전화를 끊은 후 그녀에게 세부 사항을 문자로 남긴다. 이틀 후 오후 8시에 줄스와 데이트가 있어. 늦게 알려줘서 미안해! 그는 너를 만날 생각에 너무 신이 나 있어!!!

그리고 코브라가 너를 찾고 있어….

잠시 뜸을 들였다가 절박한 승부수를 던져 사실대로 말하기로 한다. 우리 사이에 일어난 일이 뭐였든지 미안해. 내가 지난주에 머리를 다쳐서 기억이 약간 흐릿해. 네가 아직도 나한테 화나 있지 않으면 좋겠어!

좋지 않은 느낌이 든다. 내가 머리를 다친 것과 상관없이 우리는 이미 막판까지 치닫고 있다. 나는 데이트 한 건당 3만 5천 달러를 청구했고, 줄스는 이번 주말에 꿈에 그리던 여자를 만날 수 있으리라 믿고 있다. 내가 한 짓이 무엇이든 크리스털이 나를 용서해주기를, 그것도 빨리 용서하기를 바랄 뿐이다.

10

서부 해안도로를 따라 북쪽 롱비치를 향해 가면서, 맥스는「벌거벗은 신경과학자들」이라는 신경과학 팟캐스트를 재생한다. 역시나 공부벌레 인증이다. 기억을 다루는 이 특정한 에피소드는 나를 생각해서 선택한 것이 분명한데, 양손이 자유롭다면 맥스는 아마 필기를 하고 있을 것 같다. 하지만 모든 과학 대담은 쿠키와 함께 따뜻한 우유를 먹었을 때처럼 졸립다. 기억법에 관한 토론이 2분 이상 지속되자 나는 바로 정신을 잃었다.

엔진이 꺼지고 갑작스러운 침묵에 잠이 번쩍 깬다. (어떤 원리로 이렇게 되는 걸까?) 나는 그저 다시 잠에 빠져들고 싶고, 아니면 맥스와 다시 라구나로 돌아가서 한 시간 전에는 너무 바빠 즐길 수 없었던 바다의 풍광을 넋 놓고 바라보고 싶다. 현실이 너무 버겁다. "어." 졸린 눈을 비비면서 신음한다. "아직 크리스털을 찾아야 하는데요."

맥스가 문을 열고 차에서 내리는 것을 도와준다. "우리 같이 알아낼 수 있어요."

"맥스, 당신 프로젝트도 걱정해야 하는 거 아니에요? 나를 위해 일해줘서 기쁘긴 하지만, 당신이 직업을 잃는 건 원치 않아요. 혹시 필요하면…." 나는 그가 무슨 일을 하고 있어야 하는지 모르기 때문에 말끝을 흐린다.

"아니에요. 내가 있고 싶은 곳은 여기예요." 맥스는 내가 팔짱을 낄 수 있게 팔을 내밀면서 뒷문으로 안내한다. 너무 졸려서 걸을 수 없어 보였거나 아니면 그냥 가까이 붙어 있고 싶어서였나 보다.

나는 우리 엄마가 누군지도 모르는 사람이지만, 누이 좋고 매부 좋은 상황을 문제 삼을 사람은 아니라는 건 알고 있다. 고마워요, 맥스.

램프 불빛에 의지해 뒷문으로 들어가면서 맥스가 폭탄선언을 한다. "미아, 이런 말 하고 싶지 않지만, 입을 옷 또 있어요? 그 드레스는 예쁘긴 한데…."

그가 알람 경보를 해제하는 동안 나는 내 겨드랑이 냄새를 맡아본다. 머리를 다치기 전에 뿌렸을 디자이너 향수 냄새 같은 것이 여전히 풍기지만, 꽃향기는 확실히 아닌 어떤 강한 체취도 섞여 있다.

"내 말을 오해하지 마요. 드레스는 예뻐요. 그런데 전에 커피 비슷한 걸 흘린 것 같은데, 뭔지는 모르겠네요." 그가 단 끝을 따라 묻어 있는 피 얼룩을 가리킨다.*

맥스 말이 맞다. 나는 이 칵테일드레스를 너무 열심히 입고 있었다. 옷감은 매우 회복력이 좋지만 그렇다고 요가 바지 소재는 아니

---

* 남자들은 비위가 너무 약하다.

다. "이것 말고는 입을 옷이 없어요."

"문제없어요. JP는 드라이클리닝 서비스를 받으니까요. 밤새 세탁해서 갖다줄 거예요. 그 사람들에게 메시지만 남기면 되거든요."

와우. 억만장자의 특전이다. 크리스털 때문에 골머리가 아프지만, 그것 말고는 꽤 달콤하다.

"저 중에 하나를 입고 자도 될까요?" 소파 위에 산처럼 쌓인 맥스의 티셔츠를 가리킨다.

"얼마든지요."

맥스의 티셔츠에는 뇌를 농구공처럼 드리블하고 있는 어떤 남자가 그려져 있고 그 아래 슬로건은 '신경과학이라는 게임에 참여하세요!'라고 쓰여 있다.

"농구도 해요?"

"학부 농구팀에 속해 있어요."

농구를 하는 공부벌레 연구실 괴짜들이라니. 나는 어색하게 골을 넣는 그들의 모습을 상상하며 가슴을 움켜쥔다.

맥스의 티셔츠를 입고 소파 위에 앉는다. 셔츠에서 그의 냄새가 난다. 올드 스파이스 데오드란트와 세탁용 세제, 얼굴을 묻고 싶어지는 것이 왠지 페로몬 같은 어떤 냄새도 난다.

기운을 내서 내 '진짜' 삶을 생각해봐야겠다.

골드러시 앱에서 줄스의 파일을 되짚어간다. '이상형 설문 조사'에 따르면 그의 키는 175에서 180센티미터 정도이고, 하프를 연주하면서 그밖에 다른 터무니없는 자격 조건까지 갖춘 여자를 원한다고 한다. 농담이겠지?

크레이그리스트온라인 중고 거래 사이트—옮긴이에는 하프를 연주하는 크리스털처럼 생긴 여자가 있지 않을까? 턱없는 일이라고 생각하면서 검색하자마자 빙! 고!

생일 파티에 출동할 아름다운 공주들이 있어요! 엘사, 아리엘, 백설 공주, 신데렐라, 재스민, 뮬란, 티아나.

"오 마이 갓, 맥스. 나 찾아냈어요." 번뜩이는 내 천재성을 설명한다. "이제 줄스가 어떤 공주를 좋아할까 결정하는 일만 남았어요."

공주들 중 하나는 심지어 하프도 연주한다고 한다. 생일 파티 서비스에는 다음이 포함되어 있다. (데이트도 해당된다면 좋겠다!)

- 풍선 아트
- 캐리커처
- 공주 분장을 한 광대
- 페이스 페인팅 화가
- 하프 연주자
- 마술사

이 행사가 데이트로 바뀔 수 있으면 좋겠다. 둘 사이에 스파크가 튀지 않는다 해도 마술을 하거나 그림을 그려줄 수는 있지 않은가. 공주 분장을 한 광대는 제쳐두고(그게 누군가의 이력서 상단에 기재되리라는 상상을 하지 않을 수 없지만), 하프 연주자에게 집중한다. "문제는 공주 중 한 명이 하프를 연주할지 아니면 어떤 못생긴 남자 연주자가 공주들을 따라다닐지예요."

맥스는 어이없다는 표정으로 날 본다. "하프 연주자들은 다 섹시해요. 불문율이죠." 그는 내 못 미더운 표정을 보더니 시리를 소환한다. "좋아, 시리. 하프 연주자들 사진을 보여줘." 그가 휴대폰을 들어 결과를 보여주면서 말한다. "무슨 말인지 알겠죠?"

그가 옳다. 모든 하프 연주자들이 러시아 발레리나 슈퍼모델처럼 생겼다. 심지어 남자까지도.

크리스털은 퇴장, 엘사는 입장이다. 나는 크레이그리스트에 나온 번호로 전화를 건다. 공주 중 하나로 짐작되는 여자가 "하—이"라는 인상적인 두 음절의 인사로 전화를 받는다. 나는 그냥 용서해주기로 한다. 특정한 연령대가 모두 그렇듯 그녀도 「가십 걸」을 보면서 말하는 법을 배웠을 테니까.

"안녕하세요! 좀 급한 요청이 있어서 전화드렸어요."

"어. 우린 촉박한 예약은 받지 않아요. 보통 여러 달씩 미리 예약되어 있거든요." 그녀는 공주 분장을 한 광대가 할리우드의 특권이라도 되는 듯 말한다. "하지만… 이번 주말 예약을 취소할 수도 있어요. 정말로 필요하시다면요."

천하의 사기꾼이로군. 그들은 아마 예약이 전혀 없을 것이다. 하지만 나는 그 장단에 놀아준다. "대단하시군요!" 사실 잘된 일이긴 하다. 일단 그들을 알아두면, 공주 분장을 한 광대들과 함께 사업 전체를 운영할 수 있을지도 모른다. "그럼 이번 일요일에 하프를 연주하는 공주 한 명을 예약하고 싶어요."

"한 명만요? 우린 혼자서 이동하지 않아요. 안전 문제 때문에요."

맙소사. "음, 이건 아이들 생일 파티가 아니라서요. 그냥 애들 파티가 아니라 제대로 된 파티거든요."

"음. 만약 그걸 요구하고 계신 거라면, 우린 그런 일은 하지 않습니다. 으으."

"너무 시간이 촉박해서 그래요. 제가 어떤 남자랑 여자를 소개시켜 주기로 했는데 여자가 안 나오겠다잖아요."

"이해가 안 되네요. 그냥 남자한테 여자가 안 나온다고 말하세요. 왜 굳이 생일 파티 공주를 고용해서 데이트를 시키려고 해요? 게다가 그 문제 말인데, 정말 여자에게 의상을 입혀서… 생각만 해도 너무 소름 끼치잖아요."

나는 고음의 웃음을 터트리고 만다. "당연히 아니죠. 난 데이트 상대를 찾아주는 서비스를 운영하고 있을 뿐이에요. 그런데 정말 괜찮은 남자 고객이 공주처럼 생긴 여자와의 데이트를 기다리고 있다고요. 그 남자가 돈을 많이 냈거든요."

상대편에서 몇 초간 침묵이 이어지더니 곧이어 말한다. "난 매춘부가 아니에요. 하느님을 믿는다고요."

"매춘부가 아니라 성 노동자예요." 고상한 체하는 어조로 그녀의 말을 수정한다. 마치 항상 그런 말을 해왔던 것처럼 분노가 가득 담긴 지적이 입에서 튀어나온다. 내가 평소에도 그랬나? 게다가 하느님과 매춘은 그다지 상호 배타적이지도 않지만, 그녀가 내 의견을 듣고 싶지는 않을 것 같다. 나는 마지막으로 한 번 더 매달려본다. "하고 싶지 않은 일을 해달라고 부탁하는 게 아니라, 그냥 당신에게 저녁을 사줄 돈 많은 남자랑 데이트만 해달라는 거예요."

"나는 매춘부가 되려고 광대 학교에 간 게 아니에요."

"그러셨겠죠, 네. 나도 그래요." 나는 깊게 심호흡하고는 털어놓는다. "나도 사업가예요. 포주 노릇을 하는 게 아니라고요. 그 남자가 당신이 원치 않는 일을 한다면, 내가 제일 먼저 가만두지 않을 거예요." •

그녀가 내 너그러운 제안에 아무 대답을 하지 않자 나는 계속 말한다. "데이트하고 싶지 않다면 됐어요. 하지만 혹시 마음이 바뀌면, 이 번호로 연락 줘요. 인스타에서 @Mia4Realz를 찾아봐요. 내가 골드러시 사장이에요."

전화를 끊고 맥스를 보며 말한다. "매춘이 광대 학교의 자연스러운 결말 같지 않아요?"

"뭐라고요?" 그는 무슨 말을 하려는 듯 입을 벌리다가 같은 말을 되풀이한다. "뭐라고요? 내가 방금 뭘 놓쳤나요?"

눈가에 눈물이 고이기 시작한다. "오 마이 갓, 나는 대체 뭐가 문제일까요, 맥스?"

• 내가 그 방향으로 가기로 선택했다면 아마 훌륭한 포주가 되었을 것이다. 하지만 중매쟁이는 포주가 아니지 않은가?

그가 나를 껴안는다. "괜찮아요, 미아. 뇌가 포화 상태라 그래요. 오늘 당신이 감당할 수 있는 것보다 더 많은 정보를 받아들여서 그런 것 같아요. 나도 지난 열여섯 시간 동안 적어도 다섯 번의 금요일을 보낸 것 같으니까요."

이제는 눈물이 흐르고 있다. 그의 말이 맞다. 나는 너무 많은 일을 겪었고 시간도 늦었다. 게다가 내 정체는 포주인 걸까? "이보다는 훨씬 쉬울 줄 알았어요. 그냥 사진을 찍었던 곳으로 돌아가면 빈 여백을 채울 수 있을 줄 알았는데, 이건 너무… 모르겠어요…. 하나도 이해가 되지 않아요. 나는 내 요트도 아닌 남의 배에서 파티를 했어요. 초대받지도 않은 파티에서 KO를 당했고요. 나는 누구죠? 그리고 중매쟁이와 포주의 경계는 어디일까요? 모든 게 흐릿하게 느껴지기 시작해요. 엘사 말이 맞나 봐요."

"걱정하지 마요." 그는 나를 다시 꼭 껴안아준다. "당신은 포주일지도 몰라요. 그걸 배제하지는 않겠지만…." 그는 내 눈을 바라본다. "당신의 부사장으로서, 당신의 직업을 설명하는 데 걱정하지 말라고 조언하는 거예요. 꺼낸 돈도 떨어졌으니 이제 정말 은행 계좌에 접속해야 해요. 온라인에 들어가서 암호를 바꿔봐요."

숨을 크게 들이쉰 다음 어깨를 반듯하게 펴고 진짜 사장처럼 내 존재의 위기를 떨쳐낸다. "천재가 보좌해줘서 너무 좋아요."

맥스가 소파 쿠션 가장자리에 손가락을 대고 두드린다. "줄스는 크리스털을 만난 적이 없어요, 맞죠?"

나는 고개를 끄덕인다.

"예비 후보를 찾겠다는 아이디어는 좋았어요."

"줄스가 예상하는 부류와 비슷한 누군가를 데려다주기만 하면 돼요."*

"난 당신이 내일 밤 속옷 모델과 기꺼이 데이트할 여자를 찾을 수 있으리라고 확신해요." 맥스가 웃는다. 그가 그런 식으로 말할 때는 정말 바보같이 들린다.

"오, 그래서 당신은 데이트 상대를 잘 찾는다는 말이죠?"

"한 번도 문제된 적이 없죠." 그는 믿음이 가는 눈초리로 내 쪽을 보면서 말한다. 나는 그가 내놓는 것이라면 무엇이든 틀림없이 사인하고 말 것이다. "나는 그 남자가 왜 사람을 고용해서 여자를 찾아야 하는지 모르겠어요." 그는 내가 전문가라도 되는 듯 나를 보면서 묻는다. "왜 그렇죠?"

내가 알겠냐고! 하지만 그렇게 말하기 전에, 어떤 추측이 하늘에서, 또는 잠재의식에서(어쨌든 둘 중 하나) 떠오른다. "사람들이 왜 내 도움을 필요로 하는지 알 것 같아요. 당신이 돈을 내고 온라인 데이팅 게임의 회원이 될 수 있다면 안 하겠어요? 이 남자들 일부는 편의를 위해서 가입한다고 생각해요. 그들은 내가 이 분야에 빠삭한 전문가라서, 형편없는 데이트를 많이 할 필요가 없도록 도와주리라 생각해요. 마치 내가 그들 꿈에 그리던 여자를 데려다 놓을 것처럼요."

• '하프를 연주하는 슈퍼모델 같은 부류'는 오차 범위가 큰 정의라고 생각한다.

맥스는 신중하게 고개를 끄덕이며 그 말을 받아들인다.

"게다가 자아도취에 빠진 등신들도 틀림없이 있겠죠. 돈으로 아름다운 여자를 메뉴판에서 그냥 주문하기만 된다고 생각하는 남자들 말이에요. 그런 사람들은 두 배로 요금을 청구하면 좋겠어요."

그는 팔을 거두기 전에 내 어깨를 꼭 쥔다. 우리의 관계가 점점더… 촉각을 이용하고 있다고 생각하지 않을 수 없다. 그건 좋지만, 우리 사이에 빠르게 변하는 기류는 지금 당장 받아들이기에는 너무 버겁다. 휴대폰에서 홈 화면을 스크롤하면서 웰스 파고 뱅킹 앱을 클릭한다. 감사하게도 내 사용자이름이 로그인되어 있다. 나는 '패스워드를 잊어버렸어요'를 클릭한다.

당연히 나는 보안 질문 세 개의 답을 모른다. 엄마의 결혼 전 성, 출생 도시, 고양이 이름. "만약 나한테 고양이가 있다면 어떻게 해요?" 패닉 상태에 빠져 날카로운 목소리로 맥스에게 묻는다. 왜 그런지는 모르지만 개를 키우지 않는다는 것은 그냥 알겠다. 개를 키우려면 안정성과 일관성이 필요하니까. 나 자신에게 악의는 없지만… 그건 거의 가능성이 없는 일 같다. 특히 내게 정식 남자친구와 은밀하게 사귀는 늙은 남자친구까지 있고 게다가 데이트 상대를 찾아달라는 한 무리의 돈 많은 남자들까지 있다면 말이다. 으윽. 개를 돌볼 시간이 어디 있겠나?

맥스는 자기 손을 내 손 위에 올린다. "걱정하지 마요. 당신에게 고양이가 있다 해도, 룸메이트나 뭐 그런 사람이 잘 먹이고 있을 거예요." 그러다 혼란스러운 표정으로 묻는다. "그냥 JP에게 물어보는 게 어때요? 이런 걸 다 알고 있을 텐데요."

"나는 아직 그 남자를 믿지 않아요. 이유는 모르지만, 그냥 그래요." 그건 다 맞는 말은 아니다. 그 남자는 뭔가를 사과했고, 나는 그게 무엇인지 알 때까지는 마음을 터놓지 않을 생각이다. 적어도 우리가 직접 만날 때까지는.

나는 JP와 가상의 고양이 생각을 접어두고 이메일 앱을 탐색한다. 웰스 파고에서 온 이메일을 보고 '패스워드 재설정'을 클릭한다. 웹페이지가 열리면서 문자와 숫자가 섞인 암호를 만들라고 한다. 나는 아마 그 암호마저 내 인생과 함께 망각한 것들이 모인 빈 공간으로 즉시 버릴 것이다. 그 과정의 끝에 대화상자가 갑자기 나타난다. 패스워드 재설정 불가. 은행 직원에게 연락해주십시오.

과정을 처음부터 다시 진행한다. 같은 메시지가 또 나타난다. "진짜 은행까지 가야 해요? 그건 정말 1999년식이잖아요."

맥스가 어깨 너머로 메시지를 읽는다. "나도 그렇게 생각해요."

나는 토하는 소리를 낸다. 사람을 직접 대면한다고 생각하니 그런 기분이 든다. 차라리 식중독이라도 걸리는 편이 낫겠다. 하지만 오늘 밤 뭔가를 하기에는 너무 늦었고, 은행도 문을 닫은 지 오래다. "내일 아침에는 어디부터 시작해야 할지 알겠네요."

11

토요일 아침이 되자 금요일의 실패들이 씻겨 나간 듯(그중 일부는 드라이클리닝으로) 느껴진다. 새벽에 JP의 고급 드라이클리닝 서비스에서 내 노란 드레스가 배송되었다. 아마도 새벽에 왔다 갔을 것이다. 그때 나는 자고 있었으니까. 부자고 실용적인 사람이라서 고마워요, JP! 오늘은 오래된 오르차타 냄새로 시작하지 않아서 너무 기쁘다. 캘리포니아는 낮게 깔린 스모그와 작열하는 태양을 과시하고 있다. 캘리포니아의 풍경은 어제와 똑같지만, 수면이라는 필터는 정말 기적이다. 푹 자고 나니 완전히 다른 세상 같다. 내 기분은 스눕독이 피처링한 케이티 페리의 '캘리포니아 걸스'다. '너무 섹시해. 나는 너의 아이스크림도 녹여버릴 거야.'

거실로 들어가자 맥스는 이미 대단한 남자답게 신경과학을 공부하면서 베이글을 먹고 있다. 오늘 그의 유니폼은 '밀레니얼 팔콘「스타워즈」에 등장하는 우주선─옮긴이'이라는 글씨와 함께 아보카도의 윤곽 안에 밀레니얼 팔콘의 모형도가 그려진 핑크색 셔츠이다. 그걸 보며 나는 최고 속도로 우주를 돌진하는 아보카도 같다고 생각한다.* 맥스가 그 티셔츠 말고 다른 걸 입어야겠다고 깊이 생각할 여유가 있을 만큼 노벨상을 향한 전념을 멈춘 적이 있는지 궁금해진다. "그런데 맥스, 우주 어디에 퀴노아 농장이 지어질 건지 전에 물었죠?"

그가 답을 기다리며 나를 올려다보자, 의도적으로 그의 티셔츠를 빤히 본다. 그게 답이니까. "맥스, 그 티셔츠들은 어디서 났어요?"

"주로 학부 행사에서요."

짐작한 대로 맥스는 쇼핑을 하지 않는다. 이 티셔츠들은 그냥 우연히 그에게 오게 되었고, 그는 이의를 제기하지 않았다. 나에게도 그랬던 것처럼. 나는 이제 그의 티셔츠 같다. 이유는 모르지만, 내가 맥스에게 그냥 꼭 맞는다는 것은 부인할 수가 없다.

"그래서 생각 중인데요. 오늘은 은행부터 시작합시다." 그가 제안한다.

"그래요."

• • •

페라리를 은행 근처의 린든 대로 갓길에 세울 때, 코브라의 문자

---

* 밴드 이름 아이디어가 떠오른다. '인터스텔라 푸드 파이트.' 혹시 내가 드러머라는 걸 알게 될 때를 대비해서.

가 온다. 내가 라떼 한 잔 사도 될까, 섹시 베이비?

뭐 이런…?

언제? 왜?

자기는 역시 노란색이 잘 어울려. 커퍼에서 만나.

그러더니 잠시 후 덧붙인다.

지금 당장.

"이 코브라라는 자식이 정말로 짜증 나게 하네요." 맥스에게 말한다. 하지만 이 뱀 문신 사내에 대해 더 말하기도 전에 맥스의 어깨 너머를 보고서 간담이 서늘해진다. 맥스는 은행에서 한 블록밖에 떨어지지 않은 커퍼 커퍼 앞에 막 주차를 했고, 당연히 나는 이제 얼룩이 없고 살짝 드라이클리닝 세제 냄새가 나는 노란색 드레스를 입고 있다. 코브라는 우리가 여기 왔다는 걸 어떻게 알았을까?

맥스에게 문자를 보여준다.

"코브라? 코브라가 누구죠? 머저리들이 하도 많아서 기억하기도 힘드네요."

"K로 시작하는 코브라요. 페니스 콤플렉스를 극복하려고 센 척하는 뱀 부리는 사람이요. 내 생각에는 그래요. 어떻게 그를 잊어버릴 수가 있어요?" 이 모든 머저리들을 기억하는 것이 그의 새로운 직업이라고는 굳이 말하지 않는다. "기억 안 나요? 크리스털이 이 남자랑 데이트를 했는데 그 후로 답장을 안 했잖아요."

"거절당하는 법 좀 배워라, 등신아. 그 남자 명단에서 탈퇴시키고 전화를 차단해요."

나 지금 기다리고 있어. 당신이 늘 앉는 자리에서, 늘 마시던 음료를 시켜놓고.

그 이상한 한 줄의 문자를 보고 있자니, 가슴이 철렁 내려앉는 느낌이 든다. 이 사람은 내가 무시할 수 있는 사람이 아니다. 어떻게 했는지는 모르지만 코브라는 내가 여기 올 것을 알고 있었다. 내 휴대폰이 어떤 신호를 보냈나? 내가 나도 모르게 또 뭘 게시했나?

맥스에게 그 문자를 보여주자 조용한 걸 보니 아마 같은 생각을 하고 있는 것 같다. "놈은 당신을 미행하고 있거나 추적 장치를 심어놓은 거예요."

"경찰에 소름 끼치는 스토커가 미행하고 있다고 신고할까 봐요."

"그것도 나쁜 생각은 아니네요."

"근데 아직은 경찰에 신고하고 싶지 않아요. 얼굴을 직접 보고 뭘 원하는지 알아봐야겠어요. 지금 당장은 그가 나보다 나를 더 많이 아니까요. 그리고 그 이유가 뭔지도 알아야겠어요." 어쨌든 그는 퍼즐의 한 조각이다. 결국에는 버리고 싶을 조각이라 해도.

맥스가 고개를 끄덕인다. "좋아요. 그 남자가 카페에서 누구를 죽일 것 같지는 않으니까요. 게다가 우린 카페인도 필요하고."

"맞아요. 그리고 그 메이플 라떼는 정말 목숨과도 바꿀 수 있을 정도였어요."

그는 100퍼센트 의심하는 게 틀림없는 표정으로 말한다. "상황을 고려하면 최선의 단어 선택이라고 할 수는 없겠네요." 그는 자동차 문을 열고 팔을 굽혀 내게 팔짱을 낀다. "내가 당신의 보디가드가 될게요. 가서 이 머저리를 만나봅시다."

"바리스타한테 말해야 할까요? 그러니까 남자의 진짜 이름 같은 걸 적어놓았을지도 모르고…."

"바리스타가 쿵푸를 하는 게 아니라면 굳이 알릴 필요는 없을 것 같아요. 당신은 이미 골드러시 파일에 그 남자에 관한 정보를 많이 갖고 있잖아요. 아마 진짜 백만장자인지 아닌지 확인하려고 조사 같은 걸 했겠죠. 내가 바보 천치가 아니라면." 현재로서는 바보 천치 처럼 느껴진다.

"당신은 확실히 바보 천치가 아니에요." 맥스가 말하자 기분이 조금 나아진다. 맥스가 바보 천치는 확실히 아니니까, 그가 나더러 똑똑하다고 했으면 나는 똑똑한 거다.

깊이 심호흡을 하고 인도로 발을 내딛는다. 해낼 수 있다. 불량배인 척하기만 하면 된다. 사실 척할 필요도 없다. 나는 진짜 불량배니까. 이 빌어먹을 놈은 자기가 뭐라고 생각하는 거야? 나는 휘청거리고 있지만, 두려움 때문이 아니라 불같이 화가 났기 때문이다. "커피나 한잔 마시면서 원하는 게 뭔지 알아봐요."

맥스가 손을 들어 올린다. "난 끼어들지 않을래요. 가서 따끔하게 혼내줘요. 내가 뒤에 있을게요." 내가 고용하기 전까지 맥스는 실험실 밖은 본 적도 없는 신경과학자였지만, 나는 그를 믿는다. 보디가드로 바람직하든 하지 않든, 맥스는 내 모든 적들로부터 나를 지켜

줄 것이다.*

입 밖으로 말하진 않았지만, 나는 이 사람이 나를 병원으로 보낸 그 사람이리라 생각하고, 맥스도 같은 생각이라고 느낀다. 미술관 남자는 상대가 여자라고 했지만, 코브라는 방금 용의자 목록 1번으로 올라갔다.

일단 커퍼 커퍼 안으로 들어가서 가게를 훑어본다. 안은 조용했고, 노트북을 앞에 놓은 사람들이 서로에게서 가능한 한 멀리 떨어진 채 가게 여기저기에 흩어져 있다. 금요일에 만난 바리스타가 카운터 뒤에 있다가 나를 알아보자마자 고개를 끄덕인다. "어서 오세요!" 그녀는 늘 먹던 걸 먹겠느냐고 묻더니 말을 멈추고는 음모라도 꾸미듯 가까이 오라고 손짓한다. 카운터로 몸을 기울이자 그녀가 속삭인다. "어떤 사람이 손님 걸 이미 주문한 것 같아요."

"정말요?"

"저번에 손님 친구분에 관해 물었던 거 기억나죠?"

내가 고개를 끄덕인다.

"손님이 여기 테라스에 있는 남자분과 전에 한두 번 만난 적 있어요. 한 번은 확실히 기억이 나요. 왜냐하면 그때 손님이 휴대폰을 잃어버렸으니까요."

"아. 당신이 화장실에서 찾았다고 했었죠, 그죠?"

• 아마 월급을 더 줘야겠지?

그녀가 고개를 끄덕인다.

그 일이 코브라와 관계가 있다는 직감이 든다. 정확히 설명할 수는 없지만 함께 있을 때 휴대폰을 잃어버렸고, 그가 지금 나를 추적하는 것이 모두 우연일 리가 없다.

테라스로 나가기 전에 맥스에게 묻는다. "내가 지금 음모론자처럼 구는 거예요, 아니면…."

"아니에요. 사람들은 음모가 존재하기 때문에 음모론을 믿도록 진화됐어요. 자연은 음모를 믿은 덕분에 번식할 기회를 잃거나 해를 불러올 위협을 피하는 사람들을 선택해요. 잠재적 음모를 볼 줄 안다는 건 당신의 뇌가 완벽하다는 증거예요."

맥스가 지금 수작을 걸고 있나? "당신 뇌만큼 훌륭하진 않아요, 맥스." 나는 반쯤 유혹하는 목소리로 말하고는 최대한 진심을 담아 덧붙인다. "내가 과학자를 고용해서 정말 다행이에요."

"난 신경과학자예요, 미아. 그냥 해커 부대가 아니라고요. 휴대폰 문제 얘기하는 거라면요."

나는 너무 빤한 사실을 지적한다. "뱀을 부릴 줄 안다고 주장하는 코브라라는 남자가 몇 분 안에 내 휴대폰을 해킹하는 법을 알아냈어요. 그러니 당신도 할 수 있으리라 믿어요."

뒤쪽 테라스는 벽돌 담장이 있는 아름다운 뒤뜰로, 작은 식당용 테이블과 큰 파라솔이 배치되어 있다. 사각으로 줄지어 늘어선 야자수가 그 유럽풍의 분위기를 망치기는 하지만. 나는 코브라를 바로 알아보았고, 그도 나를 본다. 단추를 채우지 않은 셔츠 사이로 상반신 전체를 휘감고 있는 뱀 문신이 보인다. 그의 존재만으로도 나는 성적으로 희롱당하는 기분이다.

"안녕, 코브라." 코브라라는 남자에게 인사를 하면서 최대한 자연스럽게 행동하려 애쓴다. 내가 화요일 이전 일을 하나도 기억하지 못한다는 것을 이 머저리가 알게 하고 싶지 않다. 비록 그가 범인이라 해도, 내 뇌에서 기억까지 모조리 날려버렸다는 것을 알 필요는 없지 않은가. #게임은진행중

맥스가 연극처럼 부자연스럽게 의자를 빼주자 내가 "고마워요" 라고 인사한다.

"별말씀을." 맥스가 대답한다.

나는 선글라스 속 코브라의 눈빛을 볼 수가 없다. "이 사람은 누구야? 오늘은 보디가드를 데려왔어? 아니면 새로 사귄 남자친구라도 되나?"

"당신이 알 바 아니죠." 맥스의 목소리에는 여태껏 들어본 적 없는 강경한 어조가 묻어 있다.

"프랑스 출신 억만장자 나리가 그다지 좋아할 것 같진 않은데." 코브라가 나를 향해 고개를 끄덕인다. "어쨌든, 멋진 친구이긴 해. 너무 사근사근하지. 나는 원래 유럽인들을 좋아하지 않아. 여자도 포함해서 말이야. 그냥 체모가 감당이 안 되거든. 거시기 숲이 말대꾸라도 할 것처럼 생기면 뱀을 부릴 수가 없잖아."

그가 자기만의 농담을(그게 농담이었다면) 하면서 웃을 때 나는 움찔하며 말한다. "역겨워."

"진짜 역겹지."

"너한테 한 말이야."

그가 웃는다. "음, 나는 항상 네가 맘에 들었어. 거침이 없잖아!"

"나한테 뭘 원해? 내가 여기 오고 있는 걸 어떻게 알았지?"

"좋은 추측이야." 그가 거만하게 미소를 짓는다.

진짜 뱀이 따로 없다. "날 갖고 놀지 마. 너 내 휴대폰 해킹했지?" 내가 따진다.

그가 싱긋 웃는다. "당연히 해킹했지. 난 모든 사람에게 그렇게 해, 자기야. 어떤 사람들을 감시하는 건 꽤 좋은 사업이 되거든."

고개를 흔든다. "나는 그렇게 사업하지 않아. 너랑은 끝이야."

"음, 감시당하는 게 싫으면 그냥 휴대폰을 꺼버려. 나는 '내 친구 찾기'를 활성화했거든." 앱을 끌어오자 그의 이름이 보인다. 거기에는 내 '친구' 코브라가 나를 쫓아오고 있다고 나온다. 멍청해 보이는 그의 사진이 나를 향해 웃고 있다.

"봤지? 별로 비밀도 아니었어."

당장 앱을 비활성화한다. "나를 다시 미행했다가는 경찰에 신고할 줄 알아."

그가 온종일 들었던 말 중 최고의 뉴스라도 된다는 듯 씩 웃는다. "어이, 난 자네가 어떻게 이 여자를 건드리지 않을 수 있는지 모르겠어. 이 여잔 정말로 거침이 없잖아."

내가 금방이라도 토할 것 같은 표정을 짓자 맥스가 말한다. "등신 같은 짓 그만하지."

"여자들한테 네가 섹시하다는 걸 어필해야 해. 그렇게 연인 관계가 시작되는 거라고."

오 마이 갓. 코브라가 연인 관계에 관해 조언하고 있다. "빨리 용건만 말해. 왜 보자고 했어?"

"왜 그런지 알잖아. 크리스털이지."

빌어먹을 크리스털! 머릿속이 폭발하기 직전이다. 대체 이 여자는 뭐지?

"난 그 여자랑 데이트하기로 하고 돈을 냈어. 내 전화를 받으리라고 기대했지. 딱 한 번 데이트하자고 3만 5천 달러를 냈겠어?"

"당신이 이런 식으로 행동하는 걸 보니, 왜 크리스털이 데이트 후에 전화를 안 받았는지 알겠군."

"음, 나는 크리스털을 다시 보고 싶어. 있는 그대로 말하자면, 난 불만족스러운 소비자라고."

"당신은 소비자가 아니라 고객이야. 아니, 고객이었어. 여자는 돈 주고 사는 게 아니야. 당신은 진정한 관계를 맺을 기회를 달라고 돈을 낸 거야. 그리고 이미 그 기회를 날린 것 같은데? 하는 짓을 보니 놀랍지도 않네. 게다가 왜 꼭 크리스털이어야만 해?" 내가 이 소름 끼치는 인간을 경찰 말고 누군가와 다시 엮겠다는 말은 아니다.

"크리스털은 예쁘고, 세상 물정도 잘 알고, 내가 여자에게서 바라는 모든 걸 갖췄어. 네가 기가 막히게 매칭해준 거야."

내가 크리스털을 다른 사람이랑도 연결해주고 있다는 것을 고려하면, 웃기는 소리다. "그렇게 말해줘서 고맙지만 나는 계약된 몫을 다했고, 크리스털도 다했어."

그는 크라운 로열 위스키 주머니를 꺼내서 탁자 위에 휙 올려놓는다. "그 안을 살짝 보면 마음이 바뀔 거야. 원하는 만큼 크리스털이랑 나눠 가져. 나는 크리스털이랑 데이트를 또 해야겠어."

나는 자루를 묶은 황금색 끈을 푼다. 안에 두세 묶음은 돼 보이는 백 달러짜리 지폐 뭉치가 들어 있는데, 한 묶음에 만 달러라는 걸 딱 알겠다. 적어도 2만 달러는 된다.*

돈 자루 이모지의 실물 버전인 그 돈을 보고 입이 쩍 벌어지는 동안, 코브라는 카운터 쪽을 본다. "여기 페이스트리 봤어? 이 커피랑 어울릴 파이를 한 조각 먹고 싶어 죽겠는데 말이야."

바리스타에게 신호를 하려는 걸 보니 정말로 여기서 파이를 주문하려는 것 같다. 그를 막고 할 수 있는 한 가장 불량배 같은 목소리로 말한다. "크리스털이 보고 싶지 않다면, 그런 거야. 넌 끝이야. 난 이제 네 중매쟁이가 아니야. 넌 해고라고."

그는 대답하는 대신 맥스를 본다. "어이, 흥분되지 않아?" 그가 내게 손짓하며 말한다. "난 솔직히 말해서 약간 흥분됐거든. 난 소심한 여자는 싫어. 네가 크리스털 대신 나오겠다면, 한번 고려해보지."

으윽. 토할 것만 같다.

"충고 한마디 할게, 허니. 네가 쓰던 괭이가 수명이 다됐으면 눈치

---

* 내가 은행에서 일했었나?

채야지. 만약 크리스털이 자기 임무를 다하지 않겠다면 걘 유통기한이 지난 거야. 그런 여자는 더 이상 부릴 수가 없다고."

"으으! 난 포주가 아니야!" 코브라의 머리에 돈 자루를 집어던진다. 아주 세게. 그가 몸을 숙이자 돈 자루가 그를 지나쳐 날아간다. "등신 새끼! 크리스털이 네 전화를 받지 않는 것도 당연해! 너는, 정말, 최악이야!"

코브라가 몸을 돌려 현금이 자루에서 튀어나와 날아가는 광경을 본다. 뒤뜰에서 식사를 하던 다른 손님들도 완전히 놀란 토끼 눈을 한 채 바라보고, 라떼를 홀짝이던 어떤 여자는 머그잔을 내려놓고 금방이라도 자리에서 일어나 돈 자루를 차지하려고 달려들 기세다. 코브라는 그녀에게 눈을 흘기며 나를 향해 "이 미친년아!"라고 소리 지르고는 돈을 찾으러 달려 나간다.

맥스가 내 어깨를 잡고 "여기서 나갑시다"라며 폴란드에서만 생산되는 도수 190프루프의 알코올 같은 진지한 목소리로 말한다. 맥스는 전에도 집중력이 좋아 보였지만, 이번에는 그 강도가 레이저 같은 초점으로 농축되어, 경찰이 오거나 코브라가 우리를 물기 전에** 카페를 빠져나가는 데 맞춰져 있는 것 같다. 그의 의견에 나도 동의한다.

은행으로 가는 길에 맥스는 조용하더니, 잠시 후 말한다. "크리스

** 아니면 목을 조르거나.

털이 죽었을 수도 있다고 생각해요?"

"그럴 리가 없어요…." 울음을 터트리고 만다. "아닐 거예요. 목요일 오후에 내 전화를 받아서 자기를 좀 내버려 두라고 말했어요."

맥스는 만족스러워 보인다. "그렇다면 괜찮겠네요."

"아마도요. 크리스털은 내가 죽든 말든 상관하지 않겠지만요." 코브라는 너무 끔찍하다. 내가 그 남자랑 데이트하라고 크리스털을 보내기 전에 이미 그렇게 못된 인간이라는 걸 알았다는 게 믿을 수가 없다.

"아마 자기가 원할 땐 매력적으로 보일 거예요. 대부분의 머저리들처럼."

"그가 나를 포주처럼 대한 게 믿겨요?"

"당신은 포주가 아니에요."

"나도 알아요."

나는 포주가 아니다. 나는 그냥 여자들을 돈 많은 남자랑 엮어주고 있을 뿐이다. 그건… 아마 UN에 승인받은 자선단체 같은 건 아니지만, 그렇다고 매춘을 알선하는 것도 아닐 것이다. 그저 돈 많고 더 나은 남자들을 구해주면 된다. 줄스처럼. 크리스털도 분명 그를 좋아할 것이다. 내가 그녀를 찾아낼 수만 있다면.

12

롱비치 웰스 파고 은행은 오션 대로에서 한두 블록 떨어져 있고 굉장히 눈부신 바다 전망을 자랑한다. 머릿속에서는 귀에 거슬리는 버저 소리가 '삐' 하고 들리면서 '은행'에 크고 빨간 X를 긋는 모습이 떠오른다. 돌고래를 테마로 한 캐주얼 레스토랑도시 근교에 생겨난 새로운 형식의 외식산업으로 젊은이들이 즐겨 이용함—옮긴이이 있어야 할 곳을 은행이 차지한 데는 뭔가 실수가 있었던 것이 틀림없다. 생각하면 할수록, 뛰어난 바다 경치를 이용한 돌고래 친화 사업이 제격이라고 느껴진다. 바다 근처에서 자란 사람들은 이런 걸 알아차리지도 못하고 신경도 쓰지 않을 것이다. 아마 "바다, 누가 그딴 걸 신경 써?"라고 하겠지. 그런 걸 보면 나는 원래는 중서부 출신이었던 것 같다. 옥수수가 무수히 펼쳐져 있어서 단조롭고 밋밋한 경치만 있는 중서부 어딘가. 어쨌든 옥수수 바다는 바다가 아니니까.

"어렸을 때 4H 클럽세계 청소년 민간단체—옮긴이이었어요?" 은행으로 가면서 맥스에게 묻는다.

맥스가 나를 이상한 표정으로 본다. "그런 생각은 어디서 튀어나왔어요?"

"음, 당신은 미네소타 출신이잖아요. 나도 그럴지 모른다는 생각이 들기 시작했거든요. 아니면, 그 비슷하게 지루한 어딘가에서 왔을 거예요."

그는 너털웃음을 짓는다. "말조심해요. 가수 프린스도 미네소타 출신이에요. 미네소타는 멋진 곳이라고요."

"나는 틀림없이 주와 주 사이의 어딘가에서 태어났을 거예요. 예를 들어 다른 어딘가로 가는 도중에 있는 휴게소 같은 곳이요. 그래서 출생의 마법 때문에 결코 어딘가에 도착할 수 없는 운명인 거죠."

맥스가 나를 보며 딱 잘라 말한다. "이러면서 당신이 호들갑스럽지 않다고요?"

"그럼 당신은 내가 미네소타 출신이 아니라고 생각해요?"

"난 당신이 중서부 어디 출신인데 영화배우가 되려고 캘리포니아에 왔다가 결국 다른 일을 하게 됐다고 생각해요."

와우. 그 평가란… 너무 현실적이다. 아마 이쪽이 사실이겠지.

"나는 광고에 나온 적이 있어요."

"그만해요. 말도 안 돼."

그의 표정을 보아하니 곧 결정적인 한 방이 나올 것 같다. "박테리아 성장 배양액 광고였어요."

웃음이 터진다. "듣기만 해도 섹시하네요."

"기본적으로 과학계에서는 모든 흑인 아이들이 무보수 모델이에요. 다녔던 모든 학교에서 나는 표지에 나오는 모델이었죠."

나는 또 웃는다. "당신은 인스타도 필요 없겠어요."

은행 로비는 텅 비어 있다. 글자 그대로 이제는 아무도 은행에 오지 않는다. 오는 사람들이라고는 디지털로 어떻게 수표를 입금하는지 모르는 노인들뿐이다. 은행 창구는 대부분 닫혀 있지만, 열린 창구에서 나를 향해 손짓하는 인도 남자가 보인다. 그에게 다가가자 '쿠마르'라는 이름표가 눈에 띈다.

"안녕하세요, 쿠마르!" 밝게 인사한다. "저 좀 도와주세요. 온라인에서 계좌 패스워드를 재설정하려고 했는데 은행으로 직접 오라는 메시지가 떴어요."

그는 내 명랑함에 아무런 영향을 받지 않는 것 같다. "운전면허증이나 정부에서 발행한 신분증 주세요."

그때 정신이 번쩍 들었다. 깨어났을 때 지니고 있던 것은 라인석 단추가 달린 클러치와 생수를 구입한 영수증, 머리핀과 열쇠 두 개, 그리고 해적 립스틱뿐이었다. 돈이나 신용카드는 분명히 없었다. 이 사실의 중요성을 깨달은 나는 쿠마르에게 말한다. "음, 죄송해요. 제가 지갑을 도둑맞았거든요. 사실 그것 때문에 여기 왔어요."

그가 고개를 끄덕인다. "그러면 현금카드가 필요하시겠군요."

그리고 다른 것도.

이 시점에서 쿠마르는 프라이버시를 염려했는지 아니면 그냥 매너인지는 모르겠으나 맥스를 향해 묻는다. "고객님은요?"

맥스가 착한 중서부 소년처럼 손을 앞으로 내밀며 말한다. "전 맥스라고 해요."

"맥스는… 맥스는 제 직원이에요." 묻지도 않은 대답이 삽에 묻은 흙덩이처럼 내 혀에서 툭 떨어진다. 그 말이 거짓말처럼 느껴지는 건 아마 내가 더 맥스의 직원처럼 보이기 때문이겠지. 나는 너무 짧은 드레스를 입은 이십 대 아가씨니까. 물론 그는 신경과학자이지만, 지금 생활력을 가진 사람은 나라고.

쿠마르는 나와 맥스 사이에 무슨 일이 있든 별 관심이 없어 보인다. "신분증이 없으시니 매니저와 상의를 해야겠습니다. 잠시만 기다려주세요."

내가 맥스와 함께 일하고 있다 해도, 은행까지 데려오는 건 너무 빨리 같이 자는 것보다 더 나쁜 일 같다.* 맥스도 그걸 느꼈는지 이렇게 말한다. "나가서 전화를 좀 해야겠어요. 실험이 어떻게 됐는지도 확인하고요."

"쿠"라는 말이 내 입에서 튀어나온다. 너무 쿨한 나머지 '쿨'이라는 단어를 끝까지 말할 수 없다는 듯. 그가 멀리 사라지는 모습을 본다. 아기 거위처럼 그에게 각인되었는지 그가 가는 모습을 보니 캐러멜 롤의 가장 맛있는 한 입처럼 가슴속 어딘가가 약간 싸하게 녹아내린다. 그 캐러멜 롤의 느낌은 2초 정도 지속되다가, 내 남자친구인 JP를 떠올리자 사라진다. 나는 JP와 살고 있는 것이 틀림없잖아. 적어도 옛날 미아는.

———

• 아니면 내게 그냥 돈 문제가 있는 걸까?

만난 적도 없는 남자친구를 신경 쓰는 것은 힘든 일이다. 물론, 그가 매우 상류층이고 부자인 걸 감안하면 그의 여자친구가 된 건 상을 받은 기분이기도 하다. 하지만 나 자신이 상이라도 된 듯 그가 나와 데이트를 하려고 돈을 냈다는 생각은 들지 않는다. 아마 JP는 신기한 물건을 보듯 휴게소 출신의 어떤 여자와 그저 데이트하고 싶었는지도 모른다.

어느 쪽이든 맥스와 어울리는 건 바람피우는 게 아니다. 나는 남자친구가 아닌 온갖 부류의 사람들과 항상 어울려 지냈던 게 틀림없다. 나는 그렇게 '쿠' 하니까.

잠시 후에 쿠마르가 돌아온다. "고객님의 생년월일과 사회보장번호가 뭐죠? 입증하실 수 있나요?"

"제 생일은⋯." 전혀 모른다고 말하는 건 아무 도움이 되지 않을 것 같아, 얼른 페이스북 페이지를 열어 '미아에 관해'를 클릭한다. 나는 어떤 정보도 입력해두지 않았다. 대신 인물란에 (병원에서 즐겨 보던)「4차원 가족 카다시안 따라잡기」와 #줄스브랜드 속옷을 입력해 놓았다. 눈물 나게 고맙다, **옛날 자아야**. 쿠마르가 내가 한참 동안 생일을 기억하지 못하는 것을 눈치챈 것 같아서 그냥 모른다고 인정한다.

"사회보장번호는 알고 계시죠?" 그가 묻는다.

나는 고개를 흔든다. "전혀 몰라요."

그는 한숨을 쉬면서 손으로 머리를 쓸어 넘긴다. "엄밀히 말해서, 저는 고객님을 도와주면 안 됩니다. 고객님이 적어도 한두 가지에 대답할 수 없다면 같이 얘기를 나눠서도 안 되는데, 아무것도 모르시네요. 그렇다면 당신은 말 그대로 자기가 미아 윌리스라고 주장하는, 길거리에 있는 아무나일 수도 있다는 말입니다."

나는 고개를 끄덕이지만, '엄밀히 말해서'라는 말에서 희망의 불꽃을 감지한다. '도와주세요. 저는 아직 어린 여자예요'라는 의미로 가장 다정한 표정을 짓는다. 이제 좀 봐줄 때도 되지 않나. "패스워드를 재설정하게 해주시면, 제 인생 전체를 원래대로 돌려놓을 수 있어요."

"저도 고객님을 위해 재설정해드리고 싶지만, 지금 그게 문제가 아닙니다. 은행이 고객님의 계좌를 영구적으로 차단했어요. 고객님이 초과 대출을 받고 갚지 않았으니까요."

나는 그를 멍하니 바라본다. "그럴 리가 없어요." 나는 소칼 라이프 스타일 웹사이트가 선정한 '롱비치의 30세 이하 기업인 톱10' 중 한 명이지 않은가. "저는 잘나가는 사업체를 운영하고 있어요. 말도 안 돼요."

쿠마르가 계좌의 세부 사항을 더 자세히 본다. "제가 아는 건 여기 보이는 자료뿐입니다. 고객님은 부도수표 5천 달러를 발행하셨는데, 그 대상이… 하이 플라잉이고, 델타 항공에도 꽤 큰 수표를 발행하셨고, 또 어느 이탈리안 레스토랑에도 150달러를 발행하셨네요." 그가 화면을 보며 인상을 찌푸린다. "게다가 꽤 큰 금액의 수표를…." 그가 믿을 수 없다는 듯 고개를 흔든다.

"뭔데요? 내가 무슨 짓을 했는데요?"

"줄스 브랜드에요. 그게 뭔지 아세요? 가게인가요, 아니면… 사람인가요? 아니면…?"

"뭐라고요?" '줄스 브랜드' 언더웨어의 그 줄스 브랜드? 그건 정말 말이 안 되지 않나… "금액이 얼마예요?"

"제가 이미 너무 많은 금액이라고…."

무엇 하나 말이 되지 않는다. 나는 성공한 사업가이다. 게다가 골드러시에서 내가 청구하는 금액을 봤다. 그렇게 큰돈을 받았는데 빚더미에 앉았을 리가 없고, 상당한 금액을 남성용 속옷에 썼을 리가 없다.

숨이 약간 가빠지면서 땀이 나기 시작한다. 쿠마르는 걱정스러워 보인다.

누군가 분명히 내 계좌를 훔쳤다. "제가 최근에 병원에서 깨어났는데, 돈이나 신용카드가 하나도 없었어요. 이제야 그게 이해가 되네요. 누군가 제 지갑을 훔친 거예요."

"강도를 당하셨어요?"

"**폭행당했어요**." 그건 사실이니까.

"저런, 안됐네요. 경찰은 용의자가 있답니까?"

"여기 들렀다가 경찰서에 가서 제 사건의 진행 과정을 확인하려고 했어요." 내가 신고조차 하지 않았다는 것을 굳이 알 필요는 없다. 하지만 이제 와서 생각해보니, 왜 애초에 신고를 하지 않았지?

"이제 뭘 해야 하나요? 돈을 돌려받을 수 있나요? 그 돈이 없으면 아무것도 할 수가 없어요." 조금 전에 뒤뜰에서 코브라의 돈 자루를 집어던진 일을 후회하기 시작한다.

"고객님의 카드를 도난당했다고 신고할 수는 있지만, 큰돈이 걸려 있기 때문에 은행이 그냥 돌려주지는 않을 겁니다. 경찰 보고서를 한 부 가져오셔야 할 겁니다."

"그냥 경찰에게 보여줄 수 있게 입출금 내역서를 한 장 프린트 해주시면 안 될까요? 경찰에게도 뭘 도둑맞았는지 보여줘야 할 것 같은데요." 은행 내역서 없이 신고를 하면 어떤 대화가 펼쳐질지 상상이 간다.

"자, 얼마나 도둑맞으셨고, 이상한 구매 내역은 무엇입니까?"
"음, 제 생각에는 대략 만 달러쯤이요. 확실하지는 않아요."
"계좌번호가 뭡니까?"
"몰라요."
"그렇다면 요약해봅시다. 신고자분께서는 은행 계좌가 있고, 누군가 그 안에 있는 돈을 모두 썼다고 생각하지만, 확실치는 않다는 말씀이시죠."
"맞아요."
"어이, 마이크. 이 말 들었어? 이 여자분이 돈이 있어야 하는데 없어서 신고하시겠대."

그 순간, 맥스가 커피와 올드 스파이스 냄새를 풍기면서 걸어 들어온다. "어떻게 돼가요? 잘 마무리되고 있어요?"

"다 됐어요. 출발합시다." 더 이상 오래 끌어봤자 소용이 없다.

"좋은 소식이네요! 그럼 주소랑 돈이랑 전부 다 찾은 거예요?"

나는 고개를 젓는다. "주소는 잘 모르겠지만⋯."

맥스의 책벌레다운 면이 튀어나온다. "쿠마르, 그 파일에 있는 주소를 알려주실 수 있나요?"

"경찰과 함께 오시면 바로⋯."

"여기 기록된 건 JP 주소예요." 나는 거짓말한다. 맥스는 내가 월급을 줄 수 없다는 것을 알 필요가 없다. 어쩌면 돈 이외의 다른 이유로 내 옆에 있을 수도 있지만, 아닐 수도 있으니까. 그러거나 말거나, 나는 그를 잃을 여유가 없다.

하지만 맥스는 바보가 아니다. 뭔가 놓쳤다는 것을 바로 알아차린다. "은행에서 왜 경찰 신고가 필요해요?"

"어⋯." 나는 은행 기록을 들여다보려면 수색영장이 필요하다는 말을 차마 할 수 없어서 얼버무린다. "내 폭행 사건을 신고하려고 해요. 내가 더 일찍 신고하지 않았다는 게 믿어져요?"

그는 자기 이마를 철썩 때린다. "이미 한 줄 알았죠."

맥스만이 유일한 내 편이다. 그를 잃을 수는 없다. 그저 사소한 거짓말 하나일 뿐이다. 아니, 두세 개의 사소한 거짓말. 경찰에 신고하자마자 다 바로잡으면 된다. 내 돈만 찾으면 다 잘될 것이다.

그런데도 내가 방금 돈 자루를 바닥에 집어던졌다는 사실은 믿을 수가 없다. 신은 나를 미워하나 보다.

13

가장 가까운 경찰서는 법원과 스타벅스 바로 맞은편에 있는 큰 건물에 있다. 우리는 두 블록 떨어진 곳에 주차한다. 주차장은 멋져 보이지만 소변 냄새와 마리화나 냄새가 코를 찌른다. 법원 쪽으로 가까이 갈수록 변호사처럼 보이는 사람들이 더 많고, 지난 24시간 동안 건물 옆면에 소변을 봤을 법한 사람들은 적어진다.

경찰에 신고를 하는 동안 맥스를 따돌릴 방법이 필요하다. 내가 파산했다는 것을 알리고 싶지 않다. 첫 월급은 약간 지연되겠지만, 어떻게든 해결하면 된다. 그러니까 우선 맥스를 심부름 보내야 하는데….

"맥스, 경찰에 신고하는 동안 심부름 하나만 해줄래요?"

머리를 쥐어짠다. 그는 아주 사려 깊은 사람이니까 두통약을 좀 사다 달라고 하면 기꺼이 약국까지 달려가겠지. 카페는 너무 가까워서 1분밖에 안 걸린다.

"물론이죠. 각자 할 일을 나눠서 합시다."

뭐라고 해야 할지 갈피를 못 잡던 나는 아무렇게나 둘러댄다. "아

192

까 몇 블록 뒤에서 도서관을 지나쳤는데⋯."

"천재군요. 도서관 사서라면 뭘 조사해야 할지 좋은 아이디어가 있을 거예요."

그럴 리가. 하지만 맥스는 너무 귀엽다. "좋아요. 당신은 도서관 사서를 만나고 나는 경찰이랑 얘기하죠. 나중에 어떻게 됐는지 정보를 서로 주고받아요."

도서관 사서 대 경찰이라니. 그는 그 말이 우습게 들린다는 것조차 알아차리지 못한다. 손을 흔들며 그가 도서관을 향해 걸어가는 모습을 본다.

번호표를 받고 기다리는 동안 내 삶의 대부분이 흘러간 듯 느껴졌다. (하지만 내가 이틀 전에 태어난 걸 고려하면 그 시간이 정말 내 삶의 많은 비중을 차지한 건 맞다.) 오랜 기다림 끝에 결코 만나고 싶지 않은 사람이 나온다. 입을 열기도 전에 '당신 헛소리나 들을 시간이 없어'라는 표정을 짓고 있다. 케미가 맞을 것 같지 않은 느낌이다. 그녀의 이름은 데니즈인데 성은 발음하기가 어려우니, 그냥 이름을 불러야겠다.

"따라오세요"라고 말하며 데니즈 경관이 자기 책상 건너편에 있는 의자 하나를 가리킨다. 그녀는 뒤로 몸을 기대고 스티로폼 컵으로 커피를 홀짝이면서 말한다. "무슨 문제입니까?"

모든 것을 설명한다. 병원에서 깨어난 일, 기억상실, 내가 버린 피 묻은 망토, 얼음 조각상으로 밀쳐졌다는 목격자의 증언, 로렌 몽캄과 다툼이 있었던 것 같은 기억, 그리고 마지막으로 내 계좌가 완전히 탕진되었고 은행에 의해 차단되었다고 말한다.

"그렇다면 폭행이 있었다고 추정할 수 있고… 돈은 유감이지만, 그 빚에 관해서는 해드릴 수 있는 게 없습니다."

"바로 그게 문제라고요. 누가 제 돈을 훔쳐간 것 같아요."

"왜 그렇게 생각하시죠?"

"병원에서 깨어날 때 지갑도, 신분증도, 돈도 없었어요."

"그럼 얼마나 도둑맞았다고 생각하십니까?"

"몰라요. 전부 다요. 처음부터 얼마나 있었는지 모르지만, 중매를 해주고 큰돈을 청구하는 걸로 봐서 돈이 많았던 것 같아요."

경찰서에서 큰소리로 그렇게 말하고 나니 나쁜 짓을 한 것처럼 들린다. 뭐 대부분의 것들이 경찰서에서는 나쁜 짓처럼 들리지 않을까? 진실은 화물차 휴게소 화장실의 조명 아래 드러나는 자신의 얼굴처럼 가차 없이 들리는 법이다. 그녀는 노란색 메모지에 몇 가지를 적더니 묻는다. "당신과 문제가 있을 법한 사람을 알고 계신가요? 혹시 적이 있으세요?"

맙소사. 적이라니, 정말 갱스터처럼 들린다. "말씀드렸듯이, 추측만 할 뿐이에요. 지금 당장 가장 큰 단서는 로렌 몽캄이에요."

"잠깐만요. 혹시 예술가 로렌 몽캄 얘기하는 거예요?"

"네! 복구된 기억에서 제가 그 여자에게 돈을 요구했어요."

"복구된 기억이요?"

고개를 끄덕인다. "의사가 기억이 플래시처럼 돌아올 거라고 말했거든요. 환영처럼요."

그녀는 **환영**이라는 말에 움찔한다. "또 다른 것도 있나요?"

코브라의 인스타그램 프로필을 보여주면서 그와 관련된 문제를 설명한다.

"그놈은 심각한 골칫거리죠."

"잠깐만요, 그 남자를 아세요? 누군데요?"

"이 지역에서 활동하는 주요 필로폰 밀매업자에요. 놈을 옴짝달 싹 못하게 기소하지는 못했지만, 틀림없이 밀매를 하고 있지요."

그 사실은 놀랍지 않지만, 애초에 어쩌다 그런 남자와 엮이게 됐 는지가 놀라울 뿐이다. "위험한 놈인가요?"

"어쨌든 마약계 거물과 평화롭게 접촉할 수는 없죠."

격렬하게 고개를 끄덕인다. 그 앱에 회원으로 신청한 코브라를 조사할 때 그가 국제 무역업자라고 거짓말한 것이 틀림없다.

"이 남자친구는 어때요?" 데니즈는 유죄가 증명될 때까지는 결코 무죄가 아니라는 말투로 '남자친구'라는 단어를 말한다.

"그는 스위스에 있어요." 왜 모두들 범인이 JP라고 의심하지?

"당신이 다치던 날 밤에도 스위스에 있었나요?"

"모르겠어요."

"당신 남자친구 말인데, 왜 당신이 집을 찾도록 도와주지 않죠?"

"다시 말하지만, 그는 지금 스위스에 있어요."

"통화 안 했어요? 그 남자는 휴대폰이 없어요?"

나는 한숨을 내쉬며 어깨를 으쓱한다. "몰라요, 난 그냥⋯."

"남자친구를 믿지 않는군요, 그렇죠?"

책상을 내려다본다. "당연히 그를 믿어요." 나는 거짓말한다. 말하자면 믿는 거나 마찬가지니까. "그가 내 머리를 내리쳤을 거라고는 정말로 생각하지 않아요." JP는 내가 가진 전부나 다름없다. 맥스만 빼고.

데니즈는 경찰이 늘 하는 일을 하고 있지만, 여기서 경찰이 하는 일이란 계속 떠들도록 만들어서 불리한 정보를 빼내는 것이다. 나는 다시 생각한다. 그녀에게 도움을 받으러 온 것이지, 그녀가 나에게 불리한 어떤 정보를 이용하게 두려고 온 것이 아니다.

"오히려 JP가 나를 버릴까 봐 걱정돼요. 내 말은, 지금 당장은 내가 짐이잖아요. 난 내가 누군지도 모르고, 돈도 찾을 수 없고요. 게다가 JP는 누구나 탐내는 남자잖아요. 아까 말한 것처럼, 저는 JP를 원하는 어떤 여자가 나를 밀었을지도 모른다고 생각해요."

경관은 생각에 잠긴 듯 고개를 끄덕인다. "알겠습니다. 하지만 조사는 해야겠어요. 당신 같은 피해를 입은 사건의 경우 동거하는 파트너가 가장 흔한 폭행범이니까요."

"그는 아니었어요."

"하지만 어떻게 그 상처를 얻게 됐는지 모르잖아요. 맞죠?"

내가 고개를 끄덕인다.

"남자친구는 출장 간 지 얼마나 오래됐죠?"

"몰라요."

"그가 당신 계좌에 접속할 수 있나요?"

"그건 아닌 것 같아요."

데니즈는 JP가 나를 때리고 급히 시내를 벗어났다고 생각하는 모양이지만, 나는 그렇지 않다고 확신한다. 그녀는 "뭐라도 찾으면 알려드릴게요"라고 말하며 내가 뭔가 기억이 나면* 전화할 수 있게 명함을 건네준다. 그만 나가라는 신호인데, 나는 분명히 그녀가 주지 않을 뭔가를 더 바라고 있다.

"은행에 폭행 신고 접수장을 제출해서 돈을 돌려받아야 해요."

"알겠습니다."

하지만 정말 알았을까? 비록 JP가 핵심 인물이긴 해도, 그녀가 JP와 코브라에 정신 팔리지 않았으면 좋겠다. 나는 그냥 내 돈이 필요하고, 그러면 혼자서 모두 해결할 수 있다고 자신한다.

• • •

경찰서를 나서자 맥스가 이미 나를 기다리고 있다. 오줌이 가득한 거리를 따라 자동차까지 돌아가면서 그가 말한다. "세상에, 도서관 사서보다는 경찰이랑 말하는 편이 더 나을 뻔했어요."

"무슨 일인데요?"

"글쎄. 그 한심한 여자는 애초에 자기가 왜 도서관학을 공부했는지 그 이유를 까먹은 것 같아요. 노숙자들이 못 들어가게 지키는 경비원 같았어요. 아주 냉혹해요. 그렇게 강압적인 태도는 본 적이 없

• 하!

었어요. 게다가 난 흑인 남자잖아요."

웃으면서 말한다. "미안해요." 정말로 미안하다.

"경찰서 일은 어떻게 됐어요? 경찰이 뭐 좀 알아냈어요?"

"아직은 아니에요. 경관에게 무슨 생각이 있는 것 같았지만." 그
녀가 JP 말고 내 돈을 찾아주는 데 더 관심을 기울였으면 좋겠다.

맥스에게 내가 파산했다는 말을 어떻게 꺼낼지 생각하자 메스꺼
운 느낌이 엄습한다. 혹시 맥스가 떠나버리면 어쩌지? JP가 정말 나
쁜 놈이었으면 어쩌지? 그중 어느 것도 맞닥뜨릴 준비가 돼 있지 않
다. "경찰은 용의자로 JP를 아주 많이 주목하고 있어요. 하지만 난
모르겠어요. 아무나 의심하고 다니는 건 쓸데없이 드라마를 쓰는
것 같아서요."

맥스가 웃음을 터트리고 만다. "미아, 그게 경찰이 하는 일이에요.
용의자를 조사하는 게 그 사람들 일이라고요."

그가 옳다. 게다가 경찰이 자기 일을 하는 동안 나는 경영해야 할
사업이 있다. 그리고 새 아이디어도 하나 있다. 데니즈 경관을 기다
리는 동안 대기실에서 내 옆자리에 앉은 젊은 여자가 크레이그리스
트의 오디션 공고를 검색하는 모습을 봤다. "우리 오디션장에 한번
가봐요. 단 한 번의 기회가 절박한, 아니면 적어도 공짜 식사가 절박
한 실직자 아가씨들이 수없이 많이 있을 거예요."*

• 기발하지 않은가?

맥스가 내 천재성을 칭찬하기를 기다린다. 하지만 그는 회의적인 표정이다. "줄 서서 대기 중인 모든 여자에게 데이트 한 번 해달라고 간청할 셈이에요?" 맥스는 그 전략을 곰곰이 생각한다. "그건 좀… 어색할 것 같은데요."

"맞아요, 하지만 완전히 천재적이잖아요."

"우선 그 생각은 보류해둡시다." 내가 잊어버릴 때까지 보류하고 싶겠지. 내 상황을 고려해보면, 그의 입장에서도 이건 나쁜 생각이 아니다.

맥스의 마음을 돌리기 전에 슈퍼마켓에 들러야겠다. "우리 본스에 잠깐 들러요. 이부프로펜하고 물이 필요해요." 어제 온종일 수사를 하러 다닌 데다, 오늘 아침에 무모한 장난까지 벌인 결과로 캘리포니아 땅덩어리만 한 긴장성 두통을 얻었다. 머리가 지끈지끈 아프다.

차에 올라탄 후 코브라에 관해 알게 된 정보를 맥스에게 말해준다.

"우리가 오늘 아침에 마약왕하고 커피를 마신 거네요?" 그가 말을 멈추더니 곰곰이 생각한다. "그래서 크리스털이 당신이랑 말을 안 하려는 것 같아요."

그렇게 생각해보니 다 이해가 된다.

"아시다시피, 난 스물아홉이 될 때까지 곤경에 처하지 않고 흑인으로 잘 살아왔어요. 그런데 여기 있는 당신은, 예쁜 백인 여자인데도 곤란한 상황에서 벗어나지 못하는 것 같아요."

그의 말에도 일리가 있다. 그렇다면 남은 질문, 나는 정말로 얼마나 곤란한 상황인 걸까?

　순탄하게 길을 찾아 근처의 본스 슈퍼마켓에 도착한다. 가게 앞으로 걸어갈 때 맥스가 내게 팔을 내민다. 내가 그냥 절박하고 취약한 상태인 건지 그에게 홀딱 반했는지는 잘 모르겠다. 그의 팔은 따스하게 느껴지고, 단단한 근육질이다. "맥스." 나는 맥스의 친절에 압도된 표정으로 그를 올려다본다. 이 남자는 나를 알지도 못하면서 지금껏 내 옆에 늘 있어줬다. 그가 잘생겼다고 고백하면서 까치발을 한 채 키스하고 싶다. 그가 두 팔로 나를 꼭 껴안아줬으면 좋겠다. 하지만 키스를 하는 대신 나는 "고마워요"라고 말한다.

　본스 바깥에 한 노숙자 남자가 있는데, 대번에 그를 알아본다. 금요일에 해변에서 만난 남자다. "어이, 미아."

　"무슨 일이에요, 돈?" 그의 이름이 생각할 겨를도 없이 혀에서 굴러떨어진다.

　맥스가 일단 멈춰 멍하니 있다가 그 남자를 똑바로 쳐다본다. "미아를 아세요?"

　"내가 지역 무료 급식소에서 자원봉사 했다고 말했잖아요." 우쭐해하며 만족스러운 듯 말한다. "돈이 나를 기억해요." 나는 가장 친절한 자원봉사자였던 게 틀림없다.

　돈은 내 말이 여태껏 들은 말 중에 가장 우습다는 듯 웃는다. "음, 아니야. 난 자네 밑에서 **일했잖아**." 그러더니 덧붙여 말한다. "게다가 예전에는 적어도 한 번 이상 나랑 노숙자 쉼터에서 같이 밥을 먹어놓고선."

"죄송한데… 뭐라고요?" '뭐라고요' 정도로는 내가 얼마나 혼란스러운지를 다 표현할 수 없다.

내가 노숙자 쉼터에서 밥을 먹었다고? 내 삶은 대체 얼마나 더 리얼해지려는 걸까?

맥스도 웃는다. "저도 미아 밑에서 일해요." 그는 손을 내밀면서 말한다. "전 맥스라고 합니다. 제가 미아를 도와서… 그날그날 해야 할 일을 처리하고 있어요."

남자가 고개를 끄덕인다.

"전 가끔 기사 노릇도 해요."

돈의 얼굴이 밝아진다. "정말? 나도 저 페라리를 몰고 싶어. 나를 기사로 쓰면 월급은 주지 않아도 될 텐데 말이야. 월급을 준다면야 좋겠지만, 미아. 저 차는 기가 막히게 좋은 기계라고."

돈이 내 생각보다 나를 더 많이 알 경우를 대비해서, 그에게 다른 적절한 디테일에 대해 묻는다. 말하자면 내가 어디 사는지와 같은 것을. 그가 안다고 말하길 바라면서도 한편으로는 모른다고 말하기를 바란다. 어느 쪽이든, 나는 내가 생각했던 만큼 교양 있는 사람은 아니다. 내가 노숙자라면 기껏해야 상류층을 동경하는 속물일 뿐일 테니.

돈의 기억은 그리 멀리 나아가지 못한다. "그냥 자네가 자콜릿을 엄청 좋아한다는 건 알고 있지." 돈이 말한다. 이 말에 맥스의 눈이 휘둥그레진다.

"뭐라고요?" 나는 완전히 비꼬는 말투로 말한다. 반은 장난기 섞인 목소리로 이렇게 덧붙인다. "일단 자콜릿을 맛보시면, 그런 광고도 있잖아요."

돈이 웃음을 터트리고, 맥스는 재치 있게 받아치고 싶은 것을 참는 듯한 소리를 낸다.

나는 아직도 돈의 연락처를 갖고 있는지 확인한 뒤 그에게 5달러를 더 준 다음, 맥스와 함께 본스로 향한다. 맥스가 큰 카트를 끌고 나오다가 마음을 바꿔서 중간 크기의 카트로 바꿔온다. 그가 밖에서 나눴던 대화를 다시 떠올렸다는 걸 알 수 있다. 그게 아니라면 쇼핑 카트에 관심이 많거나. 나는 자연스럽게 행동하면서 '캘리포니아Republic of California' 티셔츠로 가득 채워진 가판대를 본다. "저걸 하나 사서…."

"미아, 난 걱정돼요. 당신은 전에… 위험한 사람들하고 어울리고 있었을지도 몰라요."

"맥스, 내가 집이 없어서 고생하는 사람을 고용했다고 해서 그렇게 말하면 안 되죠. 그렇게 해서 우린 세상을 더 낫게 만드는 거예요. 운이 없는 사람들에게 두 번째 기회를 제공하면서요."

"음, 맞아요. 하지만…." 그는 통로 중앙에서 카트를 멈추더니 내 눈을 들여다본다. "당신은 현재 취약한 상태고, 어떤 이유에서인지 위험한 사람들과 관련돼 있으니까…."

"걱정하지 마요. 그들과 어울리거나 그런 건 아닐 거예요. 게다가 내가 어울렸었다는 음지의 인물들을 지금 경찰이 수사하고 있잖아요, 기억나죠?"

맥스는 그 말에 만족한 듯 보인다. 두통약을 집은 후 조리식품 코너로 들어간다. 나는 조리식품 판매대를 정독하면서 색깔이 이상한 생강과 엄지손가락 크기의 고추냉이 덩이가 놓여 있는 작은 플라스틱 캘리포니아 롤 세트를 뚫어지게 쳐다본다. 마치 그것들이 비밀이라도 속삭일 듯이….

갑자기 미술관에서의 기억이 전광석화처럼 떠오른다. 영화를 보는 것처럼 생생하게 펼쳐지는 것이 아니라 그저 그 사고를 힐끗 엿보는 정도로. 공들여 진열되어 있는 롤 초밥이 보인다. 나는 맨 위에 오렌지색 캐비어를 얹은 캘리포니아 롤에 눈독을 들이고 있다. 롤 몇 개를 집은 뒤 다른 손에는 와인 잔을 들어 균형을 잡을 때 건물 밖에서 소란스러운 소리가 들렸다.

"나쁜 년!"

그래미 시상식에라도 갈 듯이 차려입은 방 안을 가득 채운 사람들이 초밥 테이블에서 소리가 난 문 쪽을 돌아본다. 앞으로 벌어질 일이 무엇이든 하나라도 놓치고 싶지 않다. 방과 후 벌어지는 싸움을 구경할 때처럼 약간 스릴을 느낀다. 소리 지르는 사람이 누구든 아직 시야에 들어오지 않았으니, 싸움이 시작되기 전에 아직 시간이 있다고 생각하면서 접시에 고추냉이를 조금 올린다. 나는 와인 잔을 들고 드라마가 더 잘 보이는 곳으로 걷기 시작한다. 큐피드 조각상 가까이에 멋진 장소가 눈에 들어온다.

"여기 있을 줄 알았어, 이 나쁜 년!" 목소리가 소리친다. 나는 화가 난 여자를 찾아 주위를 둘러보며 곧 벌어질 싸움을 볼 준비를 한다.

"미아, 어디 있어? 이 나쁜 년!"

미아? 그녀는 나를 찾고 있다! 여전히 내 와인과 접시를 움켜쥔 채 군중들을 훑어본다. 목소리가 어디서 들리는지 확인한 후 화장실로 몸을 숨길까 고민한다.

그건 정확히 방과 후 싸움과 똑같다. 롱비치에 있는 모든 호화로운 자선가들과 예술 애호가들이 싸움을 구경하려 원을 이룬다. "실례합니다만, 제 와인 좀 받아주시겠어요?" 나는 옆 사람에게 부탁한다. 싸움이 시작될 때 와인을 흘리고 싶지는 않으니까.

나를 공격하려는 쪽이 원 안으로 들어오자 나는 조랑말처럼 머리를 뒤로 넘긴다. 하지만 공격자는 여자가 아니라 JP다.

겁에 질려 헐떡이면서 조리식품 판매대에 기대고 숨을 고른다.

"손님!"

눈을 깜빡이며 다시 본다. 얼음으로 차갑게 해둔 생굴이 오른 테이블이 없다. 공들여 진열된 롤 초밥도 없다. 나는 미리 포장해서 판매하는 세트 초밥 매대 앞에 서 있다.

조리 식품 판매대에 있던 남자가 다시 말한다. "손님? 뭐 필요하세요? 괜찮으세요?"

나는 그를 보지 않은 채 대답하며 맥스를 찾는다. "미안해요, 괜찮아요."

"그럼 롤 세 개짜리 콤보는 필요 없으세요?"

"다음에 살게요. 죄송해요!"

나는 맥스를 발견한다. 그는 뭔가를 골똘히 생각하면서 네이키드 주스 앞에 서 있다. "맥스!"

"왜요? 무슨 일 있었어요?" 그가 집었던 주스를 내려놓는다.

"방금 뭔가 떠올랐어요. 어떤 여자가 나를 나쁜 년이라고 부르면서 나를 찾고 있었는데, 그 여자가 사라지고는 갑자기 JP가 나타났어요. 근데 그가 화를 냈어요. 무슨 일인지 모르겠지만… 혼란스러워요."

"그냥 잠시 앉아 있어요. 아마 이런 일을 더 겪을 거예요. 특히 그 사건에 관한 일일 때는. 당신 뇌가 조각들을 끼워 맞추고 있는데 아직도 뭐가 어디에 들어가야 하는지 계산하고 있는 것 같아요."

그는 나를 가게 앞쪽으로 이끈다. 우리는 매장 안에 있는 스타벅스에 앉는다. 맥스가 끈기 있게 기다리는 동안 생수 한 병을 다 들이켜고는 약 몇 알을 삼킨다. 두통은 말할 것도 없고 환영의 충격으로 휘청거리기까지 한다. 맥스가 여기 있어서 정말 다행이다. 이 고통을 혼자서 견뎌내지 않아도 된다는 것이 지금 당장은 유일한 위안이다. 손을 뻗어 그의 손을 잡자 그가 보답으로 응원의 마음을 담아 내 손을 꼭 쥔다. 감사의 눈물이 차오르기 시작한다. 이런 일을 견딜 수 있게 도와줄 사람이 있다는 것이 믿을 수 없이 감사하다.

맥스의 입장에서는 그저 내가 회복되기를 기다리고 있었을지도 모르는데, 그 느낌은 그가 "저 더블 베이컨 샌드위치가 맛있어 보이네요"라고 말하자 더 확실해진다.

『화성에서 온 남자, 금성에서 온 여자』 같은 관점을 여실히 보여주는 이 순간에 웃지 않을 수가 없다. 어느 쪽이든 힘이 되어주는 맥스는 고맙지만. 잠시 후에 나는 그의 손을 놓는다. 이 화성인에게 더블 베이컨 샌드위치를 사줘야겠다.[*]

샌드위치를 사주려고 줄을 서는 동안 내가 울었다는 것을 그가 몰랐는지, 아니면 못 본 척하는 것인지 모르겠다. 왜냐하면 눈물이… 알겠다. 어느 쪽이든 비판은 사절한다. 내가 일부러 눈물을 흘렸을까? 그건 아닌 것 같다.

맥스에게 샌드위치를 건네줄 때 나는 약간 처져 있었다. 뒤늦게 폭행 신고를 마치고 막 경찰서를 떠났고, 두통약을 사려고 들어온 슈퍼에서 정신적 외상 때문에 울었으니까.

"괜찮아요?" 그가 묻는다.

"괜찮아요." 누가 봐도 가짜로 보일 법한 미소를 지으며 말한다.

맥스는 샌드위치 포장을 뜯으면서 말한다. "좋아요. 그럼 아직도 대역 오디션에 갈 생각이에요?"[**]

"달리 선택의 여지가 있어요?"

"분명히 말해두지만, 난 아직도 그게 바보 같은 아이디어라고 생

---

[*] 제대로 따지자면 JP가 그에게 샌드위치를 사주는 셈이다. 내 돈이 아닌 건 확실하니까.

[**] 배심원의 평결: 그는 100퍼센트 전형적인 이성애자 남자이다. 그래도 귀엽긴 하다.

각해요."

나도 좋은 생각이 아니라는 데 동의한다고는 말하지 않는다. 가까스로 눈물을 참는 것이 모든 것을 분명하게 말해주고 있다. 맥스 말대로 괜찮아지겠다고 다짐한다. "그게 우리가 가진 유일한 아이디어잖아요. 가서 오늘을 배우 지망생들의 날로 만들고 크리스털 대역을 뽑자고요."

14

맥스는 오디션장에 도착해 자동차 엔진을 끈다. 오디션이 열리는 곳은 시내에서 멀지 않은 크고 낡은 창고이다. 주차장은 딸기 바구니의 재료로 쓰일 것 같은 초록색 플라스틱 울타리로 둘러싸여 있다. '임대/매매'와 '월 249달러로 주차하세요'라고 쓰인 표지판이 건물 옆면에 걸려 있다. 글자 그대로 어떤 명분으로든 돈을 벌려고 혈안이 된 것 같다. 그러니까 이 앞에 서 있다가는 건물에서 사람들이 튀어나와 주차 공간을 강매할지도 모른다. 배우가 꿈인 듯한 여자 하나가 우버에서 내리더니 그 건물로 향한다. 그녀는 그곳이 완전히 버려진 건물로 보이지 않게 하는 유일한 존재다.

"그래서 이제 어떻게 해야 하죠?" 맥스에게 묻는다. 여기 도착할 때까지 나는 다음 단계를 생각해두지 않았다. "뭘 하든 당신이 나서줬으면 좋겠네요." 나는 지금 당장 거의 버려진 이 창고 주차장에서 낮잠이나 자고 싶다.

"절대 안 돼요. 이건 지금껏 우리가 생각했던 것 중에 가장 바보 같은 아이디어예요." 맥스는 진심인 듯 보인다. 그를 이 차에서 내리게 할 방법은 전혀 없는 것 같다.

"당신은 정말 형편없는 직원이에요." 맥스에게 월급을 주지 못한다 해도 죄책감을 느낄 필요가 없다. 그는 거의 아무것도 하지 않으니까.

백미러를 보면서 샤넬의 해적 립스틱을 다시 바르고, 바람에 날린 머리카락을 매만지는 동안, 맥스는 화려한 플레이로 반박할 기회를 잡는다.

"당신이 이게 문제라고 여기지 않는다니 흑인 남자로서 기분이 나쁘네요."

"음, 나는 그냥… 낮잠이나 자고 싶어요."

"미아, 내가 오디션장에 걸어 들어가서 데이트할 여자들을 진짜 모집할 수 있다고 생각해요? 백인 여자 머리에서 나올 법한 예쁜 그림이긴 하네요. 덩치 큰 흑인 남자 머리에서 나오는 그림으로는 난 틀림없이 쫓겨날 거예요. 누군가 경찰에 신고하고도 남을 거라고요. 사람들은 아마 날 일종의 포주라고 생각할 거예요."

"그러거나 말거나. 나는 이미 그 짓을 하고 있으니까, 이제 그만 좀 징징대요."

그가 비웃으며 말한다. "그냥 그렇다고 말한 것뿐이에요."

맥스의 말을 더는 듣지 않는다. 그는 이 모든 일을 굉장히 어색해한다. 우리 중 누가 저기로 들어간다 해도 어차피 의심스러울 것이다. "당신 말이 맞아요. 불순한 동기가 있는 것처럼 보일 거예요."

"불순한 동기가 있는 건 맞잖아요."

"내 생각엔 일종의 위기를 맞은 척해서…."

그가 내 말을 끊는다. "행운을 빌게요. 경찰이 오면 문자해요." 나는 왜 이 말이 매번 우리의 작별 인사처럼 들릴까?

창고에 다가가자, 스물에서 서른 살 사이의 예쁜 여자들이 밖에 줄을 서 있는 모습이 보인다. 그중에서 백만장자와 데이트할 여자를 찾는 일은 힘들지 않을 것이다. 내가 마약중독자처럼 보이지만 않으면 된다.

줄에 살짝 끼어든다. 그저 잠재적인 데이트 상대가 빽빽하게 들어선 줄에 있고 싶었다. "끼어들지 마요." 어떤 여자가 말한다.

"오, 미안해요."

그녀가 노려보자 나는 줄 뒤로 향한다. 내 옆에 있는 빨간 머리 여자는 줄스와 데이트하러 나갈 수 있을 것 같다. 적당한 나이에, 속옷 입은 모습도 멋질 것 같다. 사방에서 사람들이 대본을 보고 대사를 읽으며 발성 연습을 하거나 팬터마임 연기를 하고 있다. 빨간 머리는 아무것도 하지 않는다.

"이건 뭘 위한 오디션이에요? 음… 제가 이렇게 정신이 없어요."

그녀가 대본을 힐긋 보더니 대답한다. "이건 「그레이 아나토미」 같은 종류의 병원 드라마예요."

"그럼 무슨 배역에 오디션을 보는 거죠?"

"그쪽은 길을 걷다가 그냥 들어오기라도 했어요?"

"이런 오디션을 하도 많이 봐서요."

"그 기분 나도 알죠. 이 배역은 '예쁜 여자2'예요."

"대사 좀 볼 수 있을까요?" 스타가 되려는 여인들아! 예쁜 여자2 라니! 적어도 우리는 1번이 되어야 하지 않겠니? 아니면 이름이라 도 있는 배역이나?

빨간 머리는 미친 사람 보듯 나를 본다. "대사는 그렇게 중요하지 않아요." 그녀는 내게 대본을 건네준다. '예쁜 여자2'는 비명을 지르 며 달려가서 "오 마이 갓! 도와주세요!"라고 소리쳐야 한다.

이들이 대체 뭘 연습하고 있는지 모르겠다. 나는 훨씬 더 큰 도전 을 눈앞에 두고 있다고. 내가 살고 있는 현실을 떨쳐버리려는 듯 몸 을 떨고, 눈을 감은 후 만들어내려는 장면을 상상한다. 눈을 뜨면서, 온전히 캐릭터에 몰입한다.

줄에 서 있는 다른 사람들처럼 휴대폰을 스크롤하기 시작한다.

적절한 시간이 흐른 후, '헉' 하고 놀라는 시늉을 한다. "젠장." 나 는 마치 누군가가 멜론 볼러로 내 가슴을 한 덩어리 떠낸 것처럼 말 한다. 안타깝다는 듯 발도 구른다. 그런 다음 정신을 차리려는 듯 허 리와 어깨를 곧게 펴고 눈을 감는다. 감정을 단단히 추스르는 척을 한다.

여자 몇 명이 내 쪽을 바라보다가 이내 다시 연습을 시작한다. 나 는 완전히 그들을 무시한다.

아직 끝나지 않았다. 고개를 떨어뜨리고 조용히 눈물을 흘리기 시작한다. 빨간 머리는 이제 나를 무시하지 못한다. "무슨 일이에 요?" 그녀가 묻는다.

"그냥… 너무 바보 같아요. 창피하기도 하고요."

"바보 같은 일이 아닐 거예요. 뭔데요?"

"제가 내일 밤에 줄스 스펜서랑 데이트하기로 했거든요." 그녀가 줄스를 아는지 확인하려고 슬쩍 올려다본다. "있잖아요, 그 유명한 속옷 모델."

그녀의 표정으로 보아 그녀도 그를 안다는 걸 짐작할 수 있다.

"그런데 못 가게 됐어요. 상사가 방금 문자해서 내일 출근하라네요. 전 그 직장이 필요하거든요."

"세상에. 해시태그 '**최악**' 같은 상황이네요."

그건 여태까지 들은 말 중에 해시태그 '가장 바보 같은 문장'이지만, 가만히 고개를 끄덕인다. 눈물을 삼키려는 듯 눈을 감는다. 한 방울이 흘러내린다. 너무 쉽다. 나는 그저 내 인생만 생각하면 된다. 그러자 다른 못된 여자들이 얼마나 많이 필요에 따라 울 수 있는지 문득 궁금해진다. "백만장자와의 소개팅이라니. 솔직히 그런 기회가 얼마나 자주 오겠어요?"

빨간 머리는 내 팔에 손을 올리며 적당히 속상한 표정을 지어 보인다. "너무 안됐네요. 가끔은 아무리 열심히 노력해도, 인생에서 성공하지 못하는 때가 있더라고요."

"이런 말이 좀 이상하게 들릴지도 모르겠지만, 혹시 그쪽이 갈래요? 어차피 얼굴도 모르는 소개팅이잖아요. 누군가에게는 기회가 돌아가야죠."

빨간 머리의 손이 급히 가슴에 놓인다. "진짜요?"

나는 임종을 맞으며 그녀를 유일한 자식으로 인정한다는 듯 비장하게 눈을 감는다. "누군가는 가야 해요. 여기 다른 못된 여자들보다는 당신이 더 나아요."

그녀에게 내일 줄스를 만나야 하는 시간과 자세한 사항을 알려주기 시작한다. 솔직히 말해, 이 일을 즐기고 있다.

"이 장소는 어디예요? 난 뭘 입고 갈까요?"

안경을 끼고 행색이 초라한 어떤 남자가 이 세상의 모든 시간을 다 쥐고 있는 듯 천천히 어슬렁거리다가 빨간 머리의 질문을 가로막는다. 그러고는 나를 향해 박수를 치기 시작한다. "축하해요, 아가씨. 나랑 함께 가시겠어요?"

"음… 누구신지요?"

"나는 감독이에요. 방금 그쪽이 맨 앞줄의 자리를 따내셨어요. 아마 배역도 있을 겁니다."

"왜요?" 그와 함께 갈 이유가 없다. 이 남자는 딱 가짜 약장수같이 생겼다.

"방금 당신이 한 연기를 봤어요. 굉장하더군요."

나는 그를 노려본다.

"아가씨는 제대로 된 에너지를 갖고 있어요. 전체적인 분위기가 딱이에요." 그는 손으로 내 아우라를 느끼는 듯 이상한 손짓을 한다. 빌어먹을 할리우드 얼간이 같으니. "게다가 아가씨는 그 배역을 위한 옷을 입었잖아요. 다른 여자들은 모두 귀여워 보이려고 애를 쓰는데, 당신은… 아주 리얼해요." 그는 '리얼하다'는 말을 으르렁거리듯 한다. "그건 스테이플러예요?"

그 말을 듣고 나는 손가락으로 딱딱한 금속 능선을 이루고 있는 스테이플러 자국을 어루만진다. 닥터 파텔이 열흘은 그 상태로 두어야 한다고 말했는데, 아직 나흘밖에 되지 않았다.

남자가 감탄하면서 나를 바라본다. "아가씨는 딱 우리에게 필요한 사람이에요. 아가씨가 카메라 앞에서 대사를 읽어줬으면 좋겠고, 그 드레스를 벗으면 어떨지 봐야겠어요."

빨간 머리 쪽을 돌아보면서 말한다. "방금 들었어요? 나더러 옷을 벗으래요! 소식 들었는지 모르겠지만, 그런 하비 와인스타인 같은 헛소리는 이제 안 먹혀요." 나는 지지를 바라며 예쁜 여자 후보들 무리를 바라본다. "내 말이 맞죠, 숙녀분들?"

하지만 아무도 나를 지지하지 않는다.

"아가씨. 어떤 종류의 영화 오디션을 보러 왔는지 알고 있어요?"

"예쁜 여자2요, 의학 드라마의."

"맞아요. 배경은 병원이지만, 일단 촬영에 들어가면 옷은 모두 벗어버리고 대본은 그다지 중요하지 않아요. 내 말 알겠어요?"

"맙소사 Fuck me, '나랑 섹스하자'라는 의미가 있음―옮긴이."

"바로 그거예요."

"하지만 안내 자료에는 그렇게 쓰여 있지 않잖아요." 나는 빨간 머리의 대본을 읽는다. 그건 그냥 「그레이 아나토미」처럼 보인다.

그가 어깨를 으쓱하며 말한다. "어쨌거나, 이것도 일이에요."

"이건 성 착취예요." 나는 줄을 선 여자들을 보며 말한다. "여러분은 이게 포르노 오디션이란 걸 다들 알았어요?"

그들 중 몇몇은 놀라는 것 같다. 그러나 아무도 그다지 놀라는 것 같지 않다.

"이봐요, 너무하네요. 당신은 이 사람들이 일자리에 절박한 나머지 거짓 약속 몇 개만 제안하면 뭐든 하리라는 걸 알고 있잖아요." 나는 줄을 선 여자들을 향해 말한다. "누구 나랑 함께 나가실 분?"

"하느님, 맙소사. 그만 여기서 나가주세요. 난 영화를 만드는 것뿐이에요."

나는 비웃는다. 도리어 내 쪽이 문제라고 생각한다니 믿을 수가 없다. "진짜요? 포르노를 만드는 게 합법이기는 해요?"

남자가 고개를 끄덕인다. "상당한 규제를 받는 산업이긴 하죠. 자꾸 이러시면 경찰을 부를 거예요."

그가 진담인 것을 알아차리자, 나는 얼른 한발 물러난다. "미안해요. 갈게요." 빨간 머리를 보면서 남들이 다 들도록 속삭인다. "아직도 그 데이트 원하는 거죠?"

"어, 아니요, 됐어요."

제기랄.

"나 미친 사람 아니에요. 더 나은 기회를 바랄 뿐이라고요."

그녀는 내가 두렵다는 듯 눈을 피한다.

내가 원하는 건 하룻밤만 크리스털인 척할 여자 한 명이다. 그게 이렇게 어려운 일인가? 이 남자에게는 카메라 앞에서 옷을 벗고 시키는 것은 무엇이든 할 여자들이 줄을 서 있는데. 나는 결정적인 한 방을 날린다. 내가 무대에 있다고 상상하면서. 보아하니 그건 내가 잘하는 것 같다. "전 갑니다. 하지만 여러분에게 일자리를 제안하고 싶어요. 전 데이팅 서비스를 운영하는데, 내일 밤 돈 많은 어떤 남자랑 데이트를 할 여자분이 필요합니다. 이건 굉장한 기회라고요."

지금껏 모든 얘기를 들을 만큼 가까이 있었던 여자 하나가 말한다. "저기요, 그건 감독이 제안한 것보다 훨씬 무섭게 들리는데요."

"내 표현 방식 때문에 그럴 거예요. 나는 백만장자들을 평범한 사람들과 연결해줘요. 난 소칼 매거진에도 소개된 사람이에요. 그저 데이트 상대 한 명이 필요한데, 여러분 누구라도 자격이 충분해요. 내게는 여러분이 '예쁜 여자1'이니까요."

감독이 휴대폰을 꺼낸다. "여기 비상 상황이 발생했어요."

"알았어요, 간다고요!" 어쩌면 배우 지망생 중 하나가 주차장으로 날 만나러 올지도 모른다. 최대한 빨리 페라리로 걸어가서 조수석 문을 연다.

"금방 오네요. 잘 해결됐다는 뜻이겠죠?" 맥스가 말한다.

고개를 흔든다. "절대 아니죠. 경찰이 오고 있을지도 몰라요."

맥스는 내 말이 진짜인지 확인하려고 주위를 둘러본다. "농담이죠, 그죠?"

"100퍼센트 진담이에요." 나는 살짝 몸을 떤다. 하루에 경찰과 얼마나 많은 교류를 해야 하는 걸까?

"알았다, 오버." 그는 차에 시동을 걸고 급히 빠져나온다.

밖으로 나오는 길에 순찰차 한 대가 주차장으로 들어가는 것이 보인다. 신음하며 시트 아래로 몸을 숙인다. "난 바보 천치예요."

"아니에요, 당신은 바보 천치가 아니에요."

"당신이 나한테 하지 말라고 말했잖아요."

"맞아요. 그리고 이제 보니 내 말이 맞았던 거죠. 하지만 당신은 시도를 했어요. 당신이 과학자라면, 나는 아마 당신이 무모한 실험을 많이 하고 있다고 생각했겠지만, 그만큼 많은 위험도 감수했잖아요. 엄청난 발전을 이뤄낸 사람들은 당신 같은 사람들이에요."

맥스는 그만의 진중함으로 나를 침묵시킨다. 지금껏 들어본 것 중에 가장 멋진 칭찬이다. 특히 그에게 받은 칭찬 중에서는. 보통 나는 내 엉덩이가 얼마나 훌륭한지에 관한 칭찬을 더 좋아했겠지만, 이제부터 받고 싶은 칭찬은 "만약 당신이 과학자라면…"이다.

"고마워요, 맥스."

"우리는 모두 자기가 원래 갖고 있던 생각을 뒷받침하는 아이디어만 인정하는 확증 편향에 시달리고 있어요. 근데 당신과 시간을 보내다 보니 나도 편견이 있다는 걸 인식하게 됐어요. 좋은 학습 경험이 됐어요."

"이 인턴십이 바로 그런 걸 배우는 거죠." 나는 바보 같은 미소를 지으며 말한다. "당신은 내가 섹시하다고도 생각하는 것 같은데, 맞죠?"•

• 만약 맥스가 학습경험을 원한다면, 실제로 숙녀를 어떻게 칭찬해야 하는지를 알려줄 테다.

그는 웃다가 숨이 넘어갈 지경이다. "저런." 그는 엄숙하게 나를 보며 말한다. "엄청 섹시하죠. 그리고 이건 인턴으로서가 아니라 부사장으로서 하는 말이에요."

"뭐가 됐든 부르고 싶은 대로 불러요, 맥스." 나는 그의 팔을 토닥인다. "오디션 건은 정리됐고, 이제 아이디어가 하나 더 남았어요. 오디션장에서는 효과가 없었지만 스타벅스에 있는 여자들 중에서는 크리스털이 될 만한 사람이 있을 것 같아요. 마침 저기 앞에 스타벅스가 있네요."

신호에 걸려서 있는 동안 맥스는 나를 회의적으로 보면서 말한다. "계속해봐요." 맥스가 나를 비난하지 않고 일단 들어주려고 열심히 애쓰고 있다는 걸 알겠다.

"우리 그냥 안으로 들어가서 소리치는 게 어때요? '어이, 아가씨들! 여기 속옷 모델 줄스 스펜서랑 데이트하고 싶은 사람 없어요?' 라고."

그가 웃는다.

"난 진지해요."

"나도요. 난 안 할래요."

"당신이 나한테 과학자가 되어야 한다고 말했던 것 같은데요."

"그 말 취소할게요."

내가 막 내 논지를 주장하려고 할 때 휴대폰에 '핑' 하고 알림음이 울린다. "맥스!" 차 안에서 나는 너무 크게 소리를 지른다. "할렐루야 합창곡을 틀어야겠어요!"

"뭔데요? 크레이그리스트 엘사가 문자했어요?"

"그보다 훨씬 좋아요. 크리스털이에요."

직장으로 데리러 와. 내일. 6시.

그녀에게 거의 나가 죽어버리라고 말할 뻔했지만, 꾹 눌러 참는다. 그녀는 내가 나에 관한 자료와 이해력이 있을 때 고객과 연결해 줬던 사람이니까.

좋아. 주소는 문자로 보내줘.

• • •

JP의 집으로 돌아와 맥스에게 그만 가서 누워야겠다고 말한다. 완전히 에너지가 방전됐다.

"다행이네요. 내심 걱정했거든요. 알죠? 수면 부족으로 사람이 죽을 수도 있다는 거."

"내가 그 정도로 심하다고는 생각하지 않아요."

"내 말을 믿어요. 당신은 지금 스스로 생각하는 것보다 잠이 더 많이 필요해요."

"해도 아직 안 졌어요. 그냥 낮잠만 조금 자면 돼요."

발을 질질 끌며 복도를 지나 JP의 거대한 침대 중앙에 풍덩 몸을 던진다. 안방이 호화스럽게 크지 않았더라면 그 침대는 방 전체를 차지했을 것이다.

맥스가 문틀을 노크한다. "잠들기 전에 하나만 말해도 될까요?"

"앉을 필요만 없다면요. 그리고 이건 그냥 낮잠이에요." 침대의 내 옆자리를 두드리며 말한다. "여기서 회의를 해도 돼요. 원하면 넷플릭스를 틀어도 되고요."

맥스는 침대 가장자리에 걸터앉는다. "크리스털과 관련해 좋은 뉴스가 있어서 다행이에요. …왜냐하면 나한테는 나쁜 뉴스가 있으니까요."

아무 말 없이 그를 빤히 바라본다.

"그러니까, 정말로 나쁜 뉴스는 아니에요. 말하자면 '자기 꾀에 걸려 넘어진' 부류의 뉴스죠. 오디션장에서 당신을 기다리는 동안, 골드러시 자료를 좀 훑어보다가 줄스에 관해 뭔가를 발견했어요."

그가 무슨 말을 할지 상상이 되지 않는다.

"이 모든 일을 벌이는 이유는 줄스가 당신에게 3만 5천 달러를 지불했기 때문이라고 했었죠?"

이제 내 눈이 휘둥그레진다. "그래요."

"음, 그는 당신에게 한 푼도 지불하지 않았어요." 그는 말을 이어가기 전에 그 정보가 충분히 이해되도록 뜸을 들인다. "당신은 그에게 골드러시를 사용해달라고 10만 달러를 줬어요. 그는 해시태그 '골드러시'를 단 게시글을 몇 번 올리기만 하면 되죠. 그리고 크리스털을 데리고 다니면서 파파라치 사진을 찍힌다는 데 동의했어요."

침대에서 벌떡 일어나 앉는다. "뭐라고요? 내가 미친 걸까요?"

"나도 처음에는 그렇게 생각했지만, 아마 아닐 거예요. 그는 인플루언서니까, 사람들에게 미치는 영향력을 생각해서 돈을 줬을 거예요. 내 생각은 그래요." 그는 손바닥을 위로 들어 올린 채 반쯤 미소를 지어 보인다. "이런 일은 내겐 다 생소하네요."

나는 침대 시트를 끌어올려 얼굴을 가린다. "나는 오늘 크리스털을 대체할 사람을 찾다가 거의 체포될 뻔했어요. 아무나 데려다줄 뻔했다고요. 거기까지 갈 수도 있었다고요."

"우리 꾀에 우리가 넘어간 거죠."

"그게 중요한 게 아닌 것 같아요. 정말로 크리스털을 찾아야 해요. 우리가 만약 오즈에 있다면, 그녀가 마법사일 거예요."

"하지만 인스타그램 홍보를 위해 줄스에게 10만 달러나 주는 걸 보면, 그런 무모한 내기에 돈을 던질 만큼 당신이 어마어마한 부자라는 말이잖아요. 그건 좋은 소식이 틀림없어요."

우습다는 듯 웃는다. 당장 한 푼도 없다는 사실을 생각하면 전혀 우스운 일이 아니다. 나는 그 사실을 비밀로 간직한다. 지금 당장 넷플릭스라도 보다가 잠이 들지 않으면, 폭발해버릴 것만 같다.

맥스는 방을 나가지 않고 TV를 켜서 내 옆에 등을 기댄다.

"난 보다가 잘 거예요." 오디션이 향수를 불러일으킨 「그레이 아나토미」를 볼 생각이었지만, 갑자기 번득이듯 어떤 사실을 인식하게 된다. 맥스는 나와 함께 있고, 그는 드라마를 보다가 잠들 계획이 아니라는 사실을. "당신은 뭘 보고 싶어요?"

"음, 그냥 책이나 읽을래요."

"좋아요, 그러면 알맞은 걸 골라줄게요." 재미있는 선물 주기 도전 같다. 나는 「우주의 시작과 끝」이라는 다큐멘터리를 고른다.

그 혼자서도 이걸 골랐을지 모른다. 그는 만족스럽다는 듯 미소를 지으며 인정한다는 의미로 내 팔을 문지른다. 내 TV 프로그램 선택과… 아마도 그 이상을. 잠들기 직전 내레이터의 단조로운 목소리가 들린다. "경험으로 보건대, 과학에서는 가장 간단한 질문이 종종 가장 대답하기 어려운 질문입니다."

사실이 아니라면 그렇겠지.

"한 시간 후에 깨워줄래요?"

그가 고개를 끄덕인다. "이 침대는 타이타닉만 해요. 소파보다 훨씬 더 좋아요." 그가 바깥쪽으로 몸을 쭉 뻗자 이제는 몸이 닿지 않는다. 젠장. "생각해봐요. 만약 케이트 윈슬렛의 구명보트가 이렇게 컸다면… 레오도 살릴 수 있었을 거예요."

지금은 이 침대가 구명보트처럼 느껴진다. 나와 맥스를 위한. 우리는 세상으로부터 아주 잠시 피신해 있는 것이다. 몸을 맥스에게 가까이 움직여 기댄다. "아무 말도 하지 마요. 그냥 당신하고 같이 잠들고 싶어요."

그의 눈이 평소보다 어두워지고, 내 입술을 보고 있다는 걸 알 수 있다. 맥스가 농담을 한다. "모든 여자들이 다들 그렇게 말해요."

"거짓말인 거 알아요." 맥스는 옆에서 그냥 잠만 자고 싶은 남자가 아니다. "한 시간 후에 깨워줘요." 나는 눈을 스르르 감으면서 반복해 말한다.

15

잠에서 깨는 것은 혼수상태에서 빠져나오는 것보다 더 별로다. 나는 옷을 다 입은 채 침대에 누워 있고 TV는 여전히 켜져 있다. 화면 보호기가 폭포와 경치 좋은 잔디밭과 만리장성 사진을 번갈아 보여주며 번쩍이고 있다. 맥스는 이제 침대에 없지만, 그가 있던 자리의 담요에는 커다랗게 구겨진 자국이 남았다.

휴대폰을 내려다본다. 일요일이다. 나만의 사적인 베첼러가 이에 빨간 장미를 문 채로 오늘 스위스에서 날아오고 있을 텐데, 나는 방금 그의 침대에서 그의 집을 봐주는 사람과 밤을 보냈다. 코를 침대 시트에 대고 누르면서 희미한 소나무 향기를 탐지한다. 그건 그저 데오드란트 냄새지만 이상하게도 친숙하다.

나는 오늘이 일요일, 내 사업의 운명을 결정할 바로 그날이라는 최후의 심판 선고를 빤히 바라보고 있다. 페이스북은 오늘이 에밀리 캐럴의 생일이라고 알려준다. 혹시 에밀리가 내 베스트 프렌드일까 봐 생일 축하해! 🎂 라고 쓴다. 생일 축하 메시지를 보는 동안, 에밀리가 답글을 쓰기 시작하자 가슴이 거칠게 요동친다. 에밀리가 나를 알고 있다! 하지만 그녀는 아무 답도 보내지 않고 사라진다. 나는 우주에서 철저하게 외톨이인 것 같다. 맥스만 빼고.

"매애액스! 어디 있어요?" 그가 내 정신을 나 자신 말고 딴 데로 돌릴 준비가 되어 있는지, 그의 표현을 빌리자면 '내가 내 문제에 맞서도록 도울' 준비가 되어 있는지 알고 싶다. 침대에서 혼자 나 자신에 관해 캐내려고 애써봐야 소용없으니까.

"왜애애요?" 그가 다른 방에서 대답한다.

"당신 도움이 필요해요."

"무슨 도움이요?"

"현실 직시요."

맥스가 침실로 들어온다. "음, 당신은 당신 사업을 돕는 대가로 돈을 주는 거잖아요. 존재 위기를 극복하도록 돕는 게 아니라요."

나는 웃는다. "누가 들으면 당신이 데이팅 사업에 정말로 전념하는 줄 알겠어요. 당신도 직장이 위기 상황이니까 월급을 받는 것뿐이면서. 피차 솔직해지자고요."

"당연하죠. 난 진짜로 청구서를 지불해야 하니까 이 일을 하는 거예요. 덕분에 다 해결됐지만요."

그의 전 여자친구가 평생의 연구를 고의로 방해하는 바람에, 지금 그는 JP의 집에서 나와 함께 모든 것으로부터 숨어 지내고 있다. "당신은 확실히 위기에 강해요. 당신의 체계적이고 과학적인 접근 방법이 진정시키는 효과가 있나 봐요."

"대부분 여자들은 그냥 내 몸을 좋아하죠."

"음, 그것도 멋지긴 해요." 정말 멋진 몸이다. 이 남자는 유전적으로 타고났다. 맥스를 물끄러미 바라보며 공부벌레 같은 티셔츠 아래 윤곽을 드러내는 근육에 감탄할 때, JP가 집에 오고 있다는 사실이 불쑥 떠오른다. 몇 시간 후면 내 삶은… 정상으로 돌아갈 수 있을까? 하지만 '정상'이 무엇일까? 더는 나에게 정상이란 개념이 적절하지 않은 것 같다.

여기저기 안 아픈 곳이 없다는 듯 신음하며 중얼거리고는 토할 것 같은 소리를 낸다. "오 마이 갓, 이 데이트를 어떻게 해야 하지?" 그러고는 나도 모르게 다시 신음한다. 파도가 나를 실패라는 바위투성이 해안가로 밀어붙이고 있고, 이제 물에 빠지기 직전이다. 내 뱃머리에 쓰인 #멋진인생은 역설적인 표현이 아닐 수 없다.

"다 됐어요. 내가 다 해결했어요, 자기야."

그가 방금 나를 '자기'라고 부른 것이 좋다. 비록 진심은 아니었더라도. 그냥 저도 모르게 나온 말이겠지. 그러면 안 되는 줄 알면서도 나는 그 말에 진심으로 눈에서 하트가 뿜어져 나온다.

"오늘 밤 데이트를 위해 그루폰세계 최초, 최대의 소셜커머스 기업—옮긴이 쿠폰을 받았어요."

그루폰이라고? 내가 첨단을 걷는 백만장자들을 데이브 앤 버스터스어른들을 위한 오락실이 콘셉트인 패밀리 레스토랑—옮긴이로 보내 그루폰 데이트를 하게 하다니. 차라리 처키 치즈식사를 할 수 있는 멀티 게임장—옮긴이로 보내는 게 낫겠다. "맥스…." 그는 상황을 전혀 이해하지 못하는 것 같다. "부자들은 고급스러운 걸 원해요."

"나도 이게 이상적이지는 않다는 걸 알지만, 너무 시간이 촉박하고 돈은 없잖아요? 우린 제한된 옵션밖에 없다고요."

"그게 뭔지 물어보기도 겁나네요."

"브라질 스테이크 레스토랑에서 100달러짜리 상품권을 60달러에 샀는데, 커플 마사지도 받을 수 있어요." 그가 어깨를 으쓱한다. "그 정도면 나한테는 달콤한 데이트거든요."

맥스는 단순한 생명체다. 그는 세상을 이진법으로 본다. 진실 대거짓, 옳음 대 그름, 흑인 대 백인, 외식 대 집밥, 좋거나 좋지 않거나. 그는 사랑스럽지만 연애 상대로는 확실히 자격 미달이다. 나는 그가 골든 레트리버라도 되는 양 그의 머리를 쓰다듬는다.

"그루폰을 사용할 방법이 없을 것 같아요. 어떻게 할까요? 줄스한테 그걸 웨이터한테 보여주고 계산할 때 할인을 받으라고 해요? 게다가 그런 곳은 인스타그램을 할 수도 없잖아요?"

그가 고개를 끄덕인다. "난 크리스털이 그 부분을 처리하도록 할 생각이었어요. 그녀는 그루폰을 알지 않겠어요? 게다가 운이 좋다면, 줄스는 그루폰이 뭔지도 모를 거예요."

"모르겠어요, 맥스. 먹힐 것 같지 않아요."

줄스는 유행의 첨단을 걷는 사람이다. 그가 그루폰을 택하게 할 유일한 방법은 그 스테이크 하우스가 셀카를 찍기에 최적의 조명을 갖췄다고 말해서 꾀어내는 것뿐이다. 아니면 그가 정말로 새로운 것에 관심이 많아서 맥스의 계획을 성공시킬 수 있을지도 모른다. 하지만 일단 커피가 먼저다.

아래층으로 내려가자 맥스가 갓 내린 커피 한 잔을 커다란 식탁 너머로 건네준다. 그의 맞은편에 놓인 스툴에 앉는다.

"오늘은 더 나아 보이네요. 어제 안 좋아 보였다는 건 아니지만, 그냥 더 피로가 풀린 것처럼 보여요."

"패닉과 두려움, 불안만 빼면 기분이 더 나아요."

"괜찮아질 거예요."

인사치레일 뿐이겠지만, 그의 말에 기운이 나는 것 같다.

"혹시 그루폰이 마음에 안 들면, 숨겨둔 비책이 또 있지요."

계속해보라는 표정을 지으며 조리대에 놓인 설탕 박스에 손을 뻗어 내 커피에 설탕을 조금 넣고 휘젓는다.

"그러니까, 서부 해안도로를 따라 내려가서 라구나를 지나면, 작은 만이 하나 있어요. 한 번 가본 적이 있는데 반짝이는 해파리가 가득했어요. 진짜 장관이었죠."

내 입이 떡 벌어진다. 너무 독특하고 낭만적이다. "왜 그 얘기부터 하지 않았어요?"

"거기가 어딘지 사실 기억나지 않거든요."

괜찮다. 그루폰이면 된다. 맥스가 캘리포니아 해변에서 딱 한 번 봤다는 해파리를 찾아서 하루 종일 운전하며 헤매고 다닐 수는 없다. 이미 내린 결론대로 시간이 없으니까. 항상 거기 있을 수도 있지만 제철이 아닐 수도 있고, 어쨌든 해파리는 사절이다.

"나중에 당신을 데리고 해파리를 보러 갈 거예요."

"그것참 사랑스러운 멘트네요, 맥스." 일어날 것 같지 않은 일이라 해도, 사랑스러운 건 사실이니까.

"혹시 지금 가고 싶을까 봐 말하는데, 난 연구실에 갈 거예요. 소프트웨어를 확인하고 살릴 만한 방법이 있는지 알아보려고요. 페이가 완전히 망가뜨렸을 것 같진 않거든요."

드디어 그가 정신을 차렸다! 나는 항상 맥스 편이었지만, 돕겠다고 맹세한 사람이 그저 원칙을 고수한답시고 꿈이 불타고 있는 꼴을 그냥 지켜만 보고 있지는 않으니 기분이 좋다.•

"난 페이가 그냥 자기 주장을 밝히고 싶었던 것뿐이라고 생각해요." 내가 격려하듯 말한다.

"그렇다면, 내가 그녀의 메시지를 요란하고 분명하게 받은 셈이네요." 맥스가 속을 끓이며 대답한다.

나는 홀딱 반한 눈으로 그를 바라본다. 무엇이 페이를 멀어지게 했는지 맥스는 절대 모른다.

• • •

연구실로 가는 길에, 맥스의 생각은 계속 페이에게 집중되어 있다. "우리가 헤어진 건 이미 극복했어요. 그건 오래된 뉴스지만, 여전히 이해가 안 가요. 우린 같이 연구를 했어요. 나더러 정리하라고

• 나는 원칙을 지킨답시고 밑바닥까지는 절대 가지 않을 것이다.

엉망진창을 만들어놓은 건 그렇다 쳐도, 그녀는 왜 모든 걸 다 버렸을까요?"

"아마 당신은 페이가 진짜 어떤 사람인지 절대 몰랐을 거예요." 그게 정답인 건 분명하다. 맥스가 인정할 수는 없겠지만. 인스타그램 닉네임을 바탕으로 추정컨대, 맥스는 자기가 모든 것을 안다고 생각하는 것 같다. 어떤 면에서는 그 말도 맞다. 뇌 부상과 논리 게임에서는 딱 필요한 사람이다. 맥스에게 슈퍼에서 울면서도 괜찮다고 주장하는 여자를 데려다주면 이렇게 말할 것이다. "좋아요, 그럼 다음엔 전자제품 매장에 가볼까요?" 그는 지적으로는 천재지만 감성적으로는 평범한 남자이고, 어쩌면 평균 이하일 수도 있다. 나는 맥스와 정반대인 것 같으니 크게 문제 될 건 없다. 그는 내 숙제를 하면 되고, 나는 그의 숙제를 하면 된다.

"페이가 그렇게 공을 들여놓고, 그 모든 것을 팽개쳐버렸다는 걸 믿을 수가 없어요. 함께 목표를 달성한다면 최고 학술지에 우리의 발견을 발표할 수 있고, 특허도 따서 더 위대한 일을 해낼 수 있는데 말이에요."

"그녀가 그런 걸 원하지 않는 쪽으로 결심한 것 같은데요?" 하지만 내가 듣기에도 이건 틀린 말 같다.

맥스도 그냥 고개를 흔든다. "페이는 이제 내 전화도 받지 않아요. 학부 친구들에게 문자를 몇 통 받았는데, 걔네들 말로는 학계를 아예 떠난다고 말했대요. 누가 그런 일을 하겠어요? 대체 누가 자기 인생을 버리고 떠나버리죠?"

심사가 뒤틀린다. 확실치는 않지만, 나도 정확히 그런 부류의 사람일지도 모른다고 생각한다.

우리는 줄줄이 붙어 있는 콘퍼런스 포스터들을 지나쳐 연구실 건물로 들어선다. 맥스는 이곳에 너무 익숙해서 여기가 얼마나 고급스럽고 멋진지를 알아차리지 못한다. 하지만 긴장한 모습이 역력하다. 겉으로는 나쁘지 않아 보이지만, 나는 그에게서 뿜어져 나오는 부정적인 에너지를 느낄 수 있다.

"상사가 당신을 보면 아마 아주 신이 날 거예요. 한 주에 똑똑한 사람 두 명을 잃는 건 괴로운 일이니까요."

맥스는 고개를 끄덕이며 그 말이 사실이라는 걸 인정한다. "이 사적인 문제를 일에까지 끌어들이고 싶지 않아요. 창피하니까요."

"그러니까 해결해요. 다음 주면 그 사적인 문제도 옛날 뉴스가 될 거예요." 이런 교훈은 경험에서 얻은 것이 확실하다. "연구실을 다시 구경시켜줘요. 그냥 여기 있기만 해도 똑똑해지는 것 같아요. 그런 기분이 좋아요."

데이팅 사업이 아닌 자기 일에 내가 관심을 보이자 맥스는 진심으로 행복해하며 미소를 짓는다. 그러자 갑자기 이제 내가 스캔들의 일부일지도 모른다는 생각이 든다. 건물을 둘러보면서, 나는 다른 과학자들은 아무도 일할 때 나흘째 같은 칵테일드레스를 입는 젊은 여자를 데려오지 않는다는 사실을 알아차린다. 오늘은 맥스에게는 '몹시 불쾌한 매춘부를 직장에 데려오는 날'처럼 보인다. 나는 내 자신을 몹시 불쾌하다고 생각하지 않지만, 과학 연구실에 있으니까 아인슈타인처럼 상대성이론을 사용해서 불쾌한 정도를 측정해보기로 한다. 페이는 뉴턴 정도로만 불쾌하다.* 칭찬할 만하게도, 맥스는 마치 내가 공주라도 되는 양, 그래서 다른 길로 잘못 접어드는 걸 원치 않는다는 듯 안내한다.

연구실에 도착한 후 맥스는 재능 있는 사람들의 뇌를 스캔한 사진을 보여준다. 나는 그에게 바짝 다가가 옆에 있는 높은 스툴 위에 앉는다. "과학 천재를 고용하다니 난 아주 똑똑한 것 같아요." 스툴은 높은 작업대 앞에 앉아 연구를 하기에 편리하고, 다리를 과시하는 데도 그만큼 유용하다. 나는 후자의 장점을 이용해 섹시하게 다리를 꼰다.

맥스는 내 다리부터 천천히 나를 올려다본다. 그의 눈빛이 전보다 더 짙어졌다. 우리 사이에 쌓이는 이런 교감은 확실히 이성으로서의 호감이다. 나는 내 감정이 어떤지를 알고, 맥스의 감정도 잘못 읽고 있다고 생각하지 않는다. 그의 눈꺼풀이 조금 전보다 약간 더 무거워졌고, 숨소리가 약간 더 얕아졌다.

그의 시선이 내 입에 머물자 그가 무엇을 상상하는지 알게 된다. 나도 같은 생각을 한다. 더는 무시할 수 없는 기류가 우리 사이를 가득 메운다. 나는 그를 원하고, 그도 나를 원한다. 그는 몸을 더 가까이 움직여 손을 내 허벅지에 대고 누른다. 그의 손이 허벅지에 닿자,

---

• 아마 나도 과학자일까?

내 온몸이 기대감으로 긴장한다. 나는 눈을 감고, 깊이 호흡하며 그 느낌을 음미한다. 나는 더 많이 원한다. 그의 손이 나에게 닿기를 원한다. 그의 입술이 나에게 키스해주기를 원한다.

맥스가 몸을 기울인다. 우리의 입술이 불과 몇 인치 정도로 가까워지자 그가 망설인다. 하지만 몇 분의 1초 정도의 찰나, 그는 거리를 좁혀 그의 입술을 내 입술 위에 포개고는 밀접한 느낌을 음미할 만큼 충분히 오래 머무른다. 우리는 이러면 안 되지만, 그런 생각을 하니 그 키스가 훨씬 더 달콤하다. 그는 며칠 동안 나를 갈망해왔다는 듯 내 아랫입술을 깨문다. 내가 더 많은 것을 원하며 입을 벌릴 때….

"오 마이 갓!" 누군가 문에서 소리를 지른다. 아주 짧은 순간 나는 그의 직장을 걱정한다.

맥스가 몸을 떼지만 손은 여전히 내게 머물러 있다. "이런."

도망친 사람이 누구든, 우리를 다시 우리 자신으로 돌려놓았다. 나는 다리를 벌리고 그가 그 사이로 미끄러지며 고개를 아래로 숙인다. 우리는 잠시 동안 진심으로 서로를 애무한다. 이렇게 영원히 계속될 것만 같은 키스를 해본 적이 없다. 비록 내 뇌가 아무것도 기억하지 못한다 해도 몸은 기억하고 있는데, 이런 식으로 몸이 반응하는 것은 정말 오랜만이다.

그러나 나는 몸을 뺀다. "맥스, 우린 이러면 안 돼요. 당신 직장이…."

그가 어깨를 으쓱한다. "난 지금 당장은 당신에게 더 관심이 많아요. 게다가 페이가 이미 내 평판에 불을 질러놨는걸요."

"그리고 우린 사실 JP를 데리러 가는 길이고요."

맥스가 여전히 키스의 여파에서 벗어나지 못한 채 무겁게 한숨을 쉰다. "난 JP를 모르는 데다, 당신을 죽이려고 했을 가능성이 있잖아요."

"난 당신이 너무 성급하게 결론을 내린다고 생각해요. 지금의 내 기억을 믿을 수 없다고 말한 사람은 당신이잖아요."

그가 크게 숨을 내쉰다. "아마도요. 하지만 JP에 관해 놓친 게 있을 거예요. 사고 후에 그가 당신에게 연락하는 데 왜 그렇게 오래 걸린 거죠? 난 그를 믿을 수가 없어요, 미아."

지금 당장은 맥스의 논리를 받아들일 수 없다. 나에게는 JP가 좋은 남자, 그리고 내 남자여야 한다.

맥스는 박사학위가 있지만, 내가 가진 것은 JP뿐이다.

JP는 서류상으로는 더 좋아 보인다. 사실 서류상으로 그보다 더 좋아 보일 사람은 아무도 없다. 그는 억만장자 초콜릿 제조업자이다. '자콜릿'이라는 이름을 생각하기만 해도 키스를 받은 것 같다. 남자에게가 아니라 부에게. ABC 방송국이 「베첼러」에 그를 출연시키고 싶어 했다니, 그는 방송국에 의해 보증된 셈이다. 그리고 까놓고 말해 나는 나랑 시간을 보내는 대가로 맥스에게 돈을 지불하고 있지 않나. 내가 그에게 느끼는 감정이 진짜인지, 아니면 내가 너무 취약하고 궁핍하며 외로움을 두려워하는 탓에 상황을 똑바로 보지 못하는 것인지 잘 모르겠다.

맥스에게 거리를 둔 채로 일어난다. "음료수나 사 먹어야겠어요."

복도에 있는 자판기로 간다. 다이어트 콜라가 걸려서 나오지 않자, 기계를 발로 찬다. 그러자 연구실 문이 열리면서 내 쪽으로 달려오는 발자국 소리가 들린다. "저기, 내가 도와줄게요." 맥스가 부드럽게 말한다. 그가 기계를 살짝 기울이자 콜라가 풀려서 나온다.

그는 캔을 장미처럼 내게 내민다. 마치 그가 나를 선택했다는 듯.

갑자기 나는 격한 감정에 휩싸인다. 지금 내가 뭘 하고 있지? 나는 삶을 복잡하지 않게 풀어내야 한다. 더 엉망진창으로, 더 극적으로 만드는 게 아니라.

"당신이 마셔요. 볼일을 다 볼 동안 차에서 기다릴게요." 멀어져가면서 나를 불타듯 바라보는 맥스의 눈길을 느낀다.

• • •

한 시간 후, 우리는 701번 도로를 타고 남쪽으로 운전해 JP의 집으로 가고 있다. 우리 사이의 침묵이 임신한 여자의 배처럼 충만하다. 내가 맥스와 판타지처럼 산다면 아마 임신을 하겠지. 하느님은 내가 피임을 하지 않는다는 것을 아실 테니까. 어쩌면 내게 자궁내 피임기구가 있을지도? 아니면 원래 피임약을 먹고 있는데 벌써 나흘째 먹는 걸 까먹었을 수도 있다. 그 정도면 버슬_{뉴스 및 미디어 웹사이트} —옮긴이의 좋은 기삿거리는 되겠다.

다이어트 콜라를 세 병째 마신다. 목이 마른 건 아니지만 입을 바쁘게 해야 하기 때문이다. SNS는 벌써 스물다섯 번이나 확인했다.

가죽 시트의 바늘땀을 따라 한 번에 하나씩 손가락으로 짚어간다. 바느질은 완벽해서, 아마 이탈리아에서 수작업으로 완성한 것 같다.

"당신에게 키스하지 말았어야 했어요." 맥스가 조용히 말한다.

"지금은 2020년이에요, 맥스. 우린 서로 키스를 한 거라고요." 그 키스는 잘못된 게 분명하지만, 한편으로는 혼수상태에서 깨어난 이후로 옳다고 느껴지는 유일한 일이기도 하다. 상투적인 표현을 빌리자면 말이다.

"당신에겐 JP가 있잖아요."

"나에겐 JP가 있어요." 내가 따라 말한다.

"그래서 내 질문은… 당신은 JP에 관해 알고 싶어요?"

나는 깊게 한숨을 내쉬며 눈을 감는다. 지난 며칠간 너무 많은 일이 일어났다. "지금은 아무 생각도 할 수가 없어요. 우리 잠시만 좀 느긋하게 있으면 안 될까요?"

그가 한숨을 쉰다. "물론이죠. 하지만 난 당신의 백업 남자친구가 되고 싶지 않다는 걸 이해해줬으면 좋겠어요."

느긋하게 있기엔 너무 무거운 주제다.

그가 도로를 살필 때, 나는 그의 눈을 살피며 바라본다. "맥스, 기억나지 않는 이 남자친구가 없다면, 일말의 망설임도 없이 당신에게 홀딱 반할 거예요."

"내 말이 그 말이에요. 당신이 뭘 원하는지 생각해봐요."

나는 시트에 몸을 편하게 기댄다. 맥스가 모르는 것이 있다면, 나는 내가 원하는 것을 좇을 사치를 부릴 수 없다는 사실이다. JP는 부자니까 내 재정적인 문제를 모두 해결해줄 수 있다. 이런 생각까지 하는 것이 부끄럽지만, 상황이 그렇다. 돈을 보고 그를 이용하고 싶지는 않지만, 그와 함께 있으면 삶이 얼마나 편할지를 보지 않을 수가 없다.

호랑이도 제 말하면 온다더니, 내 휴대폰 알림음이 울리고 JP에게서 온 문자가 보인다.

어이, 허니버니. 몇 시간 후에 봐!

허니버니라니, 그가 나를 아는 게 맞나? 달달한 애칭은 옷 매장 올드 네이비에서 입어본 엑스 라지 후드티처럼 겉돈다.

레이스 달린 검정 드레스를 입어. 당신을 데리고 미스터 차우스고급 중식당―옮긴이에 가서 저녁을 먹고 술도 한잔할 거야. 당신에게 물어볼 아주 중요한 문제가 있어. xoxo.

인스타그램 피드를 바탕으로 추론해보면, 우리는 적어도 데이트한 지 6개월이 되었다. 그의 집에 내 칫솔이 있다. 그는 나를 '허니버니'라고 부른다. 첫 번째 대화에서 그는 내 인격보다도 훨씬 더 반짝이는 선물에 관해 말했다.*

JP는 프러포즈를 하려는 것이 틀림없다.

맥스는 내 표정에서 변화를 감지한다. "다 괜찮은 거죠?"

---

* 부수적인 질문: 그는 내 인격을 정말 아는 걸까?

"그래요, 별일 아니에요."

"당신을 만난 지 3일밖에 되지 않았지만, 미아. 우리 사이에는 뭔가 있는 게 분명해요. 앞으로 무슨 일이 일어날지는 당신에게 달려 있지만, 말했듯이 나는 당신의 백업 남자친구가 되고 싶지 않아요. 난 당신이 JP가 나보다 나은지를 시험하는 동안 우두커니 서서 당신의 핸드백이나 들고 있지는 않을 거라고요."

나는 털썩 앉아서 내 무릎을 본다. 그는 결정을 내게 미뤘고, 그건 일리가 있는 말이지만, JP의 문자에 너무 압도당한 나머지 뇌가 자기 보호 모드에 돌입한다.

"듣고 있어요. 하지만 지금 당장은, 오늘을 어떻게 넘길지 그 방법을 알아내야 해요. JP가 미스터 차우스에 예약을 했다니까, 그걸 크리스털과 줄스를 위해 쓰면 될 것 같아요. 거긴 훨씬 고급이니까, 우린 그루폰을 나중을 위해 아낄 수 있어요."

맥스가 나를 진지하게 쳐다본다. "우리가 모든 걸 그냥 제쳐둘 수 있을지 모르겠어요, 미아. 난 당신이 걱정돼요. 그 경찰 말이 일리가 있다고 생각한다고요." 그의 얼굴이 굳어진다. "나도 JP가 잘생겼고 부자고 멋져 보이는 건 알지만, 다시 물어볼게요. 당신을 병원으로 실려 가게 만든 사람이 그가 아니라고 확신해요? 이런 경우에는, 범인이 보통 남자친구잖아요."

시트 안으로 더 깊이 주저앉아버릴 수만 있다면 그러고 싶다. "난 그렇게 생각하지 않아요." 그러나 나는 기억상실 이후에 JP와 처음으로 나눴던 문자 대화를 떠올리지 않을 수 없다. 당신 괜찮아? 아직도 나한테 화났어? 우리가 일종의 언쟁을 했던 건 확실하다. 하지만 그가 미술관에서의 싸움을 언급하는 것 같지는 않다. 그건 극도의 폭행이지, 언쟁이 아니었다. JP였을 리가 없다.

맥스는 그 말을 믿지 않는다. "당신이 JP가 범인이 아니란 걸 확신할 때까지는 단둘이 두면 안 될 것 같아요."

이제 나는 약간 화가 치밀기 시작한다. 남자친구를 만나는 데 감독관을 대동할 필요는 없다. 톡 까놓고 말해서, 완전히 사이코패스가 아니고서야 나를 KO 시킨 다음 스위스로 날아가서, 아무 일도 없었던 듯 행동하는 사람이 있을까? JP가 돈 많고 무례한 사람일 수는 있지만, 사이코패스 느낌은 들지 않는다. 그에게는 초콜릿 회사가 있다. 빌어먹을, 산타클로스와 동급이나 마찬가지라고.

나는 맥스에게 상냥한 미소를 보이며 말한다. "물론이죠."

그는 나를 뚫어질 듯 본다. "난 진지해요, 미아. 누군가 정말로 당신을 다치게 했고, 심지어 죽이려 했을지도 몰라요. 그걸 무시하면 안 된다고요."

지금 당장은 그게 바로 내가 하려는 짓이다.

16

JP를 처음 만나는 자리니까 살짝 차려입는다. 샤워를 하긴 하지만, 의상이 한 벌뿐이라는 걸 감안하면 할 수 있는 코디에는 한계가 있다. 나는 왜 이 문제를 해결하지 않았지? 혼수 상태에서 깨어난 지 며칠 되었는데, 여전히 달리 입을 옷이 없다. 처리해야 할 더 중요한 일이 있었기 때문이겠지…. 예를 들면 내가 누군지 알아내는 일 같은 거.

거울을 들여다보다가 내가 누군지는 중요하지 않다는 걸 깨닫는다. 현재 나는 5일 된 칵테일드레스를 입은 매춘부이다. JP의 옷장에 있는 옷들을 제외하면 그게 내 유일한 옵션이다. 그 사실만큼 내 상황을 여실히 보여주는 것도 없는 것 같다. 드레스를 드라이클리닝 하긴 했지만, 얼룩이 지지 않도록 페브리즈를 몇 번 뿌린 다음 해적 립스틱을 두껍게 덧바른다.

"나도 같이 갈까요?"

"내 남자친구를 데리러요?" 맥스가 미쳤나?

"단둘이 두지 않겠다고 한 말은 진심이었어요."

"맥스, 나랑 공항까지 같이 가면 안 돼요. 그건 안 되는 일이에요."
나는 그의 집 봐주는 서비스가 더는 필요치 않다고 말하지는 않는
다. 굳이 말하지 않아도 그건 분명한 일이니까.

"미아, 미처 깨닫지 못하나 본데, 위험해질 수도 있어요."

"맥스, 말했잖아요. 난 누가 날 얼음 조각상으로 밀었는지 기억해
요. 범인은 여자였어요. 확실하다고요."

그가 한숨을 내쉬며 고개를 젓는다. "회복된 기억이 항상 정확하
지는 않아요. 그리고 지금 당장은 그게 편리하니까 그냥 믿지 않는
거고요. 그걸 믿어야 '백만장자인 백마 탄 왕자님과 그 후로도 오랫
동안 행복하게 살았답니다'라는 동화 속에 살 수 있을 테니까요. 하
지만 그는 당신에게 딱 맞는 사람이 아닐 수도 있어요."

잠시 멈춰서 누가 나에게 딱 맞는 사람인지 제안하길 기다리지
만, 그는 입을 다문다.

맥스의 뺨에 키스한다. "몇 달러만 빌려줄래요? 새 신용카드가 아
직 도착하지 않아서요." 거짓말하고 싶지는 않지만, 어쩔 수 없지 않
은가? 페라리를 타고 이틀 연속 LA를 휩쓸고 다녔으니 기름을 넣어
야 하는데. 내 머릿속에서는 작은 목소리가 '진실을 말해'라고 속삭
이지만 나는 그 목소리에게 '입 닥쳐'라고 말한다.

"음, 나한테 월급을 줘야 하는 사람은 당신 아닌가요?" 맥스가 지
적한다.

"돈을 찾을 수 있게 되면 바로 줄게요. 약속해요." 감옥에 가지 않
는다면. "맥스, 이 모든 상황이 이상한 건 알고 있지만, 당신이 곁에

있어줘서 정말로 고마워요. 그런데 계속 이렇게 내 옆에 있을 거예요?"그가 대답하기를 기다리면서 앞쪽에 있는 옷장에서 꺼낸 엄청나게 큰 밀짚모자를 쓴다.

"우리는 함께 있어야 해요. 누군가는 당신을 돌봐줘야 하잖아요. 게다가 JP가 돌아올 때 난 여기 있어야 해요. 기억해요, 여기서 나를 고용한 사람은 당신만이 아니라는 걸요."

그의 뺨에 다시 한번 키스를 한다. "당신은 최고의 인턴이에요, 맥스. 돌아와서 봐요."

"아닌데요, 난 부사장이라고요."그가 자신 없게 말한다.●

● ● ●

공항으로 가는 길에 기름을 넣는다. 마치 지금이 1999년이라도 되는 듯 내게는 현금밖에 없어서, 어쩔 수 없이 주유소 안으로 들어간다.

맙소사, 슬러시가 무지막지하게 당긴다.

생각이 들자마자, 이 충동은 진짜이고 솔직한 느낌이라는 걸 깨닫는다. 나는 슬러시가 너무 좋다! 슬러시를 하나 집는다. JP가 나를 사랑한다면, 그도 슬러시를 좋아할 것이다.

● 윽, 그러지 마, 맥스.

기름값 몇 달러와 슬러시 값으로 잔돈까지 꺼내 카운터에 탁 하고 내려놓고는 자동차로 향한다.

페라리는 그 안에서 줄곧 먹고살아온 듯 너저분하다. 진흙 묻은 발자국이 찍힌 패스트푸드 봉지가 발밑 구석에 밀쳐져 있고, 전에는 새것 같던 컵 홀더에는 빨대 포장지, 잔돈, 부스러기 등 삶의 파편들이 가득 차 있다. 심지어 금요일에 먹은 타코 냄새까지 난다. 며칠 전에 처음 차에 발을 들였을 때는 페라리가 판매장에서 막 몰고 나온 차처럼 보였다. JP는 청결에 집착하는 괴짜일까, 아니면 그가 떠난 후에 타코에서 떨어진 양상추와 커피 컵들을 청소해주는 청소 부대가 있는 걸까?

놀랍게도 평소의 LA에 비하면 교통이 나쁘지 않다. 새로 나온 넷플릭스 오리지널 같은 온갖 광고판들을 지나치며 운전한다. 거대한 줄스 언더웨어 광고판이 카슨 시티로 나가는 출구 앞에 높이 솟아 있다. 줄스는 비밀이라도 있는 듯 콤프턴으로 향하는 405번 도로를 노려보고 있다.

그에게 쏟아부은 내 투자가 빨리 회수되지 않으면, 나는 감옥에 갈 것이다. 그게 내 비밀이다. 음, 비밀 중 하나이긴 하다.

JP가 이 사실을 알까? 나는 내 삶을 이 남자와 얼마나 많이 공유해왔을까?

7번 터미널로 들어가 우버 줄 뒤에 차를 세운다. 그제야 JP에게 우버를 타라고 했어야 했다는 생각이 든다. 왜 나는 자진해서 공항까지 그를 데리러 왔지? '왜냐하면 그게 네가 꿈에 그리던 남자를 위해 할 수 있는 일이니까'라고 나 자신에게 말한다.

빨리 문자를 두드린다. 나 도착했어. 수하물 찾는 곳 7번이야.

이틀 전, 오션 대로에 있는 핑크색 집의 문에서 열쇠를 돌려 열 때 이후로 이렇게 긴장한 적이 없었다. 곧 내가 선택한 남자를 만나게 된다. 너무 깨끗한 차와 완벽한 집, 사각턱을 지닌 남자를. 세상 위로 붕 떠올라 내 삶이 펼쳐지는 모습을 보는 기분이다. 내 손은 운전대에 있고, 발은 액셀러레이터에 놓여 있으며, 호흡이 빨라진다. 에어컨이 발 쪽으로 너무 차가운 바람을 쏟아내어 창문을 연다.

문을 열자마자 폐쇄된 차 안에서 화를 내는 운전자들의 빵빵거리는 자동차 경적 소리와 배기가스 냄새가 엄습한다. 좁은 길에서 빠져나가려고 서로 소리를 지르는 사람들의 소리가 들린다. 경찰 하나가 앞으로 움직이라는 수신호를 보내자 나는 간신히 액셀 위에 놓인 발에 힘을 주고 차 두어 대만큼의 거리를 앞으로 이동한다.

맥스의 목소리를 머릿속에서 지워버릴 수가 없다. 채 일주일도 되기 전에 내 머리를 박살 냈을지도 모르는 남자를 정말로 태우러 온 것일까? 맥스와 마찬가지로 나와 얘기했던 경찰도 JP를 주요 용의자로 생각했다. 하지만 그날 밤 내 기억은 그가 범인이 아니라고 말한다. 그가 그 기억에 있던 것은 확실하지만, 나를 밀어버린 사람은 분노한 어떤 젊은 여자였다. 하지만 내가 제대로 아는 것은 대체 뭘까? 내가 스스로 세운 이론이 타당하다고 말하는 증거에만 집중하고 있을까? 맥스는 내가 그러고 있다고 비난한다. 하지만 다른 사람들도 좋은 것만 보면서 그렇게 동화 같은 삶을 살고 있을지 모른다. 동화는 에이미 애덤스가 나오는 영화에서처럼, 장밋빛 안경을 계속 쓰고 있을 때만 존재한다. 그러고 보니 그 영화도 모두 확증 편향에 관한 이야기였다.

입 닥쳐, 미아. 내 머릿속은 이리저리 날뛰고 있다.

과호흡인 것 같지는 않지만 몸이 좋지 않다. 운전대에 이마를 대고 눈을 감는다. 내 뒤에 있는 누군가가 경적을 울리지만 머리를 들 수조차 없다. 움직이지 않는다면 더 큰 곤경에 빠지지는 않을 것이다. 그냥 그대로 있어, 미아. 움직이지 마.

조수석 쪽 창문에서 노크 소리가 들린다. 그게 빌어먹을 경찰이라면, 나 대신 차를 운전해달라고 말해야겠다. 도움이 필요하다. 하지만 고개를 들어 올려다보니, JP가 보인다.

JP.

내 얼굴을 본 그의 미소가 진심 어린 걱정으로 바뀐다. "미아, 괜찮아? 무슨 일이야?" 그의 목소리가 멀리서 들리고, 입이 움직이는 것이 보이지만, 하나도 알아들을 수가 없다. 나는 지금 뭘 하고 있지?

나는 여러 날째 같은 드레스를 입고 있고, 뒤통수에 생긴 스테이플러 자국을 가리려고 모자를 쓰고 있다. JP는 나를 죽이고 싶거나 나랑 결혼하고 싶어 하는데, 나는 방금 연구실에서 맥스와 애무를 나눴다.

JP는 차를 급히 돌아 운전석 쪽으로 오더니 문을 열어 내 손을 잡고 밖으로 끌어낸다. 나는 눈물이 그렁그렁한 채로 선다. 다리가 젤리처럼 흐물흐물하게 느껴진다. 말을 하려고 입을 벌리지만 겨우 숨만 내쉰다. 아무 말도 할 수 없지만, 내 표정이 흉측해 보인다는 것은 알겠다. 극심한 고통 속에서 가벼운 패닉을 겪는다.

"세상에, 무슨 일이야?"

그는 내게 팔을 둘러 나를 받치면서 사실상 조수석 쪽으로 질질 끌고 간다. 나는 끝났다. 내가 지금껏 무슨 짓을 해왔는지는 모르지만, 이젠 아무것도 할 수 없다. 그가 문을 열고 땅에 붙을 듯 낮은 시트 안으로 나를 밀어 넣는다. 머리를 뒤로 기댄 채 눈을 꼭 감는다. 이건 나에게 청혼하려는 남자를 향한 가장 기이한 자기소개가 아닐 수 없다. 그의 문자를 옳게 이해했다면 말이다.

지나치게 흥분해서 내 진짜 인생의 첫 번째 사람을 대면하지 못한 채 눈을 감고 있는 동안, JP는 재빨리 짐을 트렁크에 싣고 운전석 쪽으로 달려온다.

"미아, 괜찮아?"

나는 고개를 끄덕인다. 공항에서 빠져나오는 길에는 차를 세우고 쉴 만한 장소가 많지 않아서, 그는 첫 번째 출구로 빠져나와 주차장으로 들어선다.

"전혀 괜찮아 보이지 않아. 무슨 일이야?"

"미안해. 몸이 갑자기 너무… 아프기 시작했어."

그는 길게 숨을 내뱉더니 내 등을 문지른다. "뭘 좀 먹었어?"

뭘 먹었는지 아닌지가 기억나지 않는다. 그가 주위를 둘러보다가 슬러시를 보고는 집어 든다. 그는 외국어라도 쓰여 있는 양 세븐 일레븐 로고를 빤히 본다. "이걸 산 거야?" 그가 묻는다.

숨이 더 가빠진다. 그 슬러시는 오늘 아침부터 지금까지 내게 너무 잘 맞는다고 생각한 유일한 것이었지만, JP는 그걸 보더니 충격을 받은 것 같다.

그가 다시 묻는다. "이걸 산 거냐고?"

내가 고개를 끄덕인다.

그는 플라스틱 뚜껑을 벗겨내고는 내용물을 검사한다. 슬러시는 부자연스러운 푸른색인데 이제 녹기 시작하고 있다. 그는 한입 홀짝이더니 난생처음으로 슬러시를 맛보는 것처럼 쩝쩝 소리를 낸다.

고개를 끄덕이며 그가 말한다. "당신은 당이 필요해. 이걸 마셔."

그가 슬러시가 뭔지 모른다는 것에 좌절한다. JP는 진정한 나를 만나본 적이 없다. 내가 슬러시를 좋아한다는 사실을 아는 것만큼 그것도 마음속 깊이 알고 있다. 일단 그의 말이 옳으니까 음료를 마신다. 슬러시는 도움이 될 것이다.

나는 앞을 빤히 보면서 블루 라즈베리 맛 슬러시를 빨아들인다. 내 진짜 삶에서 평소에 마셨을 속도보다도 더 빨리 바닥을 향해 쭉쭉 들이켠다. 4분의 3쯤 마셨을 무렵, 몸이 다시 괜찮아지는 것 같다. 호흡이 정상으로 돌아오고, 땀도 흘리지 않는다. "정말 미안해. 무슨 일이 일어났는지 모르겠어." 어느 정도는 진심이지만, 그에게 말하지는 않을 생각이다. 눈물이 눈가에서 주르륵 흘러내리자 드레스 자락으로 눈물을 훔친다.

"괜찮아, 자기야. 그냥 집으로 가자."

"미안해." 내가 속삭인다.

컨디션이 정상인 상태가 10분 정도 유지된 후에 JP가 묻는다. "임신한 건 아니지?"

어이없는 웃음이 실실 흘러나온다. 터무니없는 생각이다.

"아니." 최근에 입원했던 사람으로서 자신 있게 대답한다.

"확실해?"

"그럴 리가 없어."

그가 고개를 끄덕인다. "저혈당 때문에 쇼크가 온 것 같아. 갑상선 검사를 하는 게 좋겠어."

"좋은 조언이야." 그의 얼굴을 보니, 나도 차분히 가라앉아 이제 그의 눈이 얼마나 푸른지가 보인다. 그는 페라리 운전석에 앉은 사진을 필터 처리하고 포토샵까지 마친 것처럼 생겼다. 그런 그가 옆에 앉아서 내 갑상선을 걱정하고 있다. 나는 대체 어느 행성에 살고 있는 거지?

눈을 깜빡이고 다시 보니 JP의 눈이 세상에 있음직하지 않을 정도로 푸른색이다. 그리고 그의 머리카락은 칠흑처럼 새까맣다.

"혈당 때문이라는 말이 맞는 것 같아. 오늘 아침을 걸렀거든."

"커피만 먹고, 칼로리 섭취는 안 했겠지. 내가 아는 당신이라면." 그는 가운데 놓인 콘솔로 몸을 숙인다. 그가 내게 키스하기 전에, 잠시 멈춰서 그 짧은 순간 우리 숨이 섞이고 서로의 열기가 쌓여 지글거리게 한다. 간격을 좁혀 그의 입술을 내 입술 위에 포갰을 때, 나는 눈을 감고 이 키스가 데려다주는 곳이라면 어디로든 떠내려간다. 갑자기 그와 무아지경으로 섹스하고 싶은 생각이 간절해진다. 모든 것을 잊고 싶다. 내가 중요한 것을 모두 잊어버렸고, 그래서 그걸 얼른 찾고 싶다는 사실을 깡그리 잊고 싶다.

키스를 하다가 그가 미소를 짓고 있다는 걸 느낀다. 그가 자신도 똑같은 기분이라는 것을 친절한 목소리로 말한다. "진정해, 이 여자야."

그가 몸을 뗄 때, 세미 트레일러가 쌩하고 옆을 지나가면서 바람에 차가 약간 흔들린다. "최소한 집에는 가야지."

그는 라디오를 켜고, 나는 검은색 가죽 시트에 몸을 기댄다.

JP는 내 머리를 후려치지 않았다. 그냥 안다. 그는 엄청나게 자상하고 배려심 많고 섹시하다. 기억상실 이전의 미아는 똑똑하게도 그를 선택했다. 그녀의 선택이 내가 지난 며칠간 했던 모든 것을 능가할 것이다.*

맥스는 그를 좋아할 것 같지 않다.

고속도로로 올라서자, 우뚝 솟은 광고판 속의 줄스가 405번 도로를 빤히 내려다보고 있다. 곧 보자고, 친구. 갑자기 모든 일이 약간 더 진짜처럼 보인다.

"그래서 스위스는 어땠어?" 문득 세상에 나만 존재하지는 않는다는 것이 떠올라 묻는다.

"굉장했어. 거긴 역사가 많잖아. 모든 게 훨씬 더… 진짜처럼 느껴

---

* 아마도….

졌어."

나는 웃음이 터질 뻔한다.

"다음에는 같이 가. 당신이 일 때문에 너무 바쁘지만 않다면."

나는 열렬히 고개를 끄덕인다. 타이트한 스키 바지를 입고 토끼 털로 가장자리를 장식한 푹신한 재킷을 입은 채 스키를 타고 샬레스위스의 지붕이 뾰족한 목조 주택—옮긴이로 미끄러져 들어가는 내 모습을 상상하면서. 내가 동물 복지에 조금도 개의치 않는다는 것 정도는 알 수 있다. 적어도 죽은 동물 두 마리로 만든 옷을 입고서 초콜릿 마티니를 흡족하게 홀짝인 다음, JP가 커다란 그것으로 나를 만족시켜주기를 기다릴 테지. 나는 그의 것이 클 거라고 추정한다. 다른 모든 것이 다 완벽하니까. 나는 하는 도중에 내 이름이 기억나는 부드러운 사랑 놀음이 아닌 격렬한 섹스를 나누고 싶다. 오로지 총천연색 오르가슴만 계속해서 느끼고 싶다.

마약도 괜찮지 싶다. 혹시 나는 마약을 했을까?**

"매켄지랑 소노마에 갔던 건 어땠어? 포도밭 옆에 당신이 눈여겨 봐 둔 그 작은 오두막은 확인했어?"

미친 소리라도 한다는 듯 JP를 바라본다. 포도밭 옆의 집이라고? 내가 정말 그 집에 관심이 있었을까? 매켄지는 대체 누구야?

** 지금껏 나를 기억하려고 애썼는데도 이토록 내 삶을 몹시 잊고 싶다면, 나는 지금 걱정스러운 상태일까?

"음, 별로였어. 그… 뼈대가 튼튼하지 않더라고."JP는 내가 방금 타당한 이야기를 한 것처럼 고개를 끄덕인다. 이전 삶에서 내가 봤던 HGTV쇼홈 디자인과 조경, 원예 등을 다루는 케이블 채널—옮긴이가 뭐든 그것에 감사한다.

JP는 앞지르기를 하려고 엔진회전속도를 높이면서 깜빡이도 켜지 않은 채 왼쪽 차선으로 빠르게 진입한다. 나는 이런 행위를 섹시하다고 감탄한다. 차 사고가 나서 내 온몸이 박살 난다면, 의료비를 지불할 돈도 없거니와 의료보험조차 없으면서도 말이다.

"집에 오니까 좋아."그가 의미심장하게 나를 보며 말한다."그럼, 오늘 밤 미스터 차우스에 갈까?"

"그러고 싶은데."그를 보며 희미하게 미소 짓는다."오늘 밤에 할 일이 있어. 다음으로 미뤄도 될까?"

약간 풀이 죽은 듯 그가 작게 "오" 하고 내뱉는다.

크리스털을 픽업해서 줄스와의 데이트를 준비해야 한다. 갑자기 마음이 급해진다.

"당신은 쉬어. 시차 때문에 엄청나게 피곤할 텐데."

'나중에 집에 가서 봐'라고 말을 하려다가 그가 원치 않을지도 모른다는 생각이 든다. 그의 집에 내 물건이 두어 가지밖에 없는 것으로 보아 나는 거기 온전히 살지는 않는 것이 틀림없다.

그래서 대신 "오늘 밤에 우리 집으로 올래?"라고 묻는다. 위험하긴 하지만 내가 어디 사는지 알아낼 절호의 기회이기도 하니까.

"뭐라고?"그가 다른 차들을 완전히 무시한 채 나를 본다. 마치 그는 옛날 영화 속에 있고, 지나가는 차들이 그린스크린녹색 배경으로 찍은 장면을 다른 장면에 겹치는 특수 효과―옮긴이에 불과하다는 듯이.

"조심해!" 내가 소리치자, 머리에 있는 스테이플러가 하나하나 느껴진다.

"미안해, 미아. 당신이 나를 초대하리라고는 전혀 예상 못했어."

말문이 막힌 채 그를 빤히 쳐다본다. 그가 우리 집에 와본 적이 없다고?

그는 내 허벅지를 잡더니 꽉 움켜쥔다. "당신이 마침내 자기 삶을 공유할 준비가 됐다니 너무 기뻐."

심장이 쿵 하고 내려앉는다. JP는 나보다 더 나를 모른다. …그렇다면 그건 누구의 잘못일까?

17

바다가 보이는 JP의 핑크색 집에 차를 주차한다. 세상이 흐릿해 보이고 몸이 붕 뜨면서 세상과 단절된 느낌이 든다. 다른 기억이 들어오고 있는 것이 느껴진다.

우리는 페라리 안에 있다. 밖은 보슬보슬 비가 내리고 비가 앞 유리창에 후드득 떨어진다. 나는 똑같은 노란 드레스를 입은 채 초대장을 들고 있다. '나의 셀카' 전시회 오프닝 초대장이었다.

JP는 운전석에 있지만 아직 자동차의 기어를 바꾸지 않았다. 그는 격분해 있다. "대체 누가 그런 짓을 하지?" 사실상 소리를 지르며 말한다.

"그래야만 했어, JP. 내 삶이 어땠는지 당신이 알아? 사장이 나를 어떻게 대했는지 아느냐고! 난 거기서 빠져나와야만 했어." 내 목소리는 단호하다. "마땅히 해야 할 일을 했을 뿐이야."

"상관없어. 사회에는 규칙이란 게 있어. 넌 법을 어겼고 그보다도… 그냥 완전히 맛이 갔어." 그는 내 눈을 똑바로 노려본다. "넌 빌어먹게도 제정신이 아니라고. 게다가 나를 이용했어."

"그건 나도 몰랐어. 골드러시 자료를 다 받은 다음에 당신을 만난 것뿐이야."

"그 말을 믿으라고? 일단 당신이랑 이 오프닝 행사에 갈 거고, 그 다음엔 며칠간 떠날 거야. 스위스에 가서 머리나 좀 식혀야겠어."

그 말에 나는 차에서 빠져나와 조수석 문을 '쾅' 소리가 나도록 세게 닫는다. JP는 유리창을 내린 다음 진정하라고 말하며 같이 가자고 하지만, 나는 이미 휴대폰에서 우버 앱을 클릭하고 있다. 목적지는 롱비치 미술관이다.

갑자기 현실로 돌아온다.

"집에 오니까 좋네." JP는 완전히 차분한 목소리로 말한다. 우리가 싸웠던 때와 정확히 같은 위치에 있다. 그는 이제 내가 저지른 끔찍하고 엉망진창인 일이 무엇이든 나를 용서한 듯 평온해 보인다. 그를 유심히 관찰한다. 만약 우리가 일주일도 지나기 전에 엄청 크게 싸웠고, 그가 나를 제정신이 아니라고 할 정도였다면 (짐작이긴 하지만) 왜 프러포즈를 하려는 거지? 뭔가 잘못됐다. 그의 차분한 처신이 어쩐지 정 떨어지게 한다. JP는 순식간에 분노 지수가 0에서 100으로 다시 치솟을 수 있는 부류의 남자일까? 여전히 그가 나를 공격했다고는 믿고 싶지 않지만, 아직 용의자 선상에서 지워버리지는 못하겠다.

"내가 여기 며칠 머물렀었는데, 이해해줬으면 좋겠어. 우리 집은 다시 페인트칠을 하는 중이라서." 또 거짓말을 한다. 그전엔 왜 이 핑계를 생각해내지 못했는지 모르겠다. 그런 이유라면 거의 모든 것이 완벽하게 설명된다.

"물론이지, 괜찮아. 꽤 오랫동안 당신 집이 리모델링 중이잖아. 난 그래서 당신이 아직까지 날 초대하지 않았다고 생각했어." 그가 놀린다.

아. 보아하니 이미 몇 번이나 써먹었던 모양이다.

차에서 내리자 두려운 느낌이 확 밀려든다. 나는 JP와 맥스를 동시에 만나고 싶지 않다. 그래서 휴대폰이 울리자마자 받는다. 경찰에게서 걸려온 전화라는 사실에도 개의치 않았다. 데니즈 경관이 차라리 더 나으니까.

"은행에서 좀 봅시다. 당신의 은행 입출금 내역서를 볼 수 있는 영장을 받았어요."

"지금 당장이요? 좀 바쁜데요."

"지금 당장." 데니즈 경관은 이 폭행과 횡령 사건을 매우 심각하게 여기고 있다. 하지만 나는 이제 새로운 사실을 알아내고 싶은지조차도 잘 모르겠다. '싫어할 사람은 싫어하라지'라는 주문이 약간 힘없이 느껴지기 시작한다.

"JP, 미안하지만 지금 급하게 가야 할 것 같아. 돈 문제가 좀 있어서. 내 계좌와 관련된 큰 사기 사건인데, 은행에서 수사를 위해 질문을 좀 하겠다고 부르네."

"좋아, 먼저 들어가 있을게. 조금 이따 보자고." 그는 실망스러운 눈치지만, 아마 샤워를 하고 한숨 자고 싶은 마음도 굴뚝같겠지.

"그리고 그다음엔 골드러시 일이 있어서 나갈 준비하러 잠깐 들르긴 할 거야. 그때 날 못 볼지도 몰라. 이렇게 금세 들어왔다 나갈 거거든." 나는 손가락을 튕긴다.

그가 고개를 끄덕인다. "자기 볼일 보고 나서 오늘 밤에 봐." 그가 유럽 스타일로 내 양 볼에 키스를 한다. 나는 페라리로 다시 돌아간다. JP는 눈 하나 깜짝하지 않는다. 이렇게 내가 그의 차를 빌리는 데 익숙한 것이 틀림없다. 차고 밖으로 차를 빼면서 손을 흔든다. 겉보기에는 아무런 근심 걱정이 없어 보이지만, 내 마음은 내달리고 있다.

• • •

은행에서 쿠마르가 나를 기다리고 있다. "안녕하세요. 커피 좀 드시겠어요?" 그가 묻는다.

커피라고? 그는 내가 마치 놀러 온 것처럼 말한다.

"네, 고마워요."

"약혼자께서도 커피를 드실까요? 같이 오신 거 맞죠?"

나는 그를 우습다는 듯이 바라보다가 그가 맥스 이야기를 한다는 걸 깨닫는다. "아니에요, 같이 오지 않았어요." 맥스는 지금쯤 JP와 어색한 순간을 맞으며 그 키스를 곱씹고 있겠지. 그런 면에서, 이번 은행 방문은 축복이나 다름없다. 이 재앙을 또 다른 재앙으로부터 관심을 돌리는 좋은 기회로 여긴다면 말이다.

쿠마르는 슬픈 미소를 지으며 말한다. "그게 나을지도 모르죠."
나는 그 말을 지금의 재정 상태로는 내가 바람직한 결혼 상대로 보이지 않을 것이라는 의미로 받아들인다.

쿠마르는 데니즈 경관이 기다리고 있는 책상으로 안내한 다음, 지금이 2006년인 것처럼 입출금 내역서를 인쇄한다. 그가 그 종이를 먼저 데니즈 경관에게 건네자 그녀가 심하게 인상을 찌푸린다.

"뭐예요?" 내가 묻는다. 커피를 조금 홀짝인다. 그래도 기분이 전혀 나아지지 않는다.

데니즈 경관이 돋보기안경을 꺼낸다. "내가 제대로 본 건지 확인해야겠어요." 안경 윗부분으로 나를 힐긋 보면서 그녀가 말한다. "미아, 당신의 평상시 현금 흐름이 어떤지 알고 있어요?"

"아니요. 내가 아는 건 골드러시에 기록된 가격표뿐이에요. 엄청 큰 금액이거든요." 올해의 절제된 표현이다.

"당신은 2주 전에 돈을 몽땅 써버린 것 같네요. 폭행 건과 연결시키면…." 그녀는 나를 올려다본다. "성급하게 결론 내리기는 싫지만…." 그녀의 표정으로 보아, 이미 결론을 내린 게 틀림없다.

그녀는 아마 줄스가 내 돈을 몽땅 훔친 다음 나를 죽이려 했다고 생각하는 것 같다. "줄스는 범인이 아니에요. 저는 그에게 두 건의 인스타그램 게시물을 올려달라고 10만 달러를 지불했어요. 그걸 증명할 서류도 있어요."

하지만 내 정보는 그녀에게 입력되지 않는 것 같다. 아주 오랜 시간이 흐른 후 그녀가 이렇게만 말한다. "좋아요. 그럼 다른 금액들은 뭐죠?"

그녀는 하이 플라잉에 지불한 5천 달러와 프라다에 지불한 2천 달러를 가리킨다.[•] "그건 사업을 위한 투자예요"라고 내가 해맑게 말한다.

이제 데니즈 경관은 내가 스스로 내 머리를 쳤다고 생각하는 것 같다.

"데니즈 경관님…."

"네?"

"어제 제 지문을 채취했을 때, 저에 관해 뭐 알아내신 건 없었나요? 예를 들어, 제 주소 같은 거요."

"아직도 당신이 어디 사는지 몰라요?"

나는 고개를 젓는다. "지금은 남자친구 집에 살고 있어요."

그녀가 눈썹을 치켜뜬다. "그 남자를 믿어요?"

"우리 둘 중에서는 그가 더 믿을 만할지도 몰라요."

이 말에 데니즈는 거의 웃음을 터트릴 뻔한다.

"하지만 제가 어디 사는지는 알고 싶어요." 지금까지 나는 나 자신을 JP와 맥스, 그리고 속옷 모델 줄스와 연관 지어서만 생각해왔다. 나는 내가 누구인지 정말로 알고 싶은 걸까, 아니면 내가 어떤 종류의 여자친구인지를, 예를 들어 JP와 맥스가 나를 누구라고 생각

• 적어도 나는 그 드레스에서 본전을 충분히 뽑고 있다.

하는지 알아내려는 걸까? 그딴 걸 신경 써야 하나? 애초에 그들은 누구일까? 빌어먹게 혼란스럽다.

"같이 경찰서에 갑시다. 어제 당신 기록을 뽑아냈어요."

"여기 일은 다 끝났나요?" 내가 놀라서 묻는다.

"봐야 할 건 다 봤어요." 그녀는 눈썹을 치켜뜨며 다시 아치 모양을 만들면서 얘기한다.

데니즈가 진짜 경찰차를 몰지 않아서 좀 실망이다. 차 위에 경광등도 없고 뒷좌석에 창살도 없다. 심지어 닷지 차저표시가 없는 암행 순찰차로 많이 쓰임—옮긴이나 뭐 그런 섹시한 차도 아니다. 이 차는 황갈색에 별 특징이 없다. 남자로 비유하자면 아마 '마이크 넬슨' 정도의 이름일 것 같고, 졸업 앨범을 훑어볼 때마다 개와 학교를 같이 다녔다는 걸 기억하고는 깜짝 놀랄 것이다. 그러니까 이건 '아, 그 남자애' 정도의 자동차인 것이다. 한편으로 생각해보면, 만약 시리가 말해주지 않았더라면 나는 내 이름조차 기억하지 못했을 테니 뭐 마이크에게 악감정은 없다.

어쨌든 변변찮은 차라서, 데니즈는 아마 경찰보다는 더 멋진 뭔가가 되고 싶을 것 같다. 나를 봐라. 지난 며칠 이전의 기억도 없고 돈도 없지만, 적어도 페라리를 몰고 있지 않은가.

일단 차에 탄 다음 데니즈 경관은 나를 매우 심각하게 바라본다. 마치 딸에게 헤르페스나 성관계 동의처럼 분명히 섹스와 관련된 얘기를 꺼내려는 엄마 같다. 보통 그런 주제는 딸들과 나누는 진지한 대화의 90퍼센트나 차지하지만, 결국 엉망이 되지 않나? 우리는 자아실현이나 기억을 잃고 깨어났을 때 뭘 해야 하는지 같은 걸 얘기 해야 되지 않을까?

"월리스 양, 믿을 만한 가족이나 친구가 있나요?"

"제가 알기로는 없어요."

"지금 지내는 곳이 안전하다고 느껴요? 당신의 돈을 전부 줘버린 남자랑 계속 만나고 있나요?"

"안전하다고 느껴요. 게다가 전 누구에게 돈을 다 줬는지 알고요. 모두 합법적인 일인 데다가, 그 돈을 강제로 뺏기지 않았다고 꽤 확신해요."나는 하루 종일 뇌리에 박혀 있던 한 가지 질문을 물어보기가 겁나 잠시 뜸을 들인다. "JP에 관해 제가 알아야 할 게 있나요?"

"아무것도 없어요. 기록상으로는 깨끗해요."

그녀가 다른 무엇인가를 말하려다가 혀를 깨무는 것을 알아차린다. 그게 무엇인지 물어보기도 전에 우리는 웰스 파고 은행에서 5분 거리에 있는 경찰서에 도착한다. 5분이면 헤르페스에 관한 대화를 나누거나 여자들이 같이 어울리는 남자들을 보고 자신을 정의내리 면 안 된다든가 기타 등등을 얘기하기에 딱 적당한 시간이다. 하지 만 우리 모두는 자신을 어떤 것과 관련지어 정의 내려야 한다. 그래 서 솔직히 말하자면, 페라리가 있는 섹시한 남자와 관련짓는 것도 나쁜 정의는 아니다.

"나를 따라와요"라고 말하며 데니즈 경관은 자기 책상으로 돌진 해 내 인생에 관한 또 다른 단서가 담긴 파일 하나를 건네준다. "등 록된 주소랑 당신의 범죄 기록이 있어요. 한 부 복사해줄게요."

"범죄 기록이요?" 예상치도 못한 일이다. 그녀가 그 얘기를 한 순간 분명해지기는 했지만.

"네. 주로 청소년기에요. 가게에서 절도를 했고 또 몇 년 전에 체포된 적이 있어요."

"나는 범죄자군요." 내가 단호히 말한다. 그게 바로 나다. 나는 요트가 있는 슈퍼모델 공주 발레리나가 아니란 걸 처음부터 알았어야 했다.

"당신은 체포된 적이 있지만, 그게 범죄자란 뜻은 아니에요."

그렇게 말해주다니, 참 친절한 경찰이다. "최근에는 뭘로 체포됐었어요?"

"절도요. 게다가 연체된 교통 위반 딱지들도 있어요."

나는 서류를 받아든다. "고마워요. 정말 감사해요."

"행운을 빌어요. 폭행 건은 뭔가 알게 되면 바로 알려줄게요." 그녀는 나를 빤히 바라본다. "미아, 이제 아무도 당신 돈을 훔치지 않았다는 걸 알게 됐으니까, 음, 적어도 그렇게 보이니까요. 그 결과를 고려해보는 게 중요해요."

"그럼 내가 그 많은 돈을 다 썼단 말이에요? 왜 그랬겠어요?"

그녀는 고개를 흔든다. "모르죠. 하지만 그 열기구 탑승 건이랑 프라다 드레스 구입 비용의 부정수표 발행은 중죄에 속해요."

할 말을 잃고 그냥 고개만 흔든다. "그럴 의도로 한 짓은 아닐 거예요. 틀림없이 큰돈이 들어오리라고 예상하고 있었는데 미처 처리하기도 전에 입원했을 거예요."

데니즈는 자리에 앉아 가슴 위로 팔짱을 낀다. "만약 아무도 돈을 훔치지 않았다면, 당신이 은행에서 그 돈을 훔친 셈이에요. 웰스 파고 은행이 당신을 고소하지 않는다 해도, 우리가 할 거예요."

의자에 뒤로 몸을 기댄다. 호흡이 가빠진다.

이런 일이 내게 일어나고 있을 리가 없다.

나는 내 발자취를 따라가 이전 삶을 되찾고 싶었을 뿐이었다. 내가 누구인지 알아내려고 인스타그램 계정에 있는 모든 얼굴과 장소를 찾아다니던 것뿐이다. 이 모든 탐정 놀이가 내 범죄 기록의 복사본과 기소 협박이라는 결과를 가져올 줄은 전혀 예상하지 못했다.

"이건 부정수표 발행죄예요. 발행 당시에 갚을 생각이었다는 건 중요하지 않아요, 미아. 변호사를 구해야 할 거예요."

당혹스러운 눈길로 그녀를 본다. 그녀는 어느 누구보다 내가 변호사를 구할 여력이 없다는 것을 잘 알고 있지 않은가.

아무 말 없이 고개를 끄덕이고는 뒤돌아서 경찰서 밖으로 걸어 나온다.

무엇을 해야 할지, 어디로 가야 할지, 또는 누구랑 얘기해야 할지 모르겠다. 스타벅스로 가서 살 여유도 없는 라떼를 한 잔 산다. 솔직히 말하자면 라떼도 맥스에게 빌린 돈으로 샀다. JP에게서 빌린 돈이 다 떨어졌으니까. 이것이 내가 항상 해오던 짓일까? 나는 이렇게 살아왔을까?

훔친 것과 다름없는 라떼를 들고 테라스에 있는 테이블로 가서 진정하려 애를 쓴다. 스트레스가 쌓이고 있다.

중죄에 속하는 부정수표 사기. 곧 다가오는 청혼.

최악인 것은 그 문제를 내가 믿는 유일한 사람과도 공유할 수 없다는 사실이다. 우리의 '사귀는 것도 아니고 안 사귀는 것도 아닌 관계'를 위험에 빠뜨리지 않고는 말이다.

18

　이제는 일과가 돼버린 경찰서 방문도 끝나고, 나는 크리스털을 태우러 갈 준비를 하러 급히 JP의 집으로 돌아간다. 이미 많이 늦었기 때문에 최대한 빨리 들어갔다 나와야 하는데, 어찌 보면 오늘의 축복 중 하나일지도 모른다. 맥스가 제발 집에 있으면 좋겠다. 그가 어디 사는지도 모르는 데다가 혼자서는 이 데이트를 잘해낼 수 없을 것 같으니까.

　정문으로 들어가자마자 맥스와 함께 손에 맥주를 들고 식탁에 앉아 있는 JP를 발견한다.

　이건 말 그대로 악몽이다.

　"어이, 남자분들." 나는 발끝으로 살금살금 걸으면서 말한다. "JP, 자기가 지금쯤 자고 있을 줄 알았는데?"

　그는 활짝 미소를 짓고 있는데, 약간 취한 것 같다. 맥주를 얼마나 많이 마신 거야? 더 중요한 건, 맥스는 얼마나 많이 마신 거야? 내 더러운 비밀을 JP에게 다 털어놓을 만큼 많이 마셨나? 맥스를 죽일 듯이 노려본다. 혹시 그가 그랬다면, 그런 눈길을 받아 마땅하니까.

"맥스가 자기 연구 얘기를 해주고 있었어. 아주 매혹적인 연구야. 꽤나 인상적인 친구란 말이야."

맥스는 내게 건배하듯 그의 병을 들어 올린다.

"그럼, 그럼. 확실히 그렇지." 여전히 맥스를 노려본다. 맥스가 나에 관해 얼마나 많이 말했는지 알아내고 싶다.

"둘이 얼마나 같이 시간을 보냈어?" JP가 우리 사이의 희미한 긴장감을 알아차리고는 묻는다.

"음…." 나는 말끝을 흐린다.

"우린 그냥 주방에서 대화 몇 번 나눈 것뿐이에요." 맥스가 대답한다.

어쨌든 그는 내 남자친구에게 도발적인 말은 하지 않았나 보다. 나는 죽일 듯한 눈길을 거둔다.

"음, 당신을 또 만나니 반갑네요, 맥스." 내가 말한다. "JP, 당신은 진짜 쉬어야 해요. 난 좀 씻고 나올게요. 오늘 밤에 성사시켜야 할 데이트가 있어서 또 나가봐야 해요."

맥스가 내 말뜻을 알아차린다. "너무 실례되지 않는다면, 가는 길에 저 좀 태워주시겠어요? 술을 먹어서 약간 알딸딸한 데다가 JP도 돌아오셨으니 집 봐주는 제 임무도 다 끝났거든요."

"물론이죠! 문제없어요!" 나는 너무 들떠서 대답한다. JP가 나를 이상하게 바라본다. "내가 씻는 동안 짐을 싸는 게 어때요? 눈 깜짝할 사이에 다녀올게요!"

눈 깜짝할 사이라고? 맥스가 나를 정신병자 보듯이 보고 있다.

"안녕!" 나는 혈압이 오늘만 백 번째 치솟는 것을 느끼며 방에서 쏜살같이 달려 나간다.

• • •

15분 후, 운전석으로 미끄러지듯 들어가 해적 립스틱을 입술에 다시 바른다. 맥스가 조수석에 자리 잡고 문을 닫자마자 속삭이며 따져 묻는다. "내 남자친구랑 맥주를 마셔요?! 상황을 얼마나 더 극적으로 만들 작정이에요? 난 사실상 이미 한계에 도달했다고요."

"나도 알아요, 알아. 미안해요. 하지만 어떻게 하겠어요? 그 남자가 한잔하자는데 거절해요? 스텔라를 내미는데 받지 않을 이유가 없잖아요."

내가 손을 흔든다. "알았어요, 알았어. 내 얘기 뭐 했어요?"

그가 코웃음을 친다. "믿거나 말거나, 난 당신 말고도 얘기할 거리가 많아요. 내 일 얘기만 했어요."

"아, 그를 잠재우려고 하셨구나. 좋은 전략이네요."

맥스가 나를 노려본다. "내 눈에 당신이 너무 매력적이라는 게 다행인 줄 알아요."

"그러시든지. 혹시 현금 있어요?" 모퉁이에서 스타벅스를 발견하자 나는 카페인이 필요해진다. 맥스가 지갑에 손을 뻗어 마지못해 10달러 지폐를 건네며 돈을 줘야 할 사람은 나라고 투덜거린다.

드라이브스루 스피커에 차를 가까이 대고 소리친다. "화이트초콜릿 모카, 벤티 사이즈로 두 잔이요!" 맥스는 내 주문이 눈에 띄게 불쾌해 보이지만 나는 그걸 무시하고 말한다. "괜찮아요. 입 닥치고 커피나 마셔요."

크리스털이 보낸 주소를 GPS에 입력한다. GPS는 대서양에 면한 해안도로로 안내한다. 그리고 곧 우리는 패스트푸드 햄버거 가게인 탐스와 한 무더기의 유정을 지나친다. "잠깐, 지금 가는 곳이 시그널 힐에 있어요?" 내가 묻는다. 시그널 힐도 호화롭기는 하지만 롱비치와 콤프턴의 딱 중간 정도이다. 맥스가 지도를 살펴보더니 대답한다. "우린 그 동네에서도 제일 구석으로 향하고 있는 것 같아요."

모든 저택과 위풍당당한 집들을 지나쳐 롱비치 대로에서 우회전한다. 그 동네는 하프를 연주하는 교양 있는 여자가 살 법한 장소처럼 보이지 않는다. 금세 롱비치의 들쭉날쭉한 끝부분을 벗어나 곧장 콤프턴으로 들어간다.

"음…."

맥스는 혼란스러워 보인다. "주소를 잘못 받은 거 같지 않아요?"

나는 골드러시의 광고 문구를 되짚어본다. 교양 있는 캘리포니아 엘리트 여자들. 그들이 왜 캘리포니아의 가장 중요한 자원인지 설명했던 기사.

콤프턴 거리를 거니는 사람들 중에도 미인은 많지만, 그 광고 문구는 확실히 오해의 소지가 있다. 회전해야 할 곳을 놓치는 바람에 그다음 교차로에서 좌회전해 골목으로 들어선다. 거리에 버려진 많은 가구들이 어떤 이야기를 들려준다. 엘리트와는 거리가 먼… 부

적절한 쓰레기 투기와 같은 이야기를. 이내 거대한 콘크리트 송수로인 LA 리버 위를 지나간다. 한 남자가 강둑을 따라 걷다가 서부영화에서처럼 말에게 물을 먹이고 있다. "뭐지? 저거 당나귀예요?"

맥스가 고개를 끄덕인다. "그런 것 같네요."

"여긴 대체 어디예요?"

"콤프턴이 이제 그렇게 나쁜 곳만은 아닌가 봐요. 적어도 거대 갱조직이 싸우는 곳은 아닌 것 같아요. 「스트레이트 아웃 오브 콤프턴」에 나오는 곳 같지는 않네요."

나는 내 옆에 앉은 중서부 출신의 흑인 공부벌레를 본다. "그럼요, 물론이죠."

인도에서 엄마와 놀고 있는 귀여운 아이들도 많은 것 같다. 그러나 이곳은 샌타바버라가 아니다. "길을 잘못 든 것 같아요."

"크리스털이 자원봉사를 하거나 친척 집에 들렀을지도 모르잖아요." 맥스가 말한다.

나는 어깨를 으쓱한다. 사실 아무 단서도 없다. GPS에 우리의 최종 목적지인 파란 점이 보인다. "가까워졌다고 하는데…." 몇 분 후나는 월마트 슈퍼 센터를 올려다보고 있다.

조금 전보다 훨씬 더 혼란스럽다. "그녀가 롱비치 대로 서쪽이라고 했는데, 우리가 동쪽으로 갔거나 뭐 그런 것 같지 않아요?" 월마트는 뭔가 아닌 것 같다.

나는 휴대폰을 꺼내서 크리스털에게 문자를 보낸다. 너 월마트에 있니?

어. 10분 후에 나갈게.

이게 대체 뭐람?

이제야 나는 골드러시 광고 문구에 적힌 모든 것이 완전히 헛소리라는 것을 알아차리지만, 어쨌든 미리 상황을 살피기로 한다. 난 너하고 하프까지 태울 공간이 없어.

뭔 소리야?

"음, 맥스. 크리스털이 하프를 연주하는 것 같지 않네요."

"정말 그러네요." 그가 100퍼센트 빈정대는 어투로 말한다.

"하지만 그게 아마 그녀가 만족시키지 못한 유일한 조건일 거예요. 아니, 대체 어떻게 잠자는 숲속의 공주와 똑같이 생겼으면서 하프까지 연주하는 자선가를 찾을 수 있겠어요?" 불가능한 얘기다. "아마 엄청 예쁘면서도 사회정의에 관심이 많거나… 나도 모르겠어요."

맥스가 눈썹을 치켜뜬다. "크리스털을 만나러 갑시다."

콤프턴 월마트는 소박하고 오래된 마트지만, 그래서 더 월마트다운 느낌이 든다. 거기 있는 어떤 젊은 여자라도 데이트에 데려갈 수 있을 것 같다. 긴 손톱, 타이트한 드레스, 멋진 헤어스타일. 많은 여자들이 월마트가 아닌 다른 어딘가로 가는 차림새를 하고 있다. 제기랄, 나도 칵테일드레스를 입고 있는데.

크리스털이 어디에서 일하는지는 모르지만, 내가 고용한 여자라면 진열대에 물품을 채우거나 뒤에서 지게차를 운전하지는 않으리라 생각한다. 계산대를 훑어보다가 7번 계산대에서 마무리를 하는 크리스털을 발견한다. 나는 왜 코브라가 그녀를 할리 베리에 비유

했는지 알 것 같다. 눈이 튀어나올 만큼 예쁜 이목구비에 귀여운 짧은 머리를 가졌다. 내 당면한 목적에 가장 중요한 핵심을 말하자면, 그녀는 여기서 유일하게 운동복을 입은 이십 대이다. 아마 틀림없이 직원 사물함에 다른 입을 옷이 있겠지. 나는 그녀 앞에 있는 고객과의 대화에서 정보를 얻는다. "얘야, 엄마는 돈이 없단다."

그게 어떤 심정인지 잘 알지, 크리스털.

"크리스털?" 7번 계산대의 불을 끄고 있는 그녀에게 인사한다.

고객을 응대하던 목소리는 순식간에 사라진다. 그녀는 고개를 모로 틀더니 나를 향해 순도 100퍼센트의 '너라면 지긋지긋하다'는 눈초리로 쏘아본다.

"크리스털…."

그녀가 한 손을 들어 올린다. 내가 한 짓이 무엇이었는지 모르겠지만 그녀는 나를 위해 서둘러줄 마음이 전혀 없다. "이 계산대부터 먼저 닫고. 바로 나갈게."

"좋아. 저기서 그냥 기다릴게." 맥스와 나는 카페가 있는 쪽으로 가서 테이블을 잡고 크리스털이 무엇을 하든 달콤한 시간을 즐기도록 기다린다.

그녀가 여왕처럼 느긋하게 걸어온다. "사실은 오늘 밤에 카이를 봐줄 사람이 없어."

"너한테 애가 있어?" 그 말이 마치 '너 헤르페스 걸렸어?'라는 말처럼 튀어나온다. 게다가 어떻게 아직까지 베이비시터를 구하지 못할 수가 있지? 이 데이트는 내가 정신을 잃기 훨씬 전부터 예약되어 있었는데.

"너 어떻게 된 거야? 우리 카이 알잖아."

"내 기억이 약간 흐릿해."

"오." 그때 처음 크리스털은 내가 진짜 머리를 다쳤다는 생각이
들었던 것 같다. 전부 다 설명하고 싶었지만, 그래봤자 무슨 소용인
가? 우리는 걱정해야 할 문제가 다른데.

그녀에게 솔직하게 말한다. "크리스털, 이 데이트에 큰돈이 걸린
거 알지?"

"무슨 말이야?"

"이건 백만장자랑 하는 데이트야. 그는 그저 너를 보겠다고 여기
LA까지 날아왔어. 같이 고급 레스토랑에 가서 너를 더 알고 싶대."
암시하는 바가 분명해지도록 그녀 주변을 가리킨다. 그녀는 지금보
다는 더 나아질 수 있다. "이 사람은 영향력 있는 사람이야."

그녀가 어깨를 으쓱한다. "그러거나 말거나. 똑같은 헛소리에, 레
스토랑만 다르겠지."

나는 깊이 숨을 내쉰다. "이건 좋은 기회야. 그는 돈이 있고, 너는
없잖아."

"음, 지난번에도 넌 같은 말을 했잖아."

코브라.

"코브라도 돈이 있지." 나는 크리스털에게라기보다는 나 자신을
향해 말한다.

"그놈은 진짜 범죄자야."

"그날 데이트에서 무슨 일 있었어?"

그녀가 고개를 끄덕인다. "그 바보가 나를 부두 옆에 있는 어떤 창고로 데려갔어. 그 안에 위장된 다락방이 있더라고. 지옥이나 다름없었고 마약이 가득했어. 우리가 들어갔을 때, 그의 패거리가 파티를 하고 있었어. 술, 마약, 여자들. 무슨 상황인지 알겠지."

나는 고개를 끄덕인다.

"마약과 관련된 건 아무것도 하고 싶지 않아. 그런 생활 방식에서 벗어나려고 이걸 하겠다고 신청한 거야. 이 근처에서 그런 인간 말종들은 충분히 겪었어."

"이해해. 그건 미안하게 됐어."

"처음엔 괜찮았어. 그냥 그 데이트만 잘 넘기겠다고 생각하면서 공짜 술을 몇 잔 마셨지. 하지만 그놈이 엄청나게 으스대기 시작하는 거야."

그녀가 계속 얘기하게 내버려 둔다.

"다들 약에 취했을 때, 그가 이렇게 말했어. '내 뱀 좀 볼래?' 나는 '아니야, 오빠. 이건 그런 데이트가 아니잖아.' 그는 세상에서 가장 웃긴 말이라도 들었다는 듯이 웃더니 나를 데리고 아래층으로 갔어. 뱀이랑 동물원에 있는 동물 같은 게 많이 있었어. 그중에 하나가 노란색 줄무늬가 있는 순백의 비단뱀이었어. 유리 상자 안에 갇혀 있었는데, 쳐다보기도 싫었어. 완전한 킬러잖아, 영혼도 없는."

"오 마이 갓." 이건 쇼킹하면서도 어떤 면에서는 쇼킹하지 않은 뉴스다. 자신을 뱀 부리는 사람이라고 믿는 백만장자 얼간이가 달리 뭘 사겠는가?

"어느 틈엔가 그가 뱀을 풀어놨어. 그건 미끄러지듯이 앞으로 갔고 그는 '뱀을 부리는' 짓 같은 걸 했는데, 아무 소용이 없었어. 그 뱀은 그에게 신경조차 쓰지 않았어. 그놈이랑 그 친구들은 등신처럼 웃으면서 뱀을 그냥 잊어버렸어. 집에 데려다 달라고 했더니 그가 '나중에, 자기야'라고 말했어."

"등신 새끼."

"내 말이 그 말이야." 크리스털은 고개를 흔들었는데, 그녀의 눈은 여전히 크고 얼굴 표정은 암울했다. "한 시간 정도 지났을 때 그 비단뱀이 갑자기 어떤 남자의 몸을 휘감았어. 내 기억으로는 페드로였던 것 같아. 페드로는 엄청나게 약에 취해서 거의 실신해 있었거든. 그런데 그 뱀이 페드로를 휘감아버린 거야. 내가 비명을 지르니까 패거리 몇 명이 기겁을 했어. 코브라가 마법 같은 걸로 뱀을 페드로에게서 떼어내려고 했지."

그녀가 고개를 흔들었다.

"페드로는 살았어?"

"아닐걸. 그걸 확인하겠다고 계속 남아 있고 싶지 않았어. 당장 도망쳐 나왔지. 밤늦은 시간에 돌아다니기에 좋은 동네는 아니었지만, …그 등신 새끼를 믿을 수 없었어."

코브라가 그녀를 찾고 있는 것도 당연하다.

그녀가 얘기를 멈추자 월마트 소리가 빈 공간을 채운다. 아이한테 사탕을 더 먹으면 안 된다고 소리치는 어떤 여자 소리도 들린다.

전체적인 장면이 비현실적으로 느껴진다.

"내가 미안해."

"미안해해야지. 난 네가 이 남자들을 아는 줄 알았어."

"미안해. 뭐라고 말해야 할지 모르겠어. 하지만 맹세할게. 줄스는 마음에 들 거야. 마약상도 아니고, 그의 사업체는 합법이야."

크리스틸은 난간에 불안정하게 기댄다. 그때 내 휴대폰에 문자 알림음이 울린다. 나쁜 년, 넌 나한테 빚이 있어.

자기 얘기 하는 걸 코브라가 눈치챘나? 피해망상증 환자처럼 월 마트 주위를 크게 둘러본다.

너한테 뭘 빚졌는데?

크리스틸과 맥스가 나를 빤히 쳐다본다. 나는 둘을 번갈아 바라보며 미소 짓는다. "갈 준비됐지?"

19

　우리는 갈 준비가 되지 않았다. 크리스털이 경험한 재앙 같은 데이트를 고려하면, 좋은 조건의 데이트를 잡아놓았다는 내 말을 믿지 않는 것이 어쩌면 당연하겠지. 크리스털은 마치 가기 싫다고 시위하듯 원예용품 코너에 놓인 접이식 의자에 드러누워 있다. 그녀에게는 빌어먹을 휴식이 필요한 것 같다. 우리 모두 마찬가지 아니야? 크리스털을 문밖으로 끌어내고 나서 나도 좀 쉬어야겠다. 아주 조금이라도.

　"어제 오후에 줄스를 만났는데 엄청 좋은 남자였어. 게다가 잘생겼고." 나는 풀이 죽은 듯 고개를 흔든다. "코브라랑 엮은 건 너무 미안해. 어떻게 그런 일이 생겼는지 모르겠어."

　"헛소리 집어치워. 나는 그 바보를 보자마자 마약상이란 걸 알았다고. 게다가 스타일이 좋은 사람도 아니었잖아. 시골뜨기 필로폰 마약상이라니." 그녀는 연극을 하듯 고개를 저으면서 중얼거린다. "그건 아니지."

　나는 그 말에 반박하지 않는다. 잘못했네, 이전의 자아야.

의미심장하게 그녀의 의상을 본다. "그거 말고 입을 옷 있어?"

"내 외모에 뭐 불만 있어?"

"아니. 하지만 넌 데이트 전 과정을 인스타그램에 올릴 돈 많은 남자랑 데이트를 해야 한다고."

그녀는 구부정한 자세로 앉은 채 '뭔 상관이야?'라고 묻는 게 틀림없는 눈초리로 나를 올려다본다.

"걱정하지 마. 너를 위해 속옷을 입은 줄스는 귀여울 테니까."

"오 마이 갓." 크리스털이 크게 한숨을 내쉰다. "적어도 공짜 식사는 얻어먹겠네."

크리스털은 어깨에 칩을 얹고 다니는 사람들'싸움이나 시비를 걸다'라는 뜻의 관용적 표현—옮긴이 중에 빌어먹게도 가장 큰 칩을 얹고 있다. 다음 데이트가 지난번 데이트로 망친 기분을 낫게 해줄 최고의 방법은 아닌 듯하다.

5번 통로에 있는 여자에게 속옷계 거물인 줄스 스펜서랑 데이트를 하겠느냐고 막 물어보려던 찰나에 크리스털이 접이식 의자에서 겨우 엉덩이를 뗀다. "가서 얼굴에 물이라도 뿌리고 올게."

데이트 준비를 하려는 것인지 나랑 얘기하느라 진이 빠져 기운을 회복하려는 것인지 모르겠다.

"전화 좀 하고 올게요." 맥스가 화분에 심어진 야자수 뒤에서 말한다. 그가 거기 있다는 걸 거의 까먹을 뻔했다. "연구실에 있는 챈이 계속 전화를 해서요. 뭔가 알아냈을지도 몰라요."

월마트의 허름함이 맥스에게 과학자가 되고 싶은 마음을 다시 동하게 만들었다고 생각한다. 그에게 손을 흔든다. "이따 봐요."

급하게 크리스털 뒤를 쫓아가 여자 화장실 안으로 사라지는 모습을 본다. 문을 밀다가 어떤 아이의 머리를 찧는다. "어머, 정말 미안해!" 그 아이는 곧바로 회복해서는 아무렇지도 않다는 듯이 화장실 밖으로 달려 나간다. 질투심이 샘솟는다. 아이들의 넘치는 활기, 회복력 있는 뇌가 더럽게 부럽다.

내가 들어갔을 때 크리스털은 손을 씻고 있다. 거울에 비친 그녀의 얼굴은 지칠 대로 지쳐 보인다. 잠을 푹 자지 못해서 피곤한 것이 아니라, 오직 여자들만이 이해할 수 있는 그런 피곤함이다. 그녀의 좌절감과 분노를 겹겹이 벗겨내자 나는 그녀가 곧 나라는 사실을 깨닫는다. 그만 포기할지, 아니면 계속 싸울지를 결정하려 애쓰는 우리 모두의 모습이다.

내가 할 수 있다면, 크리스털도 할 수 있다. 그리고 그 반대이기도 하다. 우리는 오늘이 끝날 때까지 걸 파워를 발휘하며 나아갈 것이다. 거울에 비친 크리스털의 얼굴을 보자 크리스털도 거울을 통해 나를 본다. 크리스털은 자신에게도 나에게도 선택권이 없음을 아는 것 같다.

"크리스털, 내가 어쩌다 일을 엉망으로 만들었는지 모르겠어. 코브라 건은 정말 미안해. 절대 너랑 연결시키지 말았어야 했어. 어떻게 그런 일이 일어났는지 모르겠어. 하지만 난 그 실수로 많이 배웠어. 줄스는 착한 남자야. 정말이야."

그녀는 세면대 위에 축 처져 있다. "난 투잡을 뛰는 것도, 아이 돌보는 것도, 공과금 밀리는 것도 빌어먹게 지긋지긋해." 그녀가 가짜 속눈썹 너머로 나를 올려다본다. 처음으로 나는 그녀의 속눈썹 위에 작은 크리스털들이 박혀 있는 것을 알아차린다. "이번엔 꼭 돈 줄 거지, 그렇지?"

내가? 무슨 얘기를 하는지 당최 모르겠다. "우리 계약이 뭐였지?"

"데이트할 때마다 나한테 5천 달러를 주기로 했는데 최근에는 그 수표를 계속 안 주고 있잖아. 게다가 난 백만장자들에게 잘 보이려고 애쓰는 것도 신물이 나. 그 사람들은 날 안 좋아하고, 나도 그들이 싫다고."

제기랄.

"그들이 나를 내가 아닌 다른 사람으로 생각하도록 속일 수가 없어. 예전에 상의했던 문제라는 건 나도 알지만, 효과가 없잖아. 난 그냥 나야. 그게 내가 될 수 있는 전부라고."

이건 뭐, 방과 후 특별활동인가? "우린 성인이야, 크리스털. 원하는 대로 뭐든지 될 수 있어. 그래서 메이크업이 있는 거야. 사진 필터도 있는 거고. 이력서는 거짓말로 채워. 게다가 온라인 학위도 있잖아. 지금은 2020년이야. 우리는 원하는 건 무엇이든 될 수 있다고."

'우리는 성인이야'라는 내 말에 그녀의 얼굴이 약간 굳어지자, 나는 한숨을 내쉰다. "크리스털." 나는 잠재력이 가득하지만 말을 듣지 않는 어떤 학생에게 진심을 전하려는 선생님처럼 그녀의 이름을 부른다. "쉬운 일이야. 그냥 조금만 더 열심히 노력하면 돼. 세련된 드레스를 입고, 똑바로 서서, 그들에게 네가 모든 걸 다 받을 자격이 있다는 걸 알려줘." 나는 더러운 월마트 화장실과 화장지가 붙어 있는 젖은 바닥, 흘러넘치는 쓰레기통을 가리킨다. "봐. 난 많이 알진 못하지만, 네가 이보다는 나은 대접을 받을 만하다는 건 알아. 그들에게 네가 그런 사람이 될 수 있다고, 넌 이미 그런 사람이라고 확신시켜. 포기하지 마."

한두 박자 후에 크리스털이 한숨을 내쉰다. "그래도 나한테 돈은 줘야 해."

나는 고개를 끄덕인다. "돈은 꼭 주겠다고 약속할게. 오늘 밤만 잘해내보자고."

크리스털이 숨을 내뱉자, 이 싸움을 끝냈다고 꽤 확신하며 말한다. "새 드레스 한 벌 사줄게. 백만장자랑 데이트를 하려면, 백만 달러처럼은 보여야 해." 나는 약간 밝아진다. 모두들 변신을 좋아한다. 크리스털도 이건 좋아할 것이다.*

우리는 여성복 코너로 향해 간다. 카트가 늘어선 옷들 사이를 간신히 지나가고, 중간 사이즈의 여름 원피스를 홱 젖히자 옷걸이가 금속 행거에 긁히는 소리를 낸다.

맥스에게 문자를 보낸다. 어디 있어요? 당신 신용카드 좀 빌릴 수 있어요? 크리스털이 미스터 차우스에 가게 된다면, 꼭 새 드레스를 사야 한다.

• 누군가 변신을 해야 한다면, 그건 바로 나다.

그가 답장한다. 당신, 돈이 한 푼도 없죠, 그죠?

있어요. 하지만… 한 번만 더 돈을 빌릴 수 있을까요? 100달러면 충분해요. 안 되면 50달러라도.

마지막이에요.

"오, 이건 어때?" 몸에 딱 맞는 밝은 핑크색 드레스다. 세탁해서 쪼그라들거나 색이 바랠 때까지는 박수갈채를 받을 만한 옷이다. 월마트 옷들은 기본적으로 일회용이나 마찬가지라고 NPR 라디오에서 들었다. 내가 좀도둑질을 하지 않을 때 들었던 것이 분명하다.

"그 남자도 나를 위해서 옷을 차려입을까?"

"당연하지." 적어도 트레이드마크인 속옷은 입고 있겠지. "그 남자가 누군지는 알잖아, 그렇지?"

"농담한 거야."

줄스의 인스타그램을 연다. 그가 이미 데이트에 대한 글을 올리고 '골드러시'를 해시태그했다. 나는 자전거를 타고 참패의 구덩이 위를 위태롭게 지나쳐 바닥에 타이어 자국을 남기며 180도 방향을 바꾸려 애쓰는 것만 같다.

"그가 데이트 준비 과정 영상을 올렸어." 나는 그녀에게 보라색과 초록색 속옷 중에 뭘 입을지 결정하는 줄스의 비디오를 보여준다. 동영상 아래에는 서부 해안에서 오늘 밤 섹시한 데이트. #골드러시라고 쓰여 있다. "너무 귀엽지 않니?"

그녀는 뒤로 몸을 기대며 가슴 앞에 팔짱을 낀다. "진심으로?"

그녀에게 다음 게시물은 보여주지 않는다. 줄스는 카메라를 향해 우스운 표정을 지어 보이며 자기가 할 줄 아는 유일한 표정인 '섹시'한 표정을 짓는다. 그 아래에는 내 천사를 어서 만나고 싶어. 그녀는 하프를 연주해라고 올렸다.

크리스털은 여전히 신나 보이지는 않지만 단순하고 세련된 여름 원피스를 입어보고, 끈 달린 샌들을 신어보는 데 동의한다. 그 샌들은 반짝이는 가짜 에나멜가죽이 벗겨지기 전까지 몇 번은 괜찮아 보일 것이다. 나는 레드 카펫에 선 사람이 하고 있으리라 상상할 수 있는 것은 뭐든지 카트에 담는다. 이모지 디자인이 아닌 보석류, 섹시한 하이힐, 드레스 몇 벌.

"맘에 드는 걸로 아무거나 갈아입고 나갈 때 계산하면 돼." 내 인생 전체가 이 데이트에 달려 있다. 이 데이트의 성공 확률을 높여주는 것이라면 어떤 쓰레기라도 기꺼이 살 테다. 사실은, 맥스가 사는 거지만.

나는 크리스털에게 직원 할인권이 있는지 묻지 않는다. 자칫하면 나한테 5천 달러가 없다는 인상을 줄지도 모른다. 떼먹겠다는 것은 아니지만, 돈이 생길 때까지는 어차피 받지 못할 테니까.

그녀가 옷을 갈아입는 동안, 줄스는 또 게시물을 올린다. 이번에는 입술을 쭉 내민 셀카와 내가 그에게 보낸 것이 틀림없는 크리스털의 스냅사진이다. 월마트에 있지 않을 때의 크리스털 모습은 너무나도 예뻐 보인다. 그녀는 뿌루퉁한 입술에 스모키한 눈 화장을 하고 검은색 드레스를 입었다.

사진과 거의 똑같아 보이는 크리스털이 탈의실에서 걸어 나온다.

누구나 홀딱 반할 정도로 예뻐서 월마트가 지금 당장이라도 광고 모델로 고용해야 할 것 같다. 바로 그때 나는 내가 천재라는 것을 깨닫는다. 줄스는 이 여자와 데이트할 만큼 빌어먹게도 운이 좋은 것이다. "네 사진 좀 찍어도 될까?" 내 입장에서는 그 데이트를 광고할 최적의 시간이다. 결국 이게 전부 무엇을 위한 일이겠나?

나는 사진을 게시하고 줄스를 태그한다.

"모르겠어. 이 드레스는 마음에 들지 않아."

"기가 막히게 예쁜데 뭘."

"그냥 기분이 이상해. 카이가 감기에 걸렸고 내일은 클럽에서 일해야 한다고. 난 대체 지금 뭘 하고 있는 거지?"

"넌 해낼 수 있어, 크리스털."

나를 보는 그녀의 눈초리에서 모든 생각이 하나로 합쳐지는 것을 느낀다. 절망인지 무관심인지 분명치 않은 그녀의 감정이 어떤 종류의 결심으로 굳어진 것이다. 신이시여, 제발 크리스털이 이 데이트에 나가게 해주세요. 제가 평생 나쁜 년으로 살았다면 죄송해요. 코브라에 관해서도 죄송해요. 하지만 제발! 나는 이 데이트가 필요하다고요.

크리스털은 나를 이상하게 쳐다본다. "네가 왜 이 일을 하는지 자신에게 물어본 적 있어, 미아?"

두려움에 휩싸여 그녀를 본다. 그녀가 그만두면 나는 어떻게 해야 하지? 그녀가 다시 탈의실로 들어가는 모습을 보고 있을 때, JP의 문자가 온다.

집에 언제 올 거야? 당신이 보고 싶어! 😍

나도 보고 싶어! 곧 갈게.

알겠어. 기다릴게.

기다리지 않는 게 나을지도 몰라. 🙁

크리스털은 월마트 유니폼을 입고서 손을 허리에 댄 채로 탈의실에서 나온다. "데이트에 나갈게. 하지만 이렇게 갈 거야. 싫으면 말든가."

나는 질끈 눈을 감고 현실을 직면한다. 크리스털은 이해하지 못한다. 나는 이 데이트를 제대로 성사시켜야만 한다. 줄스가 골드러시를 성공적으로 광고해줘야 고객을 더 낚아챌 수 있고, 그 돈도 회수할 수 있으리라. 그러면 밀린 돈도 다 갚을 수 있겠지.● 내 인생이 이 데이트에 달려 있는데, 만약 크리스털이 이런 의상으로 나타난다면 나는 재정적으로 끝장이 나서 어쩌면 감옥에 가게 되겠지.

이제 실토할 시간이 왔다. "내가 줄스에게 10만 달러를 주고 이번 데이트를 인스타그램에 게시해달라고 했어."

크리스털의 눈이 엄청나게 커진다. 아이라이너와 가짜 속눈썹 때문에 그녀는 만화 속 인물처럼 보인다. "뭐라고?"

"내 말 들었잖아."

"너 진짜 어떻게 된 거 아니야?"

● 이렇게 빚이 많은 걸 보면 나는 도박꾼인가?

"솔직히, 그렇게 말할 만하지. 지금 자세히 얘기할 수는 없지만 이데이트에 전 재산을 탈탈 털어 넣었으니까 이제 네 도움이 없으면 이 수렁에서 헤어 나오지 못할 거야."

그녀가 웃는다. "그런데 내 돈은 어떻게 주겠다는 거야?"

젠장. 그녀에게 말하지 말았어야 했다. "남은 돈은 없지만, 최대한 빠른 시일 안에 네 돈은 만들어 줄게."

나는 머리칼 사이로 손을 넣어 쓸어 넘긴다. 그녀는 내게서 벗어나기 위해 이 기회를 더 이용하려 들 것이다. 바짝 말라비틀어질 때까지 나를 쥐어짜겠지.**

"그렇다면, 내 가격이 막 올랐어. 그 드레스를 입길 바라면 만 달러를 줘야 할 거야. 5천 달러라면, 운동복을 입고 월마트 앞치마를 두른 싱글 맘의 모습으로 나갈 거야."

나는 고개를 흔든다. "그럼 유니폼 입은 채로 가. 소지품 챙기는 동안 정문에서 기다릴게."

줄스에게 유머 감각이 있었으면 좋겠다. 재빨리 맥스에게 문자를 한다. 어디 있어요?

차 가지러 갔어요.

맥스가 있어서 참 다행이다.

크리스털이 라커 룸에서 가지고 나온 것은 진짜 기저귀 가방이

** 내게는 절망이지만 크리스털에게는 경의를 표한다. 리.스.펙.트!

다. 바닥에 자주 내려놓은 탓에 아랫부분이 온통 지저분하고 낡았다. 게다가 그녀는 피곤하고 화가 나 보인다. 이 데이트 정말 잘 돌아가겠구나.

"먼저 카이를 데리러 가야 해. 그다음에 우리 엄마 집에 내려줄 수 있어?"

나는 한숨을 쉰다. 완전히 칼자루를 뺏겼다. "그래. 일단 차에 타기나 해."

• • •

우리는 결국 크리스털의 아이를 데리러 간다. 아이를 맡겼다는 곳은 월마트에서 멀지 않은 3층짜리 건물이었다. 거기에는 엘리베이터가 없었다. 나는 그녀가 커다란 카 시트에 아이를 태운 채 힘겹게 계단을 내려오는 모습을 본다. 카 시트는 계단을 내려올 때마다 그녀의 다리에 부딪힌다. 어깨에 걸린 커다란 기저귀 가방이 도저히 들 수 없어 보이는 카 시트의 평형추가 되어준다. 이 장면의 어느 것도 인스타그램에 올릴 수가 없다.

크리스털이 아이를 페라리의 뒷좌석에 고정시킨 후 이렇게 말한다. "출발하자." 이것이야말로 제대로 잘못된 그림처럼 보인다.

데이트는 30분 전에 시작됐어야 했지만 우리는 아직도 아기를 내려주러 크리스털의 엄마 집으로 가고 있다. 카이는 귀엽지만 아기일 뿐이고, 내 기준에 아기는 목표 성취와 재정적 안정성을 방해하는 작은 인간 모양의 장애물이다. 너한테 악의는 없어, 아가야.*

롱비치 대로를 중간쯤 건넜을 무렵 카이가 울기 시작한다. 크리스털이 맥스를 보고 말한다. "뭐라도 좀 해봐요. 장난감을 흔들든지, 말을 걸어봐요. 그냥 앉아만 있지 말고."

맥스는 나만큼 아이를 모르는 것 같다.

"안녕, 카이. 내 이름은 맥스야."

카이는 계속 운다. 맥스는 어깨를 으쓱하더니 자기 휴대폰을 꺼낸다.

"맥스, 뭐 하는 거예요? 휴대폰 그만 들여다보고 그걸 아기한테 줘요!"

크리스털이 찬성의 뜻으로 나를 향해 고개를 끄덕인다. "여자 말을 잘 들어야죠."

나도 내 휴대폰을 본다. 줄스가 슬픈 표정으로 공주를 기다리는 자기 사진을 게시해놓았다.

가는 중이야! 차에 문제가 생겼어. 줄스에게 문자한다.

위치를 찍어줘. 내가 갈게.

크리스털의 집에 도착하자마자 구글 맵에 핀으로 위치를 표시한다. 가식을 떨기엔 너무 지쳤고, 줄스는 어쨌든 계약을 지킬 것이다.

와서 크리스털을 데려가!

• 나는 타고난 엄마는 아닌가 보다.

카이와 그날 밤에 쓸 기저귀 가방을 넘겨주고 난 후에야 우리 셋은 할 일도 없고 갈 곳도 없는 십 대들처럼 연석 위에 앉는다. 크리스털은 두 발을 앞으로 쭉 뻗고 머리를 뒤로 젖힌다.

줄스가 무도회 밤처럼 스트레치드 리무진을 타고 나타난다.

우리는 80년대 영화 속에 있고, 크리스털이 몰리 링월드 역할을 하는 것 같다. 맥스와 나는 그녀에게 어울리지 않아 보이는 친구들이다. 맥스는 공부만 한 샌님이고 나는… 어떻게 알게 된 친구인지는 모르나 정체성 위기를 겪고 있는 친구다.

줄스는 존 휴스 영화의 마지막에 등장하는 남자만큼 잘생긴 얼굴로 뒷좌석에서 내린다. 내 눈에는 더할 나위 없이 완벽하다. 그는 턱시도는 입지 않았지만 더 좋고 멋진 옷을, 인스타그램에 올릴 만한 옷을 입었다.

크리스털은 옷차림새에도 불구하고 빛이 난다. 어떻게 그렇지 않을 수 있겠나? 그녀는 막 월마트에서 2교대 일을 끝냈고, 그녀의 엄마가 아이를 봐주고 있다. 줄스는 현실판 로맨틱코미디의 주인공이다.

그녀의 피곤함이, 아니 그녀의 절망감이 증발한다. 지금의 그녀에게 딱 필요했던 것이다. 누군가의 손에 이끌려 하룻밤 여왕처럼 대접받는 것. 줄스가 크리스털을 제대로 대접할 준비가 되어 있는 것을 보자 나는 안도의 한숨을 내쉰다.

크리스털은 머리를 뒤로 쓸어 올리며 재빨리 입술에 립글로스를 바른다. 틀림없이 월마트 유니폼을 입고 있는 것을 후회하겠지. 나는 고소해하지 않으려 애쓴다. 줄스가 걸어와서 크리스털에게 손을 내밀며 연석에서 내려오게 돕는다.

이 순간, 내가 왜 데이팅 사업에 뛰어들었는지 알 것 같다. 그들은 함께 있으니 너무 아름답다. 줄스는 크리스털의 월마트 앞치마를 비롯해 자신이 요구한 모든 조건이 충족되지 않았다는 사실에도 눈 하나 깜짝하지 않는다. 그가 바보 천치가 아니라서 다행이다. 크리스털이 나를 보고 미소를 지으며 속삭인다. "좋아, 이번엔 제대로 했네."

크리스털은 그를 향해 해명한다. "미안해요. 일이 막 끝나서요."

줄스가 말한다. "괜찮아요. 나도 마찬가지예요."

"미스터 차우스에 예약돼 있어. JP의 이름을 대면 돼, 줄스!"

줄스는 크리스털에게서 눈을 떼지 않은 채 내게 손을 흔든다.

그들을 태운 차가 맥스와 나를 연석 위에 내버려 둔 채 저물어가는 황혼 속으로 멀어져간다. 마침내 일이 제대로 돌아갔다. 나는 순수한 동화 같은 삶을 깨우지 못했을지도 모르지만, 크리스털에게는 그런 동화를 만들어준 것 같다. 그랬으면 좋겠다.

20

크리스털이 줄스의 차지가 되어 데이트를 나간 후, 맥스와 나는 그냥 연석에 앉아 공허함을 맞이한다. 달리 무슨 일을 하겠나? 오늘의 기억이 증발되었다. 드라마를 폭풍처럼 몰아서 본 후에 내가 누구인지, 무엇이 중요한지 기억나지 않는 것과 같은 순간이다. 마치 평생 동안 크리스털을 찾아다녔던 것 같다.

"이제 내가 집에 갈 시간이네요." 맥스가 말한다.

그 말에 심장이 주체할 수 없이 뛰기 시작한다. "무슨 말이에요?" 맥스는 날 떠나면 안 된다. 지금은 아니다.

"난 생각이 바뀌지 않았어요, 미아. 당신이 JP랑 있을지 말지를 결정하는 동안 나를 대기시켜 둘 수는 없어요."

왜 안 돼? 충분히 타당해 보이는데.

"게다가 당신은 내게 거짓말했어요."

젠장. 오늘 이 말을 대체 몇 번이나 더 들어야 하지?! "예전의 내가 누구였는지 나는 알지도 못했어요, 맥스. 내가 거짓말한 건 알아요. 왜 그런지는 모르겠지만, 그건 지금의 내가 아니에요."

그는 믿을 수 없다는 표정을, 그것도 변명을 너무 많이 들어온 사람의 표정을 짓고 있다. "은행에서는 무슨 일이 있었어요? 누군가 당신 돈을 훔쳤어요, 아니면 그냥 파산한 거예요?"

"다 설명할 수 있어요."

"그 설명이란 게 내 서비스에 돈을 지불하면 끝나는 건가요? 아니면 크리스털에게도 돈만 주면 끝이에요?"

"난 내 재정적 상황을 몰랐어요. 근데 그게 엉망이라서…."

그는 고개를 흔든다. "미아, 이해를 못하는군요. 난 공짜로라도 도왔을 거예요. 난 정말 당신을 좋아하는데, 당신은 거짓말을 했어요."

내 어깨가 축 늘어진다. 오늘 안간힘을 다해 열심히 싸웠지만 남은 건 아무것도 없다.

"당신은 깨어나기 전의 당신과 똑같은 사람이에요. 기억하지 못할지도 모르지만, 계속 똑같은 결정을 하고 있다고요. 그게 바로 당신이니까."

거짓말쟁이, 가짜 예술가, 바로 그게 맥스가 생각하는 내 모습의 전부다. 그는 내가 가장 믿는 사람이고, 뉴스거리가 생기면 제일 먼저 문자 하고 싶은 사람인데. 그가 나를 믿지 못한다면… 뭘 어떻게 해야 할지 모르겠다.

"사실대로 말하면, 당신이 나를 떠날까 봐 두려웠어요."

그의 얼굴이 슬픔으로 차오른다. "우리는 둘 다 서로를 믿지 못하는 것 같네요."

"그런 말 하지 마요…." 곧 기절할 사람처럼 무릎 사이에 머리를 묻는다. 실제로 기절할 것 같다. 어지럽기까지 하다.

맥스는 고개를 젓는다. "계속 거짓말을 해온 상대하고 같이 있을 수는 없어요."

그는 자기 얘기를 하는 걸까, JP 얘기를 하는 걸까?

"그리고 우리 둘 다 당신이 거래 개선 협회공정거래를 위한 생산자 단체— 옮긴이에서 별 다섯 개를 받지는 못했다는 걸 알고 있잖아요."

나는 고개를 들어 올린다. "맥스, 그만해요. 나도 이리저리 뛰어다니는 거 안 보여요? 당신은 저질렀는지 기억도 나지 않는 실수에 대해 내가 책임을 지고, 이해할 수조차 없이 심각한 문제를 해결하면서 어른이 되길 바라는군요. 지름길로 좀 갔기로서니 그게 뭐요? 끔찍한 진실을 당신에게 말하지 않았다고, 그게 뭐 어때서요? 난 지금 할 수 있는 최선을 다하고 있어요."

맥스는 걱정스럽게 나를 본다. "미아, 난 당신이 사기꾼이라도 상관없어요. 당신이 감당하기 벅찬 일에 휘말려서 더 걱정이라고요. 어제 우린 마약계의 거물을 만났는데, 당신은 그 남자 돈을 전부 놈의 머리를 향해 던져버렸어요. 그 등신이 무슨 짓을 할지 어떻게 알아요?"

"그가 밑바닥 인생이라는 거 잘 알지만, 나도 마찬가지예요."

맥스가 나를 본다. "당신은 밑바닥 인생이 아니에요."

"밑바닥 맞아요. 하지만 내 앞가림 정도는 할 수 있어요. 할 수 있다는 걸 난 알아요."

그가 한숨을 쉰다. "좋아요. 잘됐네요."

나는 허리를 곧추세우고 앉는다. "잠깐, 뭐라고요?"

"자기 앞가림은 할 수 있을 거라면서요. 당신이 그걸 증명할 방법이 딱 하나 있지요. JP에게 돌아가서 골드러시를 어떻게 할지 알아내요. 당신에게 내가 필요하다면 여기 있겠지만… 나도 이제 내 삶으로 돌아가야겠어요." 그가 일어나서 바지 엉덩이에 묻은 먼지를 턴다. "난 우버를 타고 가면 돼요."

"안 돼요. 집까지 태워다 줄게요. 나한테 페라리가 있잖아요." 상황은 어색하지만 나는 그에게 진 빚이 많다. 게다가 너무 탈진해서 울음조차 나오지 않는다.

• • •

맥스는 집 대신 연구소에 내려달라고 한다. "챈이 거짓말탐지기 소프트웨어와 버그를 분리했어요. 그걸 해결하면 탐지기를 다시 정상적으로 작동시킬 수 있어요."

"그건 당신이 다시 직장을 되찾을 수 있다는 말인가요?"

"페이가 한 짓을 고칠 수 있다면, 그렇죠. 챈은 가능하다고 생각한대요."

"잘됐네요"라고 말은 하지만, 진심은 아니다. 나는 맥스를 연구소로 다시 돌려보낼 준비가 전혀 돼 있지 않다. 우리가 각자 다른 길을 가고, 예전의 삶으로 돌아가는 걸 원치 않는다.

"같이 연구소로 가게 해줘요. 뇌 스캐너가 어떻게 작동하는지 보고 싶어요." 처량하기 그지없다. 그는 나를 떼어내려고 애쓰는데 나는 그의 옷자락을 붙잡고 애원하고 있다.

"음, 나랑 같이 갈 필요는 없어요."

"아니에요. 나도 관심이 많아요. 모든 게 다 잘 해결됐는지 알고 싶어요." 억지웃음을 짓는다.

맥스는 여전히 생각 중이다.

"그게 어떻게 작동하는지 정말로 보고 싶어요. 당신 연구실에 처음 들어갔을 때부터 계속 기다렸다고요."

그는 연구소에 도착할 때쯤 마지못해 동의한다. "올라와요." 그가 진심이라고는 생각하지 않지만 너무 절박해서 그 초대를 받아들이지 않을 수가 없다. 맥스를 떠나서 JP와 함께하는 예전의 삶으로 돌아가는 일은 지금 생각할 수 있는 가장 무서운 일이다. 맥스와 내가 엘리베이터에서 내려 3층으로 들어가자, 연구소 동료들 무리가 이미 그곳에 있다. "안녕, 맥스!"라고 마지못해 건네는 인사와 어색하게 외면하는 눈길들이 많다. 확실히 가라앉은 분위기다.

친구 같아 보이는 어떤 남자가 맥스에게 느긋하게 걸어와 말한다. "어이, 친구. 페이가 널 완전히 속였다면서?"

맥스가 눈을 가늘게 뜨며 말한다. "페이가 뭔 짓을 한 거야?"

친구 과학자는 방어하듯이 손을 들어 올린다. "네가 직접 알아보는 게 좋겠어. 소프트웨어에만 장난질을 친 게 아니라, 뭔가 진지한 얘기를 하고 싶었던 것 같은데… 너희 관계에 관해서 말이야." 그는 불편하게 웃는다. "솔직히 말해 꽤 영리한 시도였어. 너랑 친구 사이만 아니라면, 나도 아마 페이에게 하이 파이브를 했을 거야. 넌 맘에 들지 않겠지만."

전장을 향해 행진하는 병사처럼 결의에 찬 맥스가 복도를 따라 뇌 스캐너와 컴퓨터가 있는 방으로 향한다. 벽에는 뇌 스캐너 사용자를 표시하는 스케줄표가 있다. 맥스가 내 인턴이 되기 전까지는 온통 맥스와 페이 이름뿐이다. 맥스가 월요일 칸에 모두 이름을 쓰자 나는 버려졌다는 느낌이 비이성적으로 치솟는다.

친구 과학자들 중 한 명이 내게 옆걸음질로 다가온다. "맥스가 우리를 소개하지 않은 것 같네요." 그가 말한다.

"미아예요." 나는 손을 내밀며 인사한다.

"맥스와는 사귀는 사이예요?"

"맥스에게 물어봐요." 맥스는 고군분투하고 있을지 모르나, 그의 스캔들 점수는 천정부지로 치솟고 있다. 그는 나와의 이별 드라마로부터 자기 경력을 끌어내어 구조하려고 애쓰고 있다. 나는 그 친구 과학자를 향해 오만하게 미소를 지으며 액자에 끼워진 아인슈타인 포스터를 거울 삼아 입술에 해적 립스틱을 덧바른다. 아인슈타인의 사진 위에는 '상상력이 지식보다 더 중요하다'*라는 인용문이 덧붙어 있다.

맥스가 달력에 표시를 끝내자 나는 그를 따라 fMRI실로 들어간

• 그러길 바랍시다.

다. 진실의 헬멧이 나를 놀리며 거기 놓여 있다. 헬멧이 내 머리 위로 다가오는 것이 느껴진다. 누군가 저 빌어먹을 것을 써야 할 테고, 「더 프라이스 이즈 라이트」 퀴즈 쇼에 나오는 여자들처럼 고급 드레스를 입고 상품을 보여줄 준비가 된 내가 여기 있다.

솔직히 이번에는 내가 굳이 따라와서 목격했어야 할 직장 내 갈등도 아니었다.

"그래서 이건 어떻게 작동해요?"제발 나한테 테스트하라고 하지마. 제발 나한테 테스트하라고 하지 마. 하지만 나는 방에 있는 유일한 사람이고, 그에게는 시운전할 사람이 필요하다.

"음, 당신이 테스트를 좀 도와준다면….."

거봐, 내가 뭐랬어.

그는 방 한가운데 놓인 의자에 나를 앉히고 뇌 스캐너를 씌운다. 그의 관심을 끌려거든 9킬로그램짜리 금속 헬멧이 아니라 란제리를 입고 있는 편이 더 나을 텐데.

"헬멧을 쓰고 있는 동안에도 자유롭게 움직일 수 있어야 해요." 그가 말한다.

"내가 라인 배커상대 팀 선수에게 태클을 걸며 방어하는 수비수―옮긴이라면 가능하겠죠. 그러려면 이걸 더 작게 만들어야 해요."

"다음 버전에서는요."

헬멧을 쓰자 번득이는 영감이 떠오른다. "맥스, 이걸 시험하는 거예요? 지금 켜져 있어요?"

"그게 제대로 작동하는지 확인하려고요. 당신에게 질문을 몇 개하고, 그다음에 챈이 확인한 버그를 자극할 거예요."

그는 서류를 읽은 다음 나를 올려다본다. "이 질문 중에서 어느 것도 당신에겐 쓸모가 없겠어요."

저런. 하긴 나는 내 주소도 모르고 내 생일조차 여전히 페이스북에서 찾아봐야 한다.

"그냥 프리 스타일로 해볼게요. 내 이름은 미아 윌리스이고, 지난 화요일 이전의 삶이 기억나지 않아요. 사업체를 하나 갖고 있고, 공항에서 집에 오는 길에 딱 한 번 만난 남자친구가 있어요." 머리에 뇌 스캐너를 쓰고 실험실에서 그 사실을 소리 내어 크게 말하니 훨씬 더 처량하게 들린다.

"좋아요."

나는 인상을 찌푸린다. "그게 뭐가 좋아요?"

"그냥 다 사실로 나온다는 말이었어요. 계속해요."

"음, 당신은 나를 거짓말쟁이라고 비난했죠."

나를 보는 맥스의 표정이 걱정스럽다. 그는 내가 이 대화를 원치 않는 어딘가로 끌고 가리라는 것을 알고 있다.

"그건 사실이에요." 내가 확실히 말한다. "난 당신에게 거짓말했어요."

"미아, 그만해요. 난 괜찮아요."

"첫째, 난 은행에서 내가 파산한 사실을 알았어요. 갖고 있지도 않은 돈을 쓰는 바람에 심각한 빚을 떠안게 됐어요. 둘째, 난 부정수표 발행 혐의로 수배 중이에요. 너무 창피해서 당신에게 말할 수 없었어요. 그 큰 거짓말들을 감추려고 아마 자잘한 거짓말들을 천 개쯤 더 했을지도 모르지만, 방금 얘기한 게 가장 중요해요."

"미아, 굳이 얘기할 필요는 없어요."

"하지만 난 습관적인 거짓말쟁이는 아니에요. 정말 당신을 좋아 해서 당신이 나를 나쁘게 보는 게 싫었어요."

나는 말을 멈추고 올려다본다. "방금 그건 어떻게 나왔어요? 사실 로 나왔어요?"

그가 고개를 끄덕이자 나는 깜짝 놀란다. 그 거짓말탐지기가 실패할 것이라고 70퍼센트쯤은 확신했기 때문이다.

"나도 알아요, 미아. 당신이 나쁜 사람은 아니지만, 난 믿을 수 없을 것 같아요."

"맥스, 내 심리 상태가 엉망진창이라서 이렇게 느낄 수도 있겠지 만, 그러거나 말거나 난 내 감정이 어디서 나왔는지 따위는 걱정하 지 않아요. 그냥 느낄 뿐이에요."

그의 표정을 보니, 곧 닥쳐올 추락을 대비하고 있는 것 같다.

나는 액셀러레이터를 밟는다. 추락할 거라면, 추락하라지. "당신 을 사랑해요." 크고 또렷하게 말한다.

그가 뇌 스캔 결과를 보더니 말한다. "음, 아니, 당신은 날 사랑하 지 않아요."

"뭐라고요?" 나는 진심으로 충격을 받는다.

"스캐너가 당신이 날 사랑하지 않는다고 분명히 말하고 있어요."

"그럼 이 기계가 엉터리네요. 당신은 내 기분이 어떻다고 말할 수 없어요.”

눈앞에 펼쳐지는 드라마에 아무 관심이 없던 챈이 방을 이리저리 돌아다니다가 내게 목록을 건네준다. “그냥 이 대사나 읽어요.” 그러고는 맥스를 향해 말한다. “미아가 읽는 동안 스캐너를 잘 봐. 페이가 이 문장들이 자동으로 거짓으로 나오도록 프로그래밍했어.”

내가 벌떡 일어나서 말한다. “챈, 당신이 읽어요. 난 빠질래요.”

“안 돼요!” 내 말에 챈은 짜증스럽게 대꾸한다. 하지만 나는 더 할 생각이 없었다. 내 감정을 솔직히 말했는데, 맥스는 대답을 하지 않았을뿐더러 내가 틀렸다고까지 했다. 나는 여전히 내가 과장하는 스타일이라고는 생각하지 않고, 그건 역사상 최악의 “당신을 사랑해요”일 것이다.

“미아, 기다려요.” 맥스가 말한다.

“괜찮아요. 지금 당장은 혼자 있어야겠어요. 나중에 문자 할게요.”

주차장에 놓인 페라리 운전대 앞에 앉아서, 은밀하게 실컷 울어도 될 만큼 유리창의 선팅이 짙어서 다행이라고 조용히 기도한다. 이별 노래를 틀어놓고 흐느낀다.

내가 뭘 원하는지 잘 모르겠다. 맥스가 그걸 방금 과학으로 증명했다. 크리스털이 고마워라고 문자를 보내자 서러움이 북받쳐 훨씬 더 서럽게 운다. 맥스에게 이 좋은 소식을 전하고 싶지만, 실험실에서 그 낭패를 당했으니 지금은 아니다. JP에게 말할 수도 있겠지만, 나는 그가 누구인지조차 모른다. 크리스털과 줄스에 관한 뉴스를 왜 방금 만난 사람에게 문자로 알리겠는가? 그건 옳지 않은 것 같다.

물론 그건 내 잘못이다. JP는 내내 나를 기다려왔다. 하필이면 내가 머리를 다쳤을 때 휴가를 떠난 것이 그의 잘못은 아니다. 그가 남긴 마지막 문자 몇 건을 본다. 내가 보고 싶다며 빨리 집에 오라는 메시지들뿐이다.

이게 다 무슨 아이러니인가 싶다. JP가 나를 사랑한다고 선언할까 봐 두려워 그를 피하고 있다. 맥스와의 모든 감정적인 연애는 아마 무의식적인 자기 태만에서 나온 행동이리라. 나는 누군가가 나를 사랑하게 허락하는 것이 두려워서 어떻게든 피하려 하고 있다.

그런 겁쟁이 같은 소리는 집어치울 시간이야, 미아. JP에게 문자한다. 지금 가고 있어! 오타 수정 프로그램이 자동으로 느낌표를 완성한다. 시동을 걸고 내가 아는 유일한 집으로 간다. 맥스에게 향하는 열정을 나를 원하는 남자와 실제 내 삶에 맞추려고 노력한다.

• • •

JP의 집에 차를 세우고 나서, 가만히 앉아 한참 동안 페라리의 엔진이 꺼지는 소리를 듣는다. 더운 날이었고, 차 안도 덥다. 핑크색 집 안에는 조명이 켜져 있고 JP는 안에서 나를 기다리고 있다. 예전의 내가 계획했던 삶이 저 안에 있다. 소형 쿠션들과 스위스 휴가.

나는 하워드 부인이 될 수도 있다. 자크 피에르 하워드 부인. 자콜릿의 여왕. 사실상 울음에 가까운 히스테리 가득한 웃음을 터트리기 시작한다.

반짝이는 클러치를 집어 들고, 이제 문을 향해 나아갈 것이다. 여전히 #사랑스러운나의집으로. 핑크색 문과 화분이 하나 있는 핑크색 집은 눈부시게 아름답다.•

노크를 할까, 아니면 요란하게 들어가서 물건을 바닥에 집어던질까? 오늘 아침에 나는 소파에 가방을 집어던진 채, 소파 끝에 털썩 주저앉아 커피 테이블에 발을 올리고 있었는데. 하지만 JP는 커피 테이블에 발을 올리거나 침대에서 시리얼을 먹는 걸 좋아할 것 같지 않은 남자다.

맥스는 나와 함께 침대에서 시리얼을 먹었다.•• 그 생각을 하자 바보같이 눈물이 고인다. 침대에서 시리얼을 먹는 것은 아주 무례한 일이고, 해서는 안 되는 일이기도 했다. 맥스와 나는 둘 다 무례하다. 그래서 우리는… 서로에게 완벽하다. 병실에 들어서는 간호사처럼 문을 열면서 노크하기로 한다. 나는 여기 속해 있지만, 내 집은 아니니까.

"안녕!" 나는 소리친다.

주방 테이블에는 테이크아웃 음식이 있고 침실에서 TV 소리가 들린다. 침대 헤드에 반쯤 몸을 기댄 채 시트 위에 앉아 있는 JP를 본

• 나는 핑크색 집에 사는 프랑스 초콜릿 사업가와의 삶을 거의 버릴 뻔했다. 초콜릿으로 가득한 핑크색 집을. 누가 정신 좀 차리게 내 뺨을 찰싹 때려줘.

•• 우주에 관한 바보 같은 프로그램을 보기 직전에 프로스티드 플레이크를 상자에서 막 꺼내 먹었는데, 정말 완벽했다.

다. 내 발소리에 잠에서 깬 JP가 눈을 깜빡인다. "미아…."

침대 위로 올라가 그의 옆에 앉는다. "깨워서 미안해."

그가 옆으로 비키면서 내 무릎 위에 머리를 놓는다. 데이트를 하는 사람들에게는 평범한 포즈겠지만, 나는 그 자세가 어색하다. 우리는 이제 막 만났다. 내가 그를 믿을 수 있어서, 기억상실에 관해 말할 수 있다면 얼마나 좋을까.

"내 등 좀 문질러줄래?"

그의 피부는 자다 깨어서인지 뜨겁다. 손 아래 느껴지는 그의 몸은 근육질이고 피부는 매끈해서 부인할 여지없이 아름답다. 하지만 그는 초콜릿이 아니라 자콜릿이다. 그렇다면 그는 진짜를, 그러니까 맥스를 대신할 대체품이 될 수 있을까? 그는 채식주의자용 밀고기인 세이탄이 될 수 있을까?[*]

"음. 당신을 기다리려고 했는데, 시차 때문에. 갔던 일은 어떻게 됐어?"

마치 '멋진 인생'을 위한 광고를 찍고 있는 것 같다.

"오래 걸려서 미안. 고객 하나를 데이트에 내보내는 데 애를 먹었어." 차 안에서 있었던 일이 기억난다. "당신은 아직도 내가 그 사업을 포기했으면 좋겠어?"

그가 한숨을 쉰다. "난 당신이 그걸 팔아서 돈을 많이 번 다음에,

---

* 입 닥쳐, 미아!

나랑 예쁜 아기나 낳았으면 좋겠어." 그는 나를 도발하듯이 바라본다. "그 얘기가 나와서 말인데…."

내가 골드러시를 없애려 했다고? 나도 그걸 원했다고? 그게 사실이라면 줄스에게 10만 달러나 투자한 것은 말이 되지 않는다.

"음…." 그는 키스와 키스 사이에 내 목에다 대고 속삭인다. 그의 손이 내 드레스 아래로 미끄러져 맨 허벅지를 따라 흐른다. "보고 싶었어."

그의 애무가 정말 기분 좋지만, 한편으로는 먼저 술부터 사줬으면 좋겠다. "우리 좀 천천히 해도 될까?"

그가 신음한다. "당신 생각 아주 똑똑히 알아들었어. 이것만 마지막으로 하자고." 그는 나를 침대 위로 홱 눕히더니 내 팬티를 미끄러뜨린다.

그는 '천천히 하자'는 말을 전희를 더 많이 하자는 말로 알아들은 것 같다. 누가 비난하겠나? 그는 사실상 내 약혼자인데. 우리는 거의 일주일간 떨어져 지냈고, 그 직전에 싸웠다. 그는 아마 여러 날 동안 화해의 섹스를 고대하고 있었을 것이다. 나도 아마 그의 옷을 찢어발기고 싶어야 할 것이다. 그를 모르는 여자들도 그의 옷을 찢고 싶을 테니까.

다리에 느껴지는 손길에 기분이 좋다. 어느 정도는. 그러다 그의 머리가 내 다리 사이로 온다. JP는 정말 자상하고 매우 너그러운 사람 같다. 오 마이 갓.

그가 나를 올려다본다. "긴장 풀어, 자기야."

뇌를 차단시킬 수가 없다. 나랑 결혼을 원하는 섹시한 억만장자가 내 아래에서 입으로 서비스를 하고 있고, 그건 좋은 일일 것이다. 눈을 꼭 감은 채 내 어리석은 뇌를 끄려고 애쓴다. 긴장 풀어, 미아. 억만장자가 지금 네 클리토리스에 있잖아. 그냥 즐겨.

대단한 일도 아니다. 우리는 항상 섹스를 했을 것이다. 이건 아마 내가 이 남자와 했던 수많은 섹스 중의 하나일 테지만, 낯선 사람과 처음 하는 섹스처럼 느껴진다.

두통이 있다는 핑계를 댈 수도 있지만, 한 시간 만에 두 번이나 연인 관계를 엉망으로 만들고 싶지가 않다. "여기 혹시 오일이나 젤 같은 거 있어?" 내가 묻는다. "미안해. 내가 지금 진짜 건조해서 그래."

그는 천천히 내 드레스의 옆 지퍼를 내리고는 드레스를 굴곡진 히프 위를 지나 발아래로 내린다. "당신이 얼마나 아름다운지 깜빡했어."

"그렇게 말하니 웃긴다."

그가 내 배에서부터 키스를 시작해 가슴까지 치닫자 머릿속이 멍해진다. 구름 위에 떠 있는 기분이다. 내가 이 순간에 있는 것인지 지나간 어느 순간을 기억하는 것인지 모르겠다. 어느 쪽이든 한껏 달아오른 JP는 내가 별로 달아오르지 않았다는 걸 알아차리지 못한다. 그 정도로 완벽하지는 않은 것 같다. 어떤 남자든 그걸 알아차린 적이 있을까?

JP는 침실용 탁자에 청소용으로 놓아둔 물티슈를 한 장 건넨다. 나는 그걸로 허벅지 사이를 닦는다.

JP의 가슴에 머리를 대자, 그의 숨소리가 차분해진다. 나는 나를 사랑하는 아름다운 이방인과 함께 있다. 하지만 왜인지 울고 있다. 진정한 사랑이라면 이보다는 기분이 좋아야 할 것이다. 손을 뻗어 리모컨을 찾는다. 바보 같은 방송을 보면 오늘 일어난 모든 일로부터 내 정신을 돌릴 수 있을지도 모른다.

「4차원 가족 카다시안 따라잡기」 다시보기를 튼다. 킴과 클로에는 경찰서로 가는 중이다. 크리스가 킴에게 네 여동생이 감옥에 가고 있으니까 셀카를 그만 찍으라고 소리를 지르고 있다.

이런 상황에도 낄낄 웃음이 난다. 킴은 허영심이 많지만, 나는 그녀가 사랑스럽다. 클로에는 너무 문란하지만 나는 그녀도 좋다. 나는 지금 어느 잘생긴 남자의 팔 안에 안겨 있다. 그는 방금 나랑 사랑을 나눴고 내게 프러포즈를 할 생각이다. 하지만 내가 가족처럼 느끼는 쪽은 오히려 카다시안이다. 그들은 비록 내 이름을 K로 시작하는 단어로 짓는 걸 깜빡했지만, 마치 자매 같다.

그리고 내게 일어나고 있는 일과 진짜 어울리는 사람도 아마 카다시안 가족일 것이다. 얘들아, 믿기지 않겠지만 JP가 막 나한테 청혼했고 우리는 사랑을 나눴어. 그런데 난 그가 기억나지 않고 사실 맥스를 사랑하는 것 같아. 맥스도 막 만난 사이긴 하지만. 오, 게다가 난 부정수표 발행죄로 감옥에 갈지도 몰라. 그들을 만나 칵테일이나 한잔하면서 이 모든 이야기를 할 수 있었으면 좋겠다.

엄마가 운전하는 차를 타고 경찰서에 자수하러 갈 때, 뒷좌석에서 셀카를 찍는 언니가 있으면 좋겠다. 이 문제를 얘기할 여자 친구도 필요하다. 맥스는 좋은 대화 상대이긴 하지만, 그에 관해서도 얘기할 사람이 필요하니까.

이제 나는 대성통곡을 한다.

JP는 곧 홍수라도 닥칠까 걱정되었던지 일어나서 나를 쳐다본다. "당신 괜찮아?"

나는 억지로 웃음을 짓는다. "카다시안 가족 때문에." 힘없이 미소를 짓는다. "이 쇼가 날 울리네." 그는 혼란스러운 표정이다. "너무 피곤했나 봐. 아니면 생리를 시작하려고 하든지."

"어이구, 불쌍한 우리 애기." 그는 나를 더 꼭 껴안고는 이마에 키스를 한다. 달콤한 키스가 위안이 된다.

그는 완전히 엉뚱한 이유로 위로하고 있다. 당신 때문에 울고 있다고 알려줘야 할지도 모르지만… 내일 아침에 하면 되겠지.

잠들기 전에 줄스의 인스타그램을 확인한다. 그는 달빛이 비치는 해변에서 찍은 자신과 크리스털의 사진을 게시했다. 그들은 아름다워 보인다. 게시물 끝에서 #골드러시를 발견한다.

21

휴대폰이 웅웅거리는 소리에 잠에서 깬다. 크리스털이다. 나 좀 태워줄래?

보통은 새벽 6시에 누가 태워달라고 하면 이렇게 흥분되지 않겠지만, 오늘은…. JP를 본다. 그는 내 옆에서 벌거벗은 채 업어 가도 모르게 자고 있다. 그는 프랑스어 악센트가 있는 섹시한 억만장자이고, 나는 혈기 왕성한 미국 여자다. 이런 상황에서 누군가에게 쫓기는 것처럼 흥분한 채 달려 나가면 안 되겠지만, 나는 나니까.

조심스럽게 침대 시트에서 미끄러지듯 내려와 이불로 부채질을 하거나 어떤 식으로든 그를 깨우지 않으려고 애쓴다. 불쌍한 JP. 그는 아침에 와플과 커피를 먹자고 말했다. 마치 우리가 늘 그래왔던 것처럼. 듣기에는 좋아 보인다.

나는 모두에게 거짓말을 하고 JP에게는 어느 누구보다 더 많이 하고 있지만, 이제 그것도 지긋지긋하다. 복도에 있는 욕실에서 몸단장을 하고 크리스털에게 문자를 보낸다. 주소 보내줘. 지금 가는 중.

JP에게도 문자를 보내둔다. 한 시간 후에 돌아올게. 크리스털이 구조해달래.

크리스털은 사실 괜찮아 보인다. 오히려 구조가 필요한 사람은
나지.

고속도로를 달리면서 어젯밤에 봤던 카다시안 가족이 떠오른다.
아무리 엄청난 바보짓을 하더라도 이 여자들이 모두 어떻게 서로
사랑하고 지지하는지가 떠오른다. 나도 누군가와 그런 종류의 관계
를 맺을 수 있을지 모른다. 심지어 크리스털과도. 커퍼 커퍼 앞에 페
라리를 주차하고 계산대로 걸어간다.

"헤이, 미아." 바리스타가 크게 인사한다. "늘 마시던 대로?" 작은
즐거움이 순식간에 내 존재를 밝힌다. 나는 여기 속해 있다.

"저기, 테이크아웃으로 두 잔 주세요."

"두 번째 커피는 그 귀여운 남자분 건가요?"

"그러면 좋겠죠"라고 말하며, 불안이 가득 담긴 한숨을 내쉰다.
"그 남자는 나한테 화나 있어요." 고개를 저으며 이어 말한다. "내가
등신 같은 짓을 했거든요."

그녀가 동정하듯 속삭이는 소리로 말한다. "안됐네요."

"나도 모르겠어요. 어떻게 생각해요? 당신은 3일 만에 누군가와
사랑에 빠질 수 있어요?" 그녀에게 너무 많이 털어놓고 있는 것 같
지만, 아무나 나를 도와줬으면 좋겠다.

"음, 모르겠어요. 하지만 첫눈에 빠지는 사랑을 믿지는 않아요."
우리는 둘 다 잠시 조용해진다. 곧 그녀가 내 기분을 좋게 해주려는
지 덧붙여 말한다. "내게는 한 번도 그런 일이 생긴 적이 없어서 그

런가 봐요."

"난 아마 난잡한 여잔가 봐요."

"설마 그 문신한 남자 얘기하는 건 아니죠?"

나는 웃음을 터트린다. "아니에요. 그 사람은 확실히 사랑하지 않아요. 다른 사람이 있어요."

"휴. 그 사람 좀 무섭더라고요."

이거야말로 절제된 표현이다. '네가 뱀에게 밥 주는 걸 깜빡하면 그런 일이 생기는 거야, 페드로'라고 말하는 코브라의 목소리가 머릿속에서 울려 퍼진다. 마치 페드로가 죽은 것이 그 자신의 잘못인 것처럼. 하지만 그녀가 이 모든 얘기를 알 필요는 없기 때문에, 대화를 다른 쪽으로 돌린다. "그쪽은 어떻게 지내요?"라고 말하면서 나는 이번 주에 그런 인사를 많이 건네지 못했다는 것을 문득 깨닫는다. 나는 계속 위기 모드이고, 그런 인사가 고립되어버린 나에게 별 도움이 되지는 못할 테지만 말이다.

그녀가 자기 인생 이야기를 하자, 나는 그녀가 내 친구가 되었음을 깨닫는다. 맙소사. 내가 이미 인생의 반환점을 돈 것 같다. 나는 이 여자를 껴안을 수도 있다.

"이름이 뭐예요? 우리 항상 보는데 이름 정도는 알아야겠어요."

"로버타요."

머리를 다친 덕분에 적어도 내 인간관계 중 하나는 개선되었다. 게다가 크리스털과의 관계도 약간 더 좋아지고 있다. 그녀가 다시 문자를 하는 걸 보니, 줄스와 좋은 시간을 가졌을지도 모른다. 줄스는 크리스털을 좋아했다. 그는 오늘 아침에 공항에서 셀카를 올렸다. 그녀가 벌써 보고 싶다. #베이비 #골드러시 #줄스브랜드 #데이트 #진정한사랑

내가 그것을 볼 때쯤에는 이미 1,245명이 '좋아요'를 눌렀다. 수많은 댓글들이 달렸는데, 주로 그가 섹스를 했는지, 그녀가 입으로 잘 애무해줬는지 등이었다. 남자들은, 특히 인터넷에서는 더 바보천치들이다. 익명은 정중함의 적이다.

알고 보니 크리스털은 줄스가 새벽에 바로 피지로 떠나야 했기 때문에 차를 태워달라고 한 것이었다. (#힘든인생) 줄스는 크리스털에게 함께 떠나자고 했지만, 그녀는 그런 식으로 즉시 떠날 수 있는 부류의 사람이 아니다. 물론 크리스털은 우버를 탈 수도 있었겠지만, 5천 달러를 빚진 나를 부르는 게 빠르겠지.

페라리에 타자마자 크리스털은 우리의 대화가 한창 진행 중이었던 것처럼 말하기 시작한다. "월세 낼 때가 됐고, 베이비시터에게도 돈을 줘야 하는데… 그게 우리가 이 사업을 시작한 이유잖아. 물건값도 내고 우리 삶을 더 좋게 만들기 위해서 말이야. 러시에서 일하는 시간을 줄이지 말았어야 했어. 월마트는 따라올 수도 없어."

"러시가 뭐야?"

그녀는 뒤로 몸을 기울여 나를 본다. "너 진짜야?" 내가 엄숙하게 고개를 끄덕인다. "너 하나도 기억 못 하는구나, 그렇지?"

"네 말이 맞아."

그녀가 눈을 흘기며 말한다. "넌 항상 관심의 중심figure이어야 하

지. 가끔 네가 미워."

"우린 베스트 프렌드구나, 그치?"

그녀가 말한다. "망할 년, 너 미쳤구나?" 그러고는 그에 걸맞은 눈길을 보낸다. "넌 베스트 프렌드가 없어."

나는 그 과거를 바꾸고 싶다. 이번 인생에서는 베스트 프렌드를 갖고 싶다. 아니면 적어도 나와 함께 차를 타고 경찰서까지 가줄 사람이 있으면 좋겠다. 낙관하고 있는 건지는 모르겠지만, 여전히 크리스털이 그런 친구가 될 수 있다고 생각한다. "미안해. 앞으로 어떻게 할지 잘은 모르겠지만, 돈 문제는 해결할 거야."

"난 지금 그 돈이 필요해. JP에게 좀 빌릴 수 있어?"

우리가 헤어지지 않는다면….

"JP가 너한테 이 차를 줬니?" 그녀는 그다지 날카롭지 않은 질문을 던진다.

"음. 그냥 빌렸어." 그러고 나서 가만히 생각해보니, 빌려달라고 부탁도 하지 않았다.

그녀가 나를 회의적으로 본다. "JP랑 함께 있을 가치가 있어?"

"나도 몰라. 내가 알기로는 어제 만난 사람이니까."

"그러니까 기억상실 어쩌고가 다 진짜란 말이야?"

내가 고개를 끄덕인다. "우린 어떻게 만났어?"

"음, 직장에서."

"월마트?"

"아니. 스트립 클럽. 우린 스트립 클럽 몇 군데에서 같이 일했어."

스트립 클럽이라니! 손으로 입을 틀어막는다. 그러고는 크게 말한다. "내가 스트리퍼였어?" 나는 마치 스트리퍼들에게 경악하는 옆집 할머니처럼 말한다. 내가 빌어먹을 스트리퍼라니. 놀랄 만한 일도 아니다. 얼마 전부터 사실 몇몇 지표들은 쭉 이쪽을 가리키고 있었는데.

"아니. 넌 스트리퍼가 되고 싶어 했어. 클럽 종업원은 지랄 맞거든."

약간 어지러워진다. "그래서 내가 이 길로 접어든 거야?"

"그렇지. 우린 이런 얘기를 했어. '만약 어떤 돈 많은 남자들이 이 사이트로 들어왔는데, 다행히도 재수 없는 놈이 아니라면 결혼해서 행복하게 사는 게 멋지지 않니?'라고 말이야."

일리가 있다.

"게다가 네가 말했어. '그런 일이 일어나게 해보자'라고." 서글픈 표정이 그녀의 얼굴을 스쳐 지나간다. "그것 때문에 너를 좋아했어."

그러니까 우린 친구였구나!

"모든 골드러시 여자들이 다 스트리퍼야?" 나는 그 광고 문구를 떠올린다. '교양 있는 캘리포니아 엘리트 여자들' 나는 이 여자들을 막 오스카상을 타려는 배우들로 홍보했다.

"스트립 댄서." 그녀가 정정한 다음 웃는다. "그리고 몇 가지 다른 이름이 있지."

"그럼 난 그냥 종업원이야?"

"너는 클럽 예약도 담당했어."

"그리고 지금은 빌어먹을 가짜 예술가네."

"아니면 사회사업가든가. 네가 우리를 모두 엮었어."

어느 정도는 맞는 말이다. 나는 그녀를 눈앞에서 어떤 남자를 죽인 마약상과 엮었다. 우연이긴 하지만 사실이다. 하지만 줄스가 그일에 대한 보상이 되었을지 모른다. 보상이 될 수 있는 일이라면 말이다. "줄스 얘기를 해봐."

크리스털은 어젯밤에 다시 태어난 것처럼 먼 곳을 응시하며 미소를 짓고 있다.

"줄스가 월마트 앞치마를 싫어하지 않았어? 그 남자한테 애가 있다고 말했어?"

"난 다 털어놨어. 사실대로 말했지. 그냥 밥도 공짜로 얻어먹고 네부탁도 들어줄 겸 나왔다고 했어." 그녀는 말을 하면서 화장 가방을 뒤지더니 접는 거울을 보면서 화장을 한다.

"그 남자는 웃음을 멈추질 못했어. 내가 재미있다고 생각한 것 같아. 모든 과정을 다 라이브로 중계하더라."

와우, 그 정도면 지불한 것보다 훨씬 더 많은 홍보를 한 셈이다. 그는 원래 인스타그램에 게시물을 두 번만 올리면 됐었는데, 10만 달러가 제대로 된 거래처럼 보이기 시작한다.

"내 삶을 설명해주는 김에, 혹시 내가 어디 사는지도 아니?"

그녀는 립스틱을 바르다 말고 입술을 절반만 칠한 채 충격 받은 표정으로 나를 쳐다본다. "맙소사. 너 정말 하나도 모르는 거야?"

"우리 집 알아?"

"네가 지금 어디서 자는지는 모르지만, 사무실에 네 물건들이 좀 있어."

입이 떡 벌어진다. 내게 사무실이 있다니! 나만의 공간이. "너 집에 가기 전에 내 물건 찾는 것 좀 도와줄래?"

"그 '사무실'은 진짜 사무실이 아니야. 내 말 알아들었어?"

"물론이지. 괜찮아. 거기로 데려다줘."

나는 음악을 틀고 크게 따라 부르기 시작한다. 나는 내 사무실로 가고 있다. 야호! 이건 내가 거물이란 걸 알아낸 이후로 들은 최고의 뉴스다.

"너무 흥분하지 마. 그렇게 멋지지도 않아. 게다가 난 엄마 집에 카이를 데리러 가야 하니까 서둘러야 한다고." 아마 그래서 그녀는 차에서 화장을 하고 머리를 만졌나 보다.

"가는 길에 아이를 데리러 갈까?"

그녀가 나를 이상하게 쳐다본다. "우리 애를 데리고 거기 가지는 않을 거야!"

아이들에게는 적합하지 않은 사무실이라, 흥미로운걸. "그럼 어떻게 가는지나 말해줘."

그녀가 고개를 흔든다. "다음 신호등에서 좌회전해."

"일방통행인데. 다음 신호등 말하는 거지?" 그녀는 지갑을 뒤지며 무엇인가를 찾고, 동시에 줄스에게 문자를 하고, 길을 알려주다가 커피를 사방으로 흘리고 만다.

"오 마이 갓. 이건 내 차도 아니란 말이야!"

"난 네가 그 남자를 틀어쥐고 흔드는 줄 알았는데."

"정말?"

그녀가 어깨를 으쓱한다. "네가 약혼하네 어쩌네 말했잖아."

"두고 봐야지. 난 지난주의 내가 아니거든." 지금 당장은 페라리를 JP에게 돌려주고 크리스털이 어디에 살든 함께 살고 싶다. 그녀가 그만큼 가깝게 느껴진다. 카이가 나를 안다는 느낌이 드는 것은 두말할 필요도 없다. 아마 카이는 내가 젖병 같은 것에 젬병이란 걸알 테지만, 나를 보는 데는 익숙하겠지. "아까는 날 놀리던 거였지? 우린 베스트 프렌드가 맞아, 그치?"

"미친년, 그만해."

그녀의 말투로 보아 우리가 베스트 프렌드인 게 틀림없다. "우린 얘기를 많이 했어?"

"그래, 운전이나 해."

내 사무실에 차를 주차한다. 흥분되어 숨이 턱 막힌다. "이게 그거야?" 우리는 낮은 건물 앞에 있다. 고급스럽지는 않지만 크다. 만약내가 이 공간을 소유하고 있다면 절대 불평하지 않을 것이다. 이 건물은 노란색 전구로 '골드러시'라고 쓰인 대형 천막이 있는 70년대 유물 같다. 내가 건물 전체를 소유하고 있다니. 나는 내 사무실이 네일샵 옆에 있는 고급스럽고 작은 공간일 줄 알았다. 건물에 주차장이 딸린 제대로 된 클럽이 아니라.

교양 있는 엘리트 댄서들! 로열 오페라하우스에서 배운 댄스! 전직미인 대회 수상자들! 캘리포니아 최고의 미인들! 그리고… 올 누드!

대형 천막에 쓰인 모든 것이 내가 데이팅 앱에 올렸던 글과 꽤 비슷하다. 올 누드만 빼고. "음, 올 누드는 뭐지? 이거 내 건물이야?"

크리스털이 웃는다. "맙소사. 너 아무것도 모르는구나."

"계속 그렇다고 말했잖아." 나는 그 건물에 유리창이 없다는 것을 알아차린다. "이해가 안 돼. 스트립 클럽처럼 생겼잖아."

"그야 이게 스트립 클럽이니까 그렇지."

건물 옆면에 붙은 포스터에는 골드러시 앱에 등록된 여자들이 있다. 러시아 발레리나 타티아나. 자연산 가슴! 내 앱에서 그녀는 소울메이트를 찾는 러시아 발레리나로 묘사되어 있다. 가슴에 관한 언급은 없다.

2016년 미스 오렌지 카운티인 브랜디도 내 앱에 있다. 젖꼭지에 술을 다는 대신 드레스를 입은 얼굴 사진이지만.

그리고 크리스털이 있다.

"모든 건 관리부에서 너한테 이 클럽을 위한 앱을 만들어달라고 해놓고서 돈을 주지 않기로 결정했을 때부터 시작됐어."

"재수 없는 놈들." 내가 중얼거린다.

크리스털이 모든 것을 설명한다. 골드러시의 댄서들은 모두 일을 지긋지긋해했고, 고객들과 관리부 직원들이 더듬는 것에도 신물이 났으며 프리랜서로 일하면서 유급휴가를 비롯한 아무런 혜택도 없는 장시간 근무가 지겨웠다고 한다. "스트립쇼는 섹시하고 멋지지만, 직업으로는 형편없어."

"그래서 내가 우리 모두에게 돈 많은 남자를 얻어주기로 한 거야?"

그녀가 고개를 끄덕인다.

골드러시 앱은 그저 꽃단장을 한 골드러시 스트립 클럽일 뿐이었다. "넌 온라인에서 우리를 그럴듯하게 만들었어."

클럽을 둘러본다. 나는 심지어 클럽 마케팅을 그다지 바꾸지 않았다. "클럽에서도 알아?"

"클럽에서는 몇 주 전에 너를 캘리포니아 남부의 섹시하고 젊은 기업인들 중 하나로 소개하는 기사가 나오고 나서야 알았어." 그녀가 웃는다. "그거 진짜 기가 막히게 웃기지 않냐?"

크리스털은 나를 향해 약간 부드러워진 말투로 말한다. "코브라 때문에 너한테 쏘아붙인 거 미안해. 네 잘못도 아니었는데."

그녀는 페인트가 떨어져 나간 커다란 금속 문을 열고 나를 안으로 안내한다. "돌아온 걸 환영해."

많은 스트립 클럽들처럼, 골드러시도 아마 밤에 더 좋아 보일 것이다. 낮에 보는 스트립 클럽은 2월에 크리스마스 장식으로 꾸며진 거실처럼 완전히 잘못된 느낌이다. 조명이 어둡고, 음악이 고동치며, 어떤 여자가 무대에서 엉덩이를 쑥 내밀면 섹시해 보일지도 모르겠다. 하지만 지금 같아서는 딱 2월의 크리스마스다. 아이가 스트리퍼들의 무대 위에서 뛰어다니다가 폴 댄스 장대에서 놀고 있다.

"네가 여긴 아이들이 놀기에 좋지 않은 장소라고 한 것 같은데."

그녀가 어깨를 으쓱한다. "내 아이는 안 된다는 말이었어."

덩치 크고 느끼하게 생긴 남자가 나를 향해 소리친다. "대체 어디 있었어, 미아?"

크리스털이 말한다. "좀 봐줘요, 제이크. 미아는 폭행당했다고 요."

아침 8시에 작고 우중충한 창문 몇 개를 뚫고 들어온 햇빛이 희미 하게 비추는 스트립 클럽 안에서, 버드와이저 광고판과 서비스 타임 랩 댄스를 광고하는 포스터 옆에 서서 그 말을 들으니 더 서글프게 들린다. 물론 나는 폭행당했다. 폭행은 내 삶에서 쉽게 예상되는 부 분일 뿐이다. 며칠 전으로 거슬러 올라가 그때로 도망치고 싶다. 그 땐 나 자신을 오션 대로에 콘도를 가지고 있는 섹시하고 젊은 밀레니 얼 세대라고 생각했고, 귀여운 과학자와 시시덕거리고 있었다.

이 삶으로 돌아온 지 10초 만에, 나는 다 끝장나버린 것 같다. 오 션 대로로 돌아가서 나는 캘리포니아 남부에서 가장 섹시한 기업가 중 하나가 되고 말 것이다. 죽는 한이 있어도. 내 머릿속에서 작은 목 소리가 말한다. 아마 그래서 지난번에 그런 일이 생겼을 거야.

"미아, 내가 그 남자를 두들겨 패줄까?" 제이크가 제안한다.

"일단 누가 그랬는지 알아내면, 그때 훨씬 두들겨 패줘."

"그래서 내 사무실은 어디야?" 내가 크리스털에게 묻는다.

제이크는 내가 '사무실'이라는 단어를 사용하자 웃음을 터트린 다. 나는 아무렇지 않은 척한다.

사무실은 클럽 뒤쪽에 있는 그냥 창고다. 컴퓨터가 놓여 있는 책 상 하나가 박스와 종이, 의상들 사이에 끼워져 있다.

"네 물건이 여기 있을 거야." 크리스털이 말한다.

"나는 어디 살아?"

그녀가 어깨를 으쓱한다. "며칠 밤은 여기서 잤던 것 같아. 가끔은 JP의 집에서 자고. 내가 알기로 넌 한동안 제시랑 같이 살았는데, 지금도 그러는지는 모르겠어. 제시의 남자친구가 그 집으로 들어왔을 때 너도 이사 나온 걸로 알아. 그게 바로 지난달이었어." 나는 내 삶의 내용물로 가득 차 있을 상자 안을 살짝 들여다본다.* 그걸 보니 나는 아마 골드러시의 뒤쪽 창고에서 살았던 것 같다.

상자들을 샅샅이 살피고 있을 때 크리스털이 말한다. "나 카이한테 돌아가야 해. 데려다줄 거지?"

"물론이지. 그리고 나도 JP한테 가보는 게 좋을 것 같아." 주변을 돌아볼수록 그의 청혼이 여기서 벗어날 가장 빠른 길이라고 생각할 수밖에 없다.

"너랑 JP 말이야, 난 아무래도 좀." 그녀는 웃음과 울음이 섞인 표정을 짓더니 감정을 추스르려고 얼굴에 부채질하기 시작한다.

"왜? JP가 왜?"

"너 JP에 관해 얼마나 기억해?"

"하나도 기억 못 해. 그냥 온라인에서 읽은 것만 알아."

그녀가 웃는다. "오, 맙소사. JP가 골드러시 소유주야."

• 옷, 샴푸, 화장품, 가발 두 개, 가죽 재킷. 의학 서적이나 시집 하나 없는 나 자신이 놀랍지도 않다.

22

"뭐라고?" JP가 이곳을 소유했을 리 없다. 그는 초콜릿의 왕 아닌 가! 그는 자선단체와 봉사단체에 기부를 하고, 또….

크리스털이 나를 빤히 바라본다. "미아, 아주 똑똑한 줄 알았더니 너 참 바보구나. JP와 같은 남자들은 사업체를 그냥 소유하는 게 아니야. 당연히 투자 포트폴리오가 있어. 설마 그가 초콜릿만으로 억만장자가 됐다고 생각하는 건 아니겠지?"

입을 쩍 벌리고 그녀를 본다. "사실, 그런 줄 알았어."

그녀가 웃음을 터트린다.

웃음이 안 날 리가 있겠는가? 이건 코미디나 다름없다. 그가 나를 학대하는 고용주 뒤에서 은밀한 자금을 만들고 있을 때, 나는 현실에서 도피해 그를 안식처로 삼고 있었다. 모든 것이 완전히 잘못됐다. 그것도 아주, 아주 잘못됐다. 나는 JP가 스트립 클럽의 복도를 걷는 모습을 다시 상상하면서 그 방을 둘러본다. "JP가 구석에 놓인 전용 부스에서 반짝이는 정장을 입은 채 매일 밤 여기 앉아 있니?"

"아니, 아니. 여기선 그를 한 번도 못 봤어. 그 남자는 많은 사업체를 갖고 있지만, 관심은 오직 초콜릿 회사에 쏠려 있어. 이런 부업은 운영하는 아랫사람들이 있잖아. 그는 우리를 알지도 못해. 그래서 네가 그를 속일 수 있었던 거야."

그러니까 그 말인즉, 내가 우회적인 방법으로 JP 밑에서 일하면서 그의 업체 이름과 광고 문구를 도용하는 동시에 데이트를 하고 있다고? 이제야 그 회상 장면에서 우리가 싸웠던 것이 이해가 된다. 특히 내가 하고 있던 짓을 클럽 쪽에서 그에게 말했다면 더더욱. 큰소리로 천천히 말한다. "정리 좀 해볼게. JP는 골드러시 앱에 신청을 했고 나랑 데이트하겠다고 3만 5천 달러를 지불했어. 이 클럽에서 이미 월급을 주고 있는데도 말이야?"

그녀는 내가 '포메이션'을 크게 노래하면서 거들먹거리며 걷는 비욘세라도 되는 듯 허공에 두 손을 올리고는 말한다. "그러니까 넌 천재야. 정말로!"

나는 JP를 레드 랍스터에 데려가지도 않았다. 비욘세의 '포메이션' 가사 중 '남자가 나를 만족시키면 레스토랑 체인점인 레드 랍스터에 데려간다'는 대목이 있음—옮긴이 비욘세의 충고를 따른다면, 그는 아직 그럴 자격이 되지 않았다. 나중에는 혹—시 모르겠지만.

나는 클럽을 둘러본다. 이 클럽은 어떤 억만장자가 깜빡하고 있는 용돈이나 마찬가지다. 그가 스위스에서 스키를 타고 있는 동안 여기서는 모두들 투잡을 뛰면서도 양육비가 부족해 허덕이고 충치

를 메우지도 못한다.[•]

"있잖아, 넌 네가 곧 받을 그 다이아몬드를 위해서 일해왔잖아. JP 가 작은 싸구려로 대충 넘어가게 하면 안 돼."

약간 어지럽다. 느닷없이 맥스와 나눴던 대화가 떠오른다.

"당신은 의사결정을 할 능력이 없어요, 특히 큰 결정은." 그가 말했다. "뭘 하든, 그냥 쉬운 일만 편하게 해요. 되돌릴 수 없는 일 벌이지 말고."

그 말에 상처받았던 것이 기억난다.

"사람들은 자기가 살았던 경험과 기억을 바탕으로 의사결정을 하죠. 하지만 당신은 지금 아무것도 없잖아요." 그가 말했었다.

"당신은 알아차리지 못했겠지만 난 많은 걸 기억해요." 내가 대답했다.

"그래요. 당신은 다른 건 다 기억하죠. 예를 들어, 누군가 카다시안 자매 중 하나에게 프러포즈한다면, 난 제일 먼저 당신에게 물어볼 거예요. 당신은 그들보다 그들이 살아온 경험과 의사결정 패턴을 더 잘 알고 있을지도 모르니까요."

맥스는 정말 똑똑하다.

• 확실히 아는 건 아니지만, 이들이 버는 돈의 대부분은 헤어와 네일케어에 들어가는 것 같다.

"기억의 가장 중요한 목적 중 하나는 올바른 의사결정으로 이끄는 거예요. 역사에서 교훈을 얻지 못하면 다시 반복되는 것처럼요."

어떻게 해야 할까?

JP가 이 순간 내게 문자를 한다. 한 시간 후에 집에 가겠다고 한 것이 벌써 두 시간 전이다. 나는 이 남자에게 최고의 여자친구였던 적이 없다. 여러 가지 면에서.

나 또 혼자야⋯. 어디야?

가는 중!

• • •

그의 페라리를 타고 LA를 누비는 동안, JP는 몇 시간째 집에서 나를 기다리고 있다. 집 밖으로 못 나가는 억만장자라는 모순에 웃음이 난다. 정작 바보 같은 짓을 하고 있는 건 나지만 말이다. 하지만 그가 마음만 먹는다면, 아마 자동차 대리점에 오늘 아침에라도 최신 모델의 페라리를 가져다 달라고 할 수도 있을 것이다. 그러니 나는 여전히 바보다.

나는 JP에게 강경하게 맞서온 내 모습에 깊은 인상을 받았다. 그러니까, 그만하면 엄청난 임금 인상 아닌가. 데이트 한 번에 3만 5천 달러를 벌고, 억만장자 약혼자에 내 소유의 회사라니. 존경한다, 예전의 나야!

구역질이 난다. 진짜로 아프다. 위에 온통 위산과 담즙뿐이라서 페라리 여기저기에 식은땀을 흘리고 있다. 내 허벅지는 시트에 거의 찰싹 붙어버렸다. JP는 그냥 아직 프러포즈를 하지 못한 것이 아니라, 정말로 속아서 결혼해야만 하는 숲속의 순진한 아기인 것이다. 나는 아름다운 집이 좋고 JP도 좋아 보이지만, 내가 살아온 엉망진창인 삶과 그 분노를 고스란히 기억하면서도 JP와 잘 지낼 수 있을지 모르겠다. 게다가 나는 JP에게 정말로 화나 있었을까? 그는 순진하고, 완벽한 조건에 비해 너무 자상하다. 세상에 순진한 억만장자 같은 것이 있다면….

그가 문자를 보낸다. 자기한테 줄 **초콜릿**을 가져왔어. 부어 먹는 종류의 **특별한 초콜릿인데**… 그걸 어디에 붓고 싶은지 잘 알지.

우리 얘기 좀 해.

좋아, 나도 얘기하고 싶어.

그는 내가 환상처럼 기억하는 말다툼을 100퍼센트 잊어버렸을까? 이제 내가 무슨 짓을 했는지 알았으니, 그 다툼이 무엇에 관한 것이었는지가 분명해졌다. JP의 비난은 모두 옳았다. 내가 상황을 엉망으로 만든 것이 확실했고 100퍼센트 그를 이용했다. 그러니 그가 그 생각을 떨쳐버리려고 스위스에 간 것은 꽤 타당하게 들린다. 집에 도착한 후로 그는 그 일을 한 번도 언급하지 않았다. 마치 다 극복했고 아무것도 바뀌지 않을 것처럼. 부어 먹는 초콜릿과 깜짝 놀랄 만큼 반짝이는 선물이 집에서 나를 기다리고 있다. 그 생각을 하니 배가 더 조이는 것 같다. 그가 조금만 더 기다려줬으면 좋겠다.

집으로 가는 길에 휴대폰이 울린다. 번호를 보니 롱비치 경찰서다. 아마 데니즈 경관이 나를 체포하러 오는 중이겠지. JP가 그 일을 없던 일로 해줄 수도 있겠지만, 나도 할 수 있다. 거절 버튼을 누른다.

JP는 부엌에 놓인 스툴에 앉아 있는데, 파자마 바지 위에 실크 가운을 입고 앞을 여미지 않았다. "안녕, 자기." 그가 인사하면서 내 뺨에 키스한다. "당신이 돌아와서 너무 좋아. 어디 갔었어?"

나는 크리스털에 관한 이야기는 대충 얼버무린다. 경찰서나 곧 임박한 범죄 기소에 관해서는 말하지 않는다.

JP는 일요일 아침마다 나오는 럭셔리 리빙 광고처럼 보인다. "그 요트, '멋진 인생' 알지? 누구 건지 알아?"

"그걸 살까 생각 중이야. 자기가 너무 좋아하잖아. 그 사진들 하며." 그의 표정이 의미심장하다. "그게 약혼…."

"커피 마실래?" 나는 그의 말을 단호하게 자른다. 아직 준비가 안 됐다. "우린 진짜 얘기 좀 해야 해. 당신한테 말하지 않은 게 몇 가지 있어." 사실은 너무 많지.

"더 있어?" 그가 농담한다. "당신이 지난번에 폭로한 얘기를 극복하느라 제네바까지 가야 했는데?"

"맞아." 나는 그의 얘기가 미술관 가는 길에 차에서 있었던 싸움을 말하는 것이라고 짐작한다. 되찾은 기억에서 그는 나를 범죄자라고 불렀는데, 아마 내가 골드러시의 광고 문구를 전부 도용했기 때문이겠지. 고급 스트리퍼를 코믹하게 묘사한 자기네 광고가 엄청나게 독특하기라도 한 것처럼. 러시아 발레리나 때문에 골드러시에 가는 사람은 아무도 없다. 여자들 가슴을 보면서 술을 마시러 가는 거지. 그 가슴이 발레리나 건지 아닌지는 아무도 신경 쓰지 않는다.

내가 그의 농담에 웃지 않자, 그가 심각해진다. "당신 내가 돌아온 이후로 계속 이상하게 굴고 있어. 무슨 일이야?"

심호흡을 하며 그의 옆에 놓인 스툴에 앉는다. 바구니에서 신선한 베이글을 집었다가 다시 내려놓는다. 이제 다 큰 어른의 팬티를 입을 때가 왔다. 더는 숨길 이유가 없다. "JP, 당신에게 말했어야 했는데…."

"뭘?" 그는 걱정스러워 보인다.

그에게 꾸밈없이 다 털어놓는다. 전부 다.

"왜… 왜 나한테 말하지 않았어?" 그는 혼란스러워 보인다. "난 우리가 함께라고 생각했어. 인생의 동반자로서. 난 당신에게 문제가 생겼을 때 당신이 달려와야 할 사람이라고."

잠시 무릎을 보다가 눈을 감는다. 그의 말이 옳다.

"당신을 잃고 싶지 않았어." 그에게 두 번째 이유는 말하지 않는다. 그를 믿지 못했다고.

"다쳤다고 하면 내가 당신 곁을 떠날 줄 알았어?" 그가 자기 손을 내 손 위에 올려놓는다. "내가 알았더라면, 당장 날아왔을 거야."

정말 죽을 맛이다. 그가 미친 듯이 화를 내면 나도 덩달아 발끈 성을 내고, 그러면 일이 쉬워질 텐데. JP는 옳은 말만 하고 있다. "골드러시는 어떻게 된 거야?"

그가 나를 차분히 바라본다. "그건, 변호사가 내 것인지도 몰랐던 사업체의 지적재산권을 도용했다는 이유로 당신을 고소하는 서류에 사인하라고 했을 때 처음 듣고 깜짝 놀랐어."

"그랬겠지."

그가 내 손을 잡고 눈을 빤히 쳐다보자 마음이 불편해진다. 그의 감정에 보답할 수 있다면 기분이 더 나아질 텐데. "하지만 여전히 당신과 결혼하고 싶어."

JP는 제정신이 아니다.

"왜?"

"당신을 사랑하니까."

"JP, 너무 달콤한 말이지만, 난 당신을 알지도 못해. 게다가… 내가 당신한테 한 짓을 좀 봐."

그가 어깨를 으쓱한다. "난 내가 골드러시를 소유한 줄도 몰랐어. 당신이 그 바보 같은 광고 문구하고 이름을 훔쳤대도 상관없어. 그게 사랑의 대가라면, 기꺼이 치러야지. 그냥 그 스트립 클럽을 통째로 가져."

"음. 그럼…." 누군가가 나한테 스트립 클럽을 주겠다고 제안한 경우는 이번이 처음일 것이다. "그걸 문서로 써줄 수 있어?"

그가 크게 웃음을 터트린다. "정말로?"

"어느 정도는?"

"당신 정말로 날 기억 못 하는구나?" 그는 이제야 이해하기 시작하는 것 같다.

"전혀. 하나도 기억이 안 나."

처음으로 그는 상처받은 표정이다. "분명히 말하는데, 그 클럽 가져도 돼. 안 그래도 골칫거리였어. 너무 저급하잖아. 그것과 관련해서는 아무것도 하고 싶지 않아. 그러고 보니 당신이 그걸 갖는 것도 싫어. 다른 일을 해보는 건 어때. 좀 덜… 천박한 일로."

이젠 내가 상처받았다. "난 그 스트립 클럽에서 일했어, JP. 여러 해 동안." 얼마나 오래 일했는지 추측만 할 뿐이지만, '여러 해 동안'은 괜찮은 표현 같다. "게다가 내 친구들도 아직 거기서 일한다고." 내가 그들을 거기서 빼내줄 때까지는.

"이런 상황을 알게 됐어도, 난 어쨌든 당신과 결혼하고 싶어."

"어떤 상황?"

"당신이 저급한 출신이고 저급한 친구들이 있다는 것."

나는 발끈한다. "친구들이 저급하다면 그건 그들에게 기회가 없었고, 당신네 스트립 클럽이 그들을 착취해서 공정한 임금을 지불하지 않았기 때문이야. 당신은 유급휴가나 복지 혜택 같은 걸 주지 않았잖아, 하나도. 어떻게 그런 곳에서 일하면서 시궁창을 벗어날 수 있겠어? 그들이 겪고 있는 일에 아무런 관련이 없는 척하지만, 당신이 그 클럽의 소유주잖아. 그들은 당신 밑에서 일해. 당신이 그 여자들을 착취하면서 월급을 엿같이 주고 있는 거라고."

그는 내 입에서 그런 말이 나오리라 예상치 못한 것 같다. 타오르는 분노가 익숙하게 느껴지기 시작한다. 전에도 이런 기분을 느낀 적이 있는 것 같다. 결국 터트려버렸다. 완전한 분노가 스트립 클럽에서부터 이 주방 식탁까지 내내 나를 가득 채웠다.

"내 투자회사들이 하는 일까지 모두 책임질 수는 없어. 나는 처리해야 할 일이 너무 많고, 그들도 따로 관리팀을 두고 독립적으로 운영해."

"당신이 그런 것까지 직접 처리해야 하는 거야. 적어도 직접 투자한 사업이라면 더 신중해야지. 당신이 사장이면 당연히 직원들이 월급을 잘 받는지 확인해야 하잖아. 애초에 왜 스트립 클럽 따위를 가지고 있는지는 말할 것도 없겠지만. 차라리 병원을 사. 깨끗한 물에 투자해. 10억 달러가 있다면, 세상을 더 낫게 만들어야지."

"나도 노력 중이야." 그의 인내심이 바닥을 드러내고 있다는 것을 느낄 수 있다. "당신도 자콜릿에서 열대우림을 위해 뭘 하고 있는지 알잖아."

"그래. 물론 멋지지만, 그냥 마케팅 전략처럼 느껴져. 이미지 관리를 위한 거잖아"라고 나는 내뱉고 만다. 그런 생각이 어디서 나왔는지는 모르지만 더 많은 분노가 끓어오르는 것이 느껴진다. 비단 골드러시에서 겪은 분노만이 아닌 것 같다.

"내 결혼 프러포즈가 이렇게 흘러갈 줄 몰랐어. 당신도 너무나 결혼하고 싶어 했잖아."

"난 머리를 심하게 다쳤어, JP. 예전과 같은 사람인지도 이젠 모르겠어. 그냥 잠시 여유가 필요한 것 같아. 내가 누군지 알아야겠어. 진짜 내 모습이 뭔지." 일어나서 문으로 향한다. 확실히 떠날 시간이 됐다.

JP는 나를 쫓아 문까지 따라온다. "나도 이해해. 어느 정도는. 하지만 일단 낮잠을 자는 게 제일 좋지 않을까?"

그는 내가 느끼는 존재 위기의 정도를 깨닫지 못하는 것 같다. 그럴 만도 하다. 한 번도 겪은 적이 없을 테니까.

오션 대로에 있는 핑크색 집 문밖으로 걸어 나오면서 나는 지난 화요일까지 존재했던 '나'라는 사람의 문을 닫았다는 것을 느낀다. 그녀를 속속들이 알지는 못하지만, 작별 인사를 고한다. 예전의 미아라면 결혼을 해서 자크 피에르 하워드 부인이 되었을 것이다. 그녀라면 빠른 스포츠카와 함께 저 아름다운 집에 살겠지. JP는 그녀에게 '멋진 인생'을 사주겠지.•

그 여자는 내가 아니다. 나는 혼자 있을 필요가 있다. 머리 부상 때문에 내 뇌가 바뀐 것인지, 새로운 관점이 내 눈을 뜨이게 한 것인지 아니면 그냥 미친 것인지 모르겠지만, 지금의 나는 여기 있다.

땡전 한 푼 없이 칵테일드레스를 입은 여자.

나는 늘 원했던 삶을 막 거부했다.

나에게는 실은 내 것이 아닌 회사가 있다. 나는 그걸 훔쳤으니까.

새로운 내가 눈을 떴다. 이젠 내가 무엇을 하려는지 알았으니, 화요일에 완전히 백지상태로 인생을 다시 시작했던 때보다는 더 낫다. 이번에는 내가 무엇에 직면하고 있는지, 무엇으로부터 멀어지

• JP는 광고 문구를 바꿔야 할 것이다. '일단 자콜릿을 맛보셔도, 가끔 되돌아가기도 합니다'라고.

고 있는지 정확히 안다. 나는 쉬운 해결책을 두고 모든 문제들이 기다리고 있는 쪽으로 걸어갔다. JP는 신용카드를 몇 번 긁어서 모든 문제를 해결해줄 수도 있지만, 나는 그런 걸 원치 않는다. 이건 내 인생이고 이번에는 제대로 살기 위해 최선을 다할 작정이다. 나니까 또 엉망으로 망칠 수도 있지만 어쨌든 노력할 것이다.

23

클러치 안을 들여다보고 나서야 버스 요금도 없는 것을 깨닫는다. 커퍼 커퍼까지 걸어간다.

"안녕, 로버타. 여기 잠깐 앉아 있어도 돼요?" 생각을 좀 정리해야겠다.

"물론이죠."

"돈이 다 떨어졌어요."

"외상으로 달아놓을게요. 나중에 한꺼번에 계산하세요."

그녀의 제안이 내 가슴을 뜨겁게 한다. 나는 이미 많은 빚을 지고 있다. 좋다고 말하고 싶지만 한편으로는 이런 생각도 든다. 미아, 이 등신아, 아직도 배운 게 없니?!

"그럼 고맙죠." 하지만 지금은 정말로 커피가 필요하다. 은행 빚보다 먼저 로버타의 외상값부터 갚을 것이다. 당연히 그래야 한다. 그렇지 않으면 이 커피를 더는 먹을 수 없을 테니까.

로버타가 커피 그라인더를 작동시킨다. 기계가 작동하는 동안(그 시간이 영원처럼 느껴졌지만) 그녀가 소리친다. "오늘 아침에 손님 남자친구를 봤어요."

"맥스요? 여기 왔었어요?"

"네. 그 착한 분요."

나는 웃는다. 그녀가 JP도 알고 있는지 문득 궁금해진다.

"가게에 오진 않으셨어요. 그분이 트위터에 올린 동영상을 봤는데, 맙소사, 죽이더라고요!"

트위터 동영상? 나는 아주 고맙게 커피를 받아든 채 휴대폰을 들고 자리에 앉는다. 트위터 앱을 두드리자 맥스의 동영상이 모멘트—중요한 트윗을 모아서 보여주는 트위터 기능—옮긴이에 올라 있다. 모르는 닉네임이 게시한 원래 트윗을 두드린다. 계정에 걸린 프로필 사진을 금세 알아본다. 실험실 밖에서 만났던 그 동료였다.

다른 영상에서 맥스는 fMRI실의 화면 앞에 앉아 있고 챈은 스캐너를 쓰고 있다. 어제와 똑같은 옷을 입고 있는 것으로 보아 내가 떠난 직후에 녹화된 것이 틀림없다.

맥스는 챈의 이름과 생일을 포함해 그 스캐너가 제대로 작동하는지 확인하기 위한 몇 가지 질문을 한다.

"잘 작동하네." 맥스가 챈을 올려다본다. "페이가 프로그래밍한 문구 목록 갖고 있어?"

누가 녹화하고 있는지 모르지만 웃음을 참으려고 애를 쓴다. 그들은 다음에 무슨 일이 생길지 알고 있는 것이 분명하다. 맥스를 함정에 빠트리려는 것이다.

챈이 투덜거린다. "야, 이거 진짜 어색해."

"그냥 읽어. 무슨 짓을 했는지 알아야 프로그램을 고칠 수 있지."

챈은 차라리 손가락을 자르는 게 낫다는 표정이다. "자, 시작한다. 꽤 사적인 질문이야. 마음 단단히 먹어." 그는 숨을 깊이 들이쉬고는 말한다. "첫 번째 문구야. 「스타 트렉─넥스트 제너레이션」이 「스타 트렉─보이저」보다 낫다."

맥스가 스캐너를 본다. "넌 그렇게 생각해?"

"물론이지, 맥스. 난 바보가 아니야. 「넥스트 제너레이션」이 완전 더 낫지."

"그게 거짓으로 나오고 있어." 맥스가 정말로 혼란스러운 표정으로 말한다. "페이가 「스타 트렉」에 관한 거짓말로 버그를 심었단 말이야? 어떤 버그라도 소프트웨어를 엉망으로 만들 수 있는데 굳이…."

챈이 "점점 더 심해지는데"라고 말한다. 나도 그러리라 생각한다.

"페이는 자기가 재미있는 줄 알아." 맥스가 말한다.

'페이는 재미있다'라고 나는 속으로 정정한다. 이거야말로 내가 본 중에 가장 웃기는 이별 소동이니까.

챈이 다음 문구를 읽는다. "페이는 「스타 트렉」을 좋아한다."

맥스가 화면을 보면서 말한다. "하지만 페이는 진짜로 「스타 트렉」을 좋아한다고." 맥스는 분한 표정으로 덧붙인다. "우린 항상 그걸 봤거든."

이런. 나는 페이가 항상 「스타 트렉」을 보고 있는 맥스를 봤으리라 짐작한다.

챈이 차분하게 말한다. "난 페이가 너한테 「스타 트렉」을 좋아하지 않는다고, 넌 그녀가 어떤 사람인지 절대 몰랐다고 말하고 있는 것 같아."

"난 페이가 어떤 사람인지 당연히 알고 있었어."•

이런….

"점점 더 심해지는걸. 다음 문구는 이거야. 난 페이가 노벨상을 수상할 잠재력이 있어서 좋아하는 게 아니다."

맥스는 고개를 흔들면서 대수롭지 않게 대꾸한다. "맘대로 생각하라고 해."

챈이 깊은 한숨을 내쉬자 나는 대단한 말이 나오리라는 걸 예감한다. 챈이 로봇 같은 목소리로 읽는다. "우리의 섹스는 만족스럽다." 그는 고개를 들어 맥스의 반응을 살핀다.

맥스의 입이 떡 벌어진다. "대체 무슨? 페이는 매번…." 맥스는 고개를 들더니 페이와의 성생활에 관해 챈과 논쟁을 벌이고 있다는 걸 깨닫는다.

챈은 방어하듯 두 손을 들어 올린다. "친구, 난 페이가 오르가슴을 느꼈다고 확신해. 여자들은 절대 속일 수 없잖아, 그치?"

나는 낄낄거리며 웃는다. 그녀는 결코 오르가슴을 느끼지 못했

• 그들 관계의 모든 부분에서 그녀는 '좋다'고 말했고 맥스는 그걸 알아차리지 못했던 것 같다.

다. 분명하다. 그녀는 그 말을 더 일찍, 이를테면 섹스하는 도중에 했어야 했다. 1년 후에 맥스의 프로젝트를 망칠 일이 아니라.

로버타가 그라인더 너머로 크게 묻는다. "방금 섹스 얘기 나오는 부분 봤죠?"

고개를 끄덕이고 동영상을 멈춘다. "페이 말이 옳다면 손님이 맥스를 훈련시켜야 할지도 몰라요." 그녀가 소리친다.

나는 웃는다. "기꺼이 노력해봐야죠. 페이의 의사소통에 문제가 있다고 생각해요. 그녀도 자기 오르가슴을 통제할 정도로 자신감이 있는 것 같진 않아요. 하지만 이 사건 후에는 또 모르죠."

"내가 이미 맥스 편이 아니었다면, 페이에게 공짜 커피를 줬을 거예요."

"페이가 똑똑하긴 하죠." 신경과학계에서 영향력 있는 커플의 반쪽이었으니까.

동영상의 재생 버튼을 누른다. 챈이 말한다. "하나만 더, 친구. 맘 단단히 먹어." 챈은 엄청나게 중요한 이야기를 하려는 듯 맥스를 똑바로 보더니 급기야 말한다. "너를 사랑해."

맥스는 이 대목에서 분노가 치민다. "난 정말로 페이를 사랑했어. 어떻게 페이는 내가 사랑하지 않았다고 말할 수 있지?"

챈은 그냥 가만히 앉아 있다. "나도 몰라. 난 걔가 아니잖아."

맥스는 페이가 아직 옆에 있을 때 이런 대화를 나눴어야 했다.

"도대체, 이게 다 뭐야? 왜 페이는 이런 짓을 했지?"

나는 그 이유를 알겠다. 페이는 바보지만, 천재이기도 하다. 맥스는 과학적 증명이 없다면 이 거짓말들을 절대 믿지 않았을 것이다. 나도 이게 정확히 과학적인 증명이라고는 생각하지 않는다. 그녀는 맥스를 놀리려고 과학을 이용했을 뿐이다. 페이는 '너를 사랑해'라는 말이 자동으로 거짓 진술로 판명되는 버그를 심어놓았다. 그 말은 맥스에게 사랑한다고 말했을 때, 내가 꼭 거짓말하고 있었던 것은 아니라는 뜻이다!

전 여자친구가 훼방을 놓는 사례를 말하자면, 페이는 단연코 최고다.

내가 맥스를 사랑한다고 말하려는 것은 아니다. 이제야 가만히 돌이켜보면, 나는 미쳤던 것 같지만… 감정이란 원래 미친 거니까. 적어도 부분적으로는 최근에 당한 머리 부상과 그로 인한 의존성 때문에 맥스를 사랑하게 됐다는 걸 전적으로 인정한다. 하지만… 그렇다고 꼭 거짓말을 하고 있었던 건 아니다. 어쨌든 사랑이란 게 뭔가? 맥스는 내가 솔직해질 수 있고, 내 나약한 모습을 보여줄 수 있는 유일한 사람이다. 나는 그를 믿는다.

JP에게 거짓말을 하고 난 후에야 나는 솔직함이 사랑의 전제 조건이란 걸 깨닫는다. 자신의 진정한 자아를 보여줄 정도로 신뢰할 수 없다면 그 사람을 사랑하는 것이 아니다.* 그게 사랑의 기초다. 틀림없이 누군가는 그 가설로 노벨 로맨스상을 탔을 테지만, 나는

---

* 논란이 될까 봐 말하지만, 그냥 내가 진정한 자아를 안다 칩시다.

그걸 가수 리조에게서 배웠다. 하지만 다른 누군가를 사랑하기 전에 자신부터 사랑해야 하는지는 잘 모르겠다.[*] 현실을 직시하자. 그건 너무 높은 기준이 아닌가. 필터 처리를 하지 않은 모습을 있는 그대로 보여주고, 사실은 열기구 회사에 빚을 지고 있으면서 상대에게 내가 백만장자라고 떠들지 않기란.

맥스에게 문자를 보낸다. 그 동영상 봤어요.

그렇게 나쁘지 않던데요.

그가 대답한다. 😶 엉망이죠.

무슨 일이 일어났는지도 모르겠어요.

그 문자에서 풍기는 혼란스러움이 나한테까지 느껴지는 것 같다. 맥스는 자신에게 무슨 일이 벌어졌는지 갈피도 못 잡고 있다. 객관적으로 판단할 수 있는 내 위치에서는 확연히 잘 보이지만, 그에게는 너무 가깝다. 남자라는 사실도 이해에 도움이 되지 않는 요소다.

간단히 요약해주길 바라면 말만 해요.

하나도 안 웃겨요.

사랑해요.

하나도 안 웃기다니까요.

나도 알아요. 당신이 섹스를 못한다니 안됐네요. ☹

오 마이 갓.

• 미안해요, 전 세계 심리치료사 여러분!

🗨️ 일단 당신이 회복할 시간을 갖고 나면 다시 연락할게요.

이렇게 다시 연락할 구실이 생겨서 참 좋다. #안도의한숨

나는 이제 그와 페이의 관계도 이해한다. 비록 페이의 방법이 치사하긴 했지만, 그녀의 요지는 강렬했다. 맥스는 페이를 제대로 알지 못했고, 있는 그대로의 모습을 보지 못했다. 그는 마리 퀴리를 닮은 어떤 아가씨를 사랑했다. 그러나 페이는 사실 이상한 유머 감각이 있고 과학에는 그다지 많이 전념하지 않는 사람이었다. 그 이별이 전부 인간의 감정과 여성에 관한 이해력이 원시적 수준에 불과한 맥스의 책임이라고 말하는 건 아니다. 페이도 자신의 모습을 알리지 않았으니까, 양쪽 다 책임이 있었다. 하지만 그것도 이해한다. 그녀도 아마 이제야 깨달았을 것이다. 나도 그랬었어, 페이!

내가 맥스를 사랑하는지는 여전히 잘 모르겠지만, 적어도 내 마음은 맥스보다 내가 더 잘 안다.

• • •

아는 사람 모두에게 문자를 보내 내 삶을 바로잡으면서, 코브라에게도 문자를 보낸다. 예전 미아라면 빚을 갚으려고 속임수를 써서 그의 돈을 빼내려 했을지도 모른다. 그리 어렵지도 않았을 것이다. 어쨌든 그는 지난번에 만났을 때 내게 만 달러를 던지지 않았나. 그러나 새로운 미아는 약간 다르게 일을 처리할 예정이다.

당신 💰을 바닥에 전부 던져버려서 미안해. 내가 나빴어! 그래도 여전히 데이

트하고 싶어?

넌 진짜 미친년이야! 하지만 당연히 하고 싶지.

시간과 장소는 문자로 보낼게. 그때 꼭 나와.

🐍👋

코브라는 정말 바보 천치다.

데니즈 경관에게 전화해서 내 작전 계획을 알려준다.

"데니즈 경관님, 저번에 부정수표 발행에 관해 메시지를 남기셨죠." 나는 마치 어느 중식 레스토랑에 최고의 에그롤이 있는지 얘기하듯 태연하게 말한다. 참고로 말하자면, '만리장성'이다.

"그래요, 미아. 그랬었죠." 내가 칼자루를 쥔 사람처럼 말하는 것이 재미있다는 듯 그녀가 대답한다. 어쨌든, 칼자루를 쥔 사람은 진짜로 나다. "음성사서함을 확인해보면, 내가 당신을 기다리고 있다는 메시지가 있을 거예요."

"전 완전히 거지예요. 버스비조차 없어요. 오션 대로와 린든 대로가 만나는 곳에 있는 카페로 와주시겠어요? 제게 좋은 생각이 있어요."

"진짜로요?"

"들으면 좋아하실 거예요." 내 목소리는 쾌활하다. "경관님이 커피 좋아하신다는 거 알아요. 경찰들은 다 커피 좋아하잖아요. 제가 살게요."

"「로 앤 오더」를 너무 많이 봤군요. 그리고 나한테 라떼 사줄 돈이 어디서 났는지는 알고 싶지도 않네요."

"거기서 봬요, 경관님!" 나는 밝게 인사한다.

• • •

    30분 후에 도착한 데니즈 경관은 힘든 하루를 보낸 것 같은 얼굴이다. 외상으로 커피 한 잔과 크루아상을 시켜주고 마치 파워포인트로 발표를 하듯 내 계획을 설명한다.

    "전 감옥에 가거나 사회봉사를 하거나 보호관찰을 받을 준비가 돼 있어요. 뭐든지요. 과거에 일어난 일은 어쩔 수 없지만, 제 형량은 거래를 하고 싶어요. 되도록 없던 일로요."

    "듣던 중 반가운 소리군요." 데니즈 경관이 커피를 홀짝이며 말한다. 그녀의 어조는 범죄 활동의 결과를 기다리는 내 기분이 어떤지에는 아무 관심이 없다는 듯 들린다. 하지만 코브라를 수월하게 잡을 수 있다면 좋아하겠지. 나는 그걸 알고 있다.

    "제가 열기구 회사하고 델타 항공사에 갚을 수도 없는 수표를 발행한 건 맞지만, 코브라는 필로폰 거래의 핵심 인물이에요. 그건 훨씬 더 나쁜 범죄잖아요." 나는 크리스털이 요전 날 밤에 봤던 장면을 설명하며 경관에게 내가 코브라와 데이트 약속을 잡았다고 말한다. "경관님께 그놈을 잡아넣을 수 있는 뭔가를 준다면, 부정수표 발행 건은 빠져나오게 해주거나 적어도 형량을 낮춰줄 수 있겠죠?"

    "미아, 이런 문제는 정말로 변호사가 필요해요. 그러면 변호사가 검사에게 얘기해줄 거라고요. 이렇게 해결될 문제가 아니에요."

    나는 어깨를 으쓱한다. "이렇게 해결해도 되잖아요, 그죠?"

    그녀가 한숨을 쉰다. "아이디어는 좋네요. 잘해낼 수만 있다면. 그럼 검사에게 동의를 받아낼 수 있어요."

데니즈와 함께 경찰서로 돌아가 자세한 사항을 전부 알아본다. 그들은 내게 도청 장치를 장착할 것이고, 사복경찰 몇 명이 내가 위험해질 때를 대비해서 근처에 대기할 것이다. 나는 무섭지 않다. 실제로 살아온 날이 불과 며칠밖에 되지 않아서, 초파리의 수명과 다를 바가 없으니까. 진짜 삶을 가진 사람과 비교하면 위험이 그다지 높지 않다. 더 잃을 것이 무엇인가? 내가 죽는다고 다른 누군가가 잃을 게 뭐 있겠나?

데니즈 경관이 나한테 코브라에게 문자를 보내라고 시킨다.

당신 집에서 만날까? 내일?

밤 10시. 내가 데리러 갈게. 🐍

역겹다.

경찰서 밖으로 나오자 옳은 일을 했다는 생각이 든다.

• • •

나는 내가 누구였는지, 전에 무엇을 원했는지 모르지만 지금의 내가 누구인지는 안다. 나는 지난 화요일에 태어났고, 그래서 쌍둥이자리가 되었다. 쌍둥이자리 신화의 전체 내용이 무엇이었는지는 기억나지 않지만, 카스토르와 폴룩스에 관한 것이었고, 그중 하나가 죽었던 것 같다. 어쨌든 예전 미아는 죽고 새로운 미아는 #재치있게, 예전 미아가 늘어놓은 모든 쓰레기를 치우고 있다.

내 연애사에 관해서는… 마음속 어딘가에서는 여전히 세상에서 가장 너그러운 백만장자와의 관계를 포기하는 것이 미친 짓이라고 생각하지만, 새로운 미아는 맥스와 함께하기를 원한다. 확신할 수 있다. 페이가 증명했듯, 맥스는 약간 어리석고 섹스를 못할지도 모른다. 하지만 그는 사고를 당해 제정신이 아닌 낯선 사람이 (요란한) 호들갑을 떨지 않고도 정체성을 찾아가도록 도와주는 사람이고, 최고의 타코가 어디 있는지 알고 있으며… 나는 그와 함께 있을 때 가장 나답다고 느낀다. 내 **진짜 모습**을 말이다. 내가 누구든지.

계획이 있다. 예전에 일을 해왔던 똑같은 방식으로 인스타그램을 통해 맥스에게 구애할 작정이다. 하지만 완전히 새로운 방식으로.

필터 처리도 없고, 편집도 없이.

롱비치 경찰서 앞에서 셀카를 찍는다. 내 몰골은 말이 아니다. 얼굴은 번들거리고 마스카라는 번져 있다. 게다가 아직도 그 노란 드레스를 입고 있다. 가장 처음에 찍었던 사진을 올린다. 여태까지 해온 일 중에 가장 힘든 일이다. 약간 더 나은 각도로, 덜 바보같이 나오게 다시 찍고 싶지만, 그냥 맨 처음 것을 쓰기로 한다.

정말로 상태가 안 좋아 보이지만, 사실은 그것이 지구라는 행성에서 이 순간의 내 모습인 셈이다. 나는 6일이나 묵은 테이터탓 캐서롤다진 고기, 야채, 치즈를 깔고 그 위에 감자볼을 올려 굽는 미국 요리─옮긴이을 다시 데운 것 같은 몰골이다. 그렇다고 그렇게 튀어 보이지도 않는다. 대부분의 사람들은 원래 남은 음식을 데운 것처럼 보이니까. 그래서 인스타그램이 애초에 필터를 발명했나 보다.

너무 고민하지 않고 사진 밑에 설명을 입력한다.

나는 @Mia4Realz입니다. 온라인에 모습을 드러낸 지는 여러 해 됐지만, 여러분이 나를 만나는 것은 이번이 처음입니다. 그전의 나는 가짜였습니다. 새로운 나는 100퍼센트 솔직한 모습으로 필터 처리를 하지 않고, 스냅챗도, 거짓말도 하지 않겠습니다. 왜 변했냐고요? 어느 날 깨어나 보니 내가 부정수표 발행죄로 경찰에게 지명수배를 받고 있고, 은행 계좌는 텅 비었으며, 누군가가 나를 죽이려 했더군요. 지금 나는 엉망이지만, 다시 일어날 겁니다. 앞으로 내가 누구인지, 무슨 일이 일어났는지 알아가는 여정을 사진으로 올릴 계획입니다. 저를 팔로우해주세요!

올리자마자 엄청나게 많은 '좋아요'와 댓글을 받는다. 댓글의 대부분은 슬픈 이모지다. 하지만 주말에 찍은 사진에 달린 댓글도 몇 개 보인다. 세상에, @BlackEinstein3147가 너어어어무 귀엽다. 눈에서 하트가 뿅뿅!

행운을 빌어요!

팔로우할게요!

자기소개를 업데이트한 뒤 내 프로필에 링크를 걸어 맥스에게 문자를 보낸다.

범죄 기소와 빚: 진행 중임

연애: 진행 중임

나머지: 하늘에 계신 우리 아버지, 아버지의 이름이 거룩히 빛나시며[•]

점 세 개가 나타났다가 다시 사라진다. 거절은 아니다. 그렇다고 인정도 아니지만, 그냥 그대로 받아들일 것이다. 맥스는 생각 중인가 보다.

• 나는 가톨릭교도가 분명하다.

24

경찰서에서 나올 때 우연히 데니즈 경관도 퇴근한다. 그녀가 골드러시까지 태워다 주겠다고 한다. 무뚝뚝하게 "아가씨를 직장에 내려주기만 한다면 얼마든지"라고 말하면서. 그녀는 나를 도울 수 있어 평소보다 흥분돼 보인다. 첫째는 그녀가 믿지 못했던 남자친구 집에서 나왔기 때문이고, 둘째는 합법적으로 고용된 직장에서 돈을 벌기 때문이다. 경관은 골드러시 건물을 보고 약간 실망하면서도 그다지 놀라지 않는 표정으로 한숨을 쉰다. "맙소사, 월리스. 옷은 꼭 입고 있어요."

한 번도 벗은 적 없는 프라다 드레스를 가리키면서 내가 "이걸 벗기려면 틀림없이 돈을 많이 줘야 할 거예요"라고 말하자 그녀가 방긋 미소를 짓는다.

안으로 들어가기 전에, 나는 정직해지기 프로젝트를 위해 셀카를 찍는다. 내 뒤에 있는 골드러시 간판에 불이 밝혀져 있다. 사진 아래 글을 쓴다. 난 여기서 일해요. 예약을 받죠. '예약을 받는' 일이 전임 직업이라는 건 상상도 못 했다. 나는 맥스를 태그한다. 이제 모두 폭로하기로 한 김에, 내가 어떻게 그 이름과 광고 문구를 도용했는지 설명할까도 생각했지만, 그걸 다 글로 쓰려니 너무 많다.*

안으로 들어가자 크리스털이 보인다. 그녀는 스팽글로 장식한 란제리를 입고, 간호사들이 대수롭지 않게 수술복을 걸치듯이 12센티미터의 하이힐을 편안하게 신고 있다. 그녀가 어떻게 투잡을 견뎌내며 아이를 돌보면서도 제모를 할 시간까지 있는지 궁금하다. 하지만 그걸 묻지는 못하고 잘 있었느냐고 인사한다.

"오, 알다시피…." 그녀가 어깨를 으쓱하며 말한다. "일할 준비하고 있지." 그녀는 매우 무기력해 보인다.

"줄스랑은 어떻게 지내?"

"음."

나는 그걸 좋다는 뜻으로 받아들인다.

의자에 앉아 쉬면서 두 다리를 낮은 테이블 위에 올린다. 크리스털이 같이 먹자며 치즈스틱이 담긴 접시를 내 쪽으로 민다. "고마워. 계속 골드러시에 관해 생각해봤어. 어떤 면에서는 정말 자랑스럽긴 한데, 또 한편으로는 그건 결국 돈 많은 남자를 찾아주는 것뿐이잖아." 나는 고개를 젓는다. "뭔가가 빠진 것 같단 말이야. 이를테면… 백만장자랑 결혼하는 대신에 우리가 백만장자가 되면 되잖아." 농담하는 것 같겠지만 사실 농담이 아니다.

* 나는 대학에 가지 않은 게 꽤 확실하다. 에세이를 쓰는 건 너무 힘들 것 같다.

크리스털이 방금 내가 온 세상에서 가장 우스운 이야기를 했다는 듯이 웃는다. "야, 난 거지 같은 일을 두 개나 해야 겨우 아이 봐줄 사람을 쓸 수 있는 형편이야. 대체 내가 어떻게 백만장자가 된다는 말이야?"

"나도 알아." 내가 대꾸한다. "그래도, 백만장자랑 결혼하려 애쓰는 건 약간 1950년대 같잖아. 어쩌면 우린 대학이나 뭐 그런 데 갈 수도 있을 거야."

"그러시든지. 나는 그냥 빌어먹을 버스 타는 게 신물이 날 뿐이야. 빌어먹을 페미니즘."

하긴, 버스는 정말 싫다.

"만약 내가 골드러시를 인적자본투자 비슷한 걸로 구조를 조정하면 어때? 예를 들어, 네 아이디어나 뭐 그런 거에 백만장자들이 투자하게끔 하는 거지." 크리스털의 대답을 기다리는 동안 치즈스틱을 한 입 베어 문다.

"아이디어?" 그녀는 지금껏 들은 중에 가장 재미있는 말이라도 되는 듯이 웃는다. "난 바보가 아니야. 네가 다음에 만들 엄청난 앱에 참여하지는 않을 거야." 그녀는 자신이 얼마나 진지한지 전달하려는 듯 내게 시선을 고정하고 말한다. "사업은 완벽해. 우린 발레리나 자격증이나 남자들이 원하는 건 뭐든지 있어. 그들에게는 돈이 있잖아. 아무도 빌어먹을 버스를 타지는 않을 거라고. 끝!"

나는 심하게 얼굴을 찌푸린다. 더 나은 방법이 틀림없이 있겠지만, 그녀가 옳다. 버스는 신물 나게 싫고 돈 많은 남자랑 있는 건 편한 일이긴 하다.* 그리고 미아 2.0은 원조보다 다정할지는 모르겠지만, 더 나은 아이디어는 없다. "골드러시에 관심을 보이는 남자들이 몇 명 더 생겼어. 인적자원이 늘어나고 있다고. 모두 줄스 덕분이야. 그의 게시물이 점점 더 퍼져나가고 있어."

"잘됐네. 아마 더 많이 올릴 수 있을 거야. 그걸 최고의 파티 라이프처럼 만드는 거지. 난 비키니를 입고 물속에서 첨벙거릴래. 남자들은 그런 걸 좋아하더라." 그녀가 웃으면서 말한다. "어젯밤에 올라간 게시물을 만회해야겠어. 겨드랑이에 땀자국이 밴 셔츠를 입고, 화장도 전혀 하지 않았어. 줄스가 왜 나랑 데이트를 하고 싶었는지, 왜 사람들이 그런 사진을 좋아하는지 모르겠어."

"사람들 생각을 신나게 뒤집잖아. 네가 있는 그대로 예뻐 보였기 때문에 여자들이 그걸 좋아했다고 생각해."

"난 원래 예뻐, 이년아." 그녀가 '또 한번 시작해볼래?' 하는 눈빛을 번뜩이자 나는 숨이 넘어가게 웃는다.

"그러시든지. 내 말이 무슨 뜻인지 알잖아. 우리는 스스로 예쁘다고 말하지만, 사실은 그렇지 않아." 우리는 전혀 예쁘지 않다. 현실을 직시하자. 우리는 예쁜 게 아니라, 사실은… 그것밖에 선택할 수 없는 것이다.

크리스털이 나와 동시에 같은 결론에 도달한다. "그럼 더 솔직해

• 오늘 아침 JP를 떠난 걸 너무 많이 생각하지 마, 미아!

져야겠네. 타티아나를 러시아 발레리나라고 하지 말고, 아버지와 문제가 있는 돈 많은 아가씨인데 아마존 쇼핑 중독으로 카드 값을 해결하기 위해 스트립쇼를 한다고 소개하는 거야."

나는 크리스털의 아이디어에 웃는다. 처음으로 타티아나가 나와 관련이 있는 사람처럼 들린다. 그 얼음 여왕이 섹시하게 보이기는 하지만, 섹시한 얼음 여왕이 지닌 발레라는 능력은 베스트 프렌드의 특징은 아니니까.

크리스털의 눈에 장난기가 번뜩인다. "그리고 지지는, 네 돈을 전부 뜨개질하는 데 쓰겠지만, 걱정하지 마. 그럴 만한 가치가 있을 테니까." 그러더니 약간 더 자기성찰적인 표정을 지으면서 말한다. "그리고 난 형편없는 직장을 두 개나 갖고 있는 싱글맘으로, 최근에 엄마 집으로 들어갔고 사랑은 믿지 않는다고 써줘."

"사랑에 관한 생각은 바뀔 거야. 장담해." 나는 그녀와 줄스가 잘 될 것 같은 예감이 든다.

"어쩌면." 그녀가 눈을 반짝이며 말한다.

"게다가 생각해보니, 네게 필요한 건 부자인 속옷 모델이었어." 나는 고개를 흔든다. "말도 못하게 무리한 요구지."

크리스털과 함께 우중충한 클럽에서 바 음식을 먹고 있는 지금 이 순간이 너무 아름답다. 대부분 어떤 상황의 시작과 끝은 나머지와 뒤섞여서 어디가 시작이고 끝인지 알아차리지 못하게 된다. 하지만 내 눈에는 세상이 너무나 새롭기 때문에 느낄 수 있다. 지금이 우리가 뭔가를 만들어내는 순간이라는 걸. 이 순간은 우리의 지나간 어떤 시간보다 더 나은 미래의 시작이다. 예전의 골드러시도 어떤 면에서는 좋았겠지만, 앞으로 훨씬 더 나아질 것이다. 게다가 나는 크리스털을 사업파트너로 삼아야겠다고 75퍼센트 확신하고 있다.

행복한 한숨을 내쉰다. 누가 '솔직한 데이팅 사이트'를 생각이나 했겠는가? 그건 내가 생각했던 것 중에서 가장 직관에 어긋나면서도 분명한 아이디어다. "모든 사람의 프로필을 솔직하게 쓰자는 아이디어가 정말 맘에 들어. 더는 환상으로 포장하지 않을 거야. 우리는 진짜 사람들이잖아. 더는 감추지 않겠다고."

이제 와 생각해보니, 전에 나를 포주처럼 느끼게 만든 것도 데이트 주선이라는 행위가 아니라 가짜 광고 때문이었다. 나는 환상을 파는 것이 아니라 좋은 상대를 찾아주려고 여기 있는 것이다. 골드러시에 관한 새로운 아이디어에 매우 흥분한다. 거짓말을 하지 않는다는 게 혁신적인 생각은 아니지만, 내가 그런 걸 생각해낸 것은 처음이니까. 어서 온라인에 들어가 모든 것을 바꾸고 싶다.

클럽 뒤편에 있는 사무실로 돌아가 사이트 작업을 한다. 내일쯤이면 우리 사이트는 완전히 새로운 모습일 것이다. 내게는 정신을 산만하게 할 다른 삶이 없으니까.

문 앞에 회의 중인 것처럼 표지판을 걸어둔다. 나는 클럽에 있는 모든 여자들과 만나거나 전화할 예정이다. 모든 자기소개를 업데이트하고 프로필 사진을 다시 찍을 것이다. 필터 처리도 없고, 되도록 화장도 하지 않은 채. "운동복 바지를 입어." 나는 여자들에게 조언한다. "일요일 아침에 입는 대로 입어. 그게 내가 올리고 싶은 사진이니까."

"그럼 숙취에 찌든 사진도?" 여자들 중 하나가 묻는다.

"그것도 좋지. 난 솔직함을 원하거든."

그녀가 웃는다. "좋아, 가짜 속눈썹이 뺨에 붙어 있는 숙취 사진. 됐지?"

그녀의 사진은 내가 가장 좋아하는 프로필 사진이 될 것이다.

글씨가 잘 써지는 펜을 찾으려 서랍을 뒤지고 있을 때, 자물쇠가 달린 상자 하나를 발견한다.

나는 반짝이는 클러치를 꺼낸다. 내게는 열쇠 두 개가 있었는데 하나는 JP의 집 열쇠였고, 다른 하나는 맞는 자물쇠를 찾을 수 없었다. 클러치 바닥을 손으로 뒤져 그 열쇠를 찾은 후 자물쇠 달린 상자에 끼워 넣는다. 정확하게 들어맞는다. 상자를 열자 크라운 로열 위스키 자루가 나오는데, 그 안에 뭐가 들어있는지 알겠다. 코브라가 크리스털과 만나게 해달라며 지불한 3만 5천 달러이다.

나는 환호성을 지른다.

●　●　●

생명의 은인과도 같은 뜻밖의 횡재를 맞은 사업 천재로서 하루 종일 일하는 게 지겨워지자 사무실 밖으로 나온다. 스트리퍼 무대 위에 앉아 다리를 옆으로 차면서 바구니에 담긴 갓 튀긴 모짜렐라 스틱을 먹는다. 이 삶이 그리 나쁘지만은 않다.

인스타그램을 확인하자 미아 2.0 게시물이 많은 사랑을 받고 있고, 흥분한 여자들에게서 많은 DM이 왔다.

그 프랑스 남자는 별로 귀엽지 않았어요! 새로 만난 공부벌레를 사귀어요!

그에게서 전화가 왔어요? 힘내세요!!

휴대폰이 울린다. 연락처에 저장돼 있지 않은 번호지만 어쨌든 받는다. "여보세요?"

"미아?" 머뭇거리는 듯한 여자 목소리다.

"네. 누구세요?"

한참 침묵이 흐른 뒤 여자가 말한다. "엄마야."

모짜렐라 스틱이 목에 걸릴 뻔한다. "뭐라고요?"

"그날 밤 네 옆에 있어주지 못해서 미안해."

"잠깐만요. 나한테 무슨 일이 일어났는지 아세요?"

"미술관에서 '나의 셀카' 벽에 걸린 네 사진을 봤어. 너무 미안하다, 애야. 그걸 더 일찍 봤거나 네 옆에 있어줬다면 좋았을 텐데." 오늘 오후에 나는 내 사업을 다시 구상하고 돈도 찾아서 기분이 최고였다. 그런데 엄마라니? 이건 다음 단계로의 도약이다. 어제 엄마의 전화를 받았다면 목 놓아 울어버렸을 것이다. 하지만 오늘은 아니다. 그냥 눈물 몇 방울이 눈을 따끔거리게 할 뿐이다.

누가 문자를 보내서 휴대폰이 계속 윙윙거리지만 확인하지는 않는다. 엄마와의 재회를 방해받지 않을 작정이니까.

"제가 그날 밤에 기억을 잃었어요. 그래서 아무것도 몰라요. 엄마도 기억 못해요."

엄마의 숨이 턱 막히는 소리가 들린다. 엄마는 감추려고 애쓰지만, 울고 있다. "지금 어디 있니, 얘야? 당장 데리러 갈게."

"전 골드러시에 있어요. 서부 해안도로를 타고 내려오면 보이는 스트립 클럽이에요."

한동안 수화기 너머에서는 침묵이 흐른다. 엄마는 내 위치를 알아들은 후 한숨을 쉰다. "알았어. 지금 갈게. 20분만 기다려."

전화를 끊고 소리를 지르며 크리스털에게 달려간다.

"크리스털! 우리 엄마가 오신대! 좀 이상하게 들릴 줄은 알지만… 난 엄마랑 사이가 안 좋았던 것 같은데 이제 화해하게 될까? 잘은 모르지만, 내 휴대폰에 엄마 번호가 없었어. 그래서 우리 사이에 무슨 일이 있었구나 하는 느낌은 들어."

"음, 상황이 약간 흥미로워지겠는걸."

"무슨 소리야?"

"코브라가 방금 문자를 보냈는데 이리 오고 있는 중이래. 네 인스타그램을 본 게 분명해. 우리가 여기 있는 걸 알더라."

"이런. 그 자식이 원하는 건 뭐래? 왜 우리를 가만히 내버려 두지 않는 거야?" 나는 그에게서 자백을 술술 끌어내 곧장 감옥으로 보내버릴 수 있는 여유로운 급습 계획을 세웠었다.

"다른 데이트를 원하거나 아니면 나를 죽이고 싶겠지. 내가 그놈 친구가 죽는 걸 목격했으니까."

나는 엄마에게 다시 전화한다. "어, 엄마. 지금 당장은 우리가 만나기 좋은 시간이 아닌 것 같아요…."

"왜?"

적당한 핑곗거리를 지어낼까 생각한다. 급히 어디를 가야 한다거나 내가 엄마에게 가는 게 낫다거나… 두통이 있다는 둥. 하지만 그 럴싸한 이유가 생각나지 않아서 그냥 사실대로 말한다. "어떤 나쁜 사람들하고 엮여서 그런데, 두어 시간 후에 만나거나 아니면 내일 아침에 만나는 게 제일 좋을 것 같아요."

엄마가 차에 시동을 걸었는지 배경음으로 부릉거리는 엔진 소리 가 들린다. "지금 데리러 갈게, 얘야."

이 시점에서는 경찰을 부르는 것 외에 달리 방법이 없다.

25

음악이 심장을 고동치게 하고 조명이 어둑하다. 어떤 여자가 스트리퍼 무대 위에서 엉덩이를 반쯤 드러낸 채 루틴 동작을 하고 있다. 마치 드라마 「소프라노스」의 에피소드 한 편을 보는 것 같다. 이 버전에서는 내가 토니 소프라노이고, 이제 곧 우리 엄마와 마약계 핵심 인물의 즉흥적인 만남을 주최한다는 것만 다르다. 어느 쪽이든, 나는 스트립 클럽이 어떤 장소 못지않게 좋은 장소라고 생각한다. 적어도 술이 있으니까. 그것도 아주 많이.

데니즈 경관이 설명한다. "나는 탈의실에서 듣고 있다가, 필요하면 곧바로 뛰쳐나올게요."

"여자들과 셀카를 좀 찍어줄 거죠?" 나는 그 사진을 솔직해지는 여정의 일환으로 인스타그램에 게시하고 싶다. "혹시 그러면 안 된다는 경찰서 정책 같은 게 있나요?"

데니즈는 내 말을 무시한다. "놈에게 질문을 해요. 크리스털이 겁먹은 이유를 말하게 하라고요. 만약 우리가 놈한테서 자백을 받아낼 수만 있다면…." 그녀는 마치 오늘 밤 코브라를 잡아넣으면 세상을 엄청난 위기에서 구할 수 있다는 듯이 심호흡한다.

셀카는 그 후에 찍어도 되겠지. 정직한 버전으로다가.

"걱정하지 마요. 여기 숙녀분들을 안전하게 지켜줄 테니까." 그녀가 나를 안심시킨다.

고마운 마음에 고개를 끄덕이며 미소를 짓는다. 일어날 수 있는 어떤 상황도 배제하지는 않았지만, 죽는 것은 오늘 밤 내가 크게 염려하는 바는 아니다. 죽음을 두려워하면 살 방법이 없을 테니까.

지금은 곧 다가올 어색한 만남을 대비하고 있다. 내 엄마가 어떻게 생겼는지는 아무도 모른다. 내 모습으로 추론하건대, 거지같이 사는 백인이라는 것이 내 첫 번째 추측이다. 나는 너무 열심히 살려고 항상 애써온 느낌인데, 그건 금수저를 물고 태어나지 않았다는 징후이기도 하다.

"나한테 아빠가 있는 것 같아?" 크리스털에게 묻는다. 데니즈 경관도 옆에서 듣고 있다.

"아니." 그녀가 위압적으로 말한다. "넌 아빠하고 문제가 있어. 아빠가 떠나버렸거나 재수 없는 인간이거나. 네 엄마가 어떻게 생겼는지는 알아?"

아빠와 문제가 있는 가난한 백인이 맞는 말 같다. "가슴골에 주름이 자글자글하고, 흰 머리에, 손가락에는 적어도 반지 열두 개를 끼고, 몇 개는 발가락에도 끼었을 것 같고. 또 형광 초록색 반바지를 입고 앙상하게 마른 다리에 골초처럼 기침을 해대는 아줌마. 대체로 20년 후의 내 모습이겠지."

크리스털이 웃는다. "넌 왜 그렇게 꼬였어?"

메뉴판으로 얼굴에 부채질을 한다. "미안해. 이 상황 전체가 약간 흥분되네." 넘치는 에너지로 무엇을 해야 할지 모르겠다. 내 삶은 병원에서 깨어난 이후로 계속 제정신이 아니었지만, 이제는 새로운 단계로 접어들었다. 코브라와 엄마가 도착하는 데 시간이 오래 걸린다면, 조금 진정할 수 있을지도 모르겠다. 이제 나는 통제할 수 없는 상황에 어떻게 반응하는지 안다. 나는 흥분한다.

데니즈 경관이 녹음 장치가 설치된 전자 담배를 장착해준 지 정확히 20분 후에 클럽 문이 열리고 밝은 햇빛 한 조각이 방 안으로 비스듬하게 들어와서 시야를 가린다. 내 눈은 어둡고 창문이 없는 공간에 적응되어 있던 터라 코브라인지, 우리 엄마인지, 아니면 오래된 단골손님인지 구분하지 못한다.

문이 무겁게 쾅 하고 닫히고 빛이 사라지자 나는 그 사람을 바로 알아본다. 마사 스튜어트 수준으로 세련돼 보이고 요가복을 입고 있다. 나는 크리스털에게 속삭인다. "빌어먹을. 나 저 여자 알아."

크리스털이 한숨을 쉬면서 자기 손을 내 손 위에 포갠다. "우리는 모두 자기 엄마를 알아, 그치?" 엄마를 마음속에서 알아본 것이 아니라 사진에서 봤다고는 굳이 말하지 않는다.

엄마는 로렌 몽캄이다.

프레더릭 몽캄과 결혼한 여자가 우리 엄마다.

나는 프레더릭과 연애를 하지 않았다. 돈만 보고 결혼한 속물은

(적어도 이번 경우에는) 내가 아니고 바로 우리 엄마다!*

엄마는 망설이며 클럽 안으로 들어온다. 눈이 어둠에 적응되어 나를 볼 수 있게 된 뒤에도 엄마는 미소를 짓지 않는다. 엄마는 느리고 길게 숨을 내쉰다. "미아, 맙소사."

천천히 엄마를 향해 걸어간다. 엄마는 나를 봐서 기쁠까? 아니면 걱정했을까? 엄마는 꼼짝도 하지 않은 채 완벽한 자세로 서 있는데, 그 표정을 헤아릴 수가 없다.

"가사 도우미가 네가 집에 들렀다고 했을 때, 난 또 돈을 달라고 온 줄 알았어. 너무 미안해."

기억을 잃었다고 설명하자, 엄마가 표정을 부드럽게 누그러뜨리며 말한다. "미안해. 안아봐도 되겠니?"

"물론이죠." 대체 우리 사이가 얼마나 틀어졌기에 엄마가 안아도 되겠느냐고 물어야만 할까?

엄마는 두 팔을 내게 두른 채 너무 과하게 한참 꼭 껴안는다. 엄마의 눈물로 젖은 내 어깨를 보니 현실이 아닌 것만 같다. 엄마는 사이가 멀어진 딸, 평생의 사랑, 실패로 돌아간 기대와 그 사이에 얻은 상처들을 다시 연결하는 중이다. 그러나 나는 그저 딸 대역으로 서 있는 마네킹 같다.

"두 숙녀분들, 일단 앉으시는 게 어때요? 와인을 한 잔씩 갖다 드

---

* 내 사업 아이디어를 어디서 얻었는지 이제 알겠다.

릴게요." 크리스털이 말한다.

나는 소리 내지 않고 입술로만 '고마워'라고 말한다. 그녀는 바 뒤로 사라졌다가 새틴 가운을 걸친 채 와인 한 병과 잔 두 개를 들고 온다. "참고로 두 분께 말하자면, 곧 특별 할인 시간대예요. 그러니까, 진짜 정신없이 바쁘지는 않겠지만, 여긴 스트립 클럽이니까…."

나는 엄마를 높은 테이블로 데리고 가서 화요일 이후부터 내 삶의 주요한 사건들을 설명한다.

"너무 마음이 안 좋다. 넌 날 보러 그 파티에 왔었는데."

갑자기 실버 달러 팬케이크가 눈앞에 확 나타나는 것 같다. 엄마에 대한 기억의 일부로 팬케이크가 떠오르는 것이 분명하지만, 엄마가 그걸 만들었을 것 같지는 않다. 엄마와 프레더릭에게는 틀림없이 요리사가 있을 테니까.

"넌 사과했어. 네 남자친구를 소개하고 싶어 했지."

JP. 엄마는 그를 좋아했을 텐데.

"하지만 난 듣고 싶지 않았어. 그냥 네가 내 쇼에서 주목받으려 한다고 생각했고, 내 심리치료사도 나 자신에게 더 집중하라고 말했으니까."

"얼마나 오래됐어요? 우리 사이가… 이렇게 된 지."

엄마는 깊은 한숨을 내쉰다. "몇 년 됐어. 10년 전, 네가 고등학생일 때 난 프레더릭이랑 결혼했단다. 우리 사이가 조금씩 나아지리라 생각했는데… 그렇지 않았어."

엄마가 얘기를 끝내도록 여유를 준다. 엄마는 감정적이지만, 나는 그냥 자세한 정보를 입력하는 중이다.*

그때 DJ가 큰 소리로 안내 방송을 한다. "우리의 다음 댄서는 진짜 보석, 진정한 보배인 크리스털입니다. 이 보석에게는 지불해야 할 각종 청구서가 있다고 하니 다들 지갑을 꺼내시고 크리스털에게 큰 박수를 보내주십시오!" DJ가 끈적끈적한 음악을 틀자 크리스털이 거만하게 앞으로 나온다. 그녀는 내 쪽을 보며 입 모양으로 '미안해'라고 말하고는 엉덩이와 어깨를 흔들면서 손으로 자기 몸의 위아래를 훑는다.

엄마는 무대를 등지고 있는데 뒤돌아보지 않는다. "프레더릭이랑 같이 살기 시작하면서 너는 점점 더 학교를 가지 않았지."

고등학교 낙제생에 어른이 되어서는 가짜 예술가라. 점점 더 가관이군. 그래서 엄마는 스트립 클럽에서 나를 발견하고도 놀라지 않았나 보다. 어쩌면 이런 일이 있으리라 예상했을지도 모른다.

"프레더릭이 학교에 돈을 기부한 덕분에 겨우 고등학교를 졸업했어. 대학은 갈 데가 없었지. 곧 너는 소식이 끊어졌고, 찾아왔을 때는… 예전의 네가 아니었어."

"미안해요." 내가 말한다. 그동안 크리스털은 엄마 바로 뒤에서 무대 위를 네발로 기어 다니다가 도발적으로 기둥을 쓰다듬으며 핥는 것 같은 동작을 한다. 누군가 소리친다. "기둥에 오르기 전에 핥

• 보톡스는 나중으로 미뤄도 될 것 같다. 나는 생각보다 훨씬 어린걸!

아봐, 베이비!"

"뭐라고?" 엄마가 소리친다. "음악 때문에 잘 안 들리는구나."

우리는 몇 년간 계속 의사소통이 되지 않았던 것 같다. 크리스털은 이제 기둥 위를 오르고 있다. 그녀의 상체 힘은 정말 대단하다.

"미안해요." 내가 다시 사과한다. 엄마의 이야기에 내 입장도 있으리라 생각하지만, 지금 그런 것은 중요치 않다. "전에 무슨 일이 있었는지 모르지만, 이제는 정말 엄마를 찾을 수 있게 됐네요."

우리 둘 다 눈물이 터져 나온다. 엄마는 울면서 말한다. "물론이지. 프레더릭도 이제 예전과 같지 않아. 치매거든."

크리스털은 우리 대화가 잘 풀리고 있다는 것을 알아차렸는지 장대에서 나를 보며 환하게 미소를 짓는다.

"뭐라고요?"

"치매라고!" 엄마가 소리친다.

"미술관에서 너랑 얘기하지 않으려 했던 건 미안하다. 치료사가 나더러 늘 건강한 경계를 만들어 그걸 지켜야 한다고 말했거든." 크리스털이 머리를 아래로 향한 채 장대에서 미끄러지자 내 입이 떡 벌어진다. 맙소사, 크리스털!

엄마의 치료사가 했다는 말 때문에 의아해진다. 엄마의 '건강한 경계'라는 건 딸도 뚫고 들어갈 수가 없는 건가?

"당신의 심리치료사?" 어떤 남자 목소리가 대화를 끊어 쳐다보니, 코브라가 옆걸음으로 테이블 쪽으로 다가온다. 그의 셔츠는 평소처럼 비단뱀 문신을 과시하려고 활짝 열려 있다. 가죽 벨트를 했는데, 벨트 위로 큰 칼을 차고 있다. 그가 너무나도 오싹하게 말한다. "경계가 중요하지. 어떤 사람들은 언제 멈춰야 할지를 모른다니까."

그런 말을 그가 한다니 우습다.

"내 치료사도 경계에 관해 계속 떠들어 대거든."

다른 사람들의 경계를 말하는 거겠지. "너도 심리치료를 받아, 코브라?"

그가 빙그레 웃는다. "여긴 캘리포니아야. 다들 심리치료를 받잖아. 고향 친구들한테도 말할 수 없는 것들이 있거든." 그는 천천히 엄마를 위아래로 훑어본다.

"난 로렌 몽캄이에요. 미아의 엄마죠." 엄마가 정식으로 소개한다.

"난 코브라요. K로 시작하는. 미아의 고객이오."

마치 'K로 시작하는'이 그의 성처럼 들린다.

"고객?" 엄마는 코브라가 매춘부의 고객이라고 생각하는 것이 분명하다. 엄마는 그의 뱀 문신에서 눈을 떼지 못한다.

"데이팅 서비스 고객이요." 나는 '데이팅'이라는 말에 무게를 두고 말한다. "사실은 엄마, 엄마랑 더 얘기하고 싶지만 코브라랑 꼭해야 할 말이 있어요. 엄마가 같이 앉아서 듣지 않았으면 좋겠는데, 나중에 다시 만나도 될까요?"

엄마는 코브라와 나를 번갈아 보더니 말한다. "싫어. 저 남자가 있으면 나도 있을 거야."

감사하게도 크리스털이 테이블로 급히 달려와서 말한다. "로렌, 같이 클럽 구경하지 않으실래요?" 그녀의 의상은 우리가 매춘부가 아니라는 사실을 엄마에게 확신시키는 데는 썩 도움이 되지 않을 것 같다.

"크리스털!" 코브라가 그녀의 스트리퍼 의상을 대충 훑어본다. "여기서 뭐 하는 거야? 당신은 영화배우인 줄 알았는데." 그가 말하면서 일어나 그녀에게 손을 뻗는다.

그러다 내 쪽으로 모자를 기울여 존경을 표하는 제스처를 하면서 빈정거린다. "이 술집 출신의 스트리퍼랑 데이트 시켜주려고 3만 5천 달러를 청구한 거야?" 그가 웃기 시작한다. "이 교활한 년."

"꺼져버려, 코브라"라고 말하며 크리스털은 가짜 손톱으로 그의 가슴을 찌른다.

엄마의 눈이 왕방울처럼 커진다. 엄마는 최근에 라구나 해변 밖으로는 나가본 적이 없는 것 같다.

"걱정하지 마, 베이비. 넌 여전히 내 여자니까. 그 엉덩이를 흔들어주기만 한다면, 내가 왜 불평하겠어?"

크리스털은 움찔하더니 토하는 듯한 소리를 낸다. "나랑 잘해볼 가능성이 있어 보인다면, 다시 생각해봐. 절대로 내가 너를 위해 엉덩이를 흔들 일은 없을 테니까."

"베이비, 그 문제로 날 탓하면 안 되지. 시바는 배가 고팠고, 내가 잠시 한눈판 사이에 일이 벌어진 거야. 사고였다고."

"넌 6미터나 되는 망할 뱀을 우리에 가둬서 TV랑 마약 상자 옆에 뒀잖아." 그녀는 강력하게 자신의 태도를 견지한다. "그 뱀이 사람을 죽인 게 처음이기는 해?"

엄마는 충격으로 숨이 턱 막힌 것 같다. 코브라는 엄마를 무시한다. "페드로가 뱀이 가는 길을 방해했겠지. 약에 제대로 취해 있었으니까."

이제야 상황이 이해가 된다. 페드로는 구석에서 정신을 잃고 있었는데, 코브라가 크리스털에게 잘 보이려고 비단뱀을 풀어놓은 것이다.

"그런 걸 갖고 있는 것 자체가 불법이야. 넌 감옥에 가야 해."

"베이비, 이해를 못하는구나. 그 뱀은 키우기 쉬워. 한 달에 한 번만 밥을 주면 된다고."

"그래서 뱀한테 네 친구를 밥으로 줬니?"

"페드로는 친구가 아니었어."

"친구가 아니면 뱀한테 먹이로 줘도 된다는 말처럼 들리네."

코브라는 정말로 그래도 된다는 듯한 표정을 짓는다. "뱀은 항상 가장 잘 알지. 시바가 널 먹지 않은 건 기적이야. 난 신이 그날 우리와 함께였다고 생각해. 신은 늘 진실하고 옳은 사람들을 남겨놓거든."

섹시한 사람들이겠지. 솔직히 말해봐, 코브라.*

크리스털이 '너 미쳤니?'라는 표정을 지으며 말한다. "내가 무슨 생각하는지 알겠지, 코브라?" 나는 엄마를 보며 입 모양으로 '미안

---

* 나는 도덕적 아름다움 때문에 코브라가 크리스털을 좋아한다고는 생각하지 않는다.

해요'라고 말한다. 마치 엄마한테 점심을 대접하려다가 치킨을 태운 것처럼. 엄마와의 재회를 이런 식으로 계획한 건 아니지만, 이것이 내 삶의 정확한 묘사가 아닐까 싶다. 진정한 정체성으로 다가갈수록 더 혼란스럽고 제정신 아닌 짓들이 펼쳐진다. 내가 결국 혼수상태가 된 건 당연한 일일지도 모른다.

엄마는 대답을 하지 않는다. 이 모든 일이 그저 지나가기를 기다리는 들쥐처럼 미동도 하지 않는다. 엄마가 내 십 대 시절에도 그렇게 대처했는지 궁금해진다.

"내가 무슨 생각하는 것 같아?" 크리스털이 반복해서 묻는다. "나는 네가 6미터짜리 뱀으로 페니스 콤플렉스를 극복하려는 걸로밖에 안 보여."

그는 정말로 상처받은 표정이다. "우리 같이 뒤로 가서 직접 확인해보는 건 어때?"

"네 꿈에서나 해보시지."

이건 법정에서 제대로 효력을 발휘할 증거다. 최소한 두 번, 뱀으로 인한 사망사건이 있었다. 데니즈 경관도 그렇게 생각했던지 이 순간 격렬하게 튀어나왔다. "코브라." 그녀는 경찰다운 목소리로 말한다. "넌 묵비권을 행사할 권리가 있어. 변호사를 선임할 권리도 있고. 변호사를 구할 여력이 안 되면, 국선변호사가 선임될 거야."

변호사 말고 누가 미란다원칙을 직접 들어봤겠나? 내가 대화를 녹음 중이니까 데니즈 경관은 그 원칙을 더 분명하고 또렷하게 말한다.

그 순간, 코브라가 튀어 나가자 크리스털이 소리를 지른다. "저놈 잡아라!"

데니즈 경관은 총을 권총집에서 꺼내서 그에게 겨누고 말한다. "뛰지 마. 넌 포위됐어." 그러더니 자신의 무전기에 대고 TV에 나오는 경찰처럼 말한다. "용의자가 정문으로 도주한다."

아니나 다를까, 코브라가 문을 열자 다른 경찰이 기다리고 있다. 그 경찰이 "멈춰!"라고 소리치며 총을 올린다. 엄마는 바닥에 납작 엎드려 테이블 아래에 숨는다.•

코브라는 도망가려고 했지만, 데니즈가 그의 뒤쪽으로 걸어가 테이저 건으로 놈을 제압한다. 내가 경찰이었더라면 좋았을 텐데.

"세상에, 나 경찰이 될까 봐. 하지만 나라면 그를 총으로 쏴버렸을 거야."

"경찰이 되면 되지. 줄스 브랜드 언더웨어 사모님이 안 되면."

그녀가 웃는다. "술 가져올게."

엄마는 테이블 아래에서 여전히 몸을 웅크리고 있는데, 요가복 위로 땀이 배어 나온다. "미아…." 엄마는 무슨 말을 하고 싶은지 스스로도 잘 모르는 것 같다.

나는 엄마에게 손을 내민다. "이번 일은 정말 미안해요. 코브라의 약속을 취소할 수가 없었어요." 그건 사실이다. "하지만 결국 잘될

• 이 일 때문에 다음의 재회는 미뤄질지도 모른다.

거라고 생각했어요. 크리스털이 놈한테서 엄청난 자백을 받아냈으니까요." 오늘은 정말 일이 술술 풀리고 있다! "잘 견뎌줘서 너무 고마워요." 엄마가 아무 말도 하지 않자 내가 계속 말한다. "그 남자가 내가 세운 경계를 존중하지 않아서, 심각해질 수밖에 없었어요."

나는 내 심리치료 농담이 재미있다고 생각했지만, 엄마는 웃지 않는다. 아마 집으로 돌아가서 오늘 오후에 일어난 일을 머릿속으로 떠올려보면 그땐 웃겠지. "이제 집에 갈 준비가 된 것 같구나. 같이 우리 집으로 갈래? 넌 안전한 거니?"

"너무 고마운 말씀이지만, 여기 머무는 게 좋을 것 같아요." 나는 혼란스러운 주변을 둘러본다. "경찰이 아마 나랑 얘기하길 원할 거예요." 게다가 나는 도청 장치가 달린 전자 담배도 경찰에게 건네줘야만 한다.

엄마는 내가 엄마 집으로 가겠다고 하지 않아 안심하는 눈치지만, 그렇다고 엄마를 탓할 수는 없다. "다음에는 다른 곳에서 만나요." 엄마는 몸을 기울이며 말한다. "누가 널 큐피드 조각상으로 밀어버렸는지 모르지만, 미아, 그 사건에 해시태그가 달려 있었어. 네 기억을 자극할 만한 것을 찾고 싶으면 소셜미디어를 살펴보는 것도 좋을 거야."

보아하니 우리 엄마도 인스타그램 탐정처럼 생각하는 것 같다. "조언해줘서 고마워요, 엄마. 나중에 장소만 알려주면 내가 달려갈게요." 엄마가 떠나기 전에 나는 우리 둘의 셀카를 찍는다. 엄마는 약간 어쩔 줄 몰라 했지만, 예뻐 보인다.

엄마와 다음 약속을 잡고 어쩐지 행복감을 느낀다. 내게도 엄마가 있고, 나는 건강한 경계가 지켜지는 관계를 만들 준비가 되어 있다.

데니즈 경관과 얘기하고 나서 잠시 긴장이 풀리자, 칸막이가 있는 부스에 휴대폰만 들고 앉는다. 내 정신이 맥스를 향해 흘러가자 나는 정직해지기 프로젝트를 업데이트하기로 한다.

먼저 나는 나와 엄마의 셀카를 올린다. 우리는 꽤 닮았다. 사진 아래 글을 단다. 엄마를 찾았어요! 몇 년 만에 처음으로 대화를 나눴어요. 꽤 괜찮은 사진이다. 배경에 보이는 스트리퍼의 엉덩이와 유니폼을 제외하면.

맥스가 '좋아요'를 눌렀다! 이건 그가 '좋아요'를 누른 첫 번째 사진이다. 이제 맥스는 나를 팔로우하고 있다.

다음으로 라구나 해변에서 경치를 내려다보던 우리 사진을 게시한다. 나와 맥스. ♥♥♥

그가 그 사진에도 '좋아요'를 누르기를 기다린다.

"맙소사, 미아. 휴대폰 그렇게 쳐다보는 짓 좀 그만해. 그러다 눈으로 불도 붙이겠다." 크리스털이 말한다.

26

경찰이 코브라에게 수갑을 채워 데려간 후에 나는 바에 앉아 와인을 한 잔 더 주문한다. 그리고 인스타그램에서 #LBArt롱비치 미술관 —옮긴이라는 해시태그를 훑어본다. 게시물이 너무 많아서 언제 다 볼 수 있을지 모르겠다. 트위터로 건너가자 마찬가지로 그 해시태그가 붙은 트윗과 사진들을 한 무더기 발견한다. 마치 그곳에 있던 모두가 파티 내내 휴대폰만 보면서 있었던 것 같다. 특히 그 전시회의 주제를 고려해보면 사실일지도 모른다.

약 5백 개의 셀카가 있는데, 대부분은 흥미롭지 않다. 그러다 어떤 셀카의 배경에서 내 모습이 얼핏 보인다. 그 사진을 빤히 들여다보다가 픽셀 단위로 확대한다. 나와 함께 있는 JP도 보인다.

미술관 공식 인스타그램 계정에는 애피타이저 쟁반이 놓인 테이블 옆에 서 있는 JP와 내 사진이 있다. 그들이 왜 우리를 특별히 주목해서 올렸는지 알겠다. 우리는 젊고 잘생겼으며, 그 노란 드레스는 사진발이 엄청나게 잘 받으니까. 망토를 아직도 갖고 있다면 좋을 텐데! 하지만 사진을 오래 들여다볼수록 우리 사이가 얼마나 좋지 않았는지가 분명해진다. 우리는 너무 멀리 떨어진 채 서 있고, 몸은 경직됐으며 억지 미소를 짓고 있다. 나는 이미 『US 위클리』에서 유명인 커플들의 보디랭귀지에 관한 기사를 읽었다. 행복한 커플과 지적재산을 두고 엄청난 싸움을 진행 중인 커플이 어떻게 달라 보이는지 말이다.

그 게시물의 시간은 화요일 오후 11시 3분으로 찍혀 있다. 나는 그 후 얼마 지나지 않아 병원으로 실려 갔다.

갑자기 굉장히 의아해진다. JP가 거기 있었다면, 왜 내 머리 부상을 몰랐지? 왜 나를 따라 병원으로 오지 않았지? 왜 나는 혼자 깨어났을까? 사람들은 보통 여자친구가 얼음 조각상에 머리를 강타당하는 걸 보고서도 파티 전에 있었던 다툼 때문에 머리를 식힌답시고 스위스에 가지는 않는다. 이건 꼼짝 못할 증거 사진이다. 만약 재판정에서 변호사가 이 사진을 배심원에게 보여준다면, 그들은 5분간 신중하게 생각하다가 JP에게 5년 형을 내려 감옥으로 보낼 것이다. 그는 길어야 6개월 정도 복역하고 나오겠지. 현실을 직시하자면 그는 억만장자니까.

나는 왜 JP가 내 부상을 모르는 척하는지 그럴싸한 이유가 떠오르지 않는다. 스위스에서 돌아오면 내가 죽어 있기를 바랐을까?

갑자기 등골이 오싹해진다. 머릿속에 떠오르는 첫 번째 일을 한다. 맥스에게 문자를 보낸다.

얘기할 수 있어요? JP에 관해서는 당신이 옳았을지도 몰라요.

그가 바로 응답한다. 괜찮아요?

네. 사실 오늘 아침에 JP 집에서 나왔어요.

점 세 개가 나타났다가 사라진다.

오늘 밤은 크리스털이랑 같이 지내려고요. 받아줄지 모르겠지만.

이제 JP와 함께 있지 않으니까, 맥스가 나를 재워주기를 바라면서 잠시 기다린다. 그러나 그는 미끼를 물지 않는다.

당신이 안전해서 다행이에요. 정말로⁴ʳᵉᵃˡᶻ 내가 필요하면 알려줘요.

와우, JP와 헤어졌다고 말하면 그가 기뻐서 날뛸 줄 알았다. 그런데 그는 마치 내 아빠나 오빠라도 되는 듯 '당신이 안전해서 다행이에요'라고 한다. 그는 아직 인스타그램에 올린 우리의 커플 사진에 '좋아요'를 누르지 않았지만, 지금쯤은 봤으리라고 꽤 확신한다. 왜인지는 모르겠지만, JP가 나를 죽이려 했을 가능성이 매우 높다는 것보다 맥스의 반응이 더 기분 나쁘다. 사실은 좌절감까지 느낀다.

• • •

크리스털에게 같이 지내도 되느냐고 물었을 때 그녀가 거절하지 않아 다행이다. 그녀는 아직도 코브라를 체포한 일로 들떠 있다. 크리스털의 집까지 버스를 타고 가는 길에,• 나는 JP가 나를 죽이려 했

• LA 메트로가 지폐를 동전으로 교환해주지 않기 때문에 버스비는 크리스털이 내야 했다.

을지도 모른다고 설명한다. "범인은 JP였던 게 틀림없어. 미술관에 가던 길에 골드러시 때문에 차에서 크게 싸웠거든. 그런데, 머리를 다치기 직전에 우린 파티에서 같이 애피타이저를 먹고 있었어." 크리스털이 듣고 있다는 표시로 고개를 끄덕이자, 나는 결정타를 날린다. "그러고는 혼자서 파티장을 떠나 스위스에 가버린 거야. 그런 일이 일어난지도 모르는 척 행동해왔다니까. 그러니까 **틀림없이** JP였을 거야."

크리스털은 말이 없다.

"그는 내가 죽었다고 생각하고 도망친 거야. 그런데 신문에 죽었다는 보도가 나오지 않으니까, 살아 있는지 보려고 문자를 했겠지. 답장이 오니까 모든 일이 잘 돌아가는 것처럼, 내가 그리운 것처럼 행동해야 했겠지. 으, 정말 사이코패스 아니니!"

크리스털은 뭐라고 우물거린다.

"아무래도 경찰에 신고해야겠어. 코브라 잡는 걸 도와줬으니까 경찰도 나한테 빚이 있잖아." 나는 정말 너무도 편리하게 부정수표 발행 사건을 몽땅 잊어버렸다.

크리스털은 쥐 죽은 듯 조용하다.

"정말로 범인이 코브라였으면 했어. 그럼 너무 쉬울 텐데. JP와 사랑에 빠지지는 않았지만, 그렇다고 감옥에 보내고 싶진 않아. 내가 학대받는 관계에 있었다고 생각하고 싶지 않거든. 하지만 그건 누구에게나 일어날 수 있는 일이긴 하지."

크리스털이 다시 중얼거린다. "범인은 JP가 아니었어."

"뭐라고?" 관심을 온통 그녀에게 돌리며 묻는다. "너 뭐 좀 봤어?"

"네가 쓰러질 때 JP는 거기 없었어. 이미 떠난 뒤였어."

"그걸 어떻게 알아?" 내 입이 떡 벌어진다. "너도 거기 있었어? 네가 거칠게 뛰어 들어오는 기억이 있는데, 그게 진짜였는지 다른 기억이랑 섞인 건지 잘 모르겠어. 근데 왜 아무 말도 하지 않았어?"

그녀가 눈을 감자 마치 기도를 하는 것처럼 보인다. "네가 날 코브라랑 엮는 바람에 엄청나게 화가 나 있었어. 난 코브라 집에서 나와서 곧장 미술관으로 갔어."

그녀가 말을 듣자 파티에서의 기억이 떠오르기 시작한다.

나는 초밥 테이블 옆에 서 있다가 어떤 여자가 소리 지르는 걸 듣는다. "미아, 어디 있어? 이 나쁜 년."

롤 초밥 접시를 내려놓고 소리가 들리는 방향을 응시한다. 클럽에서 입던 옷을 입은 크리스털이 모퉁이를 돌아 다가오고 있다.

"크리스털?" 여기서 그녀를 보리라고 예상하지 못했다. 그녀가 왜 여기 있는지도 모르겠다. 나는 엄마를 응원하러 왔을 뿐인데.

"코브라는 마약상이었어. 지위가 낮은 것도 아니고 빌어먹을 거물급이라고!"

나는 깜짝 놀라 손으로 입을 틀어막는다. "아니야, 그는 국제 무역…." 그 말이 입 밖으로 나오자마자 나는 그가 굳이 숨기려 하지도 않았다는 사실을 깨닫는다. 그는 아마 필로폰으로 속을 채운 테디베어 인형을 호주와 태국으로 운송했을 것이다.

"오, 너 알고 있었구나. 어떻게 눈치 못 챌 수가 있어?"

"몰랐어. 내가 바보였어."

"내가 이 거지 같은 삶에서 벗어나려 애쓰는 거 너도 알잖아. 난 카이에게 좋은 아빠가 될 사람을 원했어. 성경 구절과 뱀으로 문신한 제정신이 아닌 필로폰 중독자 말고."

"너무 미안해, 크리스털. 내가 일을 바로잡을게."

그녀는 성난 얼굴로 나를 노려본다. "다시는 꿈도 꾸지 마."

"아니야, 내가 망친 건 사실이지만, 좋은 사람을 다시 찾을 수 있을 거야." 나는 군중을 향해 손짓한다. "이 파티에서 찾을 수 있을지도 몰라."

나는 휴대폰에서 카메라 앱을 클릭한 후 옆으로 움직여 크리스털에게 다가간다. "오늘 너무 귀여워 보여. 인스타에 올릴 셀카를 찍자. 내가 더 좋은 사람으로 찾아줄게."

"하지 마, 미아."

내가 그녀의 어깨로 팔을 두르면서 카메라를 향해 미소를 짓자, 그녀가 심하게 흠칫 놀라면서 나를 밀친다. "싫다고 했잖아! 나 엄청 열 받았다고."

크리스털이 나를 밀었다고?

"미안해, 미아. 널 다치게 할 의도는 없었어. 난, 그냥 밀었을 뿐인데… 무슨 일이 일어났는지 모르겠어. 넌 균형을 잃고 그 조각상으로 곧장 떨어졌어."

그 말을 들으면서 그녀의 감정에 집중할 수조차 없다. 죽을 뻔했던 경험이 다시 떠오른다. 스멜링 솔트의식이 희미해졌을 때 냄새 맡게 하는 약
—옮긴이와 긴 소파가 있으면 딱 좋겠지만, 지금 우리는 버스 안에 있다. 운전기사가 브레이크를 밟자 버스는 정류장에 천천히 멈추고, 누군가가 올라타서 내 옆에 앉는다.

"어휴, 난 밤 버스가 싫어. 별난 사람들이 너무 많다니까"라고 그 사람이 말한다.

나는 그쪽을 보지 않으려고 고개를 돌리지만, 반대편에는 크리스털이 있어서 그냥 일어나 기둥을 잡는다.

크리스털은 여전히 미안하다고 말하고 있다. "그건 사고였어. 맹세해."

어떻게 받아들여야 할지 고민하게 잠시 모두들 입 좀 닥쳤으면 좋겠다.

크리스털이 나를 밀었다. JP는 이 나라를 떠나 내게서 멀어져갔다. 엄마는 나더러 뒤로 물러서서 자신의 경계를 존중해달라고 말했다. 그런 식으로 말하지는 않았지만, 그게 엄마가 하려던 말이다. 모두가 나를 미워했다.

다른 빈자리로 옮겨서 버스를 타고 가는 내내 눈을 감는다. 오늘 밤 신세 질 다른 누군가를 찾아야 할까? 크리스털이 너무 세게 밀치는 바람에 내가 큐피드 조각상으로 떨어져 기억을 잃었다고 방금 자백했는데도, 그 집에서 지내는 건 이상할 것 같다.

그녀는 이제 내 건너편에 앉아 울면서 말한다. "너무 미안해, 미

아. 그건 사고였어. 난 바로 달려 나오는 바람에 그렇게 심한 부상이 었는지 몰랐어. 네가 병원에 실려 간 것도 몰랐다니까."

분개해야 마땅하지만, 어찌 된 일인지 화가 나지 않는다. 지금 내 위치에서 보니, 나는 그런 대접을 받아도 싸다. 그렇다고 병원에 실려 가야 마땅하다는 건 아니지만, 크리스털이 폭력적이고 소름 끼치게 싫은 사람과 데이트를 하고 사람이 죽는 모습을 봐도 괜찮은 건 아니니까.

"괜찮아, 크리스털." 나를 거의 죽일 뻔하고 모든 기억을 앗아간 사람을 위로하는 것은 좀 이상해 보일 수도 있다. 나조차 지금 이 순간 그렇게 생각하지만, 크리스털이 아무 말도 못하고 울고만 있는 모습은 볼 수가 없다. "나도 미안해. 전에는 상황을 잘 파악하지 못했어. 널 절대 코브라 집에 보내지 말았어야 했는데. 코브라에 관해 더 잘 알아봤어야 했어." 그 생각만으로도 고개를 절레절레 흔든다. "문신만 보고도 짐작했어야 했어."

그렇게 생각하니 크리스털이 내 삶을 구한 것이었다. 물론 나는 파산했고 남자도 없고 미래도 불확실하지만, 이제는 마침내 내 힘으로 살 수 있게 됐으니까.

나는 크리스털의 손을 잡고 말한다. "우린 모두 실수를 하잖아."

• • •

버스에서 내린 우리는 지쳤지만 기분은 괜찮았다. 크리스털의 엄마는 엘리베이터가 없는 건물의 3층에 산다. 일요일에 줄스가 크리스틸을 태우러 왔던 그 집이었고, 바로 어제 일인데도 아주 오래전처럼 느껴진다. 그녀의 아파트까지 몇 개의 층계참을 올랐다. 복도의 야간 등 하나와 조리대 위 조명 하나를 빼고 모든 불이 꺼져 있었다. 저녁 식사 냄새가 집안 공기에 남아 있는데, 아마 햄버거 같다. 크리스틸은 아기 침대에서 곤히 자고 있는 카이를 확인한 후, 까치발을 한 채 엄마 방으로 들어가서 담요 몇 장을 들고 나온다. 아파트는 침실 두 개, 욕실 하나, 주방, 거실로 구성돼 있다. "소파에서 자면 돼. 나는 카이랑 방에서 잘게."

"고마워." 머물 곳이 있어서 너무 감사하다. 재정 문제를 해결하자마자 나만의 보금자리를 마련해야겠다. "나랑 같이 살래?" 그녀에게 묻는다. "그러니까, 새로 가입한 남자들한테서 돈을 받고 나면 말이야."••

"상황 봐서." 그녀가 대답한다.

나는 그녀의 망설임이 재정적인 문제이지 자기가 나를 거의 죽일 뻔했다는 사실 때문은 아니라고 생각한다.•• "수익에서 지금보다 더 크게 네 몫을 떼어줄게. 너랑 같이 골드러시를 운영하고 싶어." 아직

• 드디어 나를 죽이려 했던 사람을 찾았다. 범인이 그녀라는 걸 알았는데도 나는 그녀의 룸메이트가 되고 싶다. 이건 사자자리나 전갈자리의 행동양식이다.

•• 크리스틸은 처녀자리인 게 꽤 확실해 보인다.

고군분투 중이긴 하지만, 골드러시가 남부 캘리포니아에서 가장 핫한 신생 사업인 것은 사실이다. "우린 돈을 제법 잘 벌 거야." 나는 크라운 로열 자루를 꺼낸다. "너한테 빚진 만 달러 여기 있어."

크리스틸은 돈을 받더니 눈물을 글썽인다. "맙소사. 난 네가 왜 이상한 알코올 중독자처럼 술병을 들고 다니나 했어."

"코브라가 너와의 첫 번째 데이트 비용으로 낸 돈이야. 내가 주겠다고 했잖아. 진심이었어."

"동업하자는 거 진심이야?"

"믿을 만한 사람이 필요해. 내가 또 마약왕이랑 어울리면 얼음 조각상으로 밀어버릴 사람 말이야."

그녀는 눈물을 흘리면서 웃기 시작한다. "그럼 너무 좋지."

그리고 그녀는 나를 훑어보다가 "바꿀 거지?"라고 묻는다.

나는 고개를 끄덕이며 대답한다. "그래, 그러려고 애쓰는 중이야. 벌써 많이 노력하고 있다고!"

크리스틸이 웃는다. "이년아, 그 말이 아니야. 그 너덜너덜한 드레스를 1분이라도 더 입게 놔두지 않겠다는 말이야."

나는 웃으면서 "이 옷에도 작별 인사를 할 준비가 된 것 같아"라고 말한다.

"다른 옷은 없어?"

"이것뿐이야." 나는 진짜 이 드레스에서 본전을 뽑았다.

크리스틸은 자기 옷장으로 가더니 운동복 바지 한 벌과 티셔츠한 장, 포근한 양말을 가져온다. 그녀 앞에서 옷을 갈아입자 크리스털이 괜찮다는 듯 고개를 끄덕인다. 그녀는 침실로 가고 나는 깨끗하고 편한 옷을 입은 채 소파에 앉는다. 인스타그램 앱을 열자 다 읽지도 못할 만큼의 댓글이 달렸다. 엄마를 찾아서 축하한다는 말이 많았고, 우리가 대체 어디에 있느냐는 등의 질문도 있었다.

크리스털과 내가 클럽에서 찍은 사진이 게시한 글 중에 가장 인기가 많은 것 같다. 어깨 위쪽까지만 나온 그 사진에서 우리는 「미녀 삼총사」처럼 보인다.

맥스가 그 사진에 '좋아요'를 누른 걸 보고 미소를 짓는다.

내일은 맥스를 추적해봐야겠다.

27

다음 날 일어나자마자, 나는 줄이 엄청나게 길었던 뱀파이어 타코스에서 찍었던 @BlackEinstein314와 @Mia4Realz의 사진을 올린다. 겨우 3일 전이지만, 한 생애가 지난 듯 느껴진다. 사진 구도로 봤을 때는 가장 바보 같은 사진이고, 셀카로서도 완전히 엉망이다. 트럭은 일부밖에 보이지 않는 데다 내 엄지까지 찍혔고, 맥스는 막 타코를 한 입 먹으려 한다.

맥스, 줄이 어마어마하게 길었고, 당신이 좋아하는 살사소스가 없었던 그 타코 트럭에서 저녁 8시에 만나요. 난 이제 내 인스타 이름대로 살아갈 준비가 됐어요.

그 게시물에 달린 댓글은 다양했지만, 올리자마자 엄청나게 많은 '좋아요'를 받았다.

맥스랑 섹스해라!

둘 다 귀엽다!

행운을 빌어요, Mia4Realz. 당신은 행운이 필요할 거예요. (이건 페이가 썼다.)

그 남자 얘기 좀 그만해! (이건 3미터 옆에 서 있는 크리스털이 썼다. 나는 이따 주방에서 토론해봐야겠다고 마음먹는다.)

하트 이모지를 뿅뿅뿅 날릴게요!

넌 백인 여자가 왜 필요해요, 맥스?

맥스가 좀 차분히 머리를 식히게 며칠 더 기다려야 했을지도 모르지만, 상황이 이렇게 돼버렸다. 나는 내 방식대로 할 것이다. 나는 맥스를 원하고, 맥스도 나를 원한다고 생각한다. 오늘부터는 하루 종일, 혹시 그가 보고 있을 때를 대비해서 편안하고 믿을 만한 사람처럼 보이도록 노력할 것이다.

꿈꾸는 기분으로 천천히 주방에 들어간다. 크리스털의 엄마가 아침을 만들고 있다. 소시지 냄새가 아파트 전체에 진동한다. 그녀의 엄마가 요리를 하고 있고, 나는 크리스털의 옛날 농구 티셔츠를 입고 있으니, 정말로 우리가 고등학생이 되어 밤샘 파티를 하고 논 것 같다. "네가 미아구나. 소시지 좀 먹을래?" 크리스털의 엄마가 묻는다.

"만나서 반갑습니다. 어젯밤에 재워주셔서 너무 감사드려요. 하지만 저는 소시지는 안 먹어요. 채식주의자거든요." #브렌다

나는 크리스털을 겨냥해 말한다. "그 사이버스토킹 같은 댓글은 뭐냐?"

"오 마이 갓. 그 게시글들 하며, 그를 여기저기 사방에 태그해놨잖아. 넌 마치 150명의 백업 댄서들과 함께 그 남자한테 데이트 신청을 하는 비욘세 같아. 게다가 널 싫어하는 사람들도 있잖아."

그녀는 이해하지 못한다. "나는 공개적으로 조롱받는 게 무섭지 않아. 내 사랑은 점보트론 사이즈라서, 그런 것쯤은 아무것도 아니니까."

"그 남자는 실험실에 처박힌 공부벌레인데, 넌 그를 안 지 5일 만에 온 세상 사람들이 다 알아보게 소리치고 있잖아." 그녀는 영혼이라도 꿰뚫어 보려는 듯 빤히 나를 바라본다. "그리고 너 말이야, 아직도 빌어먹게 머리에 꿰맨 자국도 있잖아."

"어어…." 크리스탈이 좋은 지적을 했다.

"남자를 너무 겁주면 안 돼, 미아. 혹시 아직 모르고 있을까 봐 하는 말인데, 넌 아주 열정적인 사람이야."

숨을 내쉬면서 그녀의 지혜를 받아들인다. 맥스를 겁주지 말자, 맥스를 겁주지 말자, 맥스를 겁주지 말자.

크리스탈이 카이를 건네준다. "나 밥 먹는 동안 카이에게 우유 좀 먹여줄래?"

나는 아기를 폭탄처럼 조심스럽게 안는다. 내가 아이들과의 경험이 없다는 의심에 확신이 든다. 크리스탈은 나를 보며 웃는다. "맙소사. 긴장 풀어."

카이의 통통하고 사랑스러운 얼굴을 들여다본다. "카이는 너무 귀여운데… 하지만 난 절대 애는 안 가질 거야."

"아니, 넌 갖게 될 거야."

"넌 내가 모성애가 있다고 생각해?" 크리스탈은 내가 보지 못한 또 다른 모습을 발견했을지도 모른다.

"아니, 난 그냥 네가 피임을 썩 잘한다는 생각이 들지 않아서."

"좋은 지적이야. 사실 피임 중인지 아닌지도 모르겠어." JP와의 어색한 섹스가 머릿속에 번개처럼 스쳐 가자 나는 자궁내피임기구가 있거나 천성적으로 불임이기를 기도해본다.

크리스털은 내 표정을 보더니 한발 물러난다. "아기는 끝이 아니야. 아기는 시작이지…." #아니야

그녀가 고개를 젓는다. "모성애는 아기를 다룰 수 있을 만큼만 있으면 돼." 나는 크리스털이 스스로 확신을 얻으려 그 말을 한다고 생각하지만, 그녀에게 큰 소리로 "대단해. 힘내!"라는 응원을 보낸다.

하루 종일 맥스에게만 집착하는 것처럼 보이지 않으려고, 어질러진 주방에서 찍은 우리 사진을 게시한다. 크리스털은 나를 또 죽이려는 듯 보이고(이 농담은 두고두고 써먹을 생각이다) 카이는 화나 보인다.

"야, 오늘 아침에 일해야 해? 제안할 게 있는데." 나는 크리스털이 대답하기를 기다린다.

그녀는 카이에게 줄 젖병을 더 준비하다가 올려다본다. 엄마가 되려면 필요한 자질인가 보다. 맙소사. "뭔데?"

"우리 쇼핑 가자. 내가 쏠게." 크리스털에게 돈을 주고도 아직 크라운 로열 자루에는 2만 5천 달러가 남아 있다. 그중에 만 달러는 은행에 갚아야 하고 맥스에게도 '노동'의 대가를 지불해야 하지만, 그래도 새 옷을 살 정도는 충분히 남아 있다. 나는 병원에서 퇴원한 이후로 줄곧 같은 드레스를 입고 있다. 드레스는 옷값을 톡톡히 해냈지만, 이제 은퇴할 때가 됐다.

크리스털이 설거지를 하면서 말한다. "쇼핑 좋지. 오늘은 쉬는 날이야. 사실 계속 쉬는 날이지. 방금 월마트를 그만뒀거든. 그래야 골드러시를 진짜로 순조롭게 시작할 수 있을 것 같아서."

내가 꽥 소리를 지르자 크리스털이 몹시 화가 난 척한다.

크리스털의 엄마가 주방을 나가면서 시끄러운 채식주의자에 관해 뭐라고 중얼거린다.

• • •

크리스털이 자고 있는 카이를 베이비 캐리어에 잘 앉힌 후, 우리는 쇼핑몰까지 버스를 타고 간다. 버스에서 내린 다음 라떼를 사서 들고 셀카를 찍는다. 인스타그램에 올리지도 않을 거라면 왜 커피를 마시겠는가? 나는 다시 태어난 미아 2.0이지만, 변하지 않는 것들도 있다.

크리스털이 그걸 보더니 말한다. "음, 필터를 하는 게 어때? 내 턱에 여드름이…."

"싫어. 이건 정직해지기 프로젝트야. 난 내 삶을 완전히 바꾸고 있어. 필터 처리 없고, 거짓말도 안 하는 삶으로."

드디어 새 옷을 산다. 노란 드레스야, 이제 안녕!

게시글을 올리자마자 맥스가 '좋아요'를 누른다.

그는 내 생각을 하고 있고, 여전히 나를 팔로잉하고 있다.

크리스털이 눈을 부라린다. "너, 완전히 홀딱 빠졌구나."

"내 말이 그 말이야."

이번 쇼핑은 지난번보다 훨씬 좋다. 크리스털도 탈의실에서 뛰쳐나와 월마트 유니폼으로 갈아입지 않는다. "그 빌어먹을 옷을 벗는다니 너무 좋다!" 그녀가 말한다.

"어떤 가게가 나랑 제일 잘 어울릴까?" 크리스털에게 묻는다. "진짜 나답게 삶을 다시 시작하고 싶어."

"난 그 노란 드레스가 좋았어. 일주일 전에는."

"네 말이 맞아. 이제 새로운 유니폼이 될 옷을 살 거야. 어른이 된 「도라 디 익스플로러」처럼."

포에버21이 그 영광을 차지할 가게로 결정되었다. 거기 옷들은 모두 적은 비용으로 살 수 있는 레드카펫 의상의 복제품이니까. 뭐라고 해야 할까, 나 역시 예전 미아의 복제품이나 다름없지 않은가? 물론 지금의 나도 진짜지만.

나는 졸업 파티 의상과 여름용 원피스의 중간쯤에 해당하면서, 너무 사랑했던 노란 프라다 드레스와 비슷한 옷을 찾는다. 봉투에 가득 찰 만큼 드레스와 티셔츠, 청바지를 산다. 탈의실에서 셀카도 찍는다. 드디어 옷을 갈아입었어요! 냄새도 좋고 더 예뻐 보여요.

맥스가 '좋아요'를 누른다.

크리스털은 10센티미터 힐과 가짜 속눈썹에 어울릴 법한 옷들만 산다. 그게 진짜 그녀의 모습이니까.

여느 쇼핑몰마다 흔히 있는 중앙 분수 옆에 서서, 크리스털의 눈을 미친 사람처럼 강렬하게 쏘아본다. (그 강도가 느껴진다.) 지금은 내가 '앗싸, 잘 가라, 이 망할 자식아!'영화「다이 하드」시리즈에서 주인공 존 맥클레인이 악당을 물리치는 마지막 순간에 하는 대사ㅡ옮긴이라는 대사를 읊을 순간이다. 나는 강철처럼 차가운 목소리로 말한다. "이 흥청망청 쇼핑은 아직 끝나지 않았다고, 베이비."

그녀는 어이없다는 표정으로 "당연하지. 우린 아직 신발도 안 샀잖아"라고 말한다.

"맞아. 신발이 필요하긴 하지만, 난 다른 걸 생각하고 있었어. 더 큰 거 말이야." 나카토미 타워「다이 하드」에 등장하는 가상의 일본 대기업 건물ㅡ옮긴이만큼 큰 걸 생각하는 나는 존 맥클레인이다. 배경음악으로 '징글벨'이 울리고 있다.

JP에게 문자를 보낸다. 우리 사이가 어색해진 건 알지만, 사업상의 제안이 하나 있어요.

??

적어도 JP가 나와 대화도 나누기 싫은 건 아닌가 보다.

골드러시에 관해서 제안하고 싶어요. 그 건물과 사업에 관해서요.

나는 크리스털에게 그 문자를 보여주면서 그녀가 흥분하기를 기다린다. 하지만 그녀는 "야, 너 미쳤어?"라고 한다.

"그럴지도. 하지만 좋은 생각이잖아. 우선, JP는 자기 지적재산권이나 뭐 그런 걸 훔쳤다고 나를 고소하지 않을 거야. 둘째, 그건 우리 골드러시의 본부가 될 수도 있잖아. 책상과 신선한 꽃들과 커피포트도 있으니까, 우리 사무실로 딱이야. 스트립쇼도 단계적으로 폐지할까 생각 중이야."

그녀가 웃는다. "스트립쇼를 단계적으로 폐지한다고? 어떻게 할 건데? 우리가 책상 몇 개하고 복사기가 있는 사무실로 들어가서 하루에 한두 시간만 스트립쇼를 한다는 거야?"

"나도 모르겠어. 자세한 건 나중에 생각해도 돼. 근데 그건 좋은 생각은 아닌 것 같아. 넌 정—말 스트립쇼를 잘하니까."

이미 당신에게 그 클럽을 주겠다고 했잖아. 이젠 당신 거야.

값은 마음에 들지만, 그 거래에 어떤 조건이 달려 있을까?

나는 그걸 사고 싶어. 당신은 이미 내게 많이 해줬잖아.

하지만… 요트는 못 사줬지.

이런.

그는 아직도 희망이 있다고 생각한다.

골드러시를 그냥 주는 이유가 뭐야?

당신 말이 옳았어. 직원들에게 일어난 일은 뭐든 내 책임인 거지. 난 그냥 관심을 두지 않았어.

나는 그 문자를 너무나도 오랫동안 빤히 바라만 보고 있다.

그가 말한다. 당신이라면 잘해낼 거야.

내가 살게.

당신은 돈도 별로 없잖아.

엄밀히 따지자면 맞는 말이다. 하지만 줄스가 데려온 새로운 미혼 남성들로부터 돈을 받으면 현금으로 지불할 수도 있을 것이다.*

어쩌면 증서 계약은행과 같은 주택 담보 제공자에게 대출받지 않고 판매자에게 매월 할부로 돈을 지불하는 방식, 돈을 다 지불한 후에 소유권이 구매자에게 넘어간다―옮긴이으로 클럽을 살 수도 있겠지. 이런 방식은 보통 아버지들의 조언에 어긋난다는 것을 알고 있지만, 나는 상관없다. 내게는 반대할 아버지가 없으니까.

더 얘기할 것도 없어. 내일 서류 다 작성해놓을게. 그건 선물이야. 원하는 대로 맘껏 해봐.

눈물이 터지기 시작한다. JP는 내게 너무 잘해줬고, 다른 사람에게도 너무 친절하다. 헤어지고 싶지 않은 것 같다. 그는 나를 되찾으려 노력하고 있는데, 나는 포에버21 탈의실에서 나를 원치 않을지도 모르는 어떤 남자를 위해 셀카를 찍어 올리고 있다.

그 클럽이 얼마나 나가는지 모르지만, 못해도 10만 달러는 될 것이다. 어쩌면 백만 달러까지 갈지도 모른다.

"크리스털, 이제 샴페인을 터트릴 시간이야." 무작정 축하하고 싶지만, 한편으로는 막 철왕좌를 물려받아 책임감이라는 망토가 내게 전해진 것 같은 기분이 든다. 이 순간은 샴페인을 터트리기에는 너무 엄숙한가?

---

* 지금까지 세 명이나 신청했다! 3만 5천×3= 나는 부자다!

・・・

한 시간 후, 우리는 새로운 사무실에 있다. 뭘 해야 할지 모르겠지만 바가 하나 있고, 활기찬 음향시스템이 있고, 무대가 있다. "우선 클럽은 그대로 유지하면서 특정 부분은 사무실공간으로 따로 떼어놓아야 할 것 같아." 내가 크리스털에게 제안한다.

"그거 좋네. 우린 솔로들의 이벤트도 개최할 수 있겠다."

그건 굉장히 멋질 것 같다.

나는 미친 듯이 흥분한 우리 얼굴을 셀카로 찍고 아래에 글을 남긴다. 방금 누가 스트립 클럽을 샀게요?! 🚶‍♂️💅📷

"그러면 난 이제 스트립쇼를 그만둬야 해?" 크리스털이 묻는다.

"JP가 계약서를 줄 때까지는 기다려보자고. 어떻게 되든지 간에."

이제는 내가 거의 그 건물을 소유하고 있으니까, 주차장에서 마음대로 불을 피워도 괜찮다. 양철 쓰레기통 안에서 그냥 작게 피우면 된다. 오늘의 할 일 목록에 있던 마지막 일이다. 경비원 중 하나를 불러서 묻는다. "저기, 불 좀 있어요?"

"종이 성냥이 있어요." 그가 말한다. 골드러시에서 일하는 사람은 누구나 담배를 피우는데, 그건 괜찮다. 내가 채식주의자이긴 하지만, 빌어먹을 건강 전도사가 되지는 않을 거니까.

그는 성냥을 들고서 내가 입에 담배를 물기를 기다린다. 너무 정중하다. "제가 그 성냥 가져도 돼요?"라고 묻자 어리둥절한 표정으로 성냥을 건네준다.

주차장 한쪽 구석에는 철제로 된 쓰레기통이 하나 있다. 오래된 기름통처럼 생겼는데, 녹이 슬어 거무스름하고, 재활용되었어야 할 맥주병 몇 개만 빼고는 비어 있다. 스트립 클럽은 그다지 환경을 생각하지 않는다. 골드러시 2.0은 재활용 쓰레기통을 구비할 것이다.

#돌고래

노란색 드레스를 잠시 심장 가까이 안고 지난주에 있었던 일들과 내가 어떤 사람이었는지를 생각하면서 감정에 북받쳐 눈을 꼭 감는다. 나는 예전의 나에게 화나지 않았다. 그녀는 할 수 있는 최선을 다했고, 지금의 나에게 데려다주었으니, 이제 공식적으로 다음 단계로 나아갈 준비가 되었다. 사실, 이미 앞으로 나아가고 있다. 나는 포에버21에서 산 새 드레스와 예쁘고 귀여운 신발을 신고 있다. 성실한 사업체의 소유주로서 크리스털이라는 좋은 친구도 있다. 비록 그녀가 나를 죽이려 하긴 했지만. 심지어 JP도 내가 하는 일에 관심을 두고 있다. 그건 사랑일까, 아니면 그냥 각성일까?

드레스에 키스한 후, 쓰레기통 안으로 던져 담배꽁초와 버드와이저 맥주병들 위에 놓는다. 맥주병은 오래 버려져 있었는지 파란색 라벨이 벗겨져 있다. 바에서 가져온 에버클리어 보드카에 내 이전 삶을 들이붓고 성냥으로 불을 붙인다. 화염이 드레스에 닿기도 전에 밖으로 치솟는다. 불을 붙이고 또 붙인다. 네 번째 성냥을 붙일 즈음이 되자 나는 거의 쓰레기통 안으로 들어가다시피 한다. 드레스는 불이 붙지 않는다. 쓰레기통 안으로 몸을 기울이는 바람에 새 드레스에 녹으로 줄무늬가 그려졌다.

"빌어먹을 드레스!"

성냥 한 통을 다 쓰고 난 후에도 그 드레스는 위에 있던 낡은 종이가 탄 몇 군데만 살짝 거뭇해졌다. 화장터로 가지고 가지 않는 이상은 타지 않을 기세지만, 그 정도로 진지해지고 싶지는 않다. 불타오르는 드레스를 사진으로 찍어 인스타그램에 올리고 싶었지만, 쓰레기통에 있는 평범한 사진 한 장으로 만족하기로 한다. 그리고 그 아래에 글을 단다. 다음 단계로 나아가기.

어쩌면 그건 상징적인 의미일 것이다. 예전의 나는 사라지지 않았다. 나는 그저 몇 가지 나쁜 습관들(거짓말, 사기, 그리고 육식)과 함께 예전의 미아를 쓰레기통 안으로 던져버렸을 뿐이다.

한때는 아름다웠던 의상이 환경미화원의 집게로 집혀서 음식물 쓰레기와 더러운 기저귀들 사이에 던져진다는 상상을 하자 몸이 움찔한다. 하지만 여기저기 검게 그을린 프라다 드레스로 무엇을 할 수 있겠는가? 그 드레스는 즐거움을 불러오지 않는다. 내 예전의 자아도 마찬가지다.

이제 작별을 고할 시간이다. 나는 해야 할 일이 있고 있어야 할 곳이 있다. 쓰레기통에 키스를 날리고는 멀어져간다. 데이트하러 타코 트럭에 가야 하니까.

28

길 찾기 앱인 메트로 트립 플래너에 따르면 렘파이어 타코스까지 가는 길은 대부분 파란색 메트로 익스프레스 버스를 타면 되고, 대략 90분 정도 걸린다고 한다.* 옆에 앉은 노숙자에게서 풍기는 묵은 오줌과 담배 냄새가 너무 지독해서 거의 숨을 못 쉴 지경이다. 게다가 버스는 매연을 뿜는다. 배기가스 제로 버스를 서둘러 운행해라, LA야! 나는 내(실은 JP의) 페라리가 그립다. 하지만 이것도 과정의 일부이다. 이 현실의 누에고치 안에서 오랫동안 견디고 있으면, 마침내 백만장자로 탈피할 수 있겠지.

"사진을 찍을 건데, 괜찮으세요?" 그 남자에게 묻는다. 이 엿같은 과정을 팬들을 위해 기록해야 한다.

남자는 이 없는 휑한 잇몸을 드러내며 미소 짓는다. #필로폰 #코브라때문이다

---

* 다음 구매 목록은 자동차다.

적당한 문구를 찾을 때까지 대략 20번가량 설명을 썼다가 지운다. 버스를 타고 타코 트럭 데이트에 가는 중이야, 맥스. 필로폰은 멀리하라고, 친구.

핑크색 비눗방울 하트와 빨간색 하트 이모지 중에서 뭘 고를까? 빨간색 하트는 첫 데이트에 너무 줄기가 긴 장미를 주는 것처럼 과한 느낌이다. 그러다 괜히 맥스가 겁먹으면 어떡하지? 고민하는 사이에 내릴 정류장을 놓쳐버렸다. 마침내 버스에서 내렸을 때는 거의 8시 30분이었다. 맥스가 20분 정도만 기다렸다가 가버렸으면 어쩌지? 우버를 타지 않은 것을 자책한다. 나는 등신이다.

신발 할인점 페이리스에서 산 힐을 신고 최대한 빨리 달린다. 해가 뉘엿뉘엿 지고 있는데, 신호등은 마치 여름밤의 전기로 충전하는 것처럼 어스름한 주변에 비해 지나치게 밝게 빛난다. 나도 여름밤의 전기를 느끼고 있다. 저녁 하늘에서 전기를 충전받은 듯 푸른 빛으로 빛나고 있다. 렘파이어 타코스로 달리는 도중 마주친 사람들은 모두 엉덩이가 꼭 끼는 반바지와 몸통을 드러낸 탱크톱을 입고 천천히 움직이고 있다.

더위 속에서 달려온 나는 숨이 턱까지 차고 땀에 흠뻑 젖어 도착한다. 신발 뒤꿈치가 발목에 쓸려 물집이 잡히기 시작하고, 맥스는 어디에도 보이지 않는다. 공동 야외 테이블에 앉아서 숨을 고른다. 그도 늦는가 보다. 별일은 아닐 것이다.

예상대로 타코 트럭의 줄은 끝없이 길게 이어져 있다. 그게 이 트럭의 매력이지. 순서를 기다리는 20분 동안 사랑하는 이의 눈을 들여다보면서 엔칠라다를 먹는 모험을 할지 아니면 평소처럼 타코를 먹을지 얘기하는 즐거움. 주차장은 지난번과 똑같이 많은 쓰레기와 후줄근한 차들로 가득하다. 어디에도 풀이라고는 없다. 하지만 나는 지난번과는 달리 옷에 튄 핏자국이 없고, 내가 누구인지도 알고 있다. 나는 행복해질 준비가 되어 있다.

맥스가 오기만 한다면.

그가 내 인스타그램 게시물에 답을 달지 않아서, 그걸 봤는지조차도 확신할 수가 없다. 「시애틀의 잠 못 이루는 밤」의 마지막 장면에 나오는 맥 라이언 같은 기분이다. 위험 부담으로 치자면 볼티모어에서 (아마도 차가 밀리는 시간에) 엠파이어 스테이트 빌딩 꼭대기까지 가야 했던 맥 라이언이 더 높을지도 모른다. 하지만 잘 모르는 동네를 통과해 90분이나 버스를 타고 내릴 정류장을 놓쳐버린 나도 아마 비슷하리라고 생각한다.

맥스가 나타났으면 좋겠고, 더불어 그가 차도 있었으면 좋겠다. 한밤중에 크리스털 집까지 돌아가는 길에 버스를 탈 필요가 없다면 더 좋을 테니까. 하지만 나는 어떤 현실이든 맞이할 준비가 돼 있다. 오늘 나는 노란 드레스를 태웠다. (태운 거나 마찬가지다.) 그리고 스트립 클럽도 소유했다. 자정이 지나도 버스를 탈 수 있다. 아마 버스에 탄 괴짜 중에 한 명이 되겠지만.

흥미로운 야간 생활을 즐기는 다른 무리들이 며칠 전 맥스와 같이 앉았던 테이블 맞은편에 앉는다. 그 사람들을 무시하고 휴대폰만 들여다보고 있지만, 확실히 존재감을 드러내지 않기에는 지금 내 모습이 너무 귀엽다. 이 데이트에 엄청난 노력을 기울였으니까. 한 남자가 말을 걸기 시작한다. "누구 기다려요, 아가씨? 나랑 우리 집에 갈래요?"

나는 "꺼져버려, 더러운 자식"이라고 재빨리 대답한다. 몰려드는 군중들을 관리하는 일이 모국어처럼 몸에 밴 것이 틀림없다. 다른 남자 두 명도 같은 대접을 받는다. 나는 매춘부가 아니다. 그것이 지난 이틀 동안 내가 확고하게 세운 원칙이다.

9시 반이 되자 바보처럼 느껴진다. 적어도 스무 명이 저녁을 먹는 모습을 지켜봤고, 이제 참을 수가 없다. 내가 스스로를 바보로 만들었다. 맥스는 오지 않을 것이다. 아마 그는 인스타그램을 확인하지도 않았는지 모른다. 누가 알겠나. 내 미래가 몽땅 맥스의 휴대폰 배터리와 함께 죽어버렸을지. 출근할 때 충전기를 집에 두고 갔을지 모른다. 머릿속에서는 내가 타코 트럭 앞에서 처절히 무너지지 않도록 그럴싸한 설명을 들이대느라 애를 쓴다. 맥스는 뇌를 연구하고 있으니 이런 현상을 알겠지. 그가 나타나면 물어봐야겠다.

게다가 배도 고파 죽겠다. 이런 지경이 되면 나한테 무슨 문제가 있는지 알아낼 수 없다. 저혈당으로 우는 일은 없게 일단 줄을 선다. 맥스와 나는 진짜 연인 사이였다고 생각했지만, 내 머릿속에서만 그랬나 보다. 그가 나와 있고 싶지 않다고 말한 건 진심이었을 텐데. 크리스털 말이 맞다. 나는 그냥 그를 사이버스토킹하는 중이다.

속죄할 목록에 사이버스토킹도 더해야겠다. 속죄 목록에는 부정 수표 발행죄, 지적재산권 도용, 스트리퍼의 이력을 위장하고 돈 많은 남자들에게 3만 5천 달러씩 청구하기, (하지만 여전히 이 부분은 자랑스럽다.) 장애인주차구역에 (훔친 차로) 주차하기가 있다. 말이 나와서 말인데, 경찰과의 일도 잘 처리됐는지 확인해야 한다. 무죄 처리가 됐으리라 확신하지만, 코브라를 체포하느라 너무 바빠서 데니즈 경관과 공식적으로 작별 인사를 할 시간도 없었다. 아마 나한테는 여전히 승인된 도장이 찍힌 서류가 필요할 것이다.

크리스털 말이 옳다. 맥스의 얼굴을 인스타그램에 올리지 말았어야 했을지 모른다. 어쩌면 나는… 모르겠다…. 생명공학부에 합류해서 그의 연구소로 들어가야 했을지 모른다. 아니, 그것도 스토킹이다. 내가 할 줄 아는 것이라고는 다른 사람들을 스토킹하는 것뿐인 것 같다. JP도 아마 그렇게 낚았겠지. 나는 스토커다.

"홀라스페인어로 '안녕하세요'—옮긴이. 뭐 드릴까요?" 수치심이 점점 치솟을 무렵 어떤 목소리가 끼어든다. 감사하게도, 어이쿠, 나는 줄의 맨 앞에 있다.

"음, 죄송한데 제가 아직 메뉴판을 못 봤어요." 나는 주변을 힐끗거린다. "저 게시판에 메뉴가 있나요?"

그가 가리키며 말한다. "트럭 옆면에 있어요." 엄청 큰 광고판이 붙어 있다. 선택할 수 있는 메뉴가 많지만, 절반은 스페인어로 쓰여 있어서 혼란스럽다.

"추천 좀 해주시겠어요?"

"손님이 뭘 좋아하시느냐에 달렸죠."

내 뒤에 선 누군가가 말한다. "젠장할."

"타코 먹을게요." 나는 읽지도 않고 말한다. 당연히 타코는 메뉴판에 있겠지. "채식주의자용으로요." #브렌다

나는 내가 어떤 사이드 요리나 살사소스를 좋아하는지도 모른다. "한 개 더 주문할래요." 만약 맥스가 오지 않으면 한 무더기의 타코를 들고 버스를 타면 되지만⋯ 만약 그가 나타난다면, 또 줄을 서서 30분을 기다려야 할 테니까 말이다. 내 뒤에 선 남자가 금방이라도 총을 꺼내 겨눌 태세라서 그냥 말한다. "부리토로 하나 주세요. 깜짝 놀랄 정도로 맛있게요."

이제 나는 한 무리의 사람들과 개 두 마리와 함께 접시 두 개를 놓고 앉아 있다. 맥스는 여전히 보이지 않는다.

"실례합니다만, 여기 자리 있어요." 나는 맥스의 접시 앞에 앉으려는 어떤 남자에게 말한다.

그는 눈을 흘기더니 벤치 끝자락에 맥스가 앉을 자리를 10센티미터 정도 남겨둔다.

"그거 다 드실 거예요?" 다른 남자가 내게 묻는다. 그는 먹지 않은 음식이 담긴 두 개의 접시를 놓고 왜 앉아만 있는지 이해하지 못한다. 사실 그건 나도 마찬가지다.

"사람을 기다리고 있어요."

맥스는 오지 않고 있고, 나는 온통 '이 부리토를 어떻게 하지?'라는 생각뿐이다. 부리토는 10달러였다. 코브라가 준 돈을 갖고 있기는 하지만, 빌어먹을 10달러는 부리토 값으로 너무 비싸다.

부리토는 볼품도 없고 엄청 크다. 그걸 찍어 인스타그램에 올리

는 것 외에는 할 일도 없다. 심지어 설명도 쓰지 않는다. 먹지 않은 부리토 사진이 그 자체로 말하고 있다.

사람들이 우는 이모지와 함께 댓글을 달기 시작한다. 크리스털 말이 맞았다. 알지도 못하는 이 불특정 다수가 내 게시글에 응답하는 유일한 사람들이다. 내가 온라인에 한 짓들은 결국 맥스를 쫓아 버리기만 했다.

서글프게 타코를 한 입 베어 물고는 다시 내려놓는다. 입맛이 없었지만 타코는 기가 막히게 맛있어서 흡입하듯 먹어 치운다.

한 번 더 인스타그램을 확인한다. 엄청나게 많은 알림이 있는데, 그중에 @BlackEinstein314도 있다. 심장이 쿵쾅거리고 맥박이 고동친다. 나쁜 일일 수도 있지만, 나는 낙천적인 편이다.

맥스의 반응은 그냥 '좋아요'였다. @BlackEinstein314가 내 게시물 중 하나에 '좋아요'를 눌렀다고.

그게 제발 함께 경치를 내려다보던 우리 둘의 사진이기를. 제발.

정말로 맥스가 그 사진에 '좋아요'를 눌렀다! 그건 그가 내게 푹 빠졌고 나를 용서했다는 말만큼이나 기분이 좋다.

그럼 대체 지금 어디에 있는 거지?

휴대폰 화면을 들여다보고 있을 때, 맥스가 댓글을 남긴다.

나도 당신을 사랑하지 않아요.

추운 겨울날의 아침 햇살처럼 내 얼굴에 미소가 번진다. 나는 웃음을 터트린다. 나를 사랑하지 않는다니. 그건 그가 나를 사랑한다는 뜻이라고 확신한다. 아니면 나를 좋아하거나. 둘의 차이는 잘 모르겠지만, 어쨌든 기분은 좋다.

"미아." 목소리의 주인이 다른 사람이라는 것을 알면서도, 맥스라고 반쯤 기대하며 몸을 돌린다. 캐주얼하게 차려입은 JP가 마치 금방이라도 소노마에 있는 와인 양조장에 갈 것처럼 서 있다. "미아." 그가 다시 말한다. "당신을 찾아서 다행이야."

"내가 여기 있는지 어떻게 알았어?"

"당신이 온 세상에 떠들지 않았어? 인스타그램 말이야."

뭐라고 대답해야 할지 모르겠다. JP는 대체 왜 여기 있을까? 그는 프러포즈를 했고, 나는 그 집을 떠났다. 다른 남자에게 타코를 먹자고 하면서 초대했다. 나로서는 우리 사이가 끝난 것 같은데.

"당신을 사랑해, 미아. 그날 프러포즈를 하지 말았어야 했어. 난 당신이 얼마나 심하게 다쳤는지 몰랐고 얼마나 많이 기억을 잃었는지도 몰랐어. 분명 당신은 평소처럼 행동하지 않았는데 말이야." 그는 혼란스럽다는 듯 고개를 흔든다. "당신의 인스타그램을 봤어. 쓰레기 깡통에 옷을 태우는 장면 하며… 버스를 타는 것도. 무슨 일이 일어나고 있는지 모르지만, 난 걱정돼."

참 착한 남자다. "난 괜찮아, JP."

"당신이 집 봐주는 친구를 타코 트럭으로 초대했는데도 화조차 나지 않아. 의사에게 데리고 가서 모든 걸 정상으로, 원래대로 돌려놓고 싶어. 지금 당신 모습은 당신이 아니니까. 당신은 심각하게 뇌를 다친 거야."

"평소대로 돌아가는 건 절대 내가 원하는 게 아니야. 나는 더는 예전의 그 사람이 아니야. 난 예전의 내가 싫다고."

"난 겨우 5일 동안 자리를 비웠을 뿐이야, 미아. 어떻게 모든 게 이렇게 달라질 수 있지?" 그는 맥스가 없는 군중들을 향해 손짓을 한다. "집 봐주는 그 친구는 여기 있지도 않잖아. 당신은 아무도 만나지 못할 거야. 나랑 같이 집에 가자."

확실히 페라리가 좋기는 했다.

"맥스는 오는 중이야." 그는 둘이 같이 찍은 사진이 좋다고 했다. 아무리 바보라도 그게 무슨 뜻인지는 이해할 수 있다. 그는 오는 중이고 나를 용서했다.

"전엔 모든 게 정말 완벽했어. 정말 아름다웠다고."

그에게 실토하기 전에 잠시 생각한다. "JP, 사진상으로는 아름다웠지. 하지만 그 사진들 중 어느 것도 사실이 아니었어. 그건 다 연출되고 필터 처리를 한 거였어, 내 인생처럼. 모두 조작된 거야."

JP가 고개를 흔든다. "아니야. 일부는 사실이었어."

그는 정말 모르는 걸까? "난 모든 걸 다 거짓말했어. 당신에게도 거짓말했다고. 사업은 다 허울뿐이고, 내 이미지도 다 허울이었어. 게다가 난 경찰하고도 문제가 있어. 사람을 소개시켜 주겠다고 당신에게 돈을 청구한 다음 나를 당신하고 엮은 거라고."

그는 눈살을 찌푸린다. "그래, 당신은 가짜로 내 인생에 들어왔어. 당연히 나도 화가 났지. 하지만 그게 당신이 하는 일이고, 우리 모두가 하는 일이야. 나라고 뭐 달라? 난 금수저로 태어난 것뿐이지, 똑똑하지 않아. 매일 사람들이 기대하는 만큼 똑똑하고 착한 척하지만, 그건 다 연기야. 하지만, 당신은 스스로 해냈잖아. 그게 감동적인 거지. 가짜로 시작했든 어쨌든 당신은 정상까지 올랐어. 난 화나지 않았고, 당신이 자랑스러워."

가짜로 시작해서 정상까지 오른다, 참 멋진 표현이다. 정상에 있는 누구도 거기 있을 자격이 없다면, 거짓말을 했기로서니 그게 뭐 대수인가? 그의 말이 맞다.

"그냥 페라리에 타. 멋진 데 가서 칵테일이나 한잔한 다음 집에 가자. 내일 내가 LA에서 최고의 의사를 찾아줄게."

그가 이 모든 말을 5일 전에 했더라면, 기억을 잃었을 때 집을 비우지 않았다면, 나는 곧장 그 옆의 내 자리로 달려갔을 것이다. 하지만… 지금은 모르겠다.

맥스의 문자가 온다.

혹시 줄 서 있다면, 난 스페셜 먹을래요! 😦

그가 헬멧을 쓰고 있는 자기 사진을 올리고 말한다.

가는 중이에요. 늦어서 미안해요! 하루 종일 fMRI실에서 진실을 말하고 있었어요. 거짓말탐지기는 고쳤어요. 나 자신에 관해서도 몇 가지를 알게 됐고요….

fMRI실에 휴대폰 반입이 허용되지 않는다는 사실이 기억난다. 그는 몇 분 전에 "나도 당신을 사랑하지 않아요"라고 문자를 보낼 때까지 우리의 타코 데이트를 알지도 못했던 것이다.

잠시 눈을 감는다. 너무 강렬한 느낌이 든다. 지난 며칠간 겪었던 모든 감정들을 떠올리려 애쓴다. 나와 맥스에게는 유대감이 있다. 진정한 유대감. 이런 감정이 크리스털과도 있는데, 특히 우리 관계를 바로잡은 후에는 더욱 그렇다. 그건 진짜다. 요트부터 가짜 골드러시 프로필까지, 그동안 내가 도달했던 모든 것이 초콜릿 부활절 토끼처럼 텅 비게 느껴진다. 한 입 깨물면 겉만 번드르르한 껍질뿐인 초콜릿처럼. JP와 나의 관계도 겉만 번지르르한 자콜릿 같다. 아름답지만 텅 비어 있다.[*]

"미아?"

돌아보니 내내 기다리던 사람이 보인다.

맥스가 기아 자동차의 조수석에서 내린다. 그의 셔츠에는 그에게 잘 어울리는 바다색으로 '당신의 제곱근은 나야'라고 쓰여 있다. 맥스가 나와 JP를 보면서 혼란스러워할 때, 나는 그의 티셔츠가 무슨 의미인지 곱씹고 있다. 그건 낭만적인 뜻일까, 아니면 수학적 농담일까? 그가 나를 사랑한다는 뜻일까? "미안해요, 맥스. 당신이랑 정말로 다시 만나고 싶었어요." '단둘이'라고는 말하지 않았지만 그 말에 내포되어 있다고 생각한다.

"그런데 JP는 여기서 뭐 하고 있어요?"

나는 한숨을 내쉰다. '내가 초대한 게 아니에요'라고 입 모양으로 말한다. 그러고는 조금 큰 소리로 "JP가 나랑 결혼하고 싶은데, 타코 데이트가 방해가 된다고 생각했나 봐요."

JP는 내게서 맥스 쪽으로 시선을 옮긴다. "꼭 그렇게 말하진 않았

---

[*] 여담: JP는 '자콜릿 베첼러'를 만들어야 한다! 그럼 당장 살 텐데.

잖아."

"오, 그럼 내가 오해했나 봐."

"아니, 난 정말 당신과 결혼하고 싶어. 하지만 계획을 세우기 전에 우선 당신을 정상으로 돌려놓고 싶어."

와우. 이 청혼 같지 않은 청혼은 진짜로 내가 이전의 자아로 돌아 가느냐에 달려 있는 것 같다.

맥스가 우리를 향해 다가온다. "음, 우리가 서로를 안 지는 며칠밖 에 되지 않았지만, 난 일단 앉아서 부리토를 먹고 싶고, 그다음에 당 신을 더 잘 알고 싶어요."

JP가 말한다. "이런 게 다 흥미롭긴 하지만… 갈 때가 된 것 같아." 그는 약간 약에 취한 듯 보이는 주변 사람들에게 손짓하며 말한다. "여긴 안전하지 않은 것 같거든."

나는 부리토를 내려다본다. 커다란 부리토는 접시 하나를 거의 가득 채우고 있다. 안에 뭐가 들어 있는지 기억나지는 않지만, 과카 몰리하고 콩, 특제 소스가 어우러진 기름진 돼지고기였던 것 같다. "내겐 부리토가 하나밖에 없어요."

둘을 번갈아 보다가 무엇을 해야 할지 깨닫는다. JP는 「배첼러」 출연을 제안 받았지만, 본인이 원치 않았다. 하지만 나는 「배첼러레 트」의 주인공이 될 것이다.

"사람은 둘이지만, 부리토는 하나밖에 없어요. 하나 더 살 수도 있 겠지만, 그냥 선택을 하고 싶어요. 두 분 다 자신만의 방식으로 너무 나 멋지고 자상하지만, 오직 한 명만이 이 부리토를 가질 수 있어요."

맥스는 눈을 가늘게 뜨고 나를 보면서 내 말을 이해하려고 애쓰는 것 같다. 그는 「베첼러」를 한 번도 본 적이 없는 것이 분명하다.

"JP, 당신은 이런 남자가 있나 싶을 정도로 가장 완벽한 사람이에요. 잘생기고 성공했고 착하고, 게다가 내가 저지른 나쁜 짓들을 모두 용서해줬어요. 정말 고마워요. 당신이 해준 모든 것이 고맙지만 난 당신을 사랑하지 않고, 더는 당신이 원하는 여자가 될 수 없어요. 작별 인사를 해야 할 시간이에요."

JP가 고개를 흔든다. "좋아. 하지만, 당신이 방금 뭘 포기했는지 믿을 수가 없군."

나도 그래요.

「베첼러레트」에서 거절당한 참가자가 으레 그러하듯 JP도 자신의 기분을 실시간으로 방송할 것이라고 생각한다. 크리스털과 나는 나중에 칵테일을 마시면서 그걸 보겠지.

다음으로 맥스를 향해 말한다. "맥스, JP가 방금 페라리를 타고 가서 칵테일이나 한잔하자면서 억만장자의 부인으로 사는 삶까지 제안했지만, 난 내뱉은 말은 지키는 여자예요. 적어도, 지금은 그래요. 난 JP가 아니라 당신을 타코 트럭으로 초대했어요. 이 부리토는 당신을 위해 산 거고, 자리도 맡아놨어요. 무엇보다도, 당신이 내게 기회를 한 번 더 줬으면 좋겠어요."

그가 함박웃음을 짓는다. "고마워요, 미아."

맥스에게 부리토를 건넨다. 종이 접시에 담긴 부리토에는 고명도 없다. 하지만 줄기가 긴 어떤 장미 한 송이보다도 로맨틱하다. "서로를 알게 된 지 며칠밖에 안 된 줄은 알지만, 상관없어요. 그저 당신을 더 잘 알고 싶어요."

나는 여전히 (그리고 확실히) 억만장자가 되고 싶지만, 내 방식대로 방법을 찾아갈 것이다. 이미 가짜로 시작해서 정상까지 한 번 오른 적이 있고, 이제 나이가 겨우⋯ 스물일곱? 기억나지 않는다. 그것도 나중에 확인해봐야지. 어쨌든 아직 젊다. 서른이라는 나이는 두 번째 열여덟이나 다를 바 없다는 것이 과학적으로 증명되었다. 나는 이제야 간신히 투표권을 얻은 셈이다.

"당신은 먹었어요?" 그가 묻는다.

"네. 굶어 죽을 뻔했거든요. 포크 필요해요?"

그가 고개를 끄덕인다. "아마도요. 그리고 당신은 디저트나 뭐 다른 게 필요하겠죠?"

"좋은 생각이에요." 변태처럼 그가 먹는 모습을 가만히 지켜보고 싶지는 않다.

맥스가 길에 주차되어 있는 기아 자동차를 돌아본다. 운전석에서 챈을 본 것 같다. "챈은 괜찮아요? 챈한테도 음식 좀 사다 줄까요?"

"챈? 걔 괜찮아요. 아마 휴대폰이나 하면서 빈둥거리고 있을 거예요."

"챈이 우릴 집까지 바래다주겠죠?"

"그럴 거예요."

"그럼 챈에게도 부리토를 하나 사다 줘요." 그러자 부리토 한 개가 얼마였는지 기억난다. "아니면 그냥 감자칩이라도."

줄을 서 있는 동안, 맥스가 말한다. "며칠 전에는 미안했어요, 미아. 실험실에서요."

내 안테나가 쭉 올라가고, 나는 그에게 최선을 다해 계속해보라는 표정을 짓는다. 어서 맥스의 이야기를 더 많이 듣고 싶다. 온종일 내 감정에 관해서 말할 수도 있을 것 같다. 인스타그램이 내 글로 흘러넘치겠지.

"당신은 스스로의 감정을 말할 권리가 있어요. 앞으로는 '그렇지 않다'고 단정 짓지 않겠다고 약속할게요. 비록 거짓말탐지기가 당신이 틀렸다고 말하더라도요."

"고마워요. 그 말 정말 고맙네요. 하지만 당신이 옳을지도 몰라요. 우리는 목요일에 만나기 시작했고, 이제 겨우 화요일이니까요." 나는 고개를 흔든다.

"일주일도 안 됐네요."

"하지만 다양한 종류의 사랑이 있다고 생각해요. 워터 파크에 가는 것과 비슷해요. 가장 가파르고 빠른 미끄럼틀을 타면 중간 어딘가쯤에는 밖이 보이지 않는 어두운 터널이잖아요. 단지 너무 빠르다고 해서 더 느리고 꼬불꼬불한 미끄럼틀이나 유유히 흐르는 강을 건너는 것처럼 의미 있는 경험을 하는 게 아니라고 할 수는 없어요." 그리고 그렇게 빠른 미끄럼틀을 타는 (야호!) 사랑은 무섭게 느껴지기도 한다.

"참고로 말하자면, 난 아직도 미끄럼틀을 타려고 계단을 오르는 중이에요."

나는 눈썹을 치켜올린다.

"오해하지 마요. 지금은 계단에 있지만 곧 미끄럼틀을 탈 거예요." 맥스가 자기 생각을 설명할 때는 너무 귀엽다.

"괜찮아요. 난 이미 미끄럼틀을 타고 한 번 내려갔어요. 두 번째는 같이 타러 가서 손을 잡고 함께 계단을 오를 수 있겠네요."

딱히 힌트를 준 건 아니었지만, 그가 내 손을 잡는다. "거짓말쟁이라고 불러서 미안했어요. 내가 너무 심했어요."

"하지만 사실인데요, 뭐." 그걸 인정하는 데 거리낌이 없다.

"당신만 그런 건 아니에요. 나도 거짓말을 하고, 우리 모두 거짓말을 하죠. 우리는 자신이 누구인지 결정하고 그에 맞게 연기해요. 원하는 대로 무엇이든 될 수 있는 세상에서 정체성을 꾸며내야 하니까요. 꾸며낸 정체성에 부응해서 살지 않으면 악의가 없다고 하더라도 거짓말쟁이가 되죠."

"지금 페이와 함께 신경과학 분야에서 인정받는 커플이 되려고 했던 얘기를 하는 거군요."

맥스가 웃는다. "맞아요. 나는 페이도 내 거짓말에 포함시켰어요. 페이 말이 맞았어요."

"그건 새 발의 피죠. 나는 내가 아는 최고의 거짓말쟁이인걸요."

"아니죠. 당신은 가장 솔직한 사람이에요. 기억을 잃은 덕분에 매트릭스에서 빠져나와 모든 걸 볼 수 있게 된 것 같아요. 당신이 전에 어떤 사람이었는지 모르지만, 어쨌든 최선을 다하려고 진심으로 노력하고 있고 아름다운 영혼을 가지고 있어요. 당신은 그저 창피해서 거짓말한 것뿐이에요. 난 인식하지도 못한 채 훨씬 나쁜 짓도 해 온 걸요."

그가 내 손을 다시 꼭 쥔다.

푸드 트럭 판매대에 있는 남자가 나를 보고는 거의 신음 소리를 낸다. "또 오셨군요."

나는 미소를 짓는다. "또 왔어요. 케사디야 하나랑 감자칩이랑, 오르차타 두 잔 주실래요?"

맥스와 나는 오르차타로 건배를 하면서 셀카를 찍는다. 필터 처리를 하지 않은 우리 사진은 제법 현실적으로 보인다. 둘 다 꽤 잘생긴 건 인정하지만, 나는 피곤해 보이고 아이 메이크업은 번져서 너구리가 다 됐다. 맥스는 말하는 도중에 찍은 것처럼 이상한 표정을 짓고 있지만 그걸로 완벽하다. 앞으로 무슨 일이 벌어질지는 아무도 모른다. 우리가 얼마나 오래 같이 지낼지, 무엇을 할지도. 그에게는 멋진 연구 아이디어가 있고, 내게는 멋진 사업 아이디어가 있다. 우리는 일을 망칠지도 모르고, 파산할지도 모른다. 그 밤이 끝날 때 우리가 헤어지지 않는다면 더 좋겠다. 나는 깊은 현실을 향해 뛰어든다.

삶의 대부분을 기억하지 못한다 해도, 처음으로 내가 내 이름대로 살아가고 있음을 깨닫는다. 나는 마침내 @Mia4Realz Mia for Real, 진정한 미아—옮긴이가 되었다.

감사의 말

잔테 쿠피히아 님, 통찰력 있는 편집과 멋진 제목, 알아서 삭제해 주신 어색한 농담들은 말할 것도 없고, 원고에 재치 있는 농담까지 덧붙여주셔서 감사드립니다. 어찌 된 영문인지 편집을 거치고 나니 (제 딸 말에 의하면) 맥스가 약간 제 남동생 같다네요. 그게 약간 신경 쓰이기는 하지만 괜찮아요. 모두가 남동생을 좋아하니까요. 주제에 관해 고민할 때, 일류 공학자로서의 지식을 바탕으로 상사에게 허락받은 것 이상의 브레인스토밍을 해준 진짜 남동생에게 감사합니다. 다시 편집자 잔테 이야기로 돌아가서, 이 책을 쓸 수 있다고 저를 믿어주시고 다 읽고 난 후에도 미워하지 않아주셔서 감사드려요. 그리고 쿼크 출판사의 다른 모든 분들에게도 감사합니다. 브렛 코언, 제인 몰리, 앤디 리드, 니콜 드 잭모, 젠 머피, 그리고 한 번도 저와 이메일이나 트윗을 하지 않았던 출판사 관계자분들께도 감사드려요. 여러분의 성원과 여러분 모두가 해준 훌륭한 작업에 너무 감사드립니다.

또한 바버라 포엘 님, 이 책을 같이 구상하지 않았는데도 저와 계약을 체결하고 이 책을 출판해주셔서 감사드려요.

그리고 이 책이 나오기 전에 출판되지 못했던 다른 책들도 같이 작업했던 블레어 손버그, 처음부터 이 제안서를 글로 쓰라고 격려해주셔서 고마워요. 전 아직도 「판타스틱 뉴스」가 좋아요.

테럴, 평생 처음 떠난 주말여행을 콤프턴과 롱비치로 데려가줘서 고마워요. 법원에 들르는 일정 없이 해변으로 떠나는 휴가였다면 더 좋았겠지만, 그렇게 갑자기 훌쩍 떠나는 광기가 없었더라면 이 책을 쓰지 못했을 거예요. 게다가 작년에 매일 줄거리를 떠들어대는 내 말을 들어주고 훌륭한 제안을 너무 많이 해줘서 고마워요. 세상에 관해 더 많이 눈뜨게 해준 것은 말할 필요도 없겠지요. 당신이 없었다면 이 책은 쓰지 못했을 거예요.

크리스티나 피파, '시리' 제안서를 작업할 수 있게 도와주고 무수한 '시리' 버전을 읽고 솔직하게 피드백해줘서 고맙고, 24시간 언제든지 막무가내로 질문하는 것을 허락해줘서 고마워요. 더욱이 책을 마감하기 2주 전에 맥스를 파충류학자로 바꾸지 말라고 말해줘서 고마워요. 하마터면 큰일 날 뻔했어요.

모니카, 우리 아이들을 잘 돌봐주고 나보다 훨씬 더 재미있게 놀아줘서 고마워요. (얘들아, 너희들은 모니카의 헌신을 받았으니 여기서는 언급하지 않을게. 미안해. 그래도 너희를 사랑해.)

칼리 블룸, 감사의 말을 교정하면서 내가 까맣게 잊고 있던 당신의 공로를 상기시켜 줘서 고마워요. 함께 브레인스토밍을 하면서, 차마 사용할 수는 없었던 (하느님, 감사합니다!) 외계인 우주선 아이디어를 생각해내고, 초기 제안서를 읽어줘서 고마워요. 무엇보다도, 글쓰기와 엄마라는 두 마리 토끼를 여전히 잘 잡아줘서 고마워요. 그리고 로젤 림, 내 제안서를 읽어주고 브레인스토밍을 해주면서 문자를 통해 24시간 아무 때고 작가로서의 고민을 들어줘서 고마워요.

늘 그렇듯, 내 등장인물 모두를 위한 의학적 조언을 해주신 아빠께 감사드립니다. 마감하는 동안 미아의 머리 부상에 관한 질문에 답해주시려고 실제 머리를 다친 환자들을 만나러 다니신 노고에 감사드려요. 그리고 이런저런 책 행사에 입고 가라고 엄청 귀여운 빨간 드레스를 사주시고, 필요할 때마다 가짜로 인생을 포장하는 사람들에 관해 문자를 보내주시는 엄마께 감사드려요.

커퍼 커퍼 사장님, 이 책이 히트를 쳐서 사람들이 팔지도 않는 메이플 라떼를 찾기 시작한다면, 미안해요. 미아라면 메뉴판에 없는 것을 주문했을 거라고 생각했어요.

잉그리드, 귀여운 옷을 입혀서 저자 소개 사진을 찍어주고, 미네소타로 돌아간 후에 욕조를 사줘서 고마워. 사실 욕조를 사려고 벼르고 있었거든.

이제 맥스에 관해 말할 차례네요. 전에는 주변 여자 친구들한테 남자 이야기를 하면서 이렇게 징징거려본 적이 없었어요. 맥스 때문에 애를 먹을 때마다 기대어 울 어깨를 내어준 모든 여자들에게 감사합니다. 우선, 신경과학 분야의 자문을 해주신 맥스의 팀, 특히 에밀리 로사리오와 케이티 치타 박사님께 감사드립니다. 실제 신경과학자가 두 분을 만난다면 정말 행운일 거예요! 아 참, 두 분이 모두 프렌치 호른을 연주하신다는 거 아세요? 케이티, 만약 제가 박사님의 프로젝트 제안 중 하나를 맥스에게 줬다면 그는 엄청난 존경을 받았을 거예요. 그리고 에밀리, 제가 여자친구와의 드라마가 있는 어떤 과학자에 관한 터무니없는 질문들을 너무 자주 쏟아내느라 진지한 연구를 방해해서 죄송하고, 또 서던 캘리포니아 대학교가 어떻게 생겼는지 알려주셔서 감사해요.

에스터와 제닌, 두 분은 그날 아침 제가 카페 코플린스에서 느슨한 결말을 마무리 짓지 못해 절망에 빠지기 직전 맥스를 살릴 수 있도록 도와주셨어요. 채 언급하지 못한 분들이 너무 많이 있네요! 또 뱀을 부리는 에스터의 사촌 덕분에 코브라를 생각해낼 수 있었어요.

그리고 세상에서 가장 재미있는 이웃 리즈! 마감 전날 약간 취한 덕분에 마지막 챕터를 술술 풀어갈 수 있었어요. 같이 술을 마셔줘서 고마워요. 덕분에 그 부분이 훨씬 나아졌어요. 조니 뎁 사진을 오려낸 마분지도 고마워요.

감사의 말이 너무 길어서 누군가를 잊어버렸을 것 같지 않지만, 만약 여러분이 제 책을 전부 읽었는데, 제가 여러분이 아니라 십 대의 관점을 제시해준 여러분의 완벽한 여동생에게 무심코 고마워한다면 깜짝 놀랄지도 모르겠네요. (완벽한 여동생 만세!) 하지만 그럴 확률이 높을 거예요. 그래서 만약 제가 여러분이 아닌 여러분의 여동생에게 감사했다면, 또는 완전히 여러분을 무시했다면 사과드립니다. 이 단락을 빌려 제가 감사 인사를 깜빡 잊은 분들에게도 모두 감사드립니다.

　마지막으로, 이 책을 읽어주신 모든 분들께 감사드립니다. 그리고 아직 읽고 계신다면 훨씬 더 많이 사랑해요. 후딱 해치워버리자고요, 독자 여러분! 마지막까지 힘을 내봐요!

샘 치타

시리, 나는 누구지?

초판 1쇄 인쇄 2021년 10월 8일 **초판 1쇄 발행** 2021년 10월 20일

지은이 샘 치타
옮긴이 허선영
펴낸이 이승현

편집2 본부장 박태근
스토리 독자 팀장 김소연
책임편집 김해지
공동편집 곽선희 이은정 최지인
디자인 김태수

펴낸곳 ㈜위즈덤하우스 **출판등록** 2000년 5월 23일 제13-1071호
주소 서울특별시 마포구 양화로 19 합정오피스빌딩 17층
전화 02) 2179-5600 **홈페이지** www.wisdomhouse.co.kr

ⓒ 샘 치타, 2021

ISBN 979-11-6812-010-5 03840